Annette Spratte

DIE STUMME MAGD

Annette Spratte

Die stumme MAGD

Francke

Über die Autorin:

Annette Spratte, Jahrgang 1970, lebt mit ihrem Mann und ihren beiden Söhnen in einem kleinen Dorf im Westerwald. Die Liebe zu Büchern begleitet sie in ihrem Leben schon länger als die Liebe zu Pferden und Bücher waren es auch, die ihr den Weg zum Glauben gewiesen haben, als sie noch sehr weit von Gott entfernt war. Heute arbeitet sie als Autorin und Übersetzerin. Wenn sie gerade nicht am Computer sitzt, kann man sie im Garten oder im Pferdestall antreffen. Über einen Besuch auf ihrer Homepage oder in den sozialen Medien freut sie sich sehr.

https://annettespratte.org
www.facebook.com/AutorinAnnetteSpratte
www.instagram.com/autorinannettespratte
www.twitter.com/annette_spratte

MIX
Papier aus verantwortungsvollen Quellen
FSC® C014138
FSC www.fsc.org

Bibliografische Information der Deutschen Nationalbibliothek
Die Deutsche Nationalbibliothek verzeichnet diese Publikation in der Deutschen Nationalbibliografie; detaillierte bibliografische Daten sind im Internet über http://dnb.dnb.de abrufbar.

2. Auflage 2021
ISBN 978-3-96362-124-6

35037 Marburg an der Lahn
Umschlagbilder: © iStockphoto.com / Khrizmo
© shutterstock.com / Katerina Klio
© dreamstime.com / Radovan Smokon
Umschlaggestaltung: Francke-Buch GmbH / Christian Heinritz
Satz: Francke-Buch GmbH
Printed in Czech Republic

www.francke-buch.de

PROLOG

Ein eisiger Tropfen auf ihrer Wange ließ sie aus dem Schlaf hochschrecken. Sofort flogen ihre Augen auf und sie verkrampfte sich. Sie hätte sie auch geschlossen lassen können, denn da war keinerlei Unterschied. Ein weiterer Tropfen traf sie ins Gesicht, direkt auf den Wangenknochen. Überall um sich herum hörte sie leises Tröpfeln und über sich das seltsam gedämpfte Geräusch der Bäume im Wind. Ein Schluchzen drang aus ihrer Kehle. Sie rollte sich zitternd zusammen und zog die feuchte Decke enger um sich. Etwas Schleimiges berührte ihren Nacken und sie schrie auf. Hektisch versuchte sie, davon wegzukommen, was auch immer es war.

Ihre Schulter rammte die schwammige Wand und feuchte Erdklumpen bröckelten herab. Ihr Schluchzen verwandelte sich in jämmerliches Weinen. Diesmal würde sie sterben. Diesmal würde die Höhle einstürzen, die Wurzeln der Bäume würden die Erde nicht mehr halten und sie würde unter einer Schlammlawine begraben.

Der Gedanke war fast willkommen.

Brigham Hall, den 24. Oktober 1710

Liebste Mutter,

bitte vergib Deinem Sohn für seine Nachlässigkeit, aber äußerst ungewöhnliche Umstände haben mich davon abgehalten, Dir zu berichten, wie es mir geht. Falls Du mir in der Zwischenzeit geschrieben hast, fürchte ich, dass mich diese Briefe nicht erreicht haben, da ich den Dienst bei Baronet Goodricke quittiert und eine vollkommen neue Stelle angenommen habe. Es ist alles so aufregend und ich hätte gern um Deinen Rat gefragt, aber die Ereignisse haben sich schier überschlagen und ich musste schnelle Entscheidungen treffen.

Erlaube mir bitte, meine Erzählung am Anfang zu beginnen, sodass Du alles in der richtigen Reihenfolge erfährst.

Wie ich Dir bereits in meinem letzten Brief erzählt habe, hatte mein Herr, Baronet Goodricke, mich mit der Aufgabe betraut, sein alterndes Reitpferd auf dem Viehmarkt in York zu verkaufen und einen brauchbaren Ersatz zu finden. Das war keine leichte Aufgabe, denn seine Stute hatte keine besondere Abstammung – auch wenn er das zu glauben schien – und würde bei Weitem nicht so viel Geld einbringen, wie er sich erhoffte.

Trotzdem war ich bei der Aussicht, zwei Tage auf dem berühmtesten Viehmarkt der Gegend zu verbringen, sehr aufgeregt und konnte meine Abreise kaum erwarten. Als mein Begleiter, ein junger Bursche aus dem Dorf, und ich ankamen, waren wir überwältigt von der Größe dieses Marktes. Ich hätte es mir in meinen wildesten Träumen nicht ausmalen können mit Hunderten und Aberhunderten von Menschen und Tieren, ein riesiges Durcheinander vor den Toren der Stadt. Wir schlugen ein notdürftiges Lager auf und ich ließ das Pferd erst einmal bei dem Burschen zurück. Ich wollte mir noch am Abend einen Überblick verschaffen.

Die meisten Pferde erschienen mir nicht akzeptabel; tatsächlich wunderte ich mich des Öfteren, wie die Besitzer erwarten konnten, dass ein halbwegs respektabler Mann auch nur einen Farthing da-

für ausgeben würde. Aber es gab auch ein paar sehr feine Exemplare, die natürlich ein Vermögen kosten sollten. Eine Stute im Besonderen erregte meine Aufmerksamkeit, da sie große Ähnlichkeit mit den Brighams hatte, eine solide, aber trotzdem elegante Zucht aus der Gegend um Bridlington. Wo genau das war, wusste ich bis dahin nicht, aber ich hatte schon einige dieser edlen Pferde zu Gesicht bekommen. Die Stute trug jedoch nicht das entsprechende Brandzeichen, ein mit Flügeln geschmücktes B, was diese Rasse hervorragend beschreibt. Sie sind robust und kräftig und trotzdem leichtfüßig und schnell. Ich feilschte mit dem Verkäufer, hatte aber keine Chance.

Also kehrte ich zu meinem Pferd zurück und verbrachte eine ungemütliche Nacht im Regen. Zum Glück klarte es am nächsten Tag auf und ich kümmerte mich darum, einen Käufer zu finden. Da ich jetzt gesehen hatte, was sonst noch angeboten wurde, war ich wesentlich selbstbewusster, denn unsere Stute war von bester Gesundheit mit ordentlichem Fell, starken Knochen und einem freundlichen Wesen. Gegen Mittag hatte ich sie für einen guten Preis verkauft.

Der Bursche und ich gingen in die Stadt und gönnten uns ein Essen und einen Krug Bier zur Belohnung.

In dem lauten Gedränge, das im Wirtshaus herrschte, fiel mir ein schlaksiger Mann mit einer seltsam hohen Stimme auf, der sich lautstark darüber beschwerte, auf dem ganzen Markt nicht eine ordentliche Stute gefunden zu haben (seine genaue Wortwahl erspare ich Dir). Bevor ich wusste, was ich tat, erzählte ich ihm von der Stute, die ich früher versucht hatte zu kaufen und deutete sogar die Brigham-Ähnlichkeit an. Der Mann starrte mich mit erschreckend durchdringendem Blick an. Er erwiderte nichts, sondern leerte seinen Krug in einem einzigen Zug.

»Zeigen Sie mir das Pferd. Jetzt«, sagte er, packte mich mit festem Griff am Arm und schob mich zur Tür hinaus. Ich führte ihn vor die Stadt zu dem abgezäunten Bereich des Viehmarktes, in dem mehrere Pferde standen, und zeigte ihm die Stute, die gottlob noch

da war. Er warf mir noch einen langen Blick zu und sah sich dann das Pferd genau an. Ich war schon dabei zu gehen, da ich dachte, meinen Teil zu der Angelegenheit beigetragen zu haben, aber er rief mich zurück und bat mich zu warten.

Es dauerte nicht lange. Innerhalb von zehn Minuten hatte er den Kauf abgeschlossen und kam mit einem Lächeln auf dem Gesicht zu mir.

»Erlauben Sie mir, dass ich mich vorstelle«, sagte er und streckte mir die Hand entgegen. »Ich bin Baronet Brigham und Sie haben mir gerade zu einer sehr wertvollen Ergänzung meiner Zucht verholfen.«

Liebe Mutter, Du kannst Dir sicher meine Überraschung vorstellen! Der Baronet in Person! Er stellte mir Fragen aller Art über meine Herkunft und meine Berufserfahrung. Du hast mich gelehrt, immer ehrlich zu sein, und so versuchte ich nicht, irgendetwas zu beschönigen, zumal mir auch nicht ganz klar war, warum er das alles von mir wissen wollte. Ich ahnte zwar, dass er vielleicht eine Stelle auf seinem Anwesen zu besetzen hatte, und betete im Stillen um Gottes Führung, aber als er mir dann die Position des Stallmeisters auf seinem Gut anbot (trotz meiner erst dreiundzwanzig Lenze), wusste ich vor Verblüffung zunächst nicht, was ich sagen sollte.

Wie hätte ich ablehnen können? Auch wenn ich mich selbst einen Narren schimpfte – ein einfacher Stallbursche, der sich anmaßt, die renommierte Zucht des Baronets Brigham unter seine Fittiche zu nehmen –, sang mir doch das Herz in der Brust bei dem Gedanken, tagein, tagaus mit diesen wunderbaren Tieren zu verbringen, für sie zu sorgen, sie zu formen, sie zu trainieren. Nein, ich musste annehmen.

Baronet Goodricke war nicht glücklich, als er von meinem Entschluss, Ribston Hall den Rücken zu kehren, erfuhr. Er hatte sich darauf verlassen, dass ich ein weiteres Jahr bleiben würde. Nun musste er am Michaelistag doch auf den Jahrmarkt und sich nach einem neuen Knecht umsehen. Tatsächlich war er so wütend, dass er sich weigerte, mir meinen Lohn auszuzahlen. Er warf mich ohne ein weiteres Wort vor die Tür. Das schmerzt natürlich, denn ich habe ihm das Jahr über gute Dienste geleistet, und nichts dafür zu bekommen, ist äußerst ungerecht. Aber was soll ich tun? Wenn ich mir einen Rechtsbeistand nehme, um den Lohn einzuklagen, muss ich diesen gleich wieder dem Anwalt als Bezahlung überlassen und ich habe zwar recht, aber trotzdem kein Geld.

Und so bin ich nun hier, auf dem wunderschönen Brigham Anwesen, das einige Meilen landeinwärts an der Küste oberhalb von Bridlington liegt und von einer Reihe von Pächtern bewirtschaftet wird. Die Stallungen sind geräumig, große Weiden umgeben sie und es gibt sogar eine Reithalle. Noch nie habe ich solch eine Pracht gesehen. Der Gutshof, Brigham Hall, ist ein schönes Gebäude, wenn auch nicht so groß und alt wie Ribston Hall. Er grenzt an einer Seite an einen Wald, während sich hinter der Längsseite die Weiden in ein liebliches Tal erstrecken, das von einem Bach durchzogen ist. An der westlichen Ecke befindet sich im Obergeschoss ein Erker mit großen Fenstern, von dem aus man sicherlich eine wundervolle Sicht hat.

Der alte Stallmeister, von allen Ole Pete genannt, lebt noch hier, aber er ist gebrechlich und redet oft wirr. Manchmal jedoch hat er klare Momente und dann finde ich in ihm eine Quelle der Weisheit und des Pferdefachwissens, das ich aufsauge und in einem Notizbuch festzuhalten versuche. Ich habe mir angewöhnt, es immer bei mir zu tragen, wenn ich ihn besuche.

Mutter, der Himmel lacht auf mich herab und hat mir meine Herzenswünsche erfüllt, ganz deutlich habe ich das Gefühl, dass dies hier Gottes guter Plan für mich ist. Ich bin überglücklich, aber meine Position ist noch nicht endgültig. Das bereitet mir schon einige Sorge. Ich weiß noch nicht genau, was von mir erwartet wird und ob ich den Ansprüchen gerecht werden kann. Ich werde meinen Wert unter Beweis stellen müssen und darauf werde ich all meine Energie verwenden.

Dein dankbarer Sohn
Daniel Huntington,
Stallmeister von Brigham Hall

1. Ankunft

Daniel trat aus dem Stall und ließ seinen Blick durch den Innenhof schweifen. Nebelschwaden hingen über den Gebäuden und machten sowohl die Reithalle linker Hand wie auch den gegenüberliegenden Stalltrakt nahezu unsichtbar.

»Bastian? Willie?«, rief Daniel, bekam aber keine Antwort. Wo steckten die Burschen nur?

Am Anbindebalken neben der majestätischen Kastanie, die mitten im Hof stand, sah er einen einsamen Besen, aber sonst wirkte alles gespenstisch verlassen. Er ging an der Mauer entlang zu dem weiten Torbogen, der groß genug war, um mit einer Kutsche in den Innenhof zu fahren. Ein mulmiges Gefühl machte sich in ihm breit. Schemenhaft konnte er schräg gegenüber die Torpfosten des Dienstboteneingangs erkennen, aber das große Herrenhaus war nicht zu sehen, so dicht lag der Nebel auf dem Land. Auch die Weiden, die sich links hinter den Ställen bis weit in das seichte Tal unterhalb von Brigham Hall erstreckten, waren darin eingehüllt.

Vielleicht hatte er alles nur geträumt? Vielleicht träumte er noch in diesem Moment und würde gleich in seiner alten Kammer auf Ribston Hall erwachen …

»Unfug«, murmelte er vor sich hin und ging mit entschiedenen Schritten hinüber zum Haupthaus. Mit jedem Schritt tauchten mehr Details aus dem Nebel auf: die kleine Pforte, der Kräutergarten und schließlich auch die Mauern des Hauses mit der niedrigen Tür, die zum Dienstbotentrakt führte.

Daniel musste sich unter dem Türrahmen hindurchducken, obwohl er gar nicht so groß war mit seinen 1,70 m. Rechts von der Tür führte eine Treppe zu den Schlafräumen der Hausangestellten. In der Nische darunter streifte er seine Stiefel ab und nahm sich ein Paar Filzpantoffeln. Der Haufen Stiefel, der bereits dort lag, verriet ihm, wo seine Stallburschen hin verschwunden waren. Er wandte sich nach links, der Küchentür zu.

Kaum ein Wort fiel um den großen Tisch, aber in dem Raum war es dennoch alles andere als leise. Das Klappern von Löffeln in Tellern und das geräuschvolle Kauen ließen ahnen, dass der Eintopf, den die Köchin zubereitet hatte, äußerst schmackhaft war.

Daniel spürte die Blicke aller Anwesenden auf sich, als er die Küche betrat. Die drei Stallburschen zogen die Köpfe ein und löffelten hastig weiter.

»Ach, hier seid ihr«, stellte Daniel trocken fest und funkelte sie mit wütendem Blick an. So wütend war er gar nicht, aber ihm war bewusst, dass er seine Autorität erst einmal etablieren musste. Die beiden jüngeren sahen ihn schuldbewusst an, aber der ältere Bursche, Bastian, schien gänzlich unbeeindruckt.

»Essenszeit«, informierte er Daniel mit einem lässigen Schulterzucken. Unter den amüsierten Blicken der gesamten Dienerschaft trat Daniel an den Tisch heran, setzte seine Fäuste langsam rechts und links von Bastians Teller auf den Tisch, lehnte sich nach vorn und sagte dann leise: »Da wir noch nicht darüber gesprochen haben, lasse ich dir das für heute durchgehen. Aber morgen, meine Herren«, sein Blick verweilte einen Moment bei jedem Einzelnen von den dreien, bevor er genauso leise fortfuhr, »ist Essenszeit, wenn eure Arbeit erledigt ist und ich sage, dass ihr gehen dürft.« Mit einem zufriedenen Nicken beobachtete er, wie Bastian schluckte. Der Bursche hatte offensichtlich den drohenden Unterton in Daniels Stimme registriert.

Nachdem er diese Situation zu seiner Zufriedenheit geklärt hatte, sah Daniel sich um. Die meisten Namen und Gesichter in der Runde waren ihm noch fremd. Bevor er sich jedoch verloren vorkommen konnte, sprang eine der Mägde auf und winkte ihn heran. Sie war eine üppige junge Frau mit dunklen Haaren, die ihm jetzt ihr strahlendstes Lächeln schenkte.

»Setz dich nur hierher, werter Stallmeister, es ist genug Platz.

Du hast sicher auch Hunger, nachdem du heute das Frühstück verpasst hast«, lud sie ihn ein.

»Frühstück?«, fragte Daniel erstaunt und erntete ebenso erstaunte Blicke aus den Gesichtern um den Tisch.

»Ja natürlich gibt es Frühstück«, konstatierte die Köchin entrüstet, als wäre es eine persönliche Beleidigung anzunehmen, es könnte keines geben. »Drei Mahlzeiten am Tag, das ist in diesem Hause üblich. Wer hart arbeitet, muss auch gut essen, sagt der Herr immer.«

Diese Neuigkeit war Musik in Daniels Ohren. Bei seinem früheren Herrn hatte er nur eine Mahlzeit am Tag bekommen und hatte oft Hunger gehabt.

»Das lasse ich mir gern gefallen«, sagte er und setzte sich an den Tisch.

Die Magd, Fanny mit Namen, wedelte mit der Hand in eine Ecke des Raumes. Dort neben der Feuerstelle saß ein Mädchen auf einem Hocker. Sie sprang sofort auf, griff einen Teller aus dem Regal und schöpfte Eintopf hinein. Mit niedergeschlagenen Lidern stellte sie den Teller zusammen mit einem Löffel vor Daniel auf den Tisch. Er bedankte sich und folgte ihr mit dem Blick, während sie sich wieder auf den Hocker setzte. Sie sah mager aus und ihre Kleider waren deutlich dreckiger und zerschlissener als die der anderen Mägde. Daniel wunderte sich, dass sie ausgeschlossen wurde, wagte aber nicht, nach dem Grund zu fragen.

Während des Essens lernte er die Dienerschaft kennen, was er hauptsächlich Fanny zu verdanken hatte. Sie schnatterte fröhlich drauflos und stellte ihm jeden in der Runde mit einer lustigen Anekdote vor.

»Die drei Bengel, die ständig nach Mist riechen, kennst du ja schon«, sagte sie mit einem frechen Blick auf die Stallburschen.

Bastian hob entrüstet den Kopf. »Ich bin kein Bengel!«, rief er und verstand gar nicht, warum alle am Tisch in lautes Gelächter ausbrachen.

»Das Dickerchen hier ist Bissi«, fuhr Fanny fort und legte einem etwa zwölfjährigen, rundlichen Jungen eine Hand auf die

Schulter. »Er hat auch einen richtigen Namen, aber den habe ich vergessen. Er fragt bei allem, was essbar ist, ob er davon ›ein bissi‹ haben darf. Lass niemals dein Essen irgendwo unbeaufsichtigt herumstehen, sonst ist es weg.«

Der Junge grinste von einem Ohr bis zum anderen, offenbar nicht um seinen Ruf besorgt. »Ich will mal Koch werden«, verkündete er mit vollem Mund und erntete einen strafenden Blick von der Köchin.

»Da hast du noch viel zu lernen«, bemerkte sie nur spitz und ließ die Angelegenheit auf sich beruhen.

»Mit Ellie solltest du dich gut stellen«, sagte Fanny mit einem Nicken in Richtung Köchin. »Sie ist die heimliche Herrin auf diesem Anwesen ...«

»So ein Unsinn!«, rief Ellie empört, aber Fanny ließ sich nicht beirren.

»... und die gute Seele des Hauses. Ihr haben wir es zu verdanken, dass wir so gut versorgt werden.« Damit war Ellie versöhnt und protestierte nicht weiter.

Fannys Blick wanderte zu einem unscheinbaren Mädchen, das sehr konzentriert in ihren Teller starrte. »Das da ist Lizzie. Sie soll eine Hausmagd sein, aber sie kann gar nichts. Gib ihr bloß nichts Zerbrechliches in die Hand, sie wird es garantiert herunterwerfen. Es ist mir ein Rätsel, warum der Herr sie eingestellt hat, aber vielleicht hat sie ja irgendwelche Qualitäten, von denen ich nichts weiß.« Das hellblonde Mädchen errötete bis unter die Haarwurzeln.

»Fanny!«, sagte Ellie streng. Der bissige Tonfall ebenso wie die respektlosen Worte selbst schienen ihr gegen den Strich zu gehen.

Daniel sagte zu all dem nichts, zog aber ebenfalls die Augenbrauen hoch.

Nur ein Mann am Tisch schüttelte sich vor Lachen.

»Das ist Russell, der Lakai. Er hält sich für unglaublich wichtig, dabei er tut er den ganzen Tag nichts anderes als herumstehen und alle anderen von der Arbeit abhalten«, setzte Fanny ihre Vorstellungsrunde fort.

Das Lachen des Mannes wich einem empörten Schnauben. »Was weißt denn du schon, du alberne Küchenmagd. Gemüse schnippeln und Hühner rupfen, von mehr verstehst du nichts«, schoss er zurück.

»Das ist schon mal mehr, als du vorzuweisen hast! Du machst nur Türen auf und zu«, erwiderte sie mit einem spöttischen Lächeln.

Daniel konnte sich ein Glucksen nicht verkneifen und auch die anderen am Tisch kicherten amüsiert.

»Ich bin Harry, der Gärtner«, sagte ein kleiner, drahtiger, braun gebrannter Mann mit einem freundlichen Nicken in Richtung Daniel und nahm Fanny damit den Wind aus den Segeln. »Und wenn der Herr mal nicht reitet, dann bin ich auch der Kutscher.«

Damit waren alle am Tisch vorgestellt. Daniels Blick wanderte zu dem Mädchen in der Ecke.

»Und was ist mit ihr?«, fragte er.

Das Mädchen sah ihn nicht an, sondern hielt ihren Blick auf den Boden gesenkt. Sie war zierlich, kaum größer als 1,50 m, mit rotbraunen Locken, die an mehreren Stellen ihrer Haube entkommen waren. Ihr blasses Gesicht war übersät mit Sommersprossen. Ein unangenehmes Schweigen breitete sich am Tisch aus.

»Tu einfach so, als wäre sie gar nicht da«, sagte Fanny schließlich knapp und stand auf, um den Tisch abzuräumen. Wie auf Kommando erhoben sich alle und gingen mit ein paar gemurmelten Worten wieder an die Arbeit. Daniel folgte verwundert ihrem Beispiel. Das Mädchen tat ihm leid, wie sie da so zusammengekauert auf dem Schemel hockte.

»Du bist zu weichherzig«, hörte er in Gedanken die Stimme seines Vaters und schob mit einem unbewussten Nicken alle Gedanken an das Mädchen beiseite. Sie ging ihn nichts an. Er hatte genug eigene Sorgen, wie zum Beispiel einen jugendlichen Burschen, der seine Autorität infrage stellte.

»Hast du das Heu immer noch nicht verteilt?«, herrschte Daniel Willie an, der zusammenzuckte, als hätte man ihn mit einer Nadel gepikst. Er schnappte sich die Griffe der Schubkarre und hastete so eilig über das nasse Kopfsteinpflaster des Innenhofs, dass er ausrutschte, die Karre umkippte und sich ihre Ladung auf dem Boden ausbreitete. Der Junge erstarrte auf der Stelle, die Augen bei seinem Blick über die Schulter rund wie Untertassen.

Mit einem Stöhnen setzte Daniel die schweren Wassereimer ab und verschränkte die Arme. »Nun steh schon auf und sammle es wieder ein!«, rief er und beobachtete mit stillem Amüsement, wie der Junge auf allen vieren das Heu mit den Fingern vom feuchten Boden kratzte und zurück in die Schubkarre legte. Dann schaffte er es ohne weitere Unfälle bis zum Stall.

Daniel wandte sich mit einem Kopfschütteln ab. Willie war erst zehn und nur eine Woche vor Daniel selbst auf dem Gut angekommen. Er war furchtsam, verwirrt und hatte Heimweh, Gefühle, die Daniel nur zu gut kannte. Er selbst hatte seine erste Arbeitsstelle mit neun angetreten und die ersten Monate waren die Hölle gewesen. Jeden Abend hatte er sich in seiner einsamen Ecke auf dem Heuboden in den Schlaf geheult, weil er seine Mutter elendig vermisst hatte. Doch es ging nicht anders; er war das jüngste von acht Kindern und zu Hause gab es nicht genug zu essen. Sein Vater hatte versucht, für ihn eine Arbeit in der Nähe zu finden – vergeblich. Nie würde er vergessen, wie seine Mutter sich von ihm verabschiedet hatte. *»Gott segne dich, mein Süßer, mein Herz, mein lieber Junge ...«*

Hätte er damals die Schubkarre so umgeworfen wie Willie jetzt, hätte er von seinem Herrn Dresche bekommen. Daniel würde das nicht tun. Es war unnötig, dem Jungen noch mehr Angst zu machen, als er sowieso schon hatte. Wenn er mal frech würde, wäre das etwas anderes.

Daniel schleppte die Wassereimer in den Stall und stellte sie in die Ständer. Die Pferde waren unruhig und stampften ungeduldig mit den Hufen. Im Gegensatz zu den Zuchtstuten wurden die Reitpferde im Stall gehalten, damit sie direkt zur Hand waren, wenn man sie brauchte. Der Baronet war aber in den letzten Tagen nicht ausgeritten, also mussten die Pferde dringend bewegt werden. Daniel redete leise mit ihnen und sie stellten die Ohren auf und bliesen ihm ihren warmen Atem ins Gesicht. Morgen würde er sie auf die Weide lassen und hoffen, dass sie sich nicht die Beine brachen bei ihren Freudensprüngen. Bastian würde ihm helfen müssen. Die kleinen Burschen würden ja nur wie Fähnchen an den Führstricken baumeln und am Ende noch zertrampelt werden. Das musste nicht sein. Bastian hingegen war ein großer Bursche; er würde mit den unruhigen Seelen schon fertigwerden.

»Alles erledigt für heute?«

Daniel fuhr herum. Baronet Brigham sah auf ihn herab. Der Mann hatte die nervenaufreibende Angewohnheit, sich an die Leute heranzuschleichen. Er war unnatürlich groß, sehr dünn, und seine auffallend hohe Stimme passte so gar nicht zu seiner hochgewachsenen Gestalt. Gepaart mit seinem durchdringenden Blick, dem schütteren Haar und der meist dunklen Kleidung war seine ganze Erscheinung einschüchternd.

»Ja, Sir, alles erledigt.« Aus dem Augenwinkel sah Daniel, wie Willie im Regen mit der leeren Schubkarre wieder in den Hof kam. Beim Anblick seines Herrn verließ ihn jedoch der Mut, was Daniel ihm nicht verübeln konnte. Für einen Zehnjährigen war dieser Mann ein wandelnder Albtraum.

»Gut. Wenn Sie sich frisch gemacht haben, kommen Sie in mein Arbeitszimmer. Ich möchte die Bücher mit Ihnen durchgehen.«

»Selbstverständlich, Sir«, antwortete Daniel.

Auch wenn Baronet Brigham kein Problem damit hatte, sich draußen die Hände schmutzig zu machen, war er im Haus ausgesprochen penibel. Daniel hatte in der ersten Woche nur einmal mit Dreck an den Stiefeln das Haus betreten. Ein zweites Mal würde ihm das nicht passieren. Nachdem sein Herr aus der Haut gefahren war und ihn lautstark angeschrien hatte, wusste Daniel, warum die Bediensteten einen solch misstrauischen Respekt vor ihm hatten. Er hatte sich in dem Moment ernsthaft gefragt, ob es wirklich so klug gewesen war, bei dem Baronet anzuheuern. Doch so schnell der Wutanfall über ihn hereingebrochen war, so schnell war er auch wieder verraucht und Baronet Brigham hatte ihn völlig normal behandelt. Das hatte Daniel sehr beruhigt und ihn in seiner Entscheidung bestätigt.

Das Arbeitszimmer des Baronets betrat Daniel mit einer gehörigen Portion Nervosität. Sein Mangel an Bildung war ihm schmerzhaft bewusst; er hatte nie die Schule besucht. Das Lesen und Schreiben hatte er sich mithilfe der Bibel seiner Mutter selbst beigebracht, aber sein Verständnis von Zahlen und Rechenvorgängen ging über den Alltagsgebrauch nicht hinaus. Der Baronet wusste das, hatte er Daniel doch vor der Anstellung nach seiner Ausbildung gefragt. Dennoch schien er bereit zu sein, Daniels Wissenslücken zu füllen. Warum er das tun wollte, war Daniel ein Rätsel.

»Kommen Sie«, befahl der Mann und wandte sich wieder dem großen Buch zu, in dem er gelesen hatte. Er stand an einem Stehpult am Fenster des geräumigen Zimmers, eine gespitzte Feder und Tinte zur Hand. Zusätzlich zu dem Stehpult gab es noch einen Schreibtisch, zwei Sessel vor dem Kamin und hohe Regale an den Wänden. Drei große Fenster erhellten den Raum bei Tageslicht, doch jetzt war es draußen bereits dunkel, die Vorhänge waren zugezogen und mehrere Kerzen brannten.

Daniel stellte sich neben seinen Herrn und ließ seinen Blick über die Spalten von Wörtern und Zahlen gleiten.

Herr, hilf mir, mich nicht vollkommen zu blamieren, betete er im Stillen.

Zu seiner großen Überraschung verlangte der Baronet nichts weiter von ihm, als alles genau zu beobachten. Dann machte er sich daran, die Tagesgeschäfte in das Buch einzutragen: die Ausgaben der Köchin auf dem Markt, welche Pächter ihre Pacht gezahlt oder abgeleistet hatten, was man für den Verkauf eines Schweins eingenommen hatte, wie viele Erntehelfer für wie viele Tage angeheuert worden waren. Dann bilanzierte er die Konten und klappte das Buch geräuschvoll zu. Er stellte es in ein Regal, in dem bereits viele ähnliche Bücher standen.

»Ich halte Sie für einen klugen Mann, Mr Huntington«, sagte Brigham knapp, während er sich Daniel wieder zuwandte. »Sie werden beobachten und lernen, jeden Abend. Wenn Sie Fragen haben, fragen Sie.«

Daniel nickte langsam. Mit einer wegwerfenden Handbewegung des Baronets wurde er entlassen.

Daniel bewohnte eine kleine, aber gemütliche Kammer oberhalb der Ställe für die Reitpferde. Sie enthielt nicht mehr als ein Bett, einen kleinen Tisch mit einem Stuhl, einen Ofen und ein kleines Regal, in dem er seine Bibel und sein Schreibmaterial aufbewahrte. Die Stallburschen teilten sich eine Kammer über dem Kutschenhaus im anderen Flügel des Stallgebäudes. Über dieses Arrangement war Daniel sehr glücklich, denn die Burschen den ganzen Tag auf Trab zu halten und dafür zu sorgen, dass sie ihre Arbeit verrichteten, war ziemlich ermüdend. Jedes Mal, wenn er abends seine Tür hinter sich schloss, spürte er eine tiefe Erleichterung.

Heute schlief er allerdings nicht sofort ein, sobald er unter seine Decke gekrochen war. Ihm gingen zu viele Dinge durch den Kopf, die ganzen neuen Eindrücke und Erwartungen, die an ihn gestellt wurden. Er wünschte sich sehnlichst, dass sein neuer Herr mit ihm zufrieden sein und ihm eine dauerhafte Anstellung geben würde. Was den Umgang mit den Pferden anging, machte er sich wenig Sorgen. Er wusste, dass er ein Händchen für die Tiere hatte wie kaum ein anderer. Aber der Rest? Die Zucht, die Organisation des Stalles, die Führung der Angestellten? Das waren alles Dinge, um die sich sonst andere gekümmert hatten, und er war sich nicht sicher, ob ihm das nicht über den Kopf wachsen würde. Wie lange seine Probezeit dauern sollte, hatte der Baronet nicht gesagt und Daniel hatte sich nicht getraut zu fragen. Er konnte sowieso nicht mehr tun, als sein Bestes zu geben.

Nachdem er sich eine Weile hin und her gewälzt hatte, setzte er sich auf. Es hatte keinen Sinn, er musste noch etwas essen. Hoffentlich würde er in der Küche fündig werden. Auf Ribston Hall hätte er nicht daran denken brauchen, aber er hatte die Hoffnung, dass solche Angelegenheiten hier weniger streng gehandhabt wurden. Schnell schlüpfte er in seine Hose und Stiefel, zündete die Öllampe an und stieg die schmalen Stufen hinunter in den Stall. Er überquerte den Innenhof und folgte dem Pfad zum Dienstboteneingang in die Küche. Im Flur traf er auf Harry, den Gärtner.

»Na, so spät noch unterwegs, Herr Stallmeister?«, fragte der ältere Mann gutmütig.

»Mein Magen gibt keine Ruhe«, erklärte Daniel und lächelte etwas schräg.

»Jaja, die jungen Kerle«, grinste Harry und zwinkerte ihm zu. »Ich gehe öfter abends noch ins Dorf. Du kannst gern mitkommen, wenn du willst«, lud er Daniel ein.

»Ins Dorf?«

»Ja, nach Flamborough. Ist zwar ein ordentlicher Marsch da rüber, aber es lohnt sich. Wenn du wissen willst, was in der Welt passiert, gibt es keinen besseren Ort als das *Seabirds*. Und der Gin ist auch passabel.«

»Soso«, sagte Daniel ausweichend. An seiner früheren Arbeitsstelle hatten die Knechte dem Gin auch gern zugesprochen und nicht wenige Schlägereien waren daraus entstanden. Daniel machte lieber einen Bogen um die einschlägigen Wirtshäuser, auch weil seine Mutter ihn immer wieder dazu angehalten hatte, um Gottes willen die Finger vom Alkohol zu lassen.

Harry bemerkte seine Zurückhaltung sofort. »Keine Sorge, ich lass mich nicht volllaufen wie so manch anderer. Ich trinke ein Gläschen und höre mir an, was die Leute zu erzählen haben. Es kommen immer wieder Seeleute dort hin, die von ihren Reisen berichten, vom Krieg mit Spanien und was eben sonst so passiert. Wie gesagt, kannst gern einmal mitkommen.« Damit tippte er sich an seine Kappe und kletterte die steile Treppe hinauf, während Daniel ihm eine gute Nacht wünschte und in die Küche ging.

Es war gut, dass er die Lampe mitgenommen hatte, denn das Feuer war verglommen und der Raum lag im Dunkeln. In Gedanken noch bei seinem Gespräch mit Harry hielt er die Lampe hoch, um sich nach etwas Essbarem umzusehen. Er hätte sie fast fallen gelassen, als plötzlich hinter dem Tisch eine Gestalt auftauchte. Das Licht wurde eine Sekunde lang von zwei weit aufgerissenen Augen reflektiert, die dann aber zusammengekniffen wurden. Zerzauste Locken ragten in alle Richtungen und Daniel wischte sich erleichtert über die Stirn. Es war nur die kleine Magd. Er stieß eine Mischung aus Seufzer und betretenem Gelächter aus. Er wäre fast vor dem Mädchen davongelaufen!

»Du liebe Güte, was tust du hier mitten in der Nacht? Du hast mir einen ordentlichen Schrecken eingejagt.« Er trat an den Tisch und stellte die Lampe ab.

Das Mädchen saß auf der Bank am Tisch und hielt eine Decke um sich geklammert. Immer wieder blinzelte sie, sah über die Schulter und biss sich auf die Lippe, sagte aber nichts.

»Gibt es noch Essen? Ich bin sehr hungrig«, fuhr Daniel fort und schaute sich noch einmal um.

Das Mädchen warf einen kurzen Blick auf den großen Schrank in der Ecke, bewegte sich sonst aber nicht. Als Daniel den Schrank öffnete, fand er darin reichlich Vorräte. Er nahm sich etwas Brot und Käse sowie einige Scheiben Schinken. Als er zum Tisch zurückkam, bemerkte er, dass das Mädchen unter der Decke nichts als ein Unterkleid trug, während ihre Kleider in einem Stapel auf dem Boden neben der Bank lagen, auf der sie saß. Das wunderte ihn.

»Schläfst du hier auf der Bank?«, fragte er ungläubig.

»Noch so spät auf, Mr Huntington?«, durchschnitt die Stimme des Baronets die Küche. Der Mann trat aus dem Schatten der Tür gegenüber des Dienstbotenausgangs.

Daniel zuckte zusammen. »Ich hatte noch Hunger«, verteidigte er sich unsicher. War es doch verboten, sich selbst von dem Essen zu nehmen?

Das Mädchen kauerte sich unter ihrer Decke zusammen, als wollte sie sich in Luft auflösen.

»Wie ich sehe, haben Sie dieses Problem gelöst«, erwiderte Brigham mit einem Blick auf das Brot. Sein Ton kam einem Rauswurf gleich.

Hastig schnappte Daniel seine Lampe und das Essen und nickte seinem Herrn zu. »Sir«, murmelte er und machte, dass er wegkam. Obwohl er zu gern gewusst hätte, warum sein Herr nachts durchs Haus schlich. Vielleicht hatte er auch noch Hunger verspürt? Daniel bezweifelte es aus irgendeinem Grund. Eher schien es ihm, als hätte der Baronet die Magd bewacht. Das war verrückt. Warum sie wohl kein eigenes Bett hatte? Das Haus war doch groß genug! Wurde sie für irgendetwas bestraft? Daniel kehrte in seine Kammer zurück und starrte nachdenklich die Wand an, während er sein Nachtmahl kaute. Es ergab keinen Sinn. Das Mädchen hatte die ganze Zeit über die Schulter geschaut, als ob sie jemanden erwarten würde. Warum sprach sie eigentlich nicht? Offensichtlich hatte sie ja alles verstanden, was er zu ihr gesagt hatte, also konnte sie nicht taub sein. Warum hatte sie solche Angst vor dem Baronet? Daniel seufzte unwillig. In diese Richtung wollte er lieber nicht weiterdenken. Es war ihm durchaus bewusst, dass die Herren, egal welchen Standes, der Ansicht waren, dass sie mit ihren Mägden machen konnten, was sie wollten. Selbst die Lakaien und Butler waren berüchtigt dafür, jedem Rock nachzustellen. Einen Butler gab es hier seltsamerweise nicht. Vielleicht übernahm Russell einige der Aufgaben. Oder der Baronet war zu eigen, um einen Butler in seiner Nähe zu dulden. Daniel stopfte sich den Rest Käse und Brot in den Mund, machte die Lampe aus und legte sich wieder hin.

»Wie heißt sie eigentlich?«, fragte er sich noch, bevor er endlich in den Schlaf sank.

Daniel brauchte mehrere Wochen, bevor er sich ein Herz fasste und dem Baronet eine Frage über die Bücher stellte. Er hatte alles genau beobachtet und verstand das allgemeine Prinzip der Buchführung. Es gab einen Bestand; Dinge, die verbraucht oder verkauft wurden, zog man ab, Dinge, die dazukamen, addierte man. Aber die schnellen Berechnungen des Baronets kamen einem Mysterium gleich. Mit schamroten Wangen gestand er seine Hilflosigkeit, wofür er ein amüsiertes Lächeln erntete.

»Wie gut, dass Sie endlich Ihren Stolz hinuntergeschluckt haben, Mr Huntington«, sagte Brigham. »Ich hatte schon befürchtet, Sie würden daran ersticken.« Er zog einen Rechenschieber aus einer Schublade und begann, Daniel die Grundlagen der Mathematik zu erklären. Dann zog er eines der älteren Bücher aus dem Regal und drückte es ihm in die Arme. »Üben Sie hiermit«, riet er ihm und schickte ihn zurück in sein Quartier.

Von da an verbrachte Daniel jeden Abend mit Rechenübungen in seiner Kammer über den Ställen. Anfangs kam es ihm vor, als würde er es niemals verstehen. Doch er erinnerte sich daran, dass er beim Entziffern der Buchstaben das Gleiche gedacht hatte. Er war stoisch drangeblieben und dann, wie ein Blitzschlag, waren ihm die Zusammenhänge klar geworden und er konnte lesen. Von den Zahlen erwartete er das jetzt auch. Abgesehen davon, dass er rechnen lernte, fand er auch viel darüber heraus, wie das Gut geführt wurde, und wendete das erworbene Wissen in seiner täglichen Arbeit an.

Beispielsweise war gutes Heu wertvoll und unabdingbar für die Gesundheit der Pferde. Daniels früherer Herr hatte keinen großen Wert auf die Heuqualität gelegt und die Pferde hatten ständig gehustet, besonders im Winter, wenn sie aufgestallt waren. Noch nie zuvor hatte Daniel gehört, dass man Pferde im Winter draußen hielt, aber Brigham schwor darauf. Er behauptete, Pferde müssten sich an der frischen Luft bewegen und bräuchten nicht warm eingepackt zu werden, wenn es kalt wurde. Genug Weiden hatte er ja. Ole Pete sagte dasselbe und Daniel konnte sehen, dass die Pferde alle gesund und stark waren, ohne auch nur die Spur eines Hustens.

Während seiner Trainingsrunden mit ihnen hatte Daniel sich über die vielen Heuschober gewundert, die oft besser in Schuss waren als die Hütten mancher Pächter. Durch die Bücher lernte er, dass der Baronet wesentlich mehr Heu produzierte, als er selbst für sein Vieh brauchte, und den Überschuss im Winter verkaufte. Das daraus resultierende Einkommen war beträchtlich und Daniel entwickelte einen großen Respekt für seinen Herrn, denn dieses Geld trug dazu bei, dass jeder auf dem Anwesen genug zu essen hatte.

Brigham Hall, den 12. November 1710

Liebe Mutter,

heute wurde ich von einem Bündel Briefe überrascht, alle von Deiner lieben Hand geschrieben. Sie wurden anscheinend gesammelt und an meine neue Arbeitsstelle weitergeleitet; von wem, werde ich wohl nie erfahren. Bisher hatte ich noch keine Gelegenheit, sie zu lesen, aber das werde ich tun – einen nach dem anderen. Sie werden mir meine Abende versüßen.

Dies ist nur ein schneller Gruß, um Dich wissen zu lassen, dass es mir gut geht und ich die Briefe erhalten habe.

Dein Dich liebender Sohn
Daniel

2. FREUNDSCHAFT

»Du hast wirklich einen gesunden Appetit, Daniel«, stichelte Ellie. Ihr selbst konnte man Ähnliches nicht absprechen, denn sie war äußerst wohlgenährt. Daniel hörte gerade mal lange genug auf zu kauen, um ihr ein breites Grinsen zu schenken. Inzwischen kannte er die Dienerschaft gut und kam mit den meisten wunderbar aus. Seine Stallburschen hatte er auch unter Kontrolle gebracht und Fanny war ganz vernarrt in ihn und sorgte dafür, dass er immer gut zu essen bekam, auch außerhalb der regulären Mahlzeiten. Darüber war er alles andere als traurig, denn seine Arbeit hielt ihn von weit vor Sonnenaufgang bis spät in den Abend auf Trab und verwandelte seinen Magen in ein bodenloses Loch. Er konnte immer und überall essen. Und so war er sehr froh, wenn Fanny wieder mit einem Tuch voll Köstlichkeiten in den Stall kam, auch wenn er sich fragte, ob ihm allein diese Ehre zuteilwurde. Russell, der Lakai, amüsierte sich prächtig darüber und konnte es nicht lassen, anzügliche Bemerkungen zu machen.

Auch Ole Pete konnte es sich nicht verkneifen, seinen Senf dazuzugeben. Daniel war nach einem weiteren Besuch von Fanny gerade dabei, einen Zaun zu reparieren, als der alte Mann zu ihm herübergehumpelt kam und ihm freundlich eine Hand auf die Schulter legte.

»Du solltest das Mädel mit einem Kuss belohnen«, krächzte er und lachte gackernd.

Daniels Augen wurden rund vor Verwunderung.

»Ja, natürlich, guck nicht so scheel. Weißt du denn nicht, dass du ein gefragter Junggeselle bist? Kräftig und schön mit einem guten Auskommen ...« Pete ließ den Satz zwischen ihnen in der Luft hängen und schaute sich lieber die Pferde an, die friedlich unter dem bedeckten Himmel grasten.

Daniel schluckte. Er war so lange ein armer, dreckiger Stallbursche gewesen, dass es ihm schwerfiel zu glauben, jemand könnte Interesse an ihm haben. Er war mittelgroß mit untypisch kurzen braunen Haaren. Er hatte vor einigen Jahren angefangen, sie zu schneiden, weil er jedes Haarband verlor und es hasste, wenn ihm die Haare in die Augen hingen. Die waren ebenfalls braun. Er war sicherlich nicht hässlich, aber bisher hatten die Mädchen ihm keine besondere Beachtung geschenkt und er war ehrlich gesagt etwas unschlüssig, was er mit Fannys Aufmerksamkeit anfangen sollte. Sie küssen? Nein, das war doch sicher nicht in Ordnung, wenn er keine ernsten Absichten hatte. Russell würde so etwas vielleicht tun, aber er doch nicht. Er schob die Gedanken beiseite. Pete schien einen seiner besseren Tage zu haben und vielleicht konnte er ein paar wertvolle Pferdeinformationen aus ihm herauslocken.

Während sie am Zaun lehnten und redeten, kam eine Magd mit häufigen Blicken über die Schulter zum Auslauf geschlichen. Ole Pete brach mitten im Satz ab. Daniel erkannte das stumme Mädchen, das niemals bei den anderen saß. Mit dem niemand jemals redete, außer um ihr Befehle zu erteilen. Wann immer er sie traf, arbeitete sie – sogar dann, wenn die anderen eine Pause machten. Und beim Essen saß sie in der Ecke neben der Feuerstelle, niemals am Tisch.

Jetzt trat sie heimlich an den Zaun heran. Sie hatte nur ein dünnes Tuch um die Schultern geschlungen und zitterte im kalten Novemberwind. Sie pfiff leise. Sofort hob eine kleine weiße Stute ihren Kopf. Bevor weiter etwas geschehen konnte, verfiel Ole Pete plötzlich in einen grässlichen Hustenanfall und Daniel musste den alten Mann stützen, damit er nicht umfiel. Als er sich wieder umsah, war das Mädchen verschwunden und der Baronet steuerte auf sie zu.

»Du solltest hier nicht herumstehen und meinen Stallmeister von der Arbeit abhalten, alter Mann«, sagte er und deutete mit dem Kinn in die Richtung von Ole Petes Hütte, die ein Stück hinter dem Stallgebäude lag. »Geh wieder ins Bett.«

Pete hustete noch mehr und spuckte dann kräftig aus, knapp am Stiefel des Baronets vorbei. Dann drehte er sich um und humpelte davon.

Daniel wagte es nicht, seinen Herrn anzusehen. Sicher würde er jetzt wieder aufbrausen und lautstark schimpfen. Das war etwas, was Daniel nur schwer ertragen konnte. Doch erstaunlicherweise ließ Brigham das ungehobelte Verhalten des alten Mannes unkommentiert.

»Morgen kommen einige Gentlemen, die Pferde kaufen wollen. Sorgen Sie dafür, dass diese hier auf Hochglanz poliert, gezäumt und gesattelt in der Reithalle bereitstehen, pünktlich um zehn Uhr.« Er drückte Daniel eine Liste in die Hand. »Die Burschen müssen sich auch waschen und die Ställe ordentlich fegen. Sie, Mr Huntington, werden die Pferde unter dem Sattel vorstellen. Reiten Sie sie vorher ordentlich ab, aber ich will nicht, dass sie schwitzen. Wir wollen einen guten Eindruck machen.« Ohne ein weiteres Wort drehte er sich um und ging zum Haus zurück.

Daniel stieß einen erleichterten Seufzer aus und machte sich wieder an die Reparaturen. Das war ja noch mal gut gegangen. Seine Gedanken kreisten weniger um den gerade erhaltenen Auftrag, auch wenn er sich darauf freute, potenzielle Käufer zu beeindrucken, als vielmehr um die stumme Magd. Er betrachtete die weiße Stute, die auf den Pfiff des Mädchens reagiert hatte. Mit ihr hatte er bisher noch nicht gearbeitet, da er vermutet hatte, für die zierliche Kreatur zu schwer zu sein. Sollte er? Er würde seinen Herrn fragen müssen.

Es war nur ein paar Tage später, als Daniel das Mädchen wieder bei der Stute sah. Genau wie beim ersten Mal, schlich sie sich an den Zaun und schaute dabei immer wieder über die Schulter, als täte sie etwas Verbotenes. Dann pfiff sie. Diesmal gab es keine Störung und das Pferd kam zu dem Mädchen an den Zaun und begrüßte sie wie eine alte Freundin. Es schnoberte an ihrem Hals und in ihren Haaren, während das Mädchen immer wieder seine Nase küsste. Dann legten beide die Köpfe aneinander und verweilten mehrere Minuten so, als würden sie voneinander Kraft schöpfen.

Daniel hielt sich hinter der Stalltür verborgen und beobachtete das Schauspiel voller Faszination. Die Innigkeit von Mensch und Pferd berührte ihn tief und weckte eine vertraute Sehnsucht in ihm. Es war ihm noch nie gelungen, eine so enge Beziehung zu einem Pferd aufzubauen.

Das Mädchen seufzte schließlich hörbar und wandte sich mit einem friedvollen Ausdruck auf dem Gesicht zurück zum Haus. Die Stute wieherte ihr hinterher und stampfte mit dem Huf auf. Das Mädchen drehte sich noch einmal um, schüttelte den Kopf und lief dann schnell zum Haus zurück.

Daniel kam hinter der Stalltür hervor und bewegte sich auf das Pferd zu, das noch immer dastand und hinter dem Mädchen herschaute. Er streckte die Hand aus, um ihm den Hals zu klopfen, aber sofort legte es die Ohren flach an den Kopf und schnappte nach ihm.

Daniel machte einen erschrockenen Schritt rückwärts. »Ho, ist ja gut, ich tu dir nichts«, sagte er, aber die Stute war bereits davongetrabt.

Brigham Hall, den 25. November 1710

Liebste Mutter,

es freut mich über alle Maßen zu hören, dass es Dir und Vater gut geht und ihr sogar etwas für schlechte Zeiten beiseitelegen könnt. Bei all den Vorzügen, die ich hier genieße, werde ich das wohl auch tun können – eine vollkommen neue Erfahrung für mich. Ich könnte im Laufe des nächsten Jahres sogar eine Heirat in Betracht ziehen, obwohl ich zugeben muss, dass die junge Dame, die mir momentan sehr viel Aufmerksamkeit schenkt, nicht diejenige ist, mit der ich den Rest meines Lebens verbringen möchte.

Davon abgesehen gibt es hier ein großes Rätsel, von dem ich Dir erzählen muss. Ich bin sehr gespannt darauf, Deine Gedanken dazu zu erfahren. In der Küche und im Waschhaus arbeitet eine Magd. Nun, dort arbeiten mehrere Mägde, um genau zu sein, aber diese hier ist besonders. Sie spricht mit niemandem und bisher habe ich von ihr nicht mehr gehört als ein Seufzen oder Niesen. Die anderen Bediensteten behandeln sie grob, was mich sehr belastet. Du kennst mich, Mutter. Ungerechtigkeit geht mir gegen den Strich. Sie geben ihr all die schweren und unangenehmen Aufgaben, die sie selbst nicht machen wollen, und das arme Mädchen hat keine Möglichkeit, sich zu beschweren. Ich habe sogar gesehen, wie Fanny (die Magd, die so sehr um mich bemüht ist) gedroht hat, sie zu schlagen, als sie zögerte zu gehorchen. Getan hat sie es aber zum Glück nicht. Mutter, sie würde Dir auch leidtun, wenn Du ihre zierliche Gestalt und ihre ängstlichen Augen sehen würdest. Ich kann nicht begreifen, wie sie eine solche Arbeitslast bewältigen kann.

Als Russell, der Lakai, bemerkte, dass ich sie beobachte, zog er mich zur Seite und flüsterte mir ins Ohr, ich solle einen großen Bogen um das Mädchen machen. Er sagte, sie sei verflucht und könne deswegen nicht sprechen. Diesen abergläubischen Unsinn glaube ich natürlich nicht. Was mich aber wirklich beunruhigt, ist die Tatsache, dass niemand den Namen des Mädchens kennt. Ist das nicht furchtbar? Sie schläft in der Küche wie ein Hund, aber selbst Hunde haben einen Namen. Diese arme Magd scheint keinen zu haben. Ihre einzige Freundin ist eine kleine weiße Stute mit einem fiesen Temperament. Ich habe versucht, sie einzufangen, aber sie ließ mich nicht in ihre Nähe. Das Mädchen jedoch kann sie anfassen und sie kommt sogar auf einen Pfiff hin zu ihr. Was sagst Du zu diesem Rätsel?

Dein verwirrter Sohn
Daniel

3. RÄTSEL

Da war sie wieder. Daniel hielt die Luft an und versuchte, unauffällig mit seiner Umgebung zu verschmelzen. Sie hatte ihn nicht bemerkt und er duckte sich ein wenig hinter die große braune Stute, die eine kleine Verletzung an der Schulter hatte. Die hatte er sich gerade ansehen wollen, als die stumme Magd im Nebel aufgetaucht war. Sie pfiff und die weiße Stute verließ sofort das Heu. Die beiden waren so in ihr Wiedersehen vertieft, dass Daniel es wagte, sich aufzurichten und langsam näher zu kommen. Er hielt großzügigen Abstand von der Stute, und erst als er schon fast den Zaun erreicht hatte, bemerkte die Magd ihn. Ihre Augen weiteten sich vor Überraschung, aber bevor sie sich umdrehen und wegrennen konnte, hob er besänftigend die Hände.

»Es ist in Ordnung. Bitte, lauf nicht weg.«

Sie blieb, wo sie war, sah sich aber einmal in alle Richtungen um. Niemand sonst war in der Nähe, außer ein paar Krähen, die mit lautem Gekrächze zwischen den Pferden nach Essbarem suchten. Daniel kletterte durch den Zaun und näherte sich dem Mädchen mit einem freundlichen Lächeln. »Alles in Ordnung«, wiederholte er, als ob sie ein nervöses Pferd wäre. Die Stute beäugte ihn misstrauisch, also blieb er stehen. »Sie mag dich sehr«, stellte er fest.

Die Magd blinzelte einmal und fing dann wieder an, den Hals des Pferdes zu streicheln. Ihre Finger waren ganz rot vor Kälte und sie vergrub sie tief in dem dichten Winterfell der Stute. Ihr Blick blieb aber auf sein Gesicht geheftet.

Daniel empfand einen absurden Stolz, dass das Mädchen nicht vor ihm weggelaufen war, und grinste breit. Ein erstaunter Ausdruck trat auf das Gesicht der Magd. So standen sie einen Moment lang da und sahen sich nur an. Daniel konnte spüren, dass sich etwas in ihrer Haltung ihm gegenüber änderte, aber er konnte nicht genau sagen, was. Sie blinzelte noch einmal und ging dann trotz des Nieselregens langsam zurück zum Haus. Er folgte ihr mit den Augen, bis sie außer Sichtweite war.

Im Stall traf Daniel auf Bastian, der den Lieblingshengst des Baronets putzte.

»Sag mal, Bastian, wenn du die Hufe der Stuten kontrollierst, schaust du dann auch nach der kleinen weißen?«

Bastian hielt mitten im Bürstenstrich inne. »Nein«, antwortete er dann abweisend.

»Lässt sie dich nicht in ihre Nähe?«

Bastian schüttelte nur den Kopf.

Alle anderen Pferde waren umgänglich und mussten zum Hufeauskratzen noch nicht einmal angebunden werden.

Daniel sah sich den Hengst an. »Ich denke, das reicht. Stell ihn wieder in seine Box und dann versuchst du, die Stute aufzuhalftern. Wir wollen ja nicht, dass sie sich einen Stein eintritt und lahmt«, wies er den Burschen an. Dann machte er sich auf die Suche nach den beiden anderen Jungs. Sie sollten eigentlich die Futterkrippen säubern, aber er konnte sie nirgends sehen. Während er noch nach ihnen suchte, hörte er plötzlich Brighams hohe Stimme.

»Was treibst du denn da?«, kreischte er.

Daniel lief sofort hinaus zu den Ausläufen, gerade noch rechtzeitig, um zu sehen, wie der Baronet auf Bastian losging und ihm eine kräftige Ohrfeige verpasste.

Der Junge stolperte rückwärts mit einem Blick sowohl voller Überraschung als auch Widerwillen. »Der Stallmeister hat gesagt, ich soll ihr die Hufe sauber machen«, verteidigte er sich.

Der Baronet packte den Jungen am Hemd und zog ihn zu sich heran, bis ihre Nasen sich fast berührten. »Ich habe dir mehr als einmal gesagt, dass du diese Stute mit keinem Finger anrührst«, zischte er. »Ich kümmere mich selbst um sie.« Er gab dem Burschen einen heftigen Stoß, sodass er mit Schwung im Dreck landete. »Noch einmal, Mr Higgins, und du kannst dir eine neue Arbeit suchen.«

»Gibt es ein Problem, Sir?«, fragte Daniel vorsichtig, während er näher kam.

»Ja, gibt es, Mr Huntington«, fuhr ihn der Baronet an. Er wischte sich die Hände an der Hose ab. »Niemand fasst diese Stute da an, verstanden? Wenn dieser dickköpfige Idiot es noch einmal versucht, werfen Sie ihn raus. Nein, peitschen Sie ihn aus und werfen Sie ihn dann erst raus.«

Die Vehemenz im Tonfall seines Herrn erschreckte Daniel. »Ich dachte, wir sollten ihre Hufe kontrollieren, Sir«, antwortete er bedächtig, während er sich fragte, warum der Baronet um diese Stute so viel Aufhebens machte.

»Das ist nicht nötig!«, schnappte Brigham und starrte Daniel wütend an. Er machte sogar einen Schritt auf ihn zu, sodass Daniel schon befürchtete, als Nächstes im Dreck zu landen. Doch Brigham besann sich gerade noch. »Lassen Sie diese Stute in Ruhe und sorgen Sie dafür, dass es auch jeder andere tut. Besonders dieses Mädchen«, fügte er mit einem hässlichen Knurren hinzu. Er führte nicht näher aus, welches Mädchen er meinte, sondern stürmte aufgebracht so dicht an Daniel vorbei, dass er zur Seite treten musste, um nicht gerammt zu werden.

Als der Baronet außer Sichtweite war, rappelte sich Bastian aus dem Matsch hoch. Er sah Daniel nicht an.

»Du wusstest das«, stellte Daniel fest.

Bastian zuckte die Schultern. Seine Blicke waren auf den Boden geheftet, aber Daniel sah trotzdem, welche Wut in ihm brodelte. »Warum hast du mir das nicht gesagt, wenn du es wusstest?«

Der Junge antwortete nicht. Er warf Daniel einen heiß glühenden Blick zu und schlich dann zurück in den Stall, mit einer Hand seine gerötete Wange reibend.

Das Mädchen eilte mit einem Tablett voller Essen an Russell und Daniel vorbei, die kurz nach der üblichen Essenszeit die Küche betraten.

»Vielleicht hast du Glück und sie vergiftet Ole Pete irgendwann«, sagte Russell und streckte einmal seinen Rücken durch, bevor er sich auf die Bank fallen ließ.

Die Dienerschaft war bis auf die Köchin und Fanny schon wieder weg.

»He, Ellie, ich verhungere, her mit dem Futter!«, rief Russell.

»Wenn du keine Manieren lernst und höflich Bitte sagst, werde ich dich mit Freuden verhungern lassen«, erwiderte Ellie und verpasste ihm im Vorbeigehen eine Kopfnuss.

Er lachte und tätschelte ihre runde Rückseite, nur um auch noch eins auf die Finger zu bekommen. Er lachte noch mehr. Daniel hielt sich aus dem Geplänkel heraus.

»Hier Süßer, du weißt, wie man sich benimmt. Dir gebe ich gern etwas zu essen«, sagte Ellie zu ihm und reichte ihm einen gut gefüllten Teller.

»Ich habe extra darauf geachtet, dass die anderen dir genug übrig lassen«, warf Fanny ein und lächelte ihn zuckersüß an.

»Vielen Dank«, antwortete Daniel und setzte sich Russell gegenüber, der sofort anfing, sich zu beschweren.

»Er hat noch nicht einmal um Essen gebeten! Ihr zwei seid ungerecht.«

Sie ignorierten ihn.

Russell rollte die Augen. »Liebste Ellie, würdest du mir bitte mein Abendessen reichen?«, fragte er so höflich, wie er nur konnte.

»Na also, geht doch! Das war doch gar nicht so schwer, oder?« Mit einem Augenzwinkern stellte Ellie seinen Teller vor ihn hin.

Eine Weile aßen sie schweigend, aber Daniels Gedanken kreisten um Russells Bemerkung.

»Was meinst du damit, dass ich Glück hätte, wenn das Mädchen Ole Pete vergiften würde?« Er versuchte, Russell nicht merken zu lassen, wie sehr ihn die Vorstellung von Brigham Hall ohne seinen Vorgänger beunruhigte. Bisher kam er gut mit dem Lakaien aus, aber das konnte sich von einer Sekunde auf die andere ändern, wenn Russell von seiner sensiblen Ader Wind bekam. Und zuzugeben, dass er den alten Mann gern hatte, würde mit Sicherheit als Weichlichkeit gewertet werden.

»Weißt du das nicht? Die Hütte gehört offiziell dem Stallmeister. Keine Ahnung, warum der Herr den Alten weiter dort wohnen lässt.«

»Also ...« Daniel brachte es nicht übers Herz, es auszusprechen, aber Russell hatte damit keine Probleme.

»Wenn der alte Mann stirbt, gehört die Hütte dir. Vielleicht solltest du ihm eins mit der Schaufel überziehen, wenn er wieder draußen herumkriecht. Dann versaut er dir wenigstens nicht dein zukünftiges Bett!« Russell lachte dröhnend, aber Ellie stand neben ihm, beide Fäuste in die Hüften gestemmt.

»Russell, du bist ein widerwärtiges Biest! Dieser alte Mann hat den Brighams länger gedient, als du überhaupt atmest! Ihm haben wir es zu verdanken, dass die Zucht so ein hohes Ansehen hat. Zeig gefälligst etwas Respekt, du hirnloser Esel.«

»Als ob du das wüsstest«, antwortete Russell gelassen. »Du arbeitest auch nicht länger hier als ich. Es könnte alles nur ein Märchen sein.«

»Wie lange seid ihr hier?«, fragte Daniel.

»Vier Jahre. Niemand arbeitet länger hier, außer Pete. Der Baronet hat uns alle am gleichen Tag eingestellt. Nur ein paar kamen später noch dazu, wie Fanny und Bastian und die kleinen Jungs im Stall und in der Küche, nicht wahr, Fanny? Alle anderen haben vor vier Jahren angefangen.«

»Warum?« So etwas hatte Daniel noch nie gehört. »Was war mit den anderen Angestellten?«

»Das weiß niemand«, erwiderte Fanny geheimnisvoll. »Es gab ein paar Gerüchte, dass es in der Kapelle spukt, wo der frühere Herr verbrannt ist. Vielleicht hatten die anderen Dienstboten Angst und sind weggelaufen.«

»Ja«, ergänzte Russell und riss die Augen so weit auf, dass sie ihm gleich aus dem Kopf zu springen schienen. Dann senkte er vertraulich die Stimme. »Der letzte Kerl, der hier Stallmeister werden sollte, hat ein Gespenst gesehen. Mitten in der Nacht ist eine weiße Gestalt um die Weiden geschlichen. Der wollte keinen Tag länger bleiben.«

Ein Schauer lief über Daniels Rücken. Er hatte die verkohlten Überreste der Kapelle gesehen, die in einem bezaubernden Hain etwa eine halbe Meile von Brigham Hall entfernt lag. Das Dach und zwei Seitenwände waren eingestürzt, sodass eine schaurige Ruine übrig blieb, die jeder mied wie der Teufel das Weihwasser. Daniel hatte sich noch nie in die Nähe gewagt, auch wenn er nicht an Spukgeschichten glaubte. Unheimlich fand er den Ort trotzdem.

»Was ist mit dem Mädchen?«, fragte er.

»Welches Mädchen?«

»Die stumme Magd? War sie schon hier, als ihr angefangen habt?«

Russell sagte nichts. Auch Ellie kniff die Lippen zusammen, aber Fanny antwortete geradezu mit Begeisterung: »Die war schon hier, nicht wahr, Ellie? Die kleine Hexe. Trau ihr nicht über den Weg. Sie ist böse. Ich wünschte, der Herr würde einen anderen Schlafplatz für sie finden. Es ist so unangenehm, dass sie hier in der Küche schläft.«

»Hexe? Das kann ich mir nicht vorstellen«, warf Daniel ein, kam aber nicht weiter.

»Oh, lass dir von ihr nichts vormachen! Es hat schon seine Gründe, warum der Herr sie ständig im Auge behält. Von mir aus kann er sie im Keller einsperren, dann ist sie aus dem Weg.«

»Findest du das nicht ein bisschen hart? Sie ist doch nur ein Mädchen ...«

Russell lachte höhnisch. »Nur ein Mädchen, meint er! Hör lieber auf Fanny und erspar dir Ärger, mein Freund.«

Daniel schluckte seine Proteste hinunter und verfolgte das Thema nicht weiter. Er hatte nicht den Eindruck, dass er die beiden von ihrer harschen Meinung abbringen konnte.

Als er sich vom Tisch erhob, hielt Russell ihn unerwartet zurück. »Halte dich fern von dem Mädchen«, flüsterte er Daniel ins Ohr. »Ich weiß, sie ist ein hübsches kleines Ding, aber der Herr wird dich mit bloßen Händen in der Luft zerreißen, wenn du sie anfasst. Er ist verrückt. Er behandelt sie schlechter als einen räudigen Köter, aber wenn du dich an sie ranmachst, macht er dir die Hölle heiß, glaub mir.« Als er Daniels skeptischen Blick sah, fuhr er fort. »Einer der Burschen wollte ein bisschen Spaß mit ihr haben und schleppte sie rüber auf den Heuboden. Er dachte, die kann ja nicht schreien, was? Bevor er loslegen konnte, hat der Herr ihn erwischt. Er ist rauf auf den Heuboden und hat ihn einfach runtergeworfen. Der Bursche hat sich das Bein und ein paar Rippen gebrochen. Trotzdem hat der Herr ihn auch noch ausgepeitscht. Danach haben wir den Burschen nie wieder gesehen. Glaub mir, du solltest einen großen Bogen um dieses Mädchen machen.«

Brigham Hall, den 27. Dezember 1710

Liebe Mutter,

natürlich hast du recht, ich glaube auch nicht, dass dieses Mädchen verflucht ist, obwohl alle versuchen, mich vom Gegenteil zu überzeugen. Wenn Gott mir auch nur einen Funken Menschenverstand mitgegeben hat, dann weiß ich sicher, dass sie ein gutes Herz hat und nichts Böses im Schilde führt. Trotzdem muss ich ihre Warnungen beherzigen – aus anderen Gründen. Der Baronet ist sehr eigen, was dieses Mädchen angeht, und lässt nicht zu, dass jemand sich ihr nähert. Sein eigener Umgang mit ihr ist dabei mehr als grausam. Er schlägt sie zwar nicht – zumindest glaube ich das nicht –, aber trotzdem hat sie furchtbare Angst vor ihm. Was mich jedoch am meisten irritiert, ist ihre Verbindung zu diesem Pferd, die der Baronet mit allen Mitteln zu unterbinden sucht. Er lässt nicht zu, dass sie in die Nähe der Stute kommt, und hat mir mehr als einmal gesagt, ich soll sie wegjagen. Dennoch kommt sie immer wieder, obwohl sie offensichtlich Angst hat, erwischt zu werden. Ich muss es zugeben: Ich bringe es nicht übers Herz, sie zu verscheuchen, auch wenn ich damit direkt gegen die Anweisungen meines Herrn verstoße. Ich verstehe es einfach nicht! Warum sollte er etwas dagegen haben, dass sie das Pferd anfasst? Oder dass ich oder sonst irgendjemand das tut? Mir will einfach kein vernünftiger Grund einfallen. Sie weiß, dass ich es ihr erlaube. Ich habe versucht, mit ihr zu sprechen, und auch wenn sie mir nicht geantwortet hat, so haben wir uns doch irgendwie verstanden. Wenn wir etwas mehr Zeit gehabt hätten, hätte sie mich vielleicht sogar angelächelt.

Ich kann mir schon vorstellen, wie Du mich schiltst für meine Dummheit, und ich verspreche, dass ich mich nicht in Gefahr begeben werde. Ich werde meinem Herrn nicht in die Quere kommen, da er sehr aufbrausend reagieren kann. Andererseits scheint er mich mehr und mehr ins Vertrauen zu ziehen bei unseren abendlichen Dienstbesprechungen. Meine Rechenfähigkeiten haben sich mit seiner Hilfe stark verbessert und ich kann seinen Berechnungen jetzt gut folgen. Auch habe ich einige Verbesserungsvorschläge gemacht, die bei ihm Anklang fanden. Er ist kein Mensch, der gern lobt, aber ich habe den Eindruck, dass er mit mir zufrieden ist und es nicht bereut, mich eingestellt zu haben.

Es kommen immer wieder Herrschaften, auch von weiter her, um sich die Pferde anzusehen, und wir haben schon einige verkauft, seit ich hier bin. Anfangs hat der Baronet mich häufig bei der Arbeit mit den Pferden beobachtet, aber jetzt schaut er nur noch sporadisch nach mir, was auch eine Art Lob ist. Offensichtlich habe ich mir sein Vertrauen verdient und bin stolz darauf.

Ich werde mich aber bald nach einem neuen Stallburschen umsehen müssen. Bastian macht mir immer mehr Ärger und wird früher oder später gehen müssen, weil er meine Anweisungen nicht befolgt und oft ruppig mit den Pferden umgeht. So rau der Herr mit seinen Angestellten umspringt, so viel Wert legt er auf einen sanften Umgang mit den Pferden. Der Mann ist ein wandelndes Rätsel.

Mit Weihnachten wollte er überhaupt nichts zu tun haben und tat so, als würde es das Fest gar nicht geben. Ellie hat für uns alle aber ein kleines Festmahl zubereitet. Wir haben es ein wenig ruhiger angehen lassen. In die Kirche ist niemand gegangen, es ist ja auch ein ziemlich weiter Weg und das Wetter war furchtbar – Schneeregen und ein heftiger, eiskalter Wind.

Aber drinnen war es schön warm und Ellie hatte die Küche festlich geschmückt mit Tannen- und Mistelzweigen und Rosmarin. Ich war ganz froh, in den Ställen gut zu tun zu haben, sonst hätte ich Dich zu sehr vermisst. Ob wir irgendwann wieder ein Weihnachtsfest gemeinsam feiern können? Ich würde es mir sehr wünschen.

In Liebe,
Daniel Huntington,
(hoffentlich noch lange) Stallmeister von Brigham Hall

4. NÄHE

Im neuen Jahr war Daniel viel zu beschäftigt, um sich über die Magd Gedanken zu machen. Die Abfohlsaison hatte nach dem harten Winter schon früh begonnen und er verbrachte fast Tag und Nacht bei den Stuten. Überraschenderweise half ihm der Baronet sehr viel bei seiner Arbeit, nahm ihm das Training der Reitpferde ab und kümmerte sich darum, dass die Stallburschen ordentlich arbeiteten.

Der Nachteil daran war, dass Bastian immer unleidlicher wurde. Bei einem seiner abendlichen Rundgänge erwischte Daniel ihn dabei, wie er eins der Pferde mehrmals schlug, weil es nicht sofort zur Seite getreten war, als Bastian vorbeiwollte.

»Hey!«, schrie Daniel ihn noch von der Stalltür her an. »So gehen wir hier nicht mit den Pferden um!« In wenigen Schritten war er bei Bastian angekommen. Der stemmte die Fäuste in die Hüften und warf Daniel einen verächtlichen Blick zu. »Ich behandle die Pferde so, wie ich will«, zischte er mit wütendem Blick und spuckte Daniel vor die Füße. Alles in seinen Augen forderte Daniel heraus, ihn zu maßregeln.

Daniel spürte, wie ihm angesichts dieses ungehobelten Verhaltens die Hitze in die Wangen stieg. Er holte tief Luft und bezwang seinen Ärger. Langsam atmete er aus und entspannte bewusst die Schultern und Arme. Bastian war fast so groß wie er selbst und etwas schwerer. Wenn er sich mit ihm anlegte, war es nicht sicher, ob er die Oberhand behielt. Er entschied sich, nicht das zu tun, was Bastian erwartete. »Du kassierst selbst genug Schläge«, sagte er so leise, dass Bastian ihn vermutlich kaum hören konnte. »Habe ich früher auch. Es ist nicht gut, geschlagen zu werden. Es macht einen wütend und hilflos zugleich.« Daniel war sich jetzt sicher, dass Bastian ganz genau zuhörte. Er unterbrach bewusst den Blickkontakt und schaute auf das Pferd. Mehr sagte er nicht, sondern ging an Bastian vorbei zur hinteren Weide, auf der Thunderboy, der Deckhengst des Gestüts, stand. Ob seine Ansprache etwas nützen würde, konnte er nicht sagen, aber zumindest hatte er die aktuelle Situation entschärft.

Kurz darauf hörte er Tumult aus dem Stall, Klappern und dumpfe Schläge, als würden Eimer herumgeworfen und gegen Pfosten getreten. Er wollte schon zurückeilen, als er die grimmige Gestalt des Baronets in der Tür auftauchen sah. Mit langen Schritten kam er auf Daniel zu.

»Was ist passiert?«, wollte Daniel wissen, aber der Baronet machte nur eine wegwerfende Handbewegung.

»Was macht unser Prachtkerl?«, fragte er stattdessen und bedachte den Hengst mit einem zufriedenen Lächeln.

»Alles bestens«, sagte Daniel. Er hatte ein flaues Gefühl im Magen, weil er sich nicht sicher war, was Bastian im Stall tat. Wenn der Baronet gerade noch einmal handgreiflich geworden war, wäre es gut möglich, dass der Junge die Beherrschung verlor. Darunter konnten die Pferde oder auch Willie und Tom leiden. Er biss sich auf die Lippe, unschlüssig, ob er Brigham darauf ansprechen sollte.

Der war mit seinen Gedanken ganz woanders. »Ich werde gleich zwei der Pferde nehmen und meine Pächterrunde drehen. Dann müssen Sie die schon mal nicht bewegen«, sagte er und wollte sich schon zum Gehen wenden.

»Das ist wirklich sehr freundlich von Ihnen«, erwiderte Daniel, »und eine große Hilfe. Ich wüsste sonst ehrlich gesagt nicht, wie ich das alles schaffen sollte.«

Der Baronet hielt inne. »Diese Pferde sind das Herzstück von Brigham Hall. Sie sind die besten Pferde meilenweit im Umkreis und jeder, der etwas auf sich hält, will so ein Pferd im Stall stehen haben – das gilt sogar für die Damen. Es ist Ihre Aufgabe, dafür zu sorgen, dass nicht ein einziges Tier der diesjährigen Fohlenernte verloren geht, Mr Huntington. Ich verlange vielleicht viel von Ihnen, aber ich will Sie nicht umbringen. Mir ist bewusst, dass wir zu wenig Personal im Stall haben und Bastian seine Arbeit nicht macht. Sobald das hier vorbei ist, werden wir ihn wegschicken und einen anderen Stallburschen sowie noch einen weiteren Helfer einstellen. Ich habe die Nachricht schon in Umlauf gebracht.«

»Das freut mich zu hören, Sir«, antwortete Daniel.

»Lassen Sie Bastian nicht mit den jungen Pferden arbeiten. Der Bursche hat so viel Pferdeverstand wie ein Zaunpfosten. Mir ist lieber, sie kommen später an die Arbeit, als dass sie von diesem Idioten ruiniert werden. Sie werden mit ihnen arbeiten. Sie wissen, was Sie tun.«

Daniel blieb fast die Luft weg bei dem Lob. »In diesem Fall sollten Sie ihn so schnell wie möglich loswerden«, gab er vorsichtig zu bedenken. »Sobald ich mich umdrehe, macht er wieder irgendwas, was er nicht tun soll. Mr Higgins hält große Stücke auf sich.« Daniel ging nicht näher auf die Szene vorhin im Stall ein. Es war auch nicht nötig.

Ein leises Knurren drang aus der Kehle des Baronets. »Ich weiß«, sagte er durch zusammengebissene Zähne. »Er wird nicht länger als unbedingt notwendig bleiben.« Damit überließ er Daniel seiner Arbeit. Der nahm den Weg über die Weiden, um zu den Stuten zu gelangen.

Nicht lange danach wackelte Ole Pete an den Zaun. Er beobachtete Daniel lange, wie er von Stute zu Stute ging.

Als er seine Begutachtung endlich beendet hatte, nahm er sich einen Moment Zeit, um mit dem alten Mann zu reden.

»Gibt es heute Nacht neue Fohlen?«, fragte Pete mit leuchtenden Augen.

»Zwei, vielleicht drei«, schätzte Daniel.

»Behalte die Rappstute im Auge. Die hat mich mehr als einmal veräppelt. Und die Braune da, die aussieht, als würde sie bald platzen?«

»Ja, die wird bestimmt heute Nacht fohlen«, erwiderte Daniel.

»Nee, frühestens nächste Woche.« Der alte Mann lachte laut, als er Daniels verdutztes Gesicht sah. »Ich habe schon nächtelang neben der gesessen, zwei Wochen lang! Und was war? Nichts!

Und dann, als ich so müde war, dass ich gleich neben ihr im Stroh eingeschlafen bin, was finde ich, als ich wach werde? Das Fohlen. Die musst du in Ruhe lassen. Die macht das schon. Je mehr du nach ihr siehst, desto länger hält sie es fest. Die Hellbraune da drüben, die braucht Hilfe. Die habe ich beim ersten Fohlen fast verloren und seitdem ist sie nervös. Macht aber verdammt hübsche Föhlchen.«

Er grinste sein zahnloses Grinsen und Daniel fragte sich, wie er jemals ohne seine Weisheiten klarkommen sollte. Ole Pete kannte jedes einzelne Pferd auf dem Gestüt und die meisten von ihnen seit dem Tag ihrer Geburt. Daniel schickte ein Stoßgebet zum Himmel und bat Gott, dass er Pete noch ein paar Jahre auf der Erde schenken möge. Er hakte den alten Mann unter und half ihm, den beschwerlichen Weg zu seiner Hütte zurückzulegen.

Als sie dort ankamen, hatte die stumme Magd schon das Abendessen für ihn bereitgestellt und war damit beschäftigt, seinen Nachttopf auszuleeren. Daniel schob den Stuhl zurecht und half Ole Pete, sich an den Tisch zu setzen. Pete sackte in sich zusammen, sobald er saß, und murmelte kopfschüttelnd vor sich hin.

»Was ist?«, fragte Daniel.

»Sollte sie nicht tun, nee«, brummelte Pete, die Stirn in tiefe Falten gelegt.

»Was tun?« Aber Pete reagierte nicht. Er kippte zur Seite und Daniel musste ihn schnell packen, damit er nicht vom Stuhl fiel.

»Ich glaube, du legst dich besser hin«, sagte er sanft.

Pete schüttelte noch immer den Kopf und murmelte vor sich hin, aber er wehrte sich nicht, als Daniel ihn wieder auf die Füße hievte und zum Bett führte. Er zog ihm die Stiefel aus und deckte ihn zu. Als er sich umdrehte, war die Magd mit einer Schüssel voll Brühe für den alten Mann zurück.

»Soll ich ihm noch ein Kissen in den Rücken stecken, damit er etwas aufrechter sitzt?«, fragte Daniel. Sie nickte leicht und wandte ihren Blick nicht von seinen Augen ab. Obwohl ihr Gesicht ernst war, spürte er, dass sie ihm für seine Freundlichkeit dankbar war. Sie schien dem alten Mann sehr zugetan zu sein.

Als er ging, hörte Daniel ihn wieder grummeln. »Solltest das nicht tun, kann ich selbst, armes, süßes Mädchen, du solltest das nicht …«

Daniel warf noch einen Blick über die Schulter. Das Mädchen lehnte sich nah an Ole Pete heran und hielt die Schüssel für ihn, während er aß. Das Bild war unglaublich friedvoll.

Es war Mitte April, als der Wind von West auf Nord drehte und einen fürchterlichen Sturm vor sich hertrieb. Daniel fand keine Ruhe. Die Böen waren so heftig, dass er Angst hatte, das Dach würde mitgerissen. Er saß bei brennender Lampe auf seinem Bett und spürte, wie es in seinen Eingeweiden rumorte. Er hatte auf Gewitter immer so reagiert, schon als Kind, und wusste, dass er bald den Abort würde aufsuchen müssen. Kein Gebet half dagegen. Er ging, auch wenn er es hasste. In der kleinen Holzhütte fühlte er sich noch unsicherer. Hoffentlich schlug der Blitz nicht ein. Er beeilte sich und verfluchte sich selbst auf dem Weg zurück zum Stall, weil er keinen Schutz gegen den Regen mitgenommen hatte. Ein Schrei ließ ihn auf halbem Weg erstarren. Das grelle Licht eines Blitzes zerriss für einen Sekundenbruchteil die Dunkelheit und gab eine weiße Gestalt preis, die gegen den Pfosten des Dienstboteneingangs prallte. Der folgende Donner konnte einen weiteren panischen Schrei nicht übertönen. Daniel stand da wie gelähmt. Sein ganzer Körper war von Gänsehaut überzogen. Plötzlich war er nicht mehr gänzlich überzeugt davon, dass die Geistergeschichten frei erfunden waren. Alles in ihm wollte fliehen, aber er stand wie angewurzelt im Regen. Plötzlich hörte er direkt vor sich jämmerliches Schluchzen und dann krachte etwas mit Schwung gegen ihn. Der nächste Blitz enthüllte die namenlose Magd, ihre Augen vor Angst weit aufgerissen. Reflexartig fing Daniel sie auf, unsagbar erleichtert, dass sie kein Gespenst war. Sie fing wieder an zu schreien und kämpfte, um loszukommen. Sie schien gar nicht wirklich bei Sinnen zu sein.

»Hör auf, ich bin es, Daniel!«, rief er über den Sturm hinweg, aber sie hörte nicht. Ohne lange zu überlegen, packte er sie einfach um die Mitte und trug sie in den Stall.

Als ob sie eine magische Grenze überschritten hätten, hörte sie plötzlich auf, sich zu wehren. Daniel stellte sie wieder auf die Füße. Im schwachen Licht der Lampe, die er neben der Tür abgestellt hatte, sah er, dass sie im Unterkleid vor ihm stand, ihre Füße nackt und dreckig. Einen Augenblick lang sah sie ihn stumm an, dann brach sie wieder in Tränen aus. Er zog die durchnässte, zitternde Gestalt in seine Arme und murmelte beruhigenden Unfug, während sein Gehirn auf Hochtouren lief.

Warum um alles in der Welt war sie so in den Regen hinausgelaufen? Er schüttelte den Kopf und brachte sie zu einer Kiste, auf die sie sich setzen konnte, aber ihr Zittern und Weinen wurde so heftig, dass sie einfach zusammenbrach. Erneut fing er sie auf und setzte sie auf seinen Schoß. Dann zog er eine Pferdedecke um sie beide, um sie zu wärmen. Sie legte den Kopf an seine Schulter und weinte und weinte.

Daniel wusste nicht, was er tun sollte, außer sie zu halten und zu warten. Ein Teil von ihm wünschte sich, er wäre nicht zum Abort gegangen, sondern einfach ins Stroh zu den Pferden, um sich zu erleichtern. Dann wäre sie ihm nicht in die Arme gelaufen und dieses Gefühlschaos wäre ihm erspart geblieben. Gleichzeitig empfand ein anderer Teil von ihm die zarte, weibliche Gestalt in seinen Armen als sehr aufregend, wie sie sich so eng an ihn schmiegte und ihn reichlich verwirrte.

Nach einer halben Ewigkeit ließ die Tränenflut endlich nach. Das Mädchen bewegte sich jedoch nicht, sondern blieb auf seinem Schoß sitzen, den Kopf an sein wild klopfendes Herz gelehnt. Er wollte gern ihr nasses, zerzaustes Haar streicheln. Bevor er das jedoch tun konnte, hob sie langsam den Blick und sah ihm in die Augen. Er schluckte. Noch nie in seinem Leben hatte er eine so abgrundtief schmerzerfüllte Traurigkeit gesehen. Sie blinzelte und ein kleiner Funke Dankbarkeit leuchtete in ihren Augen auf, dann legte sie zögernd eine Hand an seine Wange. Ihre kalten

Finger hatten seine Haut kaum berührt, ehe sie von seinem Schoß rutschte und wieder in der stürmischen Dunkelheit verschwand. Er stand auf und folgte ihr, blieb aber im Torbogen stehen, als er beim nächsten Blitz sah, wie der Baronet sie am Arm zurück in die Küche zerrte. Er musste sie gesucht haben. Wie hätte er wohl reagiert, wenn er sie auf Daniels Schoß gefunden hätte? Nach Russells Erzählungen wollte er das lieber nicht wissen.

Während er in den Stall zurückging, fragte er sich zum hundertsten Mal, was es mit diesem Mädchen auf sich hatte. Sie erschien ihm jetzt doch älter, als er zunächst gedacht hatte, kein junges Ding von fünfzehn, sondern eher um die zwanzig. Das war eine Überraschung. Durch ihre zierliche Gestalt wirkte sie mädchenhaft, doch der Ausdruck in ihren Augen hatte eine Tiefe, die von deutlich mehr Lebenserfahrung sprach. Er musste mehr über sie herausfinden. Vielleicht konnte Ole Pete ihm doch etwas erzählen. Keiner der anderen Angestellten hatte ihm Näheres sagen können. Außerdem machten alle einen großen Bogen um sie. Er sollte wirklich das Gleiche tun, aber sein verfluchtes, mitfühlendes Herz ließ es nicht zu. Ebenso wie seine Neugier.

Er hob die Lampe auf und schloss die Tür, dann faltete er die Decke wieder ordentlich zusammen. Plötzlich traf es ihn wie einer der Blitze, die draußen noch immer zuckten. Sie hatte geschrien. Hatte sie etwa doch eine Stimme? Und wenn ja, warum sprach sie dann nicht? Er schüttelte verwirrt den Kopf.

Ihre Augen waren grün mit goldenen Flecken darin. Er war sich sicher, dass sie funkelten, wenn sie lächelte. Würde er sie jemals lächeln sehen?

Brigham Hall, den 9. Mai 1711

Liebe Mutter,

herzlichsten Dank für den langen Brief und die Neuigkeiten von meinen Brüdern und Schwestern. Ich freue mich zu hören, dass Mary sich erholt hat. Bitte übermittle ihr meine Grüße und besten Wünsche. Mir geht es zum Glück sehr gut, ich erfreue mich bester Gesundheit und es gab auch keine Unfälle.

Wie durch ein Wunder sind alle Fohlen ohne Komplikationen zur Welt gekommen und es ist eine wahre Freude, sie auf der Weide herumtoben zu sehen. Es wird dich erleichtern zu hören, dass ich jetzt auch wieder ausreichend Schlaf bekomme. Meine Arbeitslast hat sich deutlich verringert, da der Baronet Wort gehalten und Bastian entlassen hat. Dafür hat er einen erfahrenen Stallburschen eingestellt, der etwas älter ist als ich und sehr umgänglich. Die beiden Jungs, Willie und Tom, lassen sich auch viel besser führen, jetzt wo Bastian weg ist.

Es kostet mich noch Überwindung, dem neuen Mann, Oliver, Anweisungen zu geben, aber wir kommen wirklich gut miteinander aus und der Herr sucht weiter nach Ersatz für Bastian. Oliver schafft doppelt so viel Arbeit wie Bastian und scheint auch ganz zufrieden damit zu sein, sich um die Ställe zu kümmern, während ich mit den Pferden arbeite. Die kleinen Burschen haben wir unter uns aufgeteilt, sodass sie sich auch nicht mehr gegenseitig von der Arbeit abhalten. Alles in allem eine sehr zufriedenstellende Lösung.

Bezüglich des Rätsels um die stumme Magd gibt es nichts Neues, außer der Vermutung, dass sie doch sprechen kann. Ich habe sie während eines furchtbaren Gewitters schreien hören, Blitz und Donner müssen sie verängstigt haben. Sie kommt die Schimmelstute auch weiterhin so oft wie möglich besuchen, aber wenn der Baronet in der Nähe ist, wagt sie sich nicht heran. Ich habe mir angewöhnt, immer etwas trockenes Brot oder einen Apfel in der Tasche zu haben, womit sie das Pferd füttern kann. Sie scheint sich darüber sehr zu freuen und ich habe sogar schon mal die Spur eines Lächelns auf ihrem sonst so ernsten Gesicht entdeckt. Ich weiß, dass ich damit gegen die Anweisungen meines Herrn verstoße, aber ich kann nicht anders. Es scheint so irrational, wie er sie behandelt. Ich gebe aber acht, dass es niemand mitbekommt.

Während der Baronet normalerweise ein zielstrebiger und intelligenter Mann mit klaren Vorstellungen ist, lässt mich sein Verhalten doch manchmal an seinem Verstand zweifeln. Gestern Abend, beispielsweise, wollte ich wie immer sein Arbeitszimmer betreten, als ich ihn drinnen laut wettern hörte. »Wie hat er es gemacht?«, brüllte er. »Seine Methoden waren ineffektiv, er hat Zeit verschwendet und das Geld in den Wind geschossen und trotzdem waren seine Erträge besser! Es ist unmöglich.« Dann hörte ich ein lautes Rumsen. Ich wollte schon gehen, aber just in dem Moment wurde die Tür aufgerissen. »Da sind Sie ja«, sagte Brigham zu mir und zog mich förmlich in den Raum. Er ging mit energischen Schritten zu seinem Schreibtisch und schlug mit der flachen Hand auf das Buch, das darauf lag. »Schauen Sie sich das an und sagen Sie mir, was ich übersehe.«

Ich war sprachlos und er muss meine Verwirrung bemerkt haben. »Das ist eins der Bücher meines Vorgängers. Er hat das Anwesen ganz anders geführt als ich. Ich bin mir sicher, dass ich viele Verbesserungen vorgenommen habe, den Fruchtwechsel zum Beispiel. Ich habe Klee und Rüben eingeführt, dadurch werden die Böden verbessert und wir haben sogar Winterfutter für das Vieh! Aber die Zahlen zeigen es nicht. Ich bin überzeugt, dass ich viel mehr verdienen müsste, als er es je getan hat, aber das tue ich nicht. Schauen Sie es sich an, Huntington«, wiederholte er. »Sagen Sie mir, was ich übersehe.«

Ich versprach ihm, mein Bestes zu tun, aber ich bin mir nicht sicher, ob ich ihm helfen kann. Bisher hatte ich kaum Gelegenheit, das Buch wirklich zu studieren, aber ich bin neugierig, das muss ich zugeben. Das Brigham-Anwesen floriert, die Pächter produzieren einen guten Ertrag und die Verkäufe aus der Zucht steuern eben-

falls gutes Geld bei. Da der Baronet nicht verheiratet ist, gibt es auch keine Frau, die ein Vermögen für Kleider und die Bewirtung von Gästen ausgibt. Der Baronet selbst scheint an den üblichen sozialen Kreisen kein Interesse zu haben und empfängt Besucher nur zu Geschäftszwecken. Es gibt noch ein kleines Darlehen, das voraussichtlich im Laufe des nächsten Jahres zurückgezahlt wird. Es ist für mich also überhaupt nicht nachzuvollziehen, warum der Baronet so in Rage geraten sollte. Warum hat er das Gefühl, er müsste seinen Vorgänger übertrumpfen?

Ich sehe vor meinem inneren Auge, wie Du Deinen Kopf schüttelst und mir Vorwürfe machst. Ich weiß, dass es mich nichts angeht. Aber er hat mich involviert, wie soll ich mir da keine Gedanken machen? Ich wünsche mir so sehr, Dich wiederzusehen, liebe Mutter, und all diese seltsamen Vorgänge mit Dir zu besprechen.

Mit liebsten Grüßen,
Dein Sohn Daniel

5. ERFINDUNG

Es war ein herrlicher Maitag, als Daniel eine Kutsche in den Innenhof der Stallungen rumpeln hörte. Bevor Willie neugierig aus dem Stall verschwinden konnte, packte Daniel ihn am Kragen und drehte ihn zu sich um. »Erst wird das Pferd fertig abgerieben und getränkt. Die Hufe müssen auch noch kontrolliert werden. Dann bindest du ihn ordentlich fest, nicht wie das letzte Mal, wo er die halbe Nacht durch den Stall gewandert ist und Unfug getrieben hat. Und dann – aber erst dann – kannst du nachsehen, wer da angekommen ist, verstanden?«

Willie sah betreten zu Boden und kaute auf seiner Unterlippe. Daniel gab ihm einen ermunternden Klaps auf den Rücken und trat selber in den Hof hinaus. Unter den ausladenden Ästen der Kastanie hatte ein lang gestreckter Wagen angehalten. Russell hatte den Besucher in Empfang genommen und wollte gerade losgehen, um den Baronet zu holen, doch der kam bereits mit langen Schritten herbeigeeilt. »Bringen Sie mir eine Lieferung?«, rief er schon von Weitem, ein ungewohnt erwartungsvolles Leuchten in den Augen.

»Ja, wenn Sie eine Sämaschine von Mr Tull bestellt haben, Sir?«, erwiderte der Mann, der die Rückwand der Ladefläche herunterklappte und dann zwei Planken anlegte.

Brigham rieb sich die Hände. »Das habe ich in der Tat«, sagte er zufrieden und beobachtete, wie der Mann auf den Wagen kletterte. »Vorsicht mit dem guten Stück, es hat mich ein Vermögen gekostet«, ermahnte er ihn sicherheitshalber.

Daniel trat neugierig näher. Der Mann schob ein eigentümliches Gerät an den Rand der Ladefläche und versuchte, dessen Räder auf die Planken zu rollen.

»Komm Russell, pack mal mit an«, forderte Daniel den Lakaien auf und gemeinsam bugsierten sie die Maschine auf den sicheren Boden.

»Sehr schön, sehr schön«, murmelte Brigham und wanderte lächelnd um das Gerät herum. Es hatte einen Doppelgriff, an dem man es schieben konnte. Vorn waren zwei Räder und hinten eine kleinere Walze. In der Mitte befand sich ein größerer Behälter und untendrunter waren mehrere pflugähnliche Dornen angebracht.

»Wozu soll das Teil gut sein?«, fragte Russell vollkommen ratlos.

»Damit kann man wesentlich effektiver säen«, antwortete Brigham. »Die Maschine macht eine Furche in den Boden. Durch dieses Rohr ...«, Brigham bückte sich und deutete mit seinem langen Arm auf eine Röhre, die unten an dem Behälter befestigt war, »... fallen die Samen in die Furche. Mit den Dornen hier werden sie mit Erde bedeckt und die Walze hinten drückt den Boden fest. Es wird kein Samen mehr verschwendet, weil er zu weit geworfen wird oder obenauf liegen bleibt. Es ist fantastisch!«

Daniel hatte Brigham noch nie so begeistert gesehen. Er freute sich wie ein kleiner Junge über ein Spielzeug.

»Russell, bring den Herrn in die Küche, damit er sich stärken kann. Mr Huntington, versorgen Sie die Pferde.«

»Soll ich ausspannen, Sir?«, fragte Daniel mit einem Blick auf den Lieferanten.

»Nein, geben Sie ihnen Wasser und eine Schippe Hafer. Ich werde gleich wieder aufbrechen«, erwiderte der und folgte Russell dann in die Küche.

Daniel holte Eimer und Futtersäcke aus dem Stall und bot den dankbaren Pferden Wasser an. Dann hängte er ihnen die Futtersäcke um und gesellte sich wieder zu Brigham.

»Es ist jetzt schon zu spät, es zu testen, oder nicht?«, bemerkte er.

Brigham zog die Stirn kraus. »Ja, leider. Ich hatte sie schon im letzten Herbst bestellt, gleich nachdem ich von dieser Erfindung erfahren hatte. Es gibt sie seit 1701, sie ist also schon erprobt und die Berichte sind überwältigend. Man sagt, die Pflanzen gedeihen viel besser als mit der herkömmlichen Sämethode.« Er strich mit den Händen über die Griffe und untersuchte dann jedes einzelne Detail der Maschine ganz genau. »Sehen Sie sich das hier an!« Er zeigte auf eine Stange, die seitlich abstand und ebenfalls mit einem Dorn versehen war. »Damit markieren Sie, wo die nächste Reihe anfängt. So bekommen Sie wunderbar gleichmäßige Abstände, kein Verziehen mehr, weil die Pflanzen zu eng stehen. Einfach ein perfekt ausgeklügeltes System.« Brigham sah Daniel an. »Was sagen Sie?«

Daniel lachte überrascht. Wollte er wirklich seine Meinung hören? »Ich kann mir kaum vorstellen, wie das funktionieren soll, ehrlich gesagt. Man muss es ausprobieren.« Er zuckte mit den Schultern.

»Recht haben Sie«, sagte Brigham voller Elan. »Und das werden wir trotz allem. Reiten Sie zu Miller runter. Der war im Herbst krank und hat bestimmt ein Feld brach liegen. Sagen Sie ihm, dass ihm die große Ehre zuteilwird, dass noch in diesem Jahr die neue Erfindung bei ihm getestet wird. Nein, warten Sie. Satteln Sie zwei Pferde. Wir reiten gemeinsam hin. Und sagen Sie den Bengeln, sie sollen um Himmels willen die Finger von der Maschine lassen!« Brigham eilte zum Haus.

»Nicht anfassen! Du hast den Herrn gehört«, ermahnte Daniel Willie, der mit großen Augen in der Stalltür stand und alles beobachtet hatte. »Mach schon mal Thunderboy fertig. Ich denke, der Herr wird gleich losreiten wollen.«

Daniel holte sich eins der jüngeren Pferde vom Auslauf, einen Wallach, der zu viel Energie hatte. Dem würde ein langer, schneller Ritt guttun und hoffentlich ein paar Flausen aus dem Kopf treiben.

Fast wäre ihm der Jungspund durchgegangen, doch Thunderboy war sich seiner Rolle als Lieblingspferd des Herrn auf Brigham mehr als bewusst und trat dem jungen Wallach kräftig gegen die Brust, als der ihn überholen wollte. Brigham lachte laut auf und klopfte seinem Pferd den Hals, während sie in flottem Tempo weitergaloppierten. Daniel lachte nicht, da der Wallach ein paar erschrockene Bocksprünge machte, doch dann ordnete er sich brav hinter dem älteren Pferd ein. Nach etwas über der Hälfte der Strecke ging ihm die Kraft aus und Daniel musste den Baronet bitten, das Tempo zu drosseln.

»Warum mussten Sie unbedingt den Grünschnabel nehmen?«, fragte Brigham ungeduldig, doch als Daniel ihm seine Beweggründe erklärte, nickte er anerkennend. »Nicht dumm, Huntington, nicht dumm.« Er betrachtete amüsiert das geläuterte Gesicht des Wallachs. »Sieht aus, als hätte er seine Lektion gelernt.«

Jetzt konnte auch Daniel sich ein Grinsen nicht verkneifen. »Manchmal braucht man einfach ein anderes Pferd, um ein Pferd zu erziehen. Ich wusste, ich kann mich auf Thunderboy verlassen.«

Der Pächter Miller wirkte nicht sehr begeistert, als der Baronet persönlich bei seiner Hütte auftauchte. Er verneigte sich kurz und sah seinen Herrn misstrauisch an.

»Gehe ich recht in der Annahme, dass Sie Felder brach liegen haben?«, fragte Brigham ohne Umschweife, noch während er sich vom Pferd schwang. Er warf einem kleinen Jungen die Zügel zu und baute sich mit verschränkten Armen vor dem Bauern auf.

»Zwei Drittel habe ich bestellt«, erwiderte der Bauer trotzig. »Der Rest brauchte sowieso eine Pause.« Seine Frau trat an seine Seite und legte den Arm um ihn. »Er hat wirklich schwer geschuftet, Herr, das müssen Sie glauben!«, sagte sie ängstlich. »Die Kinder und ich haben alle mit angepackt, aber sie sind noch so klein ...«

Der Baronet wischte ihre Bemerkungen mit einer Handbewegung weg. »Ich habe gute Neuigkeiten für Sie, Miller. Zeigen Sie mir die Brachen. Ich habe eine neue Maschine angeschafft, mit der die Arbeit viel besser zu bewältigen ist. Wir werden sie auf Ihren Feldern testen. Ich selbst werde das in die Wege leiten und beaufsichtigen. Wenn es gut klappt, wovon ich ausgehe, dann werden Sie im Herbst der Erste sein, der damit säen darf.«

»Eine Maschine zum Säen? So was habe ich ja noch nie gehört«, brummte der Bauer unwirsch, aber der Baronet war schon wieder dabei aufzusteigen.

Miller schickte seinen Sohn los, um dem Herrn die Felder zu zeigen. Der Junge rannte vor den Pferden her und führte sie zu zwei größeren Parzellen, die von einer niedrigen Steinmauer umgeben waren.

»Sind hier viele Steine im Boden?«, fragte Daniel.

Der Junge nickte. »Pa sagt immer, die wachsen hier besser als jedes Korn.«

»Könnte das die Maschine beeinträchtigen?«, fragte Daniel an den Baronet gewandt.

Der runzelte einen Moment die Stirn und schüttelte dann den Kopf. »Ich weiß es nicht. Wie Sie schon sagten, wir müssen es ausprobieren.«

Der Rückweg dauerte deutlich länger als der Hinweg, denn sie wollten das junge Pferd nicht überanstrengen. Dadurch ergab sich ein für Daniel überraschend persönliches Gespräch mit seinem Herrn.

»Sie haben sich vielleicht schon gefragt, warum ich Sie eingestellt habe, Huntington«, sagte der Baronet zielsicher. »Einen dahergelaufenen Burschen, der nichts als seinen Verstand vorzuweisen hat.«

Daniel schluckte. Nachdem er vom Baronet in letzter Zeit öfter mal ein Lob für seine Arbeit eingeheimst hatte, war diese Beschreibung mehr als ernüchternd.

Brigham brach in schallendes Gelächter aus. »Nehmen Sie's mir nicht übel, wenn ich die Dinge beim Namen nenne, aber ich weiß genau, wie Sie sich fühlen, glauben Sie mir.« Ein geheimnisvolles Lächeln huschte über sein Gesicht und Daniel fragte sich, was der Mann verbarg. »Sie sind klug, Huntington, und Sie haben eine hervorragende Beobachtungsgabe. Und dadurch mehr Pferdeverstand als so mancher, der sich selbst einen Kenner nennt. In gewisser Weise bin ich ganz froh, dass Sie nie in der Schule waren, denn damit hat man Ihnen Ihre natürliche Neugier nie aberzogen.«

Daniel wusste darauf nichts zu sagen.

»Es gibt nicht viele Menschen, mit denen ich mich gern unterhalte, wissen Sie«, fuhr der Baronet nachdenklich fort. »Die meisten sind so schrecklich einfältig. Fantasielos. Dumm. Hach«, machte er dann und spuckte einmal kräftig ins Gras. »Sie hingegen haben sich eine gewisse Offenheit bewahrt, auch wenn ich mir sicher bin, dass man sehr intensiv versucht hat, sie Ihnen auszuprügeln. Habe ich nicht recht?« Er warf Daniel einen prüfenden Blick zu.

»Ich bin mir nicht sicher, was man versucht hat, mir auszuprügeln, aber Prügel gab's reichlich«, gab Daniel zu. Erst von seinem Vater, dann von seinem Herrn. Und von den anderen Stallburschen.

»Entspannen Sie sich, Huntington. Von mir bekommen Sie keine Prügel. Ich respektiere Sie. Und ich würde mehr mit Ihnen reden, wenn Sie nicht immer so vor mir kriechen würden. Das macht mich wütend. Lassen Sie das, verstanden?«

»Ja, Sir«, erwiderte Daniel.

»Ja, Sir?«, echote Brigham.

In dem Moment wurde Daniel bewusst, wie widersprüchlich seine Äußerung war, und die Schamesröte stieg ihm ins Gesicht. Diese Situation war so außergewöhnlich, dass er überhaupt nicht wusste, wie er damit umgehen sollte. Gleichzeitig musste er unwillkürlich lachen. Brigham stimmte ein mit seiner seltsam hohen Stimme und Daniel wusste auf einmal mit völliger Klarheit, dass Baronet Brigham ein sehr einsamer Mann war. Schon seit langer Zeit.

Brigham Hall, den 28. Mai 1711

Liebe Mutter,

Du wirst aus dem Staunen nicht herauskommen, wenn ich Dir berichte, wie sich die Dinge hier entwickelt haben. Der Baronet zieht mich immer mehr ins Vertrauen. Anfangs war ich sehr skeptisch und fragte mich fortwährend, was er wohl vorhat. Ihm ist so eine unterschwellig berechnende Art zu eigen, die mich immer wieder verunsichert. Dennoch scheint mir sein Interesse an mir aufrichtig zu sein. Er baut auf meine Hilfe und Unterstützung und bespricht neuerdings viele Angelegenheiten mit mir bei unseren allabendlichen Treffen, zum Beispiel wie man die Bauern überzeugen kann, die neue Sämaschine zu nutzen, die er angeschafft hat. Einen Pächter hat er gezwungen, zwei Felder damit einzusäen, obwohl es die völlig falsche Jahreszeit ist. Letztendlich hat der Baronet selbst Hand angelegt, damit die Maschine benutzt wurde, was sich bei den Pächtern herumgesprochen hat wie ein Lauffeuer. Ich habe auf meinen Trainingsrunden mit den Pferden eine Menge Gespött gehört und war einigermaßen erschüttert über die Art, wie die Pächter über ihren Lehnsherren denken. Sie verachten ihn und haben gleichzeitig Angst vor ihm, denn sein aufbrausendes Wesen ist allen bekannt.

Bisher habe ich ihm davon nichts gesagt. Ich denke aber, dass es ihm bewusst ist. Nicht umsonst sucht er den Kontakt zu mir, um endlich einmal jemanden zu haben, mit dem er sich austauschen kann. Er fördert mich auch und erklärt mir vieles, sodass ich die Zusammenhänge des ganzen Anwesens mit seinen Bediensteten, der Pferdezucht und den Pächtern immer besser verstehe. Es ist ein komplexes Gebilde, fast wie ein lebender Organismus, wo alles miteinander verwachsen ist.

Er fragte mich auch nach dem Buch seines Vorgängers, aber ich war noch nicht dazu gekommen, es mir anzusehen. Lange sollte ich das aber nicht mehr vor mir herschieben, denn ich spüre seine

Ungeduld. Er will meine Meinung dazu hören und warten fällt ihm schwer.

Ihn nach der stummen Magd zu fragen, habe ich bisher nicht gewagt. Mehrfach habe ich beobachtet, wie er einerseits über sie wacht, als wäre sie ein wertvoller Schatz, nur um sie andererseits mit wenigen groben Worten in Angst und Schrecken zu versetzen. Ich bin mir sicher, dass es Vorfälle in der Vergangenheit gab, die ihre Angst begründen, auch wenn es derzeit bei reinen Drohungen bleibt. Ich wünschte, ich könnte ihr helfen, aber wie?

In Liebe,
Daniel

6. Ausbruch

Daniel war gerade dabei einzuschlafen, als das Klappern von Pferdehufen auf Steinen an seine Ohren drang. Nicht das scharfe Klirren von Hufeisen, sondern das sachte Klopfen von unbeschlagenen Hufen. Eine der Zuchtstuten? Daniel setzte sich auf und lauschte angestrengt. Ja, nur ein einzelnes Pferd. Er stieg aus dem Bett und stellte sich ans Fenster, von dem aus er den Innenhof zwischen den Stallgebäuden und ein Stück des Weges sehen konnte, der bis zum Eingang der Weiden gepflastert war. Dahinter ging er in einen grasbewachsenen Feldweg über. Die Nacht war mondlos und dunkel und er konnte nur vage zwei weiße Formen wahrnehmen, die sich auf der Straße bewegten. Erschrocken fuhr er zurück. Davon hatte Russell ihm doch erzählt! Weiße Gestalten, die nachts um die Weiden schlichen! Einen Moment lang stand er mit klopfendem Herzen mitten im Raum. Doch dann trat er wieder ans Fenster, denn er wollte keinesfalls so enden wie sein Vorgänger. Er starrte so angestrengt in die Dunkelheit, dass er das Gefühl hatte, seine Augäpfel würden bald die Fensterscheibe berühren. Schließlich erkannte er, dass es sich um eine Person und ein Pferd handeln musste, eine kleine Person, die ein Kleid trug. War das vielleicht die Magd? Sie machte irgendetwas am Kopf des Pferdes. Daniel beobachtete ihre Bewegungen und ihm wurde klar, dass sie das lose Ende des Führstrickes am Halfter festknotete, um dadurch Zügel zu bekommen. Daniel schüttelte ungläubig den Kopf. Niemand, der auch nur halbwegs bei Verstand war, ritt ein Pferd ohne Gebiss im Maul. Das Tier kniete sich plötzlich hin, sodass sie problemlos auf den Rücken klettern konnte. Sobald sie oben saß, richtete sich das Pferd wieder auf und setzte sich in Bewegung. Als sie den Feldweg erreicht hatten, galoppierte es an und verschwand in der Dunkelheit.

Einen Moment lang fragte sich Daniel, ob er sich die beiden nur eingebildet hatte. Er entzündete seine Lampe und rannte hinunter in den Stall. Als Erstes ging er in die Sattelkammer, aber alle Sättel und Trensen hingen an ihrem gewohnten Platz. Sie ritt offensichtlich ohne Sattel, was für ein Mädchen äußerst ungewöhnlich war. Wenn es ein Mädchen war. Etwas zögerlich ging er hinaus zur Weide. Mit der Lampe war es zwar nicht stockfinster, trotzdem war ihm leicht mulmig zumute. »Geister klauen doch keine Pferde ...«, murmelte er leise vor sich hin. Der Klang seiner Stimme ließ die helle Gestalt in seinem Kopf gleich weniger gespensterhaft erscheinen. Auf diesem Weideabschnitt gab es nur einen Schimmel und das war die kleine weiße Stute, die niemand anfassen durfte. Er konnte sie nirgends entdecken. Mit häufigen Blicken über die Schulter ging er zurück und blieb an der Stalltür stehen, unschlüssig, was er tun sollte. In die Küche gehen? Wenn die stumme Magd nicht dort auf der Bank schlief, bestand kein Zweifel mehr, wer sich die Schimmelstute für einen Mitternachtsritt ausgeliehen hatte.

Er ging. Er musste es nicht nur herausfinden, um seine eigene Neugier zu befriedigen. Einer seiner vierbeinigen Schützlinge war weg und es war seine Verantwortung, den Übeltäter zu ermitteln.

Daniel trat leise in die Küche und hielt seine Lampe hoch. Er bewegte sich um den Tisch herum, fand aber beide Bänke leer vor. Das Mädchen war weg und auch ihre Kleider lagen nicht auf dem Boden. Ein erleichterter Seufzer entfuhr ihm. Er wollte gerade wieder hinausgehen, als der Baronet von der anderen Seite aus die Küche betrat.

Er brauchte nur den Bruchteil einer Sekunde, um die Situation zu erfassen. »Wo ist sie?«, zischte er und funkelte Daniel wütend an.

»Sie hat das Pferd genommen«, antwortete Daniel.

»Warum haben Sie sie nicht aufgehalten?«, wollte Brigham wissen und eilte an ihm vorbei.

Daniel schluckte. »Ich dachte, ich hätte ein Gespenst gesehen«, erwiderte er tonlos.

Brigham schnaubte nur und duckte sich durch die niedrige Küchentür. Daniel folgte ihm. Als er den Baronet am Weidetor einholte, stapfte der Mann wutschnaubend davor auf und ab, während er vor sich hin fluchte.

»Wenigstens haben Sie nachgesehen«, sagte er bitter, als Daniel bei ihm ankam. »Der letzte Idiot hat sich unter seinem Bett versteckt.«

Daniel antwortete nicht, aber im Stillen war er sehr froh, seine Furcht überwunden zu haben.

Sie mussten nicht sehr lange warten, bis sie die dumpfen Hufschläge wieder den Feldweg heraufkommen hörten. Sie verlangsamten sich vom Galopp zum Schritt und schließlich brachte das Mädchen die Stute außerhalb des Lichtscheins von Daniels Lampe zum Stehen. In drei langen Schritten erreichte der Baronet das Pferd, packte das Halfter und zerrte zugleich mit der anderen Hand das Mädchen herunter. Sie schlug mit einem Schmerzensschrei auf dem Boden auf. Die Stute stieg erschrocken, aber der eiserne Griff des Baronets zwang ihre Vorderbeine wieder auf den Boden. Er führte das tänzelnde Pferd zu Daniel und drückte ihm den Führstrick in die Hand.

»Bringen Sie sie zurück auf die Weide«, befahl er und drehte sich wieder zu dem Mädchen um.

Daniel hatte alle Hände voll zu tun, das aufgeregte Tier zu bändigen. Es schnaubte und stampfte, drängte sich abwechselnd gegen ihn und sprang dann wieder weg. Mit einer gehörigen Portion Glück schaffte er es, das Weidetor zu öffnen, die Stute hindurchzubugsieren und das Halfter abzumachen, ohne dabei gebissen oder getreten zu werden. Er sprang gerade noch rechtzeitig zurück, als die Stute ihre Hinterbeine in seine Richtung feuerte und dann zu den anderen Pferden donnerte.

Ein Klatschen, gefolgt von einem Aufschrei, brachte seine Aufmerksamkeit zum Baronet und dem Mädchen zurück. Der Mann stand über ihr. Er hatte sie fest genug geschlagen, dass sie blutete. Daniel erwartete, dass sie weinen und Angst haben würde, aber stattdessen rappelte sie sich auf, ihr Gesicht eine Maske der Wut. Sie stürzte sich auf den Baronet und fing an, ihre Fäuste in seinen Bauch zu hämmern. Ein Schlag musste eine empfindliche Stelle getroffen haben, denn Daniel hörte ihn aufstöhnen. Dann fegte er sie mit einem Fluch von den Füßen, warf ihre zierliche Gestalt über die Schulter und trug sie zurück zum Haus.

Daniel folgte ihm. Er konnte nicht zulassen, dass der Baronet dem Mädchen etwas antat. Vor der niedrigen Küchentür setzte der Baronet sie ab und schubste sie dann vor sich her, während er sich selbst hindurchduckte.

»Das wird Konsequenzen haben!«, hörte Daniel ihn schimpfen, dann knallte eine Tür. Vorsichtig spähte er in die Küche. Der Baronet war nirgends zu sehen. Die Magd saß am Tisch und hielt sich beide Hände vors Gesicht, soweit Daniel das im Dunkeln erkennen konnte.

Plötzlich ging die Tür zum Flur wieder auf. Die Magd fuhr erschrocken herum, aber es war nicht der Baronet, sondern Lizzie, die mit einer Kerze in der Hand vorsichtig in die Küche kam.

»Oh, du armes Ding«, flüsterte sie, als sie das Gesicht der Magd sah. Sie holte eine Schüssel mit Wasser und ein Tuch und begann, ihr das Blut abzuwaschen.

Mit zitternden Händen schloss Daniel leise die Tür. Es war sicher besser, wenn die andere Magd sich um das Mädchen kümmerte. Wenn der Baronet Verdacht schöpfte, dass Daniel der stummen Magd half, wäre das vermutlich sofort das Ende ihres guten Verhältnisses. Langsam ging er zum Stall zurück, wo Oliver hinter dem Tor stand.

»Was war denn da los?«, fragte der Stallknecht.

»Das stumme Mädchen hat den Schimmel genommen und ist reiten gegangen«, antwortete Daniel zögernd. Er fühlte sich hilflos und hatte keine wirkliche Erklärung für den Vorfall.

»Der Herr hat sie geschlagen?«, vermutete Oliver.

Daniels Magen zog sich bei der Frage zusammen. Er nickte. Der Baronet wäre durchaus in der Lage, das Mädchen zu verkrüppeln, wenn er wollte. Daniel schickte ein stilles Gebet nach oben. Es erleichterte ihn ungemein, dass der Baronet sie in der Küche gelassen hatte und Lizzie sich jetzt um sie kümmerte. Etwas Derartiges hatte er noch nie zuvor beobachtet.

»Ich hoffe, er tut ihr nichts. Sie ist ein hübsches kleines Ding. Glaubst du auch, sie ist verflucht? Russell hat so was gesagt.« Oliver schien unschlüssig, was er von der Behauptung halten sollte.

»Glaub ich nicht«, erwiderte Daniel und verzog sich in seine Kammer. Er war zu verwirrt, um mit Oliver über das Geschehene zu sprechen. Fragen fluteten seinen Kopf. Wer war dieses Mädchen? Warum konnte sie ein Pferd ohne Sattel reiten, das niemanden sonst an sich heranließ? Was hatte der Baronet damit zu tun? Warum reagierte er so heftig? Und warum sprach das Mädchen nicht, wenn sie doch schreien und weinen konnte? An etwas wie einen Fluch glaubte er immer noch nicht. Sicher gab es eine andere Erklärung für ihr Schweigen.

Unter den gegebenen Umständen war das, was sie heute Nacht getan hatte, der schiere Wahnsinn inklusive ihres verzweifelten Wutausbruchs. Eines war klar: Er musste der Sache auf den Grund gehen, sonst würde er noch irre werden.

Während er sich wieder auf seinem Bett ausstreckte, beschloss er, endlich Ole Pete nach dem Mädchen zu fragen. Hoffentlich konnte der alte Mann etwas Licht in die Angelegenheit bringen. In den letzten Wochen war er in schlechter Verfassung gewesen und kaum aus seiner Hütte herausgekommen. Daniel hatte keine Gelegenheit gehabt, ihn zu besuchen. Morgen würde er sich die Zeit nehmen.

Es war bereits der Abend des nächsten Tages, als Daniel endlich an die Tür der kleinen Hütte klopfte. Obwohl er keine Antwort hörte, trat er ein.

»Nein!«, protestierte Ole Pete.

Daniel schaute sich neugierig in dem einzigen Raum um und

entdeckte die Magd, die mit einer Schüssel voll Essen am Bett des alten Mannes saß.

Der jedoch fuchtelte mit den Armen herum. »Nein, nein, du sollst das nicht tun!«, rief er immer wieder.

Das Mädchen versuchte, ihn zu füttern, aber Pete regte sich immer mehr auf und schlug ihr schließlich die Schüssel aus der Hand. Suppe spritzte quer über den Boden.

»Jetzt sieh dir das an, sieh dir das an!«, schimpfte Pete. »Wag es ja nicht, das aufzuwischen! Ich habe das verschüttet, ich mache es sauber. Geh weg. Geh!« Er warf seine Decke zurück und versuchte, auf die Füße zu kommen. Zweimal plumpste er wieder zurück auf das Bett, bevor er schwankend wie ein Schilfrohr im Wind stehen blieb. Daniel beeilte sich, zu ihm zu kommen und ihm eine stabilisierende Hand zu reichen.

»Sag ihr, sie soll das lassen! Sie hört nicht auf mich!«, flehte Pete ihn an.

Daniel sah das Mädchen an und zuckte zusammen. Die ganze rechte Seite ihres Gesichts war geschwollen und verfärbt, ihre aufgeplatzte Lippe wies einen tiefen Riss auf. Davon abgesehen schien es ihr jedoch gut zu gehen.

»Sie will doch nur helfen«, versuchte er den alten Mann zu beschwichtigen, doch der wollte nichts davon hören.

»Sie soll das nicht machen, es ist nicht richtig«, beharrte er und wandte sich wieder an das Mädchen. »Lass es!«, brüllte er so wütend, dass sie schlussendlich den Lappen fallen ließ, mit dem sie die Suppe hatte aufwischen wollen. Als sie aufstand, konnte Daniel die Tränen in ihren Augen sehen. Doch da war noch etwas anderes, eine Entschlossenheit, die er zuvor noch nie bemerkt hatte.

Sobald sie die Hütte verlassen hatte, wich jeglicher Kampfgeist aus Pete und er fiel zitternd zurück auf sein Bett. Daniel half ihm sich hinzulegen und stopfte die Decke rund um Petes knochigen Körper. Der Mann seufzte tief und schloss die Augen.

Daniel wischte so gut wie möglich die Speisereste vom Boden. »Warum willst du ihre Hilfe nicht annehmen?«, fragte er dabei sacht.

»Es ist nicht richtig, nicht richtig«, murmelte der alte Mann.

Daniel richtete sich auf und setzte sich zu ihm ans Bett. »Warum nicht?«

»Hm?«, machte Pete und öffnete ein Auge nur einen kleinen Spalt breit.

»Warum ist es nicht richtig?«, wiederholte Daniel.

»Sie ist die Tochter des Herrn. Sie darf mir nicht dienen. Es ist nicht richtig.«

Daniel starrte ihn mit offenem Mund an und versuchte zu begreifen, was er da gerade gesagt hatte.

»Dieses Mädchen ist die Tochter des Herrn?«, fragte er ungläubig und schüttelte den Kopf. Nein, das war unmöglich. Kein Mensch würde seine Tochter so behandeln. Die brutalen Szenen der vergangenen Nacht schossen ihm durch den Kopf. Nein, das konnte nicht sein. Außerdem gab es überhaupt keine Ähnlichkeit zwischen dem Baronet und dem Mädchen. Ole Pete musste verwirrter sein, als er gedacht hatte. Trotzdem entschied er, noch einen zweiten Versuch zu machen und ihn auch nach dem Pferd zu fragen. »Pete?«, wagte er sich vorsichtig vor. »Was kannst du mir über die Schimmelstute sagen?«

Jetzt öffnete Pete beide Augen. »Die kleine?«

Daniel nickte.

»Versuch nicht, die zu reiten, die bockt dich runter. Keiner kann die reiten, außer Bella.« Seine Augen klappten wieder zu. »Das ist Bellas Pferd«, murmelte er noch, wobei die letzten Worte kaum noch zu verstehen waren.

»Ist das der Name des Mädchens?«, fragte Daniel schnell, aber er bekam keine Antwort mehr.

Pete schnarchte leise.

»Bella also«, murmelte Daniel.

Als Daniel die Hütte verließ, fand er das Mädchen zusammengekauert auf einem großen Stein am Rande des Weges sitzend. Obwohl sie normalerweise extrem aufmerksam war, drehte sie jetzt noch nicht einmal den Kopf in seine Richtung. Jegliche Energie schien aus ihr gewichen zu sein und sie saß da wie ein Häufchen Elend.

Daniel blieb neben ihr stehen. Seine Gedanken arbeiteten auf Hochtouren. »Bella?«, flüsterte er mit klopfendem Herzen.

Das Mädchen drehte unendlich langsam ihren Kopf in seine Richtung und stand dann ebenso langsam auf. Als ihre Blicke sich trafen, sah er in ihren Augen nur blankes Entsetzen.

Daniel schluckte. »Ist das dein Name? Bella?«

Ihre Augen weiteten sich noch mehr. Dann machte sie drei schnelle Schritte auf ihn zu und legte beide Hände über seinen Mund, während sie heftig den Kopf schüttelte. Überrascht umfasste er ihre Gelenke, zog ihre Hände von seinen Lippen fort und nahm sie in seine. Sie blinzelte mehrmals hintereinander und schien ihn wortlos anzuflehen, nichts mehr zu sagen.

»Warum? Warum kennt niemand deinen Namen? Ich verstehe das nicht«, fuhr Daniel trotzdem fort, während er mit dem Daumen sacht über den Handrücken ihrer Rechten strich.

Eine Träne rollte über ihre unverletzte Wange und er löste eine seiner Hände von ihren, um sie wegzuwischen. Sie sah ihm tief in die Augen und legte den Zeigefinger an seine Lippen, während ihr Gesichtsausdruck todernst wurde. Sie entzog ihm auch die andere Hand und tat so, als würde sie ein Messer halten, mit dem sie sich den Hals aufschlitzte. Im nächsten Moment war sie außerhalb seiner Reichweite und rannte den Weg zurück nach Brigham Hall.

Obwohl sie kein Wort gesprochen hatte, war ihm vollkommen klar, was sie meinte. Er hatte es in ihren Augen gelesen und in ihren bebenden Fingern gespürt. Ihr Name musste geheim bleiben oder ihr Leben war verwirkt.

Brigham Hall, den 3. Juni 1711

Liebe Mutter,

das Rätsel um die stumme Magd bereitet mir immer mehr Kopfzerbrechen. Trotz ihrer offensichtlichen Furcht vor dem Baronet hat sie mitten in der Nacht die Schimmelstute gestohlen, oder vielmehr ausgeborgt, um einen Ausritt zu machen. Ist das zu glauben? Der Baronet war außer sich vor Wut und hat sie bei ihrer Rückkehr mit Schlägen bestraft. Ich konnte nicht eingreifen, aber als ich sie heute sah, ging es ihr verhältnismäßig gut, abgesehen von einigen blauen Flecken.

Ich verstehe das alles nicht. Warum tut sie so etwas? Sie muss doch gewusst haben, was geschieht, wenn sie erwischt wird. Ole Pete hat behauptet, das Pferd würde ihr gehören, doch wenn das so ist, warum will der Baronet dann nicht, dass sie in seine Nähe geht? Und wenn der Baronet so ungerecht zu ihr ist, warum ist sie dann überhaupt zurückgekommen? Fragen über Fragen.

Wenigstens scheine ich jetzt ihren Namen zu kennen, auch wenn sie mir bedeutet hat, dass er geheim bleiben muss. Pete hat ihn mir verraten. Er hat auch behauptet, das Mädchen wäre die Tochter des Baronets, aber das kann ich einfach nicht glauben, wirklich nicht, Mutter!

Der Baronet hat mich heute Morgen in sein Arbeitszimmer bestellt und mich noch einmal angewiesen einzugreifen, falls das Mädchen sich dem Pferd erneut nähern sollte. Er versuchte auch, eine abergläubische Angst in mir zu schüren, indem er mir erzählte, sie sei eine böse Hexe, vor der ich mich in Acht nehmen sollte – dasselbe Gerücht, das auch unter dem Personal kursiert. Es passt so gar nicht zu seinen sonst eher nüchternen Ansichten. Wie drückte er sich aus? »Diese süßen Sommersprossen und goldgefleckten Augen werden Sie schneller verhexen, als Sie gucken können.«

Ich war sehr niedergeschlagen, als er mir mein einfühlsames Herz auf den Kopf zusagte, doch er verurteilte mich deswegen nicht. »Es ist der Grund, warum Sie so gut mit Pferden umgehen können, Mr Huntington«, sagte er, was mich wieder etwas aufbaute, wie Du Dir vorstellen kannst. Wie er zu seiner Einsicht gekommen ist, weiß ich allerdings nicht. Er versicherte mir mehrmals, dass er gute Gründe für sein Verhalten hätte, und bat mich, ihn nicht vorschnell zu verurteilen.

Ich bin verwirrt, Mutter. Wann auch immer ich mit diesem Mädchen zu tun hatte, habe ich keine böse Ader in ihr entdecken können. Sollte ich mich so sehr irren? Ich wünschte, ich könnte mit Dir persönlich über all dies reden. Du wusstest meine verworrenen Gedanken schon immer zu ordnen.

In Liebe,
Dein Sohn Daniel

7. KAMPFGEIST

Daniel ließ den jungen Hengst nicht aus den Augen, der in einem weiten Bogen um ihn herumlief. Mit den Pferden in der Reithalle zu arbeiten, gab Daniel ganz neue Möglichkeiten, die er Stück für Stück auslotete. Ursprünglich hatte er deswegen angefangen, die jungen Pferde einzeln in der Halle laufen zu lassen, um ihre Kraft aufzubauen und ihnen die Kommandos für die verschiedenen Gangarten beizubringen. Dabei hatte er aber gemerkt, dass es bei der Sache einen sehr erfreulichen Nebeneffekt gab: Er konnte eine Beziehung zu den Pferden aufbauen, die sich positiv auf den gesamten Umgang mit ihnen auswirkte.

Der Jungspund, mit dem er es im Augenblick zu tun hatte, war nicht leicht in den Griff zu bekommen. Er hatte ihn Copper getauft, weil sein Fuchsfell einen ungewöhnlich tiefen Rotton hatte und in der Sonne wie Kupfer glänzte. Ein wunderschönes Pferd, das der Baronet gern als Nachfolger für seinen besten Hengst in der Zucht einsetzen wollte. Mit einem Schnalzen versetzte Daniel das Pferd in Galopp. Dieses Kommando befolgte es immer, so auch jetzt. Mit einem wilden Schnauben und zwei Bocksprüngen fiel es in Galopp und jagte so schnell um Daniel herum, wie der Platz in der Halle es zuließ. Daniel wartete ab, bis das Tier von allein langsamer wurde, dann trat er ihm mit erhobenen Armen in den Weg und brachte es so dazu, die Richtung zu wechseln. Diesmal schlug der Hengst heftig mit dem Kopf und keilte nach Daniel aus, bevor er mit erneutem Schwung andersherum galoppierte. Daniel presste die Zähne aufeinander. Der Hengst war widerspenstig und mit seinen Gedanken überall, aber nicht bei Daniel. Er konnte ihn einfach nicht dazu bringen, sich auf ihn zu konzentrieren. Mit einiger Mühe und wiederholten Wendungen setzte er schließlich durch, dass der

Hengst wieder in Schritt fiel, aber von wirklichem Gehorsam konnte keine Rede sein.

»Genug für heute«, brummte er und nahm das Tier wieder an den Strick. Er führte es zum Eingang der Halle, wo der Baronet stand und ihn wohl schon eine Weile beobachtet hatte.

»Er macht gute Fortschritte, unser Prachtkerl«, sagte er voller Stolz und klopfte dem Hengst den schweißnassen Hals. »Sie haben ihn gut in den Griff bekommen, das muss ich schon sagen.« Er lächelte Daniel anerkennend an, doch dieser erwiderte das Lächeln nicht.

»Hm«, machte er nur kurz.

»Sie sind unzufrieden?« Der Baronet schien überrascht. »Er hat doch alles gemacht, was Sie wollten. Was erwarten Sie noch?«

Daniel band Copper in der Stallgasse an und machte sich daran, ihm mit Strohbüscheln den Schweiß vom Hals zu reiben, eine Prozedur, die der Hengst sehr genoss. Er reckte den Kopf in die Höhe und schob die Oberlippe weit vor. Willie, der gerade die Ställe ausmistete, musste unwillkürlich kichern, aber ein Blick des Baronets brachte ihn schnell wieder zum Schweigen.

»Er gehorcht nur widerwillig. Er ist nicht bei der Sache.« Daniel warf das Stroh auf den Boden und machte den Anbindestrick wieder los, um den Hengst auf die Weide zurückzubringen. Baronet Brigham begleitete ihn.

»Er braucht sicher nur noch ein wenig Zeit. Alle jungen Hengste sind widerspenstig. Das gehört dazu.« Es schien, als wollte er noch mehr sagen, doch er schwieg. Über den Hals des Pferdes hinweg erhaschte Daniel einen Ausdruck in seinem Gesicht, der neben Zuversicht und Stolz auch einen widersprüchlichen Schmerz beinhaltete, den er überhaupt nicht einordnen konnte. Er wusste nicht, wie er reagieren sollte. Er war ganz anderer Meinung als sein Herr, aber konnte er es wagen, ihm das zu sagen?

Sie hatten das Weidetor erreicht und Daniel führte den Hengst hindurch, drehte ihn wohlweislich um und nahm ihm das Halfter ab. Augenblicklich sprang das Pferd herum und schlug aus. Dreckklumpen flogen in die Luft, hochgeschleudert von den davongaloppierenden Hufen. Daniel hatte damit gerechnet und war schon in Deckung gegangen. Jetzt schloss er das Tor und warf dem Baronet einen fragenden Blick zu.

»Sprechen Sie, Huntington.«

»Mit Verlaub, Sir, aber ich denke, wir sollten ihn kastrieren.«

»Was?«, rief Brigham mit schriller Stimme und lief knallrot an. »Sind Sie verrückt? Schauen Sie sich den Burschen doch an, der wird uns ein Vermögen einbringen! Sein Gebäude ist perfekt, und die Farbe! Jeder wird ein Fohlen von ihm haben wollen!«

Daniel trat reflexartig einen Schritt zurück. Der Ausbruch des Baronets war ebenso heftig und plötzlich wie der des Hengstes eben. Was sollte er tun? Den Blick senken und zustimmen? Oder dagegenhalten? Daniel holte tief Luft und blickte dem wütenden Mann fest in die Augen. Der Baronet hatte ihn zum Stallmeister gemacht, weil er seinem Urteilsvermögen vertraute. Und er hatte ihn mehrfach dazu aufgefordert, mehr Selbstbewusstsein zu zeigen.

»Sie haben recht, er ist wunderschön«, sagte Daniel und nickte. Die Worte schienen den Baronet zunächst einmal zu beruhigen. »Aber was nützt das beste Exterieur, wenn wir ihn nicht kontrollieren können? Ich prophezeie Ihnen, dass er im nächsten Frühjahr so voller Paarungsdrang sein wird, dass nichts und niemand ihn mehr halten kann. Er ist nicht wie die anderen. Er will nicht gefallen. Ich glaube nicht, dass wir das aus ihm rauskriegen. Und der Wille zu gefallen ist doch eines der herausragendsten Merkmale der Brighams.«

»Papperlapapp! Jedes Pferd kann man erziehen. Vielleicht braucht dieses hier einfach eine etwas härtere Gangart, als Sie sie bisher angewendet haben«, widersprach der Baronet.

Daniel wusste sofort, dass das nicht stimmte. Es war der Grund, warum er vorhin aufgehört hatte. Dieser Hengst würde nie klein beigeben. Er würde kämpfen bis zum Tod.

»Ich mache Ihnen einen Vorschlag«, sagte Daniel ungerührt. »Arbeiten Sie mit ihm. Und dann entscheiden Sie.«

Brigham stutzte. »Trauen Sie sich das nicht zu?«, fragte er misstrauisch.

Ein Lächeln huschte über Daniels Gesicht, bevor er es verhindern konnte. »Doch, Sir, ich traue mir das durchaus zu. Ich sehe nur keinen Sinn darin, denn ich bin mir sicher, dass er aggressiv wird. Er wird sich nicht unterwerfen.«

Brigham schnaubte verächtlich durch die Nase. »Gut, ich nehme ihn mir morgen vor. Wollen wir doch mal sehen, ob Sie recht haben.«

Am nächsten Tag wollte Daniel gerade auf die Weide gehen, um Copper zu holen, als plötzlich der Pächter Miller auftauchte, dessen Feld der Baronet mit der neumodischen Maschine eingesät hatte. Er kam auf Daniel zu und zog seine Kappe vom Kopf. »Guten Morgen, Sir«, grüßte er höflich.

Daniel nickte ihm zu. »Guten Morgen, Mr Miller«, erwiderte er und fragte sich, was der Mann von ihm wollte. Auch die respektvolle Anrede irritierte ihn. Er war in seinem Leben offensichtlich schon weit gekommen, wenn er es von ›He du!‹ bis zu ›Sir‹ gebracht hatte. Der Pächter drehte seine Kappe in den Händen.

»Kann ich etwas für Sie tun?«, fragte Daniel.

»Ja, na ja, ich komme wegen dem Feld, wissen Sie? Es wächst richtig gut, ich hätt's ja nicht gedacht. Und alles in hübschen Reihen, da kann man wunderbar dazwischen gehen und Unkraut jäten. Ich wollte nur mal Bescheid geben, falls der Herr es sich mal ansehen will. Ich glaub allerdings nicht, dass wir da was ernten können, das wird nicht mehr reif.«

»Er ist im Haus, Sie können es ihm gerade selbst sagen«, sagte Daniel und legte schon die Hand auf das Weidetor.

Miller sah zu Boden. »Nun, ich dachte, vielleicht könnten Sie es ihm einfach ausrichten. Muss ihn ja jetzt nicht stören«, druckste er und setzte sich dann seine Kappe wieder auf. »Wenn's Ihnen nichts ausmacht«, fügte er noch hinzu und drehte sich dann schnell um. »Schönen Tag noch!«, rief er über die Schulter, während er den Weg hinuntereilte.

Daniel sah ihm nach. Das war ihm jetzt schon öfter passiert.

Mit Harry, dem Gärtner, und vor allem mit Oliver. Bei Oliver konnte er es noch verstehen, der war ihm ja direkt unterstellt, aber der Gärtner hatte nun wirklich keinen Grund, sich an Daniel zu wenden, wenn er dem Baronet etwas mitzuteilen hatte. Und jetzt auch noch ein Pächter? Seltsam.

In dem Moment, als Baronet Brigham mit der Peitsche knallte, wusste Daniel, dass es Ärger geben würde. Er verfolgte vom Halleneingang aus das Geschehen. Copper hatte sich schon verspannt, als Daniel aus der Halle gegangen war und ihn mit dem Baronet allein gelassen hatte. Die dominante Ausstrahlung des Mannes verunsicherte ihn offensichtlich und er hatte ihn mit misstrauisch angelegten Ohren beobachtet, während er seine Runden um ihn drehte – wesentlich verhaltener, als Daniel es von ihm gewohnt war. Auch Brigham hatte bemerkt, dass dem Hengst sein natürlicher Schwung fehlte, und hatte dementsprechend den Druck erhöht, was aber verrückterweise das Gegenteil bewirkt hatte. Daniel hatte gerade eine Warnung äußern wollen, als der Baronet die Peitsche geschwungen hatte. Anstatt zu fliehen, griff der Hengst an. Mit gebleckten Zähnen rannte er auf Brigham zu, der geistesgegenwärtig die Arme hochriss und in der nächsten Bewegung dem Hengst die Peitsche durchs Gesicht zog. Das zeigte Wirkung. Das Pferd drehte ab, jedoch nicht ohne auszukeilen. Sein Huf traf Brigham an der Schulter und ließ ihn rückwärtstaumeln. Wutentbrannt wechselte er die Peitsche in die andere Hand und setzte dem Hengst mit schrillen Schreien nach, der bockend durch die Halle raste. In einer Ecke machte er plötzlich kehrt und donnerte wieder auf Brigham zu, der im letzten Moment noch ausweichen konnte. Wieder schlug der Hengst nach ihm aus, doch diesmal verpasste Brigham ihm einen kräftigen Schlag auf die Kruppe. Mehrere Minuten rannte das Pferd in blinder Panik an der Hallenwand entlang. Daniel fürchtete schon, er würde ausrutschen und stürzen. Doch dann trat Brigham ihm in den

Weg, um ihn abzubremsen. Copper rammte die Beine in den Boden, dann stieg er. Seine wirbelnden Vorderhufe verfehlten den Baronet nur knapp, der jetzt mit einem Aufschrei zurückwich. Er stolperte und landete unsanft im Sand.

Daniel warf mit lautem Krachen die Hallentür auf und lenkte so die Aufmerksamkeit des Hengstes auf sich. Mit festem Blick und fuchtelnden Armen scheuchte er das Pferd in eine Ecke der Halle, wo es schnaubend und mit weit aufgerissenen Augen stehen blieb.

»Alles in Ordnung, Sir?«, fragte Daniel, ohne seinen Blick von Copper zu wenden. Aus dem Augenwinkel sah er, wie der Baronet sich aufrappelte und den Sand von seiner Kleidung klopfte. »Schneiden Sie dem Mistvieh die Eier ab«, sagte er heiser und verließ die Halle.

Brigham Hall, den 11. Juni 1711

Liebste Mutter,

wie sehr sich mein Blick auf die Welt verändert hat in den Monaten, seit ich hier bin. Kaum ein halbes Jahr und ich fühle mich wie ein neuer Mensch. Wie sehr habe ich um Anerkennung gekämpft, bei Vater, bei meinen Herren, doch immer wurde sie mir versagt. Und jetzt, wo ich nicht mehr darauf gehofft oder danach gesucht hatte, jetzt wird sie mir zuteil und mir wird manchmal angst und bange, wenn ich darüber nachdenke.

Wer nichts zählt, muss auch keine besondere Verantwortung übernehmen. Man tut seinen Dienst und muss sich kaum Gedanken machen, denn denken sollen die, die Anweisungen erteilen. Jetzt erteile ich Anweisungen. Nein, mehr noch, ich treffe Entscheidungen – für die Ställe, für meine Untergebenen, für die Zucht. Ich bin sogar in der Lage, meine Meinung gegen die meines Herrn durchzusetzen, so sehr respektiert er mich!

Meine Verantwortung wiegt schwer auf mir und trotzdem gibt sie mir neue Kraft, Mut und ein Selbstbewusstsein, wie ich es bisher nicht kannte. Ich kann und darf meinen Wert unter Beweis stellen.

Was mich besonders verwundert, ist, dass es immer mehr Menschen auf dem Anwesen gibt, die sich mit ihren Anliegen lieber an mich wenden als an den Baronet selbst – auch wenn es nichts mit den Pferden zu tun hat. Diese Entwicklung gibt mir zu denken und ich weiß nicht, wie ich sie werten soll. Auch bin ich mir nicht sicher, ob dem Baronet das bewusst ist, und wenn ja, wie er darüber denkt. Bisher schien er froh zu sein, sich nicht selbst mit den Leuten auseinandersetzen zu müssen.

Ach, ich schulde ihm noch die Antwort auf eine Frage, deswegen muss ich jetzt Schluss machen. Dieser seltsame Mann. Einerseits tut er mir so gut, andererseits fürchte ich mich vor ihm und seiner grausamen Ader. Ich glaube nicht, dass du ihn mögen würdest, aber vielleicht täusche ich mich da auch. Du hast so ein großes Herz …

In Liebe,
Dein Daniel

8. SCHRECKEN

Es war schon weit nach Mitternacht, doch Daniel brütete noch immer über dem Buch, das der Baronet ihm gegeben hatte. Er war sich nicht sicher, was Brigham erwartete, also notierte er jedes Detail, das von dem abwich, was er zu sehen gewohnt war. Ein gravierender Unterschied ging aus den in der schwungvollen Handschrift des früheren Baronets notierten Worten offensichtlich hervor: Er war ein tiefgläubiger Mann gewesen. Er hatte einen Priester angestellt, der in einem kleinen Pfarrhaus neben der Kapelle gewohnt hatte. Alle Bediensteten und Pächter waren angehalten gewesen, sonntags in den Gottesdienst zu kommen. An diesem Tag waren nur die nötigsten Arbeiten wie das Füttern der Tiere und das Versorgen des Feuers und der Mahlzeiten verrichtet worden; davon abgesehen hatten alle freigehabt.

Wenn ein Pächter sich Geld geliehen hatte, hatte er darauf keine Zinsen zahlen müssen und viele Geldbeträge waren einfach an Bedürftige verschenkt worden.

Brigham hatte recht, der frühere Baronet hatte viel mehr Geld ausgegeben. Dennoch war sein Einkommen höher gewesen. Brigham gab nichts für Wohltätigkeit oder einen Priester aus; er hatte weniger Angestellte und fast die gleiche Anzahl an Pächtern, Land und Vieh. Zusätzlich mussten seine Leute mehr arbeiten. Er gab nur alle zwei Wochen einen freien Tag, und wenn sich jemand bei ihm Geld leihen wollte, musste er Zinsen zahlen. Trotzdem war sein Einkommen nicht höher als das des früheren Baronets. Daniel hatte dafür ebenso wenig eine Erklärung wie Brigham selbst.

Er las weiter, bis er auf einen Eintrag stieß, der »Sabbatjahr« lautete. Mit wachsender Faszination las Daniel dort, dass alle Felder auf dem gesamten Anwesen ein Jahr lang brach liegen gelassen worden waren und man vom Überschuss des Vorjahres gelebt hatte. Das Getreide, das von allein wuchs, durfte geerntet werden, aber es wurde nicht gepflügt und nicht gesät.

»Unmöglich«, murmelte er, während er die Zahlen und Kommentare durchging. Er wusste, dass im normalen landwirtschaftlichen Wechsel jedes Feld einmal brach liegen gelassen wurde, damit es sich erholen konnte. Brigham verfolgte hier einen neuen Ansatz, indem er zusätzliche Früchte in die Fruchtfolge einbrachte, nämlich Klee und Rüben. Seiner Aussage nach sorgten diese Früchte noch besser als die Brache dafür, dass der Boden sich regenerierte. Und er hatte zusätzliches Winterfutter für das Vieh, sodass die sonst üblichen Herbstschlachtungen überflüssig waren. Man konnte Vieh jetzt gut über den Winter bringen und nur das schlachten, was man zum Leben benötigte. Daniel persönlich fand auch, dass der Rübeneintopf, den Ellie kochte, ganz hervorragend schmeckte und eine willkommene Abwechslung zum Kohl darstellte, den es seiner Meinung nach viel zu oft gab.

Das Buch deckte nur zweieinhalb Jahre ab. Daniel war extrem neugierig, ob der frühere Baronet dieses Sabbatjahr regelmäßig gehalten hatte. Laut dem Buch hatte das Anwesen nicht nur überlebt, sondern man war auch in der Lage gewesen, im Folgejahr wieder zu säen und zu pflanzen. Natürlich waren danach sämtliche Vorräte aufgebraucht gewesen, aber es hatte immer noch Geld gegeben, um das Nötigste zum Leben zu kaufen, da der Verkauf von Pferden und Vieh ein gutes Einkommen lieferte. Daniel hatte noch nie so etwas Verrücktes gehört. Während er dasaß und darüber grübelte, kam ihm jedoch etwas in den Sinn. Er nahm seine wohlgehütete Bibel von dem kleinen Regal neben seinem Bett und öffnete sie ganz vorn. Er musste bis Kapitel 25 des 3. Buchs Mose lesen, bis er die Regeln über das Sabbatjahr gefunden hatte. Das Jahr, in dem das Land ebenso eine Ruhepause bekam wie der Mensch, der sich an jedem siebten Tag von seiner Arbeit ausruhen sollte. Noch nie war Daniel jemandem begegnet, der diese Gesetze eins zu eins umsetzte. Er saß still da und starrte nachdenklich in die flackernde Flamme seiner Lampe. Dann stand er auf, stellte die Bibel wieder zurück ins Regal und klappte das Buch zu. Er war sich alles andere als sicher, ob Brigham die Erklärung, die er hatte, würde hören wollen.

Als Daniel am folgenden Abend mit dem Buch unter dem Arm das Arbeitszimmer des Baronets betrat, hatte er sofort Brighams volle Aufmerksamkeit. Er wusste, dass der Mann ungeduldig auf seine Antwort gewartet hatte.

»Haben Sie etwas gefunden?«, fragte er begierig, während er das schwere Buch entgegennahm.

»Ja und nein«, antwortete Daniel und seufzte tief.

»Raus damit«, forderte der Baronet.

Daniel sah ihm in die Augen. »Ich finde es ebenso rätselhaft wie Sie, Sir. Der Mann hat viel mehr Geld ausgegeben als Sie, also wäre es nur logisch, wenn Sie ein höheres Einkommen hätten. Das haben Sie aber nicht, zu dem Schluss bin ich auch gekommen.«

Brigham schlug sich mit der Faust auf den Oberschenkel und ließ sich in einen Sessel fallen, der in angenehmem Abstand vor dem Kamin stand. »Verflucht!«, stieß er wütend hervor. »Haben Sie eine Erklärung?«

»Keine logische«, sagte Daniel und Brigham lachte bitter.

»Was soll denn das heißen?« Mit einer Handbewegung bedeutete er Daniel, in dem zweiten Sessel Platz zu nehmen.

Zögerlich folgte er der Einladung, lehnte sich aber nicht entspannt zurück, sondern blieb auf der Kante sitzen. Sich in Gegenwart seines Herrn zu setzen wie ein Gleichgestellter widerstrebte ihm, während ein weniger bescheidener Teil von ihm eine tiefe Genugtuung über diese Ehre empfand. »Nun, offensichtlich war der frühere Baronet ein gottesfürchtiger Mann. Der einzige erkennbare Grund, warum er besser gestellt gewesen sein sollte als Sie, ist, dass Gott ihn in besonderer Weise gesegnet hat.«

Brighams Gesicht erstarrte in einer wütenden Maske. Er schnaufte mehrere Male, bevor er seine Stimme wiederfand. »Das ist vollkommener Unfug, Mr Huntington«, zischte er zwischen zusammengepressten Zähnen hervor. Dann sprang er wieder von seinem Sessel auf und begann, vor dem Kamin auf und ab zu gehen. »Es gibt keinen Gott, der einen Menschen einem anderen vorzieht! Wir sind alle gleichermaßen in dieses Spiel geworfen worden, das man Leben nennt. Jedem wurde sein Los ins Gesicht geknallt und wir müssen das Beste daraus machen!«

Daniel schwieg wohlweislich. Er hatte sich schon gedacht, dass der Baronet nicht viel von Religion hielt. Viele Menschen hatten in diesen Zeiten ihren Glauben verloren, aber Daniel spürte, dass es eine höhere Macht gab, und fand viel Ruhe und Trost im Lesen der Bibel.

»Sie haben nichts anderes gefunden?«

»Nein, Sir.«

Brigham stellte das Buch wieder ins Regal und Daniel stand auf. Er konnte nicht länger sitzen bleiben, während sein Herr herumlief. Der stand einen Augenblick mit dem Kopf an das Regal gelehnt, bevor er sich ihm wieder zuwandte. »Sind *Sie* ein gottesfürchtiger Mann, Mr Huntington?«, fragte er. Seine Augen waren kalt. Sein Blick schien sich förmlich in Daniels Kopf hineinzubohren. Daniel lief ein unangenehmer Schauer über den Rücken.

»Das bin ich«, gab er mit einem Kloß im Hals zu. Würde es ihn seine Stelle kosten? Er war sich nicht sicher bei dem harschen Ausdruck, mit dem der Baronet jetzt an ihn herantrat.

»Nun, Mr Huntington, es gibt eines, was Sie wissen und sich unter allen Umständen merken müssen: Auf diesem Anwesen bin *ich* Gott.« Mit einem Schlag mit der flachen Hand auf seine Brust unterstrich er seine Aussage. Er kam noch näher und beugte sich leicht herab, sodass sein Gesicht nur Zentimeter von Daniels entfernt war. Trotz der Kälte in seinem Blick schien in seinen Augen ein inneres Feuer zu lodern. »Das ist alles für heute«, flüsterte er mit so viel Gift in der Stimme, dass Daniel auf dem Absatz umdrehte und aus dem Zimmer floh.

Seine bebenden Knie trugen ihn bis in den Innenhof des Stalls, wo er unter der Kastanie auf die steinerne Pferdetränke sank und sich erst einmal Wasser ins Gesicht spritzte. Die Sonne war noch nicht untergegangen und eine Horde Spatzen vergnügte sich mit fröhlichem Gezwitscher in den Zweigen des Baumes. Er sah hinauf in die weit gespreizten Blätter. Oben wurden sie von den Strahlen des Abendrots in ein leuchtendes Orange getaucht. Nur allmählich löste sich die schreckliche Kälte, die sich bei Brighams teuflischen Worten um sein Herz gelegt hatte. Der Mann war wahnsinnig. Kein Mensch, der bei rechtem Verstand war, bezeichnete sich selbst als Gott. Daniel wischte sich mit der Hand über die Stirn. Wo war er hier nur hingeraten? Die friedliche Idylle des abendlichen Stalls erschien ihm plötzlich wie ein Trugbild. Er dachte an die vielen Gespräche, die er schon mit Brigham geführt hatte. Die meisten davon waren wirklich gut gewesen. Nur ab und zu überkam ihn eine Stimmung, ein Wahn, wie es Daniel schien, und verwandelte ihn in ein regelrechtes Monster. Woran lag das nur? War er irre und schaffte es, die meiste Zeit normal zu erscheinen, oder war er normal und wurde immer wieder von etwas übermannt? Ein Rätsel, ebenso groß wie das um die stumme Magd.

Mit einem schweren Seufzer machte Daniel sich auf zu einer letzten Kontrollrunde um die Weiden. Was auch immer mit seinem Herrn nicht stimmte, er würde damit leben müssen. Er würde für ihn beten, aber seine Stellung aufgeben, weil sein Herr sich manchmal seltsam benahm, wollte er nicht.

»Na los, rauf mit dir«, sagte Daniel und hielt Willie die Hand hin, um ihm in den Sattel zu helfen.

»Muss ich wirklich?«, fragte der Junge ängstlich und beäugte das Pferd misstrauisch. Er war sicher im Umgang mit den Pferden, das wusste Daniel. Es war allerdings höchste Zeit, dass er seine Angst vor dem Reiten ablegte.

»Du lernst das Reiten nur durchs Reiten«, sagte Daniel und hievte den Jungen hoch. Der saß auf dem Pferd wie ein verschrecktes Kaninchen, zusammengekauert und mit hochgezogenen Knien.

»Es gibt wirklich nichts, wovor du Angst haben müsstest, Willie. Der alte Larry hier ist das sanfteste Pferd, das du dir denken kannst, das weißt du doch. Der wird gut auf dich aufpassen. Bist du denn wirklich noch nie geritten?«

Willie schüttelte mit zitternder Unterlippe den Kopf.

Daniel trat näher und legte dem Bengel beruhigend eine Hand auf das Bein. »Willst du wissen, wie ich mit Reiten angefangen habe, als ich fünf war?«, flüsterte er heimlichtuerisch.

Willie nickte.

»Auf einem Schwein.«

Jetzt musste Willie tatsächlich grinsen. Daniel lachte auch und ging zu seinem eigenen Pferd hinüber. Er schwang sich mit geübter Eleganz in den Sattel. »Es ist wahr«, sagte er und nahm seine Zügel ebenso in die Hand wie den Führstrick des alten Larry. »Bei uns in der Nähe gab es keine Ponys, die ich mir mal hätte ausleihen können, also bin ich auf das Schwein des Nachbarn gesprungen. So unbedingt wollte ich reiten. Es macht Spaß, du wirst schon sehen.«

Willie entspannte sich etwas. »Wir galoppieren aber nicht, oder?«, fragte er und klammerte sich mit aller Kraft am Sattel fest.

»Nein, das werden wir nicht. Setz dich gerade hin und streck die Beine nach unten. Wir gehen ganz gemütlich im Schritt. Nächste Woche wirst du mich bestimmt anbetteln, endlich galoppieren zu dürfen«, erwiderte Daniel und schnalzte mit der Zunge.

Die Pferde setzten sich in gemächlichem Tempo in Bewegung und Daniel schmunzelte vor sich hin, während der Junge drauflosplapperte und von den Tieren auf dem Hof seiner Eltern erzählte. Allmählich gewöhnte er sich richtig gut ein; er brauchte nur noch ein wenig Ermutigung, um seine Ängste zu überwinden. Daniel hörte nur mit halbem Ohr zu und behielt die Umgebung im Auge. Die meisten Wege kannte er inzwischen gut und hielt sich an offenes Gelände zwischen den Feldern, um Rehe oder Fasane zu vermeiden, die die Pferde erschrecken könnten. Es würde nicht sonderlich hilfreich sein, wenn der Junge bei seinem ersten Ritt herunterfiel.

Das Korn war schon gut gewachsen und fing allmählich an, gelb zu werden. Einige Heuwiesen waren erst kürzlich gemäht worden und der süße Duft des geschnittenen Grases hing noch in der Luft. Dort, wo Felder und Wiesen noch hochstanden, strich der Wind in sanften Wellen darüber und ließ die Halme silbern glänzen. Daniel liebte diesen Anblick.

Willie redete die ganze Zeit ununterbrochen, sodass Daniel sich schon sehr darauf freute, wieder zurück zum Stall zu kommen. Als sie jedoch an der Hütte des alten Pete vorbeiritten, verstummte Willie plötzlich.

»Was ist das da auf dem Boden?«, fragte er und zeigte hinüber zur Hütte.

Daniel hielt die Pferde an. Im nächsten Moment sprang er herunter und warf Willie die Zügel zu. Hastig rannte er zu der leblosen Gestalt, die auf dem Boden vor der Eingangstür lag. Es war Pete.

Offensichtlich lag der alte Mann genau so da, wie er gefallen war, einen Arm schmerzhaft unter seinem Körper verdreht.

»Pete!«, rief Daniel atemlos, kniete sich hin und schob eine Hand unter Petes Kopf. Seine Haut hatte einen ungesunden grauen Ton, aber die Lider flatterten bei der Berührung. Unendlich langsam fokussierten seine Augen sich auf Daniel.

»Pete«, wiederholte Daniel.

Der Blick des alten Mannes wurde schärfer und ein Funke des Erkennens ließ sein Gesicht aufleuchten. Er versuchte zu sprechen, aber es drang nur ein Krächzen aus seiner Kehle.

»Ganz ruhig, Pete, ganz ruhig. Ich helfe dir.« Daniel hob den ausgemergelten Alten so vorsichtig hoch, wie er konnte. Trotzdem stöhnte Pete vor Schmerz auf. »Es tut mir leid«, murmelte Daniel. Er befürchtete, dass Petes Arm gebrochen war.

»Ist er tot?« Willies Frage schien aus einer anderen Welt zu Daniel zu dringen. Der Junge stand mit den beiden Pferden am Zügel vor ihm, die Augen ängstlich aufgerissen.

»Nein«, erwiderte Daniel und biss sich auf die Lippe. Fast hätte er hinzugefügt: »Noch nicht.« – »Lauf zum Haus und sag dem Baronet Bescheid, dass Pete gestürzt ist. Schnell!«

Der Junge drehte sich um und eilte davon, die beiden Pferde hinter sich herzerrend. Daniel trug Pete ins Haus und legte ihn sacht auf dem Bett ab, bemüht, den verletzten Arm zu schonen.

»Pete, mach dir keine Sorgen, gleich kommt Hilfe.« Mit bangem Gefühl im Herzen strich er dem alten Mann die klammen Haare aus der Stirn. Wenn überhaupt möglich, wirkte er noch grauer als zuvor, doch überkam ihn jetzt eine große Unruhe. Anscheinend wollte er sich aufsetzen.

»Ganz ruhig, Pete, bleib liegen. Alles wird gut«, versuchte Daniel ihn zu beschwichtigen, doch Pete schüttelte schwach den Kopf.

»Nimm dich … in Acht … vor Riley«, flüsterte er heiser. Er hob eine knochige Hand und legte sie auf Daniels Arm, seine Finger eiskalt. »Nimm dich in Acht … vor Riley. Er hat … den Herrn … getötet ...« Ein langer, mühsamer Seufzer drang aus seiner Kehle und es schien eine halbe Ewigkeit zu dauern, bis er wieder Luft holte. »… Herrn getötet … in der … Kapelle … verbrannt … Nimm dich … in …« Sein Blick wurde leer. Er hörte auf zu atmen. Sein Kopf rollte nach hinten, seine Hand rutschte von Daniels Arm und landete mit einem dumpfen Schlag auf dem Bett.

»Nein, Pete!«, rief Daniel und rüttelte die Schulter des Alten. »Pete!«

Keine Reaktion. Daniel saß da wie erstarrt. »Pete«, flüsterte er und fühlte, wie seine Kehle sich vor Trauer zuschnürte. Das Gefühl des Verlustes war so überwältigend, dass er noch nicht einmal über Petes Worte nachdenken konnte. Er saß nur dort, unfähig, sich zu bewegen.

Er war sich nicht sicher, wie lange er so dagesessen hatte, aber nach einer Weile wurde ihm bewusst, dass Baronet Brigham neben ihm stand. Er sah langsam zu seinem Herrn hinauf. Dessen Gesicht war von ehrlicher Trauer gezeichnet, was Daniel auf gewisse Weise überraschte. Er hatte nicht gedacht, dass Brigham Ole Pete besonders schätzte.

Brigham beugte sich hinunter und strich mit der Hand über

Petes Gesicht, um ihm die Augen zu schließen. »Was ist passiert?«, fragte er leise.

»Hab ihn auf dem Boden vor der Tür gefunden«, sagte Daniel knapp, seine Stimme rau vom Weinen.

»Bitten Sie Russell und Oliver, unten bei der Kapelle ein Grab zu schaufeln. Ich werde einen Sarg bestellen. Wir werden ihn morgen begraben«, sagte Brigham. Er stand noch einen Moment länger schweigend dort, dann drehte er sich um und ging.

Daniel seufzte, nahm seine Kappe ab und betete für Petes Seele. Er war froh, dass der Baronet ihn nicht gefragt hatte, ob Pete noch am Leben gewesen war, als er ihn gefunden hatte.

Während er langsam zu den Ställen zurückging, wurde ihm die Eigenartigkeit von Petes letzten Worten bewusst. Nimm dich vor Riley in Acht? Daniel kannte keinen Riley. Vielleicht hatte Ole Pete von irgendeiner längst vergangenen Sache geredet, etwas, was er vor vielen Jahren gesehen hatte und was jetzt in der Stunde seines Todes wieder hochgekommen war. Das passierte doch, oder?

Neben dem Kutschenhäuschen standen Russell und Oliver, jeder mit einer Hacke und einer Schaufel. Beide schienen nicht gerade darauf erpicht zu sein, sich an die Arbeit zu machen. Der Baronet musste ihnen schon Anweisungen gegeben haben.

Daniel riss sich zusammen. »Nun?«, fragte er. »Worauf wartet ihr?«

Die Männer traten von einem Fuß auf den anderen.

Schließlich fragte Russell: »Meinte der Herr wirklich neben der Kapelle?«

»Das hat er gesagt, ja«, erwiderte Daniel. Endlich stellte sein zäher Verstand die Verbindung her und er wusste, warum die beiden so zögerlich waren. Sie glaubten, dass es in der Kapelle spukte, und wollten nicht in die Nähe gehen. Daniel sah hinauf in den Himmel und beschattete dabei mit der Hand seine Augen. Dann sah er die Männer wieder an. »Es ist jetzt ungefähr drei Uhr nachmittags. Wenn ihr euch ranhaltet, seid ihr bis Sonnenuntergang fertig.« Als sie sich noch immer nicht bewegten, verlor

Daniel die Beherrschung. »Los jetzt, ihr Dummköpfe! Oder soll ich mitkommen und euch die Hand halten?«

Die beiden fuhren zusammen und machten sich endlich mit gesenkten Köpfen auf den Weg.

Sobald sie außer Sichtweite waren, ging Daniel auf die Suche nach dem Mädchen. Er musste ihr sagen, dass Pete tot war. Sonst wäre sie vollkommen schockiert, wenn sie ihm später das Abendessen brachte und ihn ohne Vorwarnung tot auf dem Bett vorfand.

Sie wusch Laken im Waschhaus. Als Daniel hereinkam, richtete sie sich auf und trocknete ihre Arme und Hände an der Schürze ab. Ein besorgter Ausdruck verdunkelte ihr Gesicht. Daniel hatte sie noch nie gezielt aufgesucht.

Der Kloß in seinem Hals war so groß, dass er nicht wusste, wie er Worte darum herum bekommen sollte.

Sie schien seine Trauer zu spüren, noch bevor er »Pete« flüstern konnte. Ihre Lippen formten ein tonloses »Nein«, ehe sie sich einfach auf den Boden fallen ließ und das Gesicht in den Händen vergrub. Daniel hockte sich neben sie und legte ihr tröstend eine Hand auf den Rücken.

Nach einer Weile hatte sie sich wieder unter Kontrolle und zog ein Taschentuch heraus, mit dem sie sich die Tränen wegwischte und die Nase putzte. Sie sah Daniel an, dann fragend über seine Schulter, in die vage Richtung von Petes Hütte, und wieder in seine Augen.

»Er liegt in seinem Bett. Der Herr wird einen Sarg besorgen und wir werden ihn morgen begraben. Russell und Oliver bereiten das Grab neben der Kapelle vor.«

Aus irgendeinem Grund schienen sie diese Informationen zu beruhigen. Sie nickte, stand auf und wandte sich wieder der Wäsche zu.

Daniel kehrte in den Stall zurück. Er hatte noch mit zwei Pferden zu arbeiten. Er würde mit ihnen runter zur Kapelle reiten und sicherstellen, dass die Männer ihre Arbeit machten. Die Burschen würden das Misten heute allein erledigen müssen.

Brigham Hall, den 21. Juni 1711

Liebe Mutter,

dies war sicherlich der traurigste Tag in meinem bisherigen Leben. Plötzlich wurde mir bewusst, wie gesegnet wir waren! In unserer engsten Familie gab es, solange ich mich erinnern kann, keinen Todesfall, was wirklich ein Wunder ist.

Ole Pete ist von uns gegangen. Obwohl ich ihn nur wenige Monate kannte, hat er einen Platz in meinem Herzen eingenommen, der jetzt schmerzhaft verlassen ist. Er hat mir so viel beigebracht und seine große Liebe für die ihm anvertrauten Pferde war außergewöhnlich. Sogar der Baronet, der sonst eher wortkarg ist und selten Gefühle zeigt, vergoss am Grab des alten Mannes ein paar Tränen. Ich wunderte mich darüber und fragte mich, was für ein Verhältnis die beiden wohl hatten. Er fand ein paar lobende Worte für Petes Lebenswerk und nannte seine Errungenschaften um die Brigham-Zucht, was mich sehr bewegt hat. Er hat ein ehrliches Leben voller Hingabe gelebt. Während der Baronet sprach, wurde mir plötzlich klar, warum er den alten Mann weiter in der Hütte hatte wohnen lassen: Damit hat er ihm seinen Respekt gezeigt.

Als er zu Ende gesprochen hatte, überraschte er mich noch mehr mit der Bitte, ein Gebet zu sprechen. Ich weiß, dass er kein gläubiger Mann ist, das hat er deutlich gemacht, aber er sagte, Ole Pete sei fromm gewesen und deswegen sollte ich ihm diesen Dienst erweisen. Ich zitierte den dreiundzwanzigsten Psalm und fand Trost in den uralten Worten. Einige der Dienerschaft waren anwesend, aber längst nicht alle, und die meisten eilten davon, sobald ich mein Amen gesprochen hatte. Ich sah, wie sie nervöse Blicke auf die Ruine der Kapelle warfen. Die meisten von ihnen waren vermutlich aus lauter Angst vor Geistern noch nie in der Nähe gewesen.

Das Mädchen blieb jedoch. Sie weinte die ganze Zeit stumm vor sich hin und hielt einen kleinen Strauß Wildblumen an sich gedrückt. Nachdem alles gesagt war, erlaubte der Baronet ihr, die

Blumen ins Grab fallen zu lassen, was sie mit unaussprechlichem Herzeleid tat. Es zerriss mich fast, sie so zu sehen, und ich hatte große Mühe, die Fassung zu wahren.

Der Baronet bat mich, das Grab zu schließen, und ging, ohne das Mädchen mitzunehmen. Das war äußerst ungewöhnlich, da er sonst wie ein Schießhund über sie wacht. Entweder hielt ihn seine eigene Trauer in Beschlag oder er zeigte einen seltenen Anflug von Gnade, indem er dem Mädchen gestattete, in Frieden um den alten Mann zu trauern. Sie blieb jedoch nicht am Grab und ich dachte, sie hätte sich irgendwo versteckt, um allein zu sein. Als ich mit meiner trostlosen Arbeit fertig war und wieder zum Haupthaus zurückgehen wollte, fand ich sie jedoch weinend an einer Ecke der Ruine.

Mutter, du kennst mich. Ich handle nach meinem Herzen, bevor mein Verstand es einholen kann. Ich dachte nicht an Böses oder an Hexen. Alles, was ich sah, war eine Seele, die Trost brauchte, und ich ging hin. Das Mädchen klammerte sich an mich und vergrub ihr Gesicht in meinem Hemd, während ich ihr sanft über die eigensinnigen Locken streichelte. Es war ein Augenblick des geteilten Leides und spendete uns beiden Trost.

Dein trauernder Sohn
Daniel

9. TRAUER

Während der nächsten Tage fühlte sich Daniel, als würde er sich durch Wasser bewegen. Alles schien mehr Kraft zu beanspruchen, als ihm zur Verfügung stand, und hätte schneller erledigt werden müssen, als er es schaffte.

Während die meisten anderen Bediensteten wie immer ihrer Arbeit nachgingen, bemerkte Daniel, dass die stumme Magd immer wieder etwas abseits unter einem Baum saß. Er spürte ein fast unbezwingbares Verlangen, sich zu ihr zu setzen. Aber jedes Mal, wenn er versucht war, diesem Verlangen nachzugeben, tauchte der Baronet auf und scheuchte das Mädchen zurück an die Arbeit. Sein Anflug von Mitgefühl war offensichtlich verraucht.

Daniel selbst wurde mit dieser Tatsache konfrontiert, als der Baronet die Pferde inspizierte. Mit einem Tonfall, der keinen Widerspruch zuließ, befahl er ihm, Thunderboy etwas Bewegung zu verschaffen.

Daniel schluckte schwer. Fast hätte er dennoch aufbegehrt, aber er spürte instinktiv, dass das dem guten Stand bei seinem Herrn schaden würde. Das konnte er sich nicht leisten. Also stimmte er mit einem Seufzen zu und holte den Hengst.

Natürlich hatte der Baronet recht, das lebhafte Tier brauchte dringend Bewegung. Daniel hatte sich davor gedrückt, weil er sich dem im Moment nicht gewachsen fühlte. Das Pferd war nicht im Mindesten bösartig, doch Daniel brauchte seine ganze Aufmerksamkeit, um es zu reiten. Wenn seine Gedanken anfingen zu wandern, würde Thunderboy das auch tun. Und dieses Pferd war sehr schnell und hatte auch keine Scheu, über Mauern oder Gräben zu springen.

Zum Aufsteigen brauchte er Olivers Hilfe, denn der Hengst war so voller Energie, dass er nicht still stehen konnte. Sobald Daniels Gesäß den Sattel berührte, tänzelte Thunderboy schon den Weg hinunter und Daniel hatte Mühe, seine Füße in die Steigbügel zu bekommen.

Auf dem Feldweg gab er dem Pferd den Kopf frei und es schoss in mächtigen Sätzen dahin. Wind strich über Daniels Gesicht, während er sich über den Hals des Hengstes lehnte und die kraftvollen Beine unter sich trommeln spürte. Ein Lächeln presste Tränen aus seinen Augenwinkeln. Er lachte und weinte gleichzeitig, während die Kraft der Freiheit die träge Trauer von seiner Seele riss.

Weiter und weiter galoppierten sie, viel weiter als Daniel je zuvor gekommen war, bis Thunderboy schließlich von allein langsamer wurde und zufrieden schnaubte. Sein Hals und seine Flanken waren schweißüberströmt und Daniel spürte sein Herz heftig gegen sein Bein schlagen. Er selbst war auch atemlos nach dem wilden Ritt. Er klopfte dem Hengst den Hals und ließ ihn am langen Zügel weitergehen, während er sich umsah. Sie waren vom Anwesen aus mehr oder weniger geradeaus geritten, sodass er keine Sorge hatte, den Weg zurück nicht zu finden. Was ihn aber faszinierte, war etwas, das wie eine Burgruine aussah, die sich in einiger Entfernung vor ihm auf einer Anhöhe erhob. Er beschloss, dorthin zu reiten.

Zehn Minuten später erreichte er die äußeren Mauern, die ihm an den meisten Stellen kaum noch bis zur Brust gingen. An anderen Stellen waren sie gänzlich verschwunden. Das Pferd bahnte sich einen Weg durch eine Lücke in der Mauer und Daniel fand sich im Schatten eines einsamen Turmes wieder, der in der Ecke von zwei halbwegs intakten Mauern stand. Steine und andere Überreste der Burg lagen überall verstreut, von Gras und Unkraut überwuchert.

Aus Angst, der Hengst könnte auf den losen Steinen stolpern, saß Daniel ab und führte ihn zu einem einzelnen alten Baum, der in der Mitte des ehemaligen Burghofes wuchs. Die Luft roch würzig und frisch und Daniel meinte, ein ihm fremdes Dröhnen zu vernehmen. Er band das Pferd an den Baum und machte sich voller Neugier zu Fuß auf den Weg zu einer Treppe, die noch recht solide aussah und zur Burgmauer hinaufführte. Als er oben ankam, verschlug ihm die Aussicht den Atem. Im Sonnenlicht glitzernde Wellen breiteten sich vor ihm aus und rollten mit gleichmäßigem Rauschen gegen die Felsen, auf denen die Ruine stand. Der Abgrund von der Mauer bis hinunter zum Fuß der Klippen machte ihn schwindelig. Er hatte gewusst, dass das Meer nicht weit entfernt lag. Er hatte auch gewusst, was das Meer war, in der Theorie. Aber er hatte es noch nie zuvor gesehen.

Lange Zeit stand er da wie gebannt und bewunderte die wilde Schönheit, spürte, wie der salzige Wind an seinen Haaren zerrte, und lauschte den traurigen Schreien der Möwen.

Nach einer halben Ewigkeit wandte er sich ab, endlich wieder er selbst.

»Danke«, flüsterte er dem Hengst ins Ohr, als er ihn vom Baum losband. Er stieg auf und ritt zurück, deutlich kontrollierter als zuvor.

Der Baronet erwartete ihn bereits mit vor der Brust verschränkten Armen und gerunzelter Stirn.

»Das war ein unangemessen langer Ritt, Mr Huntington«, sagte er mit gefährlich ruhiger Stimme. Daniel stieg neben ihm ab und akzeptierte die Kritik mit einem Nicken. »Ja, Sir. Es tut mir leid. Er war so voller Energie, dass ich ihn nicht anhalten konnte. Er hat mich bis ans Meer gebracht.«

Brigham schnaubte abfällig. »Ich glaube Ihnen kein Wort. Natürlich hätten Sie ihn anhalten können, wenn Sie gewollt hätten. Aber egal. Solange Sie wieder normal arbeiten und dieses Vieh endlich aufhört, gegen die Wände zu treten, soll's mir recht sein.«

Daniel antwortete nicht. Er hielt es für weiser, den Mund zu halten, und der Baronet schien keine Antwort zu erwarten. Er hatte sich schon weggedreht. »Machen Sie das nicht wieder«, rügte er ihn über die Schulter.

»Nein, Sir«, murmelte Daniel. Er übergab den jetzt lammfrommen Hengst zum Versorgen an Willie.

Der Ritt hatte die unsichtbare Last von Daniels Seele genommen, die ihn seit der Beerdigung bedrückt hatte. Er fühlte sich wiederhergestellt, auch wenn er den alten Mann noch immer vermisste. Die Trägheit war verschwunden und er konnte wieder mit voller Kraft arbeiten. Bisher hatte der Baronet die Hütte noch nicht erwähnt, die Daniel zustand, und er hatte Hemmungen, danach zu fragen. In seiner Kammer über dem Stall fühlte er sich wohl, und da er so viel Arbeit hatte, dass er sie sowieso nur nachts von innen sah, gab es für ihn eigentlich keinen Grund, in die größere Hütte umzuziehen.

Allerdings war er nicht der Einzige, der sich über die Hütte Gedanken machte, wie er bei einer seiner Mittagspausen herausfand. Es schien eher so, als ob jeder Angestellte auf dem Anwesen wissen wollte, was damit geschehen würde, jetzt, wo Pete tot war. Besonders Fanny pries ihm die Vorzüge des kleinen Häuschens so intensiv an, dass es schließlich nur noch zweideutige Bemerkungen hagelte und Daniel erkennen musste, dass das Mädchen offensichtlich hoffte, mit ihm dort einziehen zu können.

Fanny segelte scheinbar völlig unberührt durch das brandende Gelächter, ihre blitzenden Augen auf sein schamrotes Gesicht geheftet. Er fühlte sich plötzlich, als hätte er in der Angelegenheit gar nichts zu melden. Russell klopfte ihm schon auf den Rücken und gratulierte ihm zu seinem Glück. Er starrte hilflos in die Runde, bis sein Blick an der Magd hängen blieb, die alles stumm von ihrer Ecke aus beobachtete. Schmerz und Trauer zeichneten ihr Gesicht. Er wusste nicht, ob sie allein von Petes Tod oder auch von den Gesprächen am Tisch herrührten, aber ihr Ausdruck erdete ihn augenblicklich und vertrieb seine Hilflosigkeit. Mit Bestimmtheit stand er auf und sagte resolut: »Ihr könnt reden, was ihr wollt. Meine kleine Kammer reicht mir voll und ganz.« Damit verließ er die Küche.

Die Szene ging ihm jedoch den ganzen Nachmittag über nicht aus dem Kopf. Ja, Fanny war ein nettes Mädchen und sie hatte ihn schon mehr als einmal auf ihre Zuneigung zu ihm aufmerksam gemacht. Bisher hatte er eigentlich gedacht, seine eigenen Handlungen wären wenig ermutigend gewesen, aber die heutige Begegnung hatte ihm gezeigt, dass dies offensichtlich nicht der Fall war. Jeder schien zu glauben, sie wären ein Paar – oder würden bald eines werden.

Aber was war mit dem stummen Mädchen? »Bella«, dachte Daniel im Stillen, schüttelte dann aber unwillkürlich den Kopf. Er durfte sie nicht so nennen, nicht einmal in Gedanken. Er hatte viel zu große Angst, sich zu verplappern, und dann? Keinesfalls wollte er sie mit einer Unbedachtsamkeit in Gefahr bringen. Wenn er ehrlich war, konnte er nicht leugnen, dass er sich ihr viel näher fühlte als Fanny. Dass sie ihn viel mehr faszinierte. Dass er viel mehr über sie nachdachte.

Er erwischte sich dabei, wie er sich auf die Heugabel stützte, in die Ferne starrte und sich jede einzelne Sommersprosse auf ihrer Nase und jeden einzelnen goldenen Fleck in ihren Augen in Erinnerung rief. Ihr Schweigen machte ihm weit weniger aus als Fannys fortwährendes Geplapper. Auch ihre Zurückhaltung fand er wesentlich anziehender als das aufreizende Zwinkern und die »zufälligen« Berührungen, mit denen Fanny ihn bei jeder sich bietenden Gelegenheit bedachte. Er hustete und schüttelte energisch den Kopf. Er würde auf keinen Fall mit Fanny in die Hütte ziehen, egal was alle anderen dachten. Das würde er ihr in aller Klarheit sagen müssen.

Sobald er diesen Entschluss gefasst hatte, musste er sie nur noch allein erwischen, um mit ihr zu reden. Das war leichter gesagt als getan, denn die Köchin hielt sie den ganzen Tag auf Trab. Vielleicht würde sich nach dem Abendessen eine Gelegenheit ergeben, wenn der Tisch abgeräumt war und sich alle zur Ruhe begaben.

So blieb Daniel an diesem Tag länger als gewöhnlich in der Küche und beobachtete amüsiert, wie Bissi sich hinter Ellies Rücken Essensreste in sein Hemd stopfte. Als Bissi merkte, dass Daniel ihm zusah, verwandelte sich sein zuerst erschrockener Blick in stummes Flehen. Daniel lachte nur und Bissi floh mit seiner Beute in ein sicheres Versteck.

»Was ist so lustig?«, fragte Ellie, als sie an Daniel vorbeikam, aber er verriet nichts. Stattdessen beobachtete er Fanny und Lizzie beim Abwasch. Sie schienen beide mit ihren Gedanken mehr bei ihm als bei den Tellern und Töpfen zu sein. Doch während Fanny jede Gelegenheit nutzte, ihn anzulächeln oder ihm zuzuzwinkern, schien Lizzie immer nervöser zu werden. Sie war auch schon wieder rot angelaufen. Sie errötete jedes Mal, wenn Daniel sie ansah oder mit ihr redete. Vielleicht sollte er doch lieber gehen, bevor sie noch etwas fallen ließ. Kaum hatte er das gedacht, klirrte es und die Bruchstücke eines Tellers flogen in alle Richtungen.

»Was machst du denn, du dumme Pute? Kannst du nicht aufpassen?«, schalt Fanny.

»Tut mir leid«, jammerte Lizzie und rannte sofort los, um Handfeger und Kehrschaufel zu holen. Sie musste durch die halbe Küche kriechen, um die Scherben einzusammeln, und Daniel konnte sehen, dass sogar ihr Scheitel rot zwischen den dünnen weißblonden Haaren hervorleuchtete.

Ellie musste ahnen, warum Daniel noch in der Küche herumlungerte; jedenfalls schickte sie Fanny in den Kräutergarten, vermutlich auch, um zu verhindern, dass sie Lizzie weiter beschimpfte. Das arme Mädchen war sowieso schon den Tränen nahe.

Daniel folgte Fanny nach draußen. Kaum hatte er die Ecke des eingefriedeten Gärtchens umrundet, als ihr strahlendes Gesicht schon vor ihm auftauchte und ihre Arme sich um seinen Hals legten.

»Da bist du ja! Endlich sind wir mal allein«, seufzte sie und schmiegte sich an ihn, wodurch er einen deutlichen Eindruck ihrer üppigen Kurven bekam. Für einen Augenblick vergaß er, warum er mit ihr reden wollte. Ihre Lippen waren so nah, dass er sich nur ein klein wenig nach vorn hätte beugen müssen, um sie zu küssen. Wie sich das wohl anfühlte? Er war sehr versucht, es herauszufinden, doch dann drang ein Geräusch an seine Ohren, das wie ein heftiger Atemzug klang. Aber es kam nicht von Fanny.

Bevor er sich auch nur umsehen konnte, zischte das Mädchen in seinen Armen eine giftige Warnung: »Geh weg, du kleine Hexe! Träum nicht mal davon, in seine Nähe zu kommen. Du kannst jemand anderen mit deinen Flüchen belegen.«

Die stumme Magd stand in einiger Entfernung und ignorierte Fanny vollständig, den Blick fest auf Daniels Gesicht gerichtet.

»Geh weg!«, kreischte Fanny und ließ Daniel los, um das Mädchen zu vertreiben.

Daniel schüttelte sich leicht und fuhr sich dann mit der Hand übers Gesicht. Als er wieder hochblickte, war die Magd verschwunden und Fanny kam mit verführerischem Hüftschwung auf ihn zu. Diesmal hatte es keine Wirkung auf ihn. Er richtete sich auf, schob die Brust heraus und hob abwehrend die Hände, eine Geste, die Fanny stocken ließ.

»Was ist los?«, fragte sie mit einem Anflug von Ärger in der Stimme.

»Ich glaube, es liegt hier ein Missverständnis vor«, sagte Daniel und räusperte sich. »Du bist ein nettes Mädchen, Fanny, wirklich, aber ...«

Sie funkelte ihn wütend an. »Ach! Die kleine Hexe hat dich schon bezirzt. Du brauchst nichts mehr zu sagen.« Sie drehte sich ohne ein weiteres Wort um und stapfte davon.

Daniel stieß einen langen Seufzer aus. Das war jetzt alles etwas anders gelaufen, als er es sich vorgestellt hatte, aber wenigstens hatte sie begriffen, was er wollte. Oder vielmehr nicht wollte. Er hoffte nur, dass sie ihre Wut nicht an der Magd ausließ.

Brigham Hall, den 29. Juni 1711

Liebe Mutter,

was soll ich nur tun? Ich hatte dir ja bereits von Fannys Interesse an mir berichtet. Nun habe ich sie zurückgewiesen. Nein, bitte, roll jetzt nicht mit den Augen. Sie ist hinterhältig und manipulativ. Sie hat hinter meinem Rücken über mich geredet. Das habe ich jetzt im Nachhinein von Russell erfahren.

Stell Dir vor, erst hat sie allen erzählt, wir wären ein Paar, was eine glatte Lüge ist. Die anderen Bediensteten haben allen Ernstes geglaubt, ich stünde kurz davor, ihr einen Heiratsantrag zu machen, solch haarsträubende Geschichten hat sie ihnen aufgetischt! Jetzt, wo ich sie abgewiesen habe, verspritzt sie überall Gift und behauptet, ich hätte mich ihr aufgedrängt. Russell findet es lustig, aber ich ganz und gar nicht, vor allem weil Fanny der stummen Magd die ganze Schuld zuschiebt. Jetzt macht sie ihr das Leben noch schwerer, als es sowieso schon ist, und beschimpft sie bei jeder Gelegenheit. Die Köchin hat sie deswegen schon mehrmals ermahnt und einmal habe ich auch fast eingegriffen. Letztendlich habe ich dann doch geschwiegen, weil ich befürchtete, alles nur noch schlimmer zu machen. Das Mädchen erträgt alles stoisch. Ich habe sie schon sehr lange nicht mehr bei den Pferden gesehen und seit der Beerdigung war ich nicht mehr mit ihr allein. Sie arbeitet ständig, ist immer irgendwo am Rand des Geschehens und immer ausgeschlossen. Ich bin nur froh, dass wenigstens Ellie, die Köchin, und Lizzie, eine weitere Magd, nett zu ihr zu sein scheinen.

Von all dem abgesehen geht es mir gut. Der Baronet hat mich für heute Morgen in sein Arbeitszimmer gerufen, was sehr ungewöhnlich ist. Ich frage mich, ob er mit mir über meinen Anstellungsvertrag sprechen möchte. Vielleicht ist meine Probezeit ja vorbei? Bete für mich, Mutter!

Bis Du diesen Brief bekommst, könnte ich offiziell als Stallmeis-

ter von Brigham Hall bestätigt sein – oder nach einer neuen Arbeitsstelle suchen.

Dein nervöser Sohn
Daniel

10. ENTHÜLLUNGEN

Die Sonne lachte vom Himmel, als Daniel mit stolzgeschwellter Brust die Hauptstraße von Flamborough entlangritt. Der kleine Ort wirkte in seinen Augen absolut malerisch. Die Geschäfte und Werkstätten entlang der Hauptstraße, der Marktplatz, das geschäftige Treiben der Menschen, die sich bei dem herrlichen Wetter gern draußen aufhielten und überall in Grüppchen zusammenstanden. Er fühlte sich wie in einem Traum. Der Baronet hatte ihn am Morgen zuvor darüber informiert, dass er sich als Stallmeister bewährt hatte und langfristig bleiben durfte.

»Sie haben schnell gelernt und hart gearbeitet«, hatte Brigham gesagt, »und Sie haben nicht nur ein feines Händchen für die Pferde, sondern auch solide Kenntnisse über die Zucht. Sie werden bleiben.« Dann hatte er Daniel erlaubt, den nächsten Tag freizunehmen.

Daniel war noch immer wie benommen. Fast sein ganzes Leben lang hatte er nur für seinen Unterhalt gearbeitet. Seine vorige Stelle war die erste gewesen, bei der er einen mageren Lohn erhalten hatte, den er sorgfältig gespart hatte. Sein jetziger Lohn war im Vergleich geradezu herrschaftlich. Sein Herz schlug höher bei der überwältigenden Fülle an Möglichkeiten, die ihm plötzlich offenstanden. Er konnte tatsächlich heiraten, wenn er das wollte. Der Baronet hatte ihm nun auch die Hütte angeboten, aber Daniel hatte vorerst abgelehnt mit der Begründung, dass ihm seine Kammer genüge. Schüchtern hatte er hinzugefügt, dass er auf das Angebot zurückkäme, wenn er eine Familie gründen wollte. Mit einem eigenartigen Ausdruck in den Augen hatte der Baronet wissen wollen, ob er konkrete Pläne hätte, und Daniel hatte sich gefragt, ob die Gerüchte um Fanny sogar schon dem Herrn des Hauses zu Ohren gekommen waren.

Ein altes Pferd auf der anderen Straßenseite riss ihn aus seinen Gedanken. Es trug das Brigham-Brandzeichen und Daniel wurde neugierig. Der ältere Reiter war gerade im Begriff, vor einem Wirtshaus abzusteigen, als plötzlich ein Junge um die Hausecke geschossen kam, der triumphierend die gerüschte Haube eines Mädchens über dem Kopf schwenkte. Die Besitzerin der Haube folgte ihm mit wildem Protestgeheul dicht auf den Fersen. Das Pferd scheute und warf seinen Besitzer zu Boden. Dann wich es zurück, bis es mit Daniels Pferd kollidierte. Daniel reagierte blitzschnell, lehnte sich hinüber und packte die Zügel. Er sprach leise mit dem verängstigten Tier, das sich augenblicklich wieder beruhigte. Glücklicherweise hatte Daniels Pferd nicht gescheut. Er saß ab und führte beide Tiere zu dem Herrn, dem er mit einem freundlichen Lächeln auf die Füße half.

»Vielen Dank, Sir«, sagte der Mann und klopfte seine Kleider ab.

»Geht es Ihnen gut?«, fragte Daniel.

»Alles in Ordnung, ja. Das wird wohl einen blauen Fleck auf meinem Hinterteil geben, aber sonst ist mir nichts passiert.« Er sah sich nach den kleinen Rabauken um, die den Vorfall verursacht hatten, aber die waren längst über alle Berge.

»Das ist ein feines Pferd, Sir«, sagte Daniel anerkennend und übergab dem Besitzer die Zügel.

Der lächelte etwas wehmütig. »Oh ja«, sagte er und klopfte dem Tier liebevoll den Hals. »Er leistet mir schon über zwanzig Jahre gute Dienste, nicht wahr, alter Junge?« Als er Daniels überraschtes Gesicht sah, lachte er. »Ja, glauben Sie's nur. Er trägt mich schon seit einundzwanzig Jahren über Stock und Stein. Hatte nie einen besseren. Aber leider sieht es so aus, als wäre er jetzt bereit für den Ruhestand. Seine Augen sind nicht mehr das, was sie mal waren, und er scheut viel schneller. Vor fünf Jahren hätte er in so einer Situation noch nicht einmal mit dem Ohr gewackelt.«

Daniel war tief beeindruckt. »Brigham?«, fragte er.

»Das ist richtig«, bestätigte der ältere Herr. »Sie kennen sich wohl aus, was?«

»Nun, tatsächlich bin ich der Stallmeister des Anwesens«, sagte Daniel und genoss den Klang seines jetzt gesicherten Titels.

Ein vorsichtiger Ausdruck schlich sich in die Augen seines Gegenübers. »Ist das so?«, fragte er misstrauisch und Daniel wunderte sich über diesen plötzlichen Stimmungswechsel. Dann traf es ihn wie ein Blitzschlag. Vor zwanzig Jahren musste der frühere Baronet noch am Leben gewesen sein!

»Kannten Sie den ehemaligen Baronet Brigham?«, fragte Daniel direkt. Er konnte nicht anders. Vielleicht würde dieser Mann ihm endlich ein paar Antworten liefern und Licht in das Mysterium um das stumme Mädchen bringen.

»Ja«, sagte der Mann knapp und wandte sich von Daniel ab.

»Bitte, Sir«, bat Daniel eindringlich. »Ich habe einige Fragen. Zweifel.«

Der Mann hielt inne und schien seinen nächsten Schritt zu überdenken. Dann ließ er die Schultern hängen und nickte widerwillig. »Ich wollte im Wirtshaus hier etwas essen. Gesellen Sie sich zu mir, wenn Sie unbedingt wollen.«

Sie führten ihre Pferde in den Hof des Wirtshauses und übergaben sie dem Stallburschen, der ihnen die Sattelgurte lockerte und ihnen Wasser und Futter anbot. Daniel folgte dem anderen Mann in die noch halb leere Schankstube, wo sie sich an einen Tisch in einer Ecke setzten und Eintopf und Bier bestellten.

»Mein Name ist Daniel Huntington. Ich habe erst Ende Oktober letzten Jahres auf dem Brigham-Anwesen angefangen«, stellte Daniel sich vor und hielt dem Mann die Hand hin, der sie kurz schüttelte.

»William Montgomery Ainsworth, Rechtsanwalt, zu Ihren Diensten.«

Daniel holte tief Luft. Wo sollte er anfangen? »Ich habe herausgefunden, dass keiner der Bediensteten länger als vier Jahre auf dem Anwesen angestellt ist, und keiner von ihnen kannte den früheren Herrn«, sagte er. »Das kommt mir seltsam vor. Es gab jedoch eine Ausnahme. Kennen Sie Ole Pete?«

»Ole Pete?« Ein Ausdruck ehrlicher Verblüffung huschte über

Mr Ainsworths Gesicht. »Sie meinen, er lebt noch? Dann muss er ja schon über neunzig sein!«

»Leider ist er vor einem Monat von uns gegangen«, sagte Daniel traurig. Er vermisste den Alten immer noch. »Die meiste Zeit redete er wirres Zeug, aber hin und wieder war er klar und erzählte mir ein paar Dinge. Verstörende Dinge.« Daniel hielt inne und bemerkte, dass Mr Ainsworth die Kiefer aufeinanderpresste und es vermied, ihm in die Augen zu schauen. In diesem Moment tauchte der Wirt mit ihrem Essen auf. Er stellte die Teller mit solchem Schwung vor ihnen auf den Tisch, dass einiges danebenschwappte. Das Bier folgte kurz darauf und Daniel zog es vor, es ihm direkt aus der Hand zu nehmen, damit kein kostbarer Tropfen verloren ging.

Die beiden Männer aßen eine Weile schweigend.

»Wie gut kannten Sie den früheren Baronet?«, fragte Daniel schließlich.

»Ich war sein Anwalt. Er war auch ein enger Freund«, erwiderte Ainsworth und sah Daniel wieder in die Augen, sein Blick voller Schmerz. »Sein Tod bleibt ein Rätsel, ebenso wie das Verschwinden seiner Tochter am gleichen Tag. Riley war sicher, dass sie ebenfalls bei dem Feuer umgekommen war, aber er suchte trotzdem nach ihr. Wir alle suchten nach ihr, doch es gab keine Spur.«

Daniel war bei diesem Namen zusammengezuckt. »Riley? Wer ist das?«

Ein bitteres Lächeln zog die Mundwinkel des Anwalts nach unten. Er sah sich in dem jetzt schon volleren Raum um, um sicherzugehen, dass keiner der anderen Gäste ihr Gespräch belauschte. Trotz des hohen Geräuschpegels senkte er seine Stimme. »Riley war der Aufseher in Brigham Hall, die rechte Hand des Baronets, Nathaniel Alexander Brigham. Er hatte den Jungen im Alter von zehn Jahren zu sich genommen, nachdem sein Vater bereit gewesen war, ihn sterben zu lassen. Sein eigener Köter hatte den Jungen angegriffen und ihm seine Weichteile abgebissen.«

Daniel schluckte. »Wie um alles in der Welt hat er das überlebt?«

Ainsworth stieß ein humorloses Lachen aus. »Es ist schwer zu glauben, ich weiß, aber diese Körperteile sind nicht unentbehrlich. Nats Ehefrau hat sich um den Jungen gekümmert und ihn gesund gepflegt. Da sein Vater mit dem kastrierten Burschen nichts mehr zu tun haben wollte, hat Nat ihn aufgenommen. Er hatte so ein gnädiges Herz! Zu der Zeit war er selbst noch kinderlos und dachte wahrscheinlich, dass er den Jungen zu seinem Erben machen könnte, falls sich das nicht mehr änderte. Riley war pfiffig. Er lernte sehr schnell und war ein guter Aufseher. Allerdings war er nicht sehr beliebt, nicht so wie Nat. Jeder wusste, was mit ihm geschehen war, und er benahm sich manchmal seltsam. Das zusammen mit seinem Äußeren ...« Mr Ainsworth ließ die Worte zwischen ihnen stehen.

Daniel schwirrte der Kopf. Die letzten Worte des alten Pete hallten in seinen Ohren. Zusätzlich machte der Rauch einer Pfeife, der aus einer anderen Ecke des Raumes zu ihnen herüberdriftete, ihm das Atmen schwer.

»Geht es Ihnen gut?«, fragte Mr Ainsworth.

Daniel hustete. Bisher hatte er noch keiner Menschenseele erzählt, was Pete in den letzten Momenten seines Lebens ausgesprochen hatte.

»Denken Sie, Riley wäre zu einem Mord fähig?«, fragte er mit gedämpfter Stimme.

»Warum fragen Sie das?«

»Ich war bei Ole Pete, als er gestorben ist. Mit seinen letzten Worten hat er mich vor Riley gewarnt. Er sagte, Riley hätte den Herrn getötet. Wo ist er jetzt, wissen Sie das?«

Ein starrer Blick traf ihn. »Sie arbeiten für ihn.«

»Was?«, rief Daniel. Kalter Schweiß trat ihm auf die Stirn. Erschrocken sah er sich im Raum um, aber keiner der anderen Gäste hatte seinen Aufschrei mitbekommen. »Wie kann das sein?«, fuhr er leiser fort. Darüber, dass er den Vornamen des Baronets nicht kannte, hatte er nie nachgedacht.

»Riley legte das Testament des Baronets vor, das ihn als Erben des Anwesens mit allen Titeln und Rechten benannte. Die Unterschrift war einwandfrei. Er erbte das Brigham-Anwesen und wurde der neue Baronet.«

»Grundgütiger«, flüsterte Daniel, während seine Gedanken kreisten. Wenn Riley kastriert war, konnte er keine Tochter haben. Pete hatte gesagt, das Mädchen sei die Tochter des Herrn. Das ließ eigentlich nur eine Schlussfolgerung zu …

»Das Mädchen ist die verschwundene Tochter«, murmelte Daniel.

»Von welchem Mädchen reden Sie denn?«, fragte Mr Ainsworth.

Daniel nahm einen Schluck von seinem Bier und versuchte, seine Gedanken zu ordnen. »Es gibt eine stumme Magd auf Brigham Hall. Ich habe sie noch nie ein Wort sprechen hören. Und was noch seltsamer ist: Sie war schon vor allen anderen da und niemand kennt ihren Namen. Die Angestellten glauben, sie wäre verflucht, und behandeln sie entsprechend. Sie muss die ganze schwere Arbeit machen, die sonst keiner tun will, und sie hat nichts. Kein Zimmer, kaum Kleider und noch nicht einmal ein Bett. Der Baronet zwingt sie, auf der Küchenbank zu schlafen. Er bewacht sie die ganze Zeit und behandelt sie grob, noch schlimmer als die anderen Bediensteten.«

Mr Ainsworth folgte atemlos seiner Erzählung, den Bierkrug vergessen in der Hand.

»Es war ihre Aufgabe, sich um Ole Pete zu kümmern. Sie putzte seine Hütte und sorgte dafür, dass er es warm hatte und zu essen bekam. Manchmal hörte ich ihn grummeln, dass es nicht richtig sei und dass sie das nicht tun sollte. Ich fragte ihn, warum. Da sagte er, sie sei die Tochter des Herrn.«

Mr Ainsworth stöhnte auf und schlug mit der Faust auf den Tisch. »Wie sieht sie aus?«, fragte er aufgeregt und rutschte auf seinem Stuhl ganz nach vorn.

»Sie ist zierlich und hat lockige rotbraune Haare. Und Sommersprossen. Ihre Augen sind grün mit kleinen goldenen Flecken darin.« Daniel spürte, wie er bei dieser präzisen Beschreibung rot wurde.

»Arabella«, flüsterte Ainsworth und schüttelte ungläubig den Kopf.

»Arabella? Ole Pete hat den Namen Bella einmal fallen lassen ...«

»Arabella Alexandra Brigham, um genau zu sein. Sie wurde acht Jahre, nachdem Nathaniel Riley aufgenommen hatte, geboren. Es war tragisch. Ihre Mutter hat die schwierige Geburt nicht überlebt. Sie war erst dreiunddreißig. Nathaniel war am Boden zerstört, aber er liebte Arabella über alles. Ich muss sagen, er hat sie sehr unkonventionell erzogen. Ab einem gewissen Alter hat er sie überallhin mitgenommen und ihr permanent alles erklärt. Er sagte immer, sie müsse stark und schlau sein, um sich in der Männerwelt zu behaupten. Nat hat mit mir tagelang an seinem Testament gearbeitet, um sicherzugehen, dass das Mädchen nicht um ihr Erbe betrogen werden konnte.« Für eine Weile verstummte der ältere Mann und hing seinen Erinnerungen nach.

»Wie alt war sie bei dem Brand?«, fragte Daniel vorsichtig.

»Zwölf. Erst als die Suche nach ihr nach Wochen eingestellt wurde, legte Riley das Testament vor. Ein neues Testament, ich hatte es noch nie zuvor gesehen. Aber es war eindeutig in Nathaniels Handschrift verfasst.« Beide Männer schwiegen, während sie versuchten, sich einen Reim auf all das zu machen.

»Sie kann es nicht sein«, sagte Ainsworth schließlich ungläubig.

»Was ist mit dem Pferd?«, überlegte Daniel laut.

»Dem Pferd? Großer Gott.« Die Worte drangen als tonloses Flüstern aus dem Mund des Anwalts.

»Ich habe sie die Stute reiten sehen in einer mondlosen Nacht, ohne Sattel oder Trense, nur mit einem Führstrick ins Halfter geknotet. Der Baronet war außer sich vor Wut und hat mir befohlen, das Mädchen von dem Pferd fernzuhalten. Es ist der einzige Punkt, in dem ich mich ihm widersetzt habe.« Daniel sah den älteren Mann an.

»Eine kleine Schimmelstute?«, fragte Ainsworth ungläubig.

Daniel nickte.

»Nathaniels Tochter hat dieses Pferd eigenhändig aufgezogen.

Die Mutter war bei der Geburt gestorben, genau wie ihre eigene. Tag und Nacht verbrachte sie im Stall, um das Fohlen zu füttern. Sie haben eine ganz besondere Beziehung aufgebaut und die Stute hat nie jemand anderen als Bella auf ihrem Rücken geduldet. Das Mädchen konnte reiten wie der Teufel. Sie hat dem Pferd Tricks beigebracht ...« Tränen waren Mr Ainsworth in die Augen gestiegen. »Wenn Sie gesehen haben, dass das Mädchen diese Schimmelstute geritten hat, dann ist das der Beweis: Arabella Brigham lebt und sie ist die rechtmäßige Erbin des Brigham-Anwesens. Ich habe alle Papiere, um das zu beweisen. Nathaniel hatte sein Vertrauen in Riley verloren. Er hatte mir gesagt, dass er sich nicht mehr sicher war, was in Rileys Kopf vorging. Ob er ihm noch hundert Prozent vertrauen konnte. Deswegen bestand er darauf, sein Testament und alle relevanten Dokumente in meiner Obhut zu lassen. Das Originaltestament, nicht das nachgemachte Ding, das Riley vorgelegt hat.«

»Warum haben Sie nicht eingegriffen, als Riley seine Sache vorbrachte?«, fragte Daniel.

»Wozu? Wäre Arabella da gewesen, hätte ich das getan. Aber ohne sie? Es gab keinen anderen lebenden Verwandten, der das Anwesen hätte erben können. Sollte er es doch haben.«

»Warum sollte der Aufseher seinen Herrn umbringen nach allem, was er für ihn getan hat?«, überlegte Daniel.

Der andere Mann seufzte tief. »Das bleibt ein Geheimnis. Außerdem wissen wir nicht, ob er das getan hat. Niemand weiß, was geschehen ist.«

»Außer Arabella.«

»Wir müssen sie da rausholen! Wie können wir sie da rausholen?« Die Aufregung brachte Ainsworth auf die Füße. Eine Sekunde später ließ er sich wieder auf den Stuhl fallen und stützte den Kopf hoffnungslos in die Hände. »Ich kann nicht einfach dorthin reiten und verlangen, sie zu sehen. Riley kennt mich. Sobald er mich sieht, ist er gewarnt. Solange wir nicht wissen, wozu er fähig ist, sollten wir ihn nicht konfrontieren. Er kann sehr aufbrausend sein.«

»Meines Erachtens ist er unberechenbar. Ich werde nicht schlau aus ihm. Und an das Mädchen komme ich nicht ran. Er beobachtet sie ständig, sogar nachts. Er hat seine Augen überall. Wenn er das Anwesen mal verlassen würde, dann bestünde eine Chance. Aber solange ich dort bin, ist das noch nicht vorgekommen. Würden Sie mir Ihre Anschrift geben, sodass ich Ihnen eine Nachricht senden kann, falls sich eine Gelegenheit ergibt?«

Ainsworth rief den Wirt und bat ihn, ihm Schreibutensilien zu bringen. »Lassen Sie Riley das hier niemals sehen«, sagte er, sobald er seinen Namen und die Adresse auf einen Zettel geschrieben hatte, den er zweimal faltete.

Daniel steckte ihn sorgfältig in seine Tasche. »Ich werde es auswendig lernen und verbrennen«, versprach er und erhob sich dann.

Mr Ainsworth ergriff seine beiden Hände und schüttelte sie kräftig. »Vielen Dank, Mr Huntington. Bitte stellen Sie sicher, dass ihr nichts passiert! Das kostbare Kind.«

Daniel konnte sehen, dass der Mann noch immer mit seinen Gefühlen rang im Angesicht dieser Offenbarungen. Ihm selbst erging es kaum anders.

»Ich werde mein Bestes tun.« Mit einem letzten Händedruck verabschiedete er sich.

Brigham Hall, den 7. Juli 1711

Liebste Mutter,

Du wirst nicht glauben, was hier geschehen ist. Aber erst einmal darfst Du mir gratulieren. Meine Stelle wurde bestätigt! Im Licht der jüngsten Entwicklungen verblasst diese frohe Botschaft jedoch fast bis zur Bedeutungslosigkeit.

Stell Dir vor, ich hatte einen freien Tag und habe in Flamborough jemanden kennengelernt, der den früheren Baronet Brigham nicht nur kannte, sondern ein enger Freund und sein Anwalt war. Unsere Begegnung war rein zufällig, doch was sich daraus ergab, hat uns beide über alle Maßen verblüfft. Wenn wir alle Informationen, die wir zusammengetragen haben, richtig deuten, dann ist die stumme Magd niemand anderes als die Tochter des früheren Baronets! Mein Arbeitgeber muss sie nach dem Tod ihres Vaters über Jahre hinweg irgendwo versteckt haben (wir sind uns noch unsicher, ob er diesen Tod verursacht hat oder nicht). Dann hat er alle Angestellten entlassen, außer Ole Pete, auf den er wohl nicht verzichten konnte. Auch allen Pächtern hat er gekündigt, soweit ich weiß, sodass auf einen Schlag alle Menschen, die mit dem früheren Baronet verbunden waren, gehen mussten. Erst dann holte er das Mädchen aus dem Versteck und verschwieg ihre wahre Identität.

Es ist so verwirrend, Mutter. Was geht nur in seinem Kopf vor? Warum sollte jemand so etwas tun? Wenn ich ihn bei der Arbeit sehe, denke ich, es kann nicht sein. Wir müssen uns irren. Er leitet das Anwesen mit viel Engagement und einem wachen, frischen Geist. Aber wenn ich ihn mit dem Mädchen sehe, halte ich alles für möglich. Er wirkt wie besessen und schirmt sie eifersüchtig von allen ab. Was hat er gegen sie in der Hand, das sie zwingt, ihm zu gehorchen? Ich glaube durchaus, dass sie sprechen könnte, denn ich habe sie ja schreien hören. Dennoch schweigt sie, tagein, tagaus. Und auch Ole Pete hat nichts offenbart oder niemand hat ihm zu-

gehört, weil sie dachten, er sei senil. Ich war wahrscheinlich der Einzige, der bemerkt hat, dass er nicht ständig verwirrt war.

Wie kann ich ihr nur helfen, Mutter? Der Baronet klebt förmlich an ihr und verlässt das Anwesen so gut wie nie. Ich wage es nicht, ihn auf dieses Thema anzusprechen. Wer weiß, wie er reagieren würde? Er könnte ein Mörder sein, wenn Ole Petes letzte Worte wahr sind.

Nein, ich muss sehr vorsichtig sein und darf mir nichts anmerken lassen. Aber dieses Unrecht muss aufhören! Ich werde alles in meiner Macht Stehende tun, damit dieses Mädchen ihre rechtmäßige Stellung als Baronetess von Brigham Hall wieder einnehmen kann.

Mit besten Grüßen,
Daniel Huntington,
der stolze Stallmeister von Brigham Hall

11. Gelegenheit

Daniel war nervös. Sein Wissen machte ihn unruhig, während er gleichzeitig das drängende Gefühl hatte, dass er es unter allen Umständen für sich behalten musste. Es gab absolut niemanden auf dem ganzen Anwesen, mit dem er darüber hätte sprechen können, noch nicht einmal mit dem Mädchen selbst. Es hatte sie schon genug aus der Fassung gebracht, dass Daniel sie mit Namen angesprochen hatte, und so, wie der Baronet sie seit ihrem Mitternachtsritt überwachte, würde es ihm sicherlich auffallen, wenn sie sich irgendwie anders benahm als sonst. Nein, Daniel musste ihr Schweigen teilen, um sie zu beschützen.

Zu seinem Glück hatte der Baronet den Angestellten Daniels Anstellung offiziell verkündet. So konnten die anderen seine Nervosität als einen Energieschub interpretieren, der aus seinem sozialen Aufstieg resultierte. Und dann war da ja noch Fanny. Inzwischen hatte auch der Letzte mitbekommen, dass Daniel sie nicht heiraten würde, und der Tratsch nahm kein Ende. Daniel war froh, keine Zeit zum Herumsitzen zu haben wie Russell. Oft genug verpasste er eine Mahlzeit, weil die Pferde sich nicht an Uhrzeiten hielten, auch wenn seine Stallburschen in dieser Hinsicht keine Probleme zu haben schienen und immer pünktlich beim Essen waren. Es machte ihm nichts aus. Pferde, besonders die jungen, durfte man nicht hetzen. Wenn man das tat, bereute man es in der Regel später.

Es war an einem solchen Tag, an dem ein junges Pferd viel länger für seine Lektion gebraucht hatte, als Daniel erwartet hatte, dass er weit nach der Mittagessenszeit in die Küche kam. Fanny war dort noch mit Aufräumen beschäftigt. Sobald sie ihn sah, verstummte das fröhliche Summen, das ihre Arbeit begleitet hatte. Ihre Augenbrauen zogen sich zusammen und ihr Mund verwandelte sich in eine harte Linie. Daniel wusste, dass Ellie ihm immer etwas zu essen zurückstellte. Normalerweise nahm er es sich einfach, aber Fanny hatte sich jetzt genau vor der Vorratskammer aufgebaut.

»Hat Ellie etwas für mich zurückgestellt?«, fragte Daniel so höflich wie möglich.

Fanny verschränkte die Arme vor der Brust. »Nein«, erwiderte sie. Ihre Augen wurden schmal und sie schob herausfordernd den Unterkiefer vor. Ihre ganze Haltung war eine einzige Kampfansage.

Daniel wusste genau, dass sie log, um ihm eins auszuwischen. Es machte ihn nicht wütend, denn er wusste ja, warum sie so reagierte. Auch wenn er nichts dafür konnte, dass er ihre Gefühle nicht erwiderte, fühlte er sich doch in gewisser Weise schuldig. Was natürlich Unfug war. Ärgerlich über sich selbst schüttelte er unwirsch den Kopf und verschränkte ebenfalls die Arme. Er hatte wirklich Hunger und wusste nicht, wie er an der frechen Magd vorbeikommen sollte.

In diesem Moment betrat Ellie die Küche. »Daniel!«, rief sie fröhlich. »Da bist du ja. Ich habe dein Essen noch hier. Es ist vielleicht sogar noch einigermaßen warm.« Sie schob sich an Fanny vorbei und holte den Teller aus der Vorratskammer.

Fanny bedachte Daniel mit einem wütenden Blick und verschwand dann zur Tür hinaus.

Da erst schien Ellie bewusst zu werden, welche Stimmung gerade zwischen den beiden geherrscht hatte. Mit einem Seufzer stellte sie den Teller auf den Tisch. »Ach, dieses alberne Mädchen«, sagte sie nur und klopfte Daniel mitleidig auf den Rücken.

Er setzte sich an den Tisch, sprach in Gedanken ein Gebet und aß dann mit Genuss.

Ellie blieb nur kurz in der Küche. Sobald er wieder allein war, spürte er, wie sich seine Anspannung löste. Seine kreisenden Gedanken beruhigten sich, je mehr sein Bauch sich füllte. Als er fertig war, räumte er den Teller weg und freute sich auf seinen Feierabend. Mit einem zufriedenen Lächeln zog er die Küchentür auf. Ein kräftiger Windstoß fuhr von draußen herein und schien die stumme Magd direkt in seine Arme zu wehen. Sie sah etwas zerzaust aus und eine ganze Reihe von widerspenstigen Locken ringelten sich unter ihrer Haube hervor und umrahmten ihre geröteten Wangen.

In diesem Moment dachte Daniel an gar nichts, sondern versank völlig in ihrem Anblick. Dabei nahm er weder die abgetragenen Kleider wahr noch den Dreck, der wie eine zweite Haut an ihr klebte. Was er sah, war ein offener, unerschrockener Gesichtsausdruck und der Hauch eines Lächelns, das um ihre Lippen spielte und ein Grübchen sowohl in ihrem Kinn als auch in ihrer rechten Wange offenbarte. Er lächelte sie versonnen an. Sie war das süßeste Mädchen, das er je gesehen hatte. Es gelang ihm nicht, einen schwärmerischen Seufzer zu unterdrücken. Sie kicherte nicht und wandte sich auch nicht schamhaft ab, wie eine andere es vielleicht getan hätte. Stattdessen legte sie ihre schmale Hand in seine.

Die unerwartete Berührung verursachte in ihm einen überwältigenden Drang, sie an sich zu ziehen. Sie vielleicht sogar hochzuheben und an irgendeinen versteckten Ort zu tragen. Ein Bild schoss ihm durch den Kopf, wie er auf dem Hengst ritt, die Zügel in der einen Hand, den freien Arm um das vor ihm sitzende Mädchen gelegt. Er würde sie aus ihrer Gefangenschaft befreien und sie sicher …

Der Gedanke daran, wer sie war, brachte ihn abrupt wieder zurück auf den Boden der Tatsachen. Seine Fantasien waren hochgradig unangemessen. Dieses Mädchen war nicht irgendeine namenlose Magd, die er nach Belieben verschleppen konnte. Sie war die wahre Baronetess Brigham. Sie war seine Herrin!

Daniel räusperte sich und drückte ihre Hand sacht, bevor er sie losließ. Und zwar gerade noch rechtzeitig, denn in diesem Moment kam der Baronet in die Küche.

Das Mädchen flitzte sofort in Richtung Vorratskammer, wurde aber zurückgerufen. »Geh rauf in mein Zimmer und zünde das Feuer an! Ich werde mich heute früh zurückziehen.«

Das Mädchen nickte kurz und verschwand durch die andere Tür, während sich der Baronet an Daniel wandte. »Auf ein Wort in meinem Arbeitszimmer?«

»Natürlich, Sir«, antwortete Daniel und folgte seinem Herrn, der die Tür sorgfältig hinter ihnen verschloss, sobald sie im Raum waren.

»Sie müssen einige Reisevorkehrungen für mich treffen. Ich wurde nach Bridlington eingeladen, um dort eine hochgestellte Persönlichkeit zu treffen. Er wird nicht hierherkommen können, weil er auf der Durchreise nach York ist, aber er will unseren Hengst und zwei Jungpferde sehen. Er will in Ascot an dem neuen Pferderennen teilnehmen und sucht schnelle Galopper.«

»Ein Pferderennen?«, fragte Daniel neugierig.

Ein breites Lächeln erschien auf Brighams Gesicht. »Ja, ein Pferderennen. Es gibt ja seit einigen Jahren Züchtungen, die leichtere, extrem schnelle Pferde hervorbringen. Die will man jetzt gegeneinander antreten lassen. Eine spannende Sache! Da wäre ich gern dabei. Es soll Anfang August stattfinden.«

Von so etwas hatte Daniel noch nie gehört. Natürlich hatte auch er sich schon mit anderen Knechten auf Feldwegen Wettrennen zu Pferde geliefert, aber das hier klang nach etwas Größerem. Ob er mitkommen durfte?

»Ich werde Oliver mitnehmen«, fuhr Brigham fort und zerschlug damit Daniels Hoffnungen. »Sie brauche ich hier. Behalten Sie vor allem das Mädchen im Auge. Und sehen Sie zu, dass Thunderboy heute ordentlich bewegt wird, damit er mir morgen keinen Ärger macht. Bereiten Sie alles für einen Tagesritt vor. Wir werden frühmorgens aufbrechen und vermutlich erst spät am Abend zurückkehren. Ich erwarte, dass Sie aufbleiben, bis wir zurück sind.«

»Ja, Sir. Welche Jungpferde wollen Sie mitnehmen?«

»Das überlasse ich Ihnen. Sie müssen schnell und leicht zu handhaben sein und fit genug für einen langen Ritt. Sie wissen am besten, welche dafür infrage kommen. Und jetzt rauf auf den Hengst.«

Daniel verließ das Arbeitszimmer mit einer Verbeugung. Er

ging im Geist alle Jungpferde durch und glich ihren Ausbildungsstand und ihre körperliche Verfassung mit Olivers Reitkünsten ab. Erst als er Thunderboy den Sattel auflegte, wurde ihm bewusst, dass jetzt die Gelegenheit gekommen war. Er konnte den Hengst bewegen, indem er zu Mr Ainsworth ritt und ihn über die Abwesenheit des Baronets informierte. Wenn der den ganzen folgenden Tag unterwegs war, hatte Mr Ainsworth genug Zeit, um das Mädchen zu holen. Was danach mit ihm geschehen würde, wenn der Baronet zurückkehrte und die Magd nicht vorfand, wollte Daniel lieber nicht wissen.

Er nahm einen Umweg, damit niemand auf dem Anwesen Verdacht schöpfte. Wie immer ritt er den Feldweg entlang, bog dann aber außer Sichtweite von Brigham Hall nach rechts ab und suchte sich seinen Weg zwischen den Feldern der Pächter, bis er auf die Straße nach Flamborough stieß. Hier konnte er Thunderboy richtig gehen lassen, denn die Straße war weitestgehend verlassen und dank des guten Wetters der letzten Tage ohne die üblichen Pfützen. Er spornte den Hengst kräftig an und betete, dass er den harten Ritt gut überstehen würde.

Thunderboy enttäuschte ihn nicht und er erreichte das Haus des Anwalts in angemessener Zeit. Der Stalljunge sah den schweißüberströmten Hengst mit ehrfürchtigem Blick an.

»Führ ihn bitte im Hof herum, bis seine Atmung sich beruhigt hat. Dann biete ihm Wasser an. Aber nicht den Sattelgurt lockern, ich reite gleich wieder zurück«, wies Daniel den Jungen an und drückte ihm die Zügel in die Hand.

Der Butler, der auf Daniels energisches Klopfen hin die Tür öffnete, schien von seiner Eile gänzlich unbeeindruckt und führte ihn zunächst in den Salon, wo Daniel ungeduldig auf und ab ging. Er war enorm erleichtert, als kurze Zeit später die Tür aufgerissen wurde und Mr Ainsworth hereingestürmt kam. Der Butler folgte ihm auf dem Fuße und schloss die Tür mit einem missbilligenden Kopfschütteln.

»Gibt es Neuigkeiten?«, fragte Ainsworth und ergriff Daniels Hand.

»Der Baronet wird morgen den ganzen Tag unterwegs sein. Er hat einen Termin in Bridlington und sagte mir, dass er erst spätabends zurückkehren wird.«

»Das ist wunderbar! Ich könnte gegen Mittag kommen, um Arabella abzuholen. Haben Sie mit ihr gesprochen?«

»Nein, das habe ich nicht. Es erschien mir sinnvoller, ihr vorerst nichts zu sagen. Wird sie Sie erkennen?«

Mr Ainsworth seufzte. »Ich bin mir nicht sicher. Sie hat mich oft gesehen, aber Sie wissen, wie Kinder sind. Sie achten nicht auf Erwachsene, wenn sie nicht dazu gezwungen werden. Vielleicht erinnert sie sich an mich, vielleicht nicht. Es ist schon so lange her, acht Jahre! Nichtsdestotrotz müssen wir versuchen, sie zu überzeugen, mit mir zu kommen. Ich werde meiner Frau sagen, dass sie alles für ihre Ankunft vorbereiten soll. Wir sind uns doch einig, dass sie bei uns bleiben wird, nicht wahr?«

»Schon, ja, aber wie lange? Und wie erkläre ich dem Baronet ihr Verschwinden? Ich muss zugeben, dass ich ein furchtbarer Lügner bin. Er wird wissen, dass ich etwas damit zu tun habe, daran zweifle ich nicht.«

Mr Ainsworth legte die Finger ans Kinn und dachte angestrengt nach. »Wir müssen den Wachtmeister informieren. Und den Friedensrichter. Sie müssen Riley festnehmen, sobald er nach Hause kommt. Wegen Mordes an Baronet Brigham.«

»Aber wir wissen doch nicht, ob er ihn ermordet hat«, warf Daniel ein.

Ainsworth wischte seinen Einwand beiseite. »Wir wissen, dass er Arabella gekidnappt und sie praktisch versklavt hat. Allein das ist schon ein Verbrechen, für das er gehängt werden könnte.«

»Wenn sie es wirklich ist«, sagte Daniel.

»Zweifeln Sie etwa daran?«

Daniel schüttelte den Kopf. Er wusste nicht, warum er das gesagt hatte. Er wusste nur, dass sehr viele Dinge schiefgehen konnten, und das machte ihm Angst. »Ich muss zurück. Kommen Sie kurz nach Mittag, wenn alle Angestellten gegessen haben. Sicher werden sie es ausnutzen, dass der Baronet weg ist, und eine ausgedehnte Mittagspause machen. Es wird am besten sein, wenn so wenig Personen wie möglich Sie sehen. Fragen Sie nicht nach dem Mädchen. Behaupten Sie, Sie wollen mich sprechen, weil Sie ein Pferd kaufen wollen. Ich werde einen Weg finden, das Mädchen in Ihre Kutsche zu schmuggeln, ohne dass es jemand mitbekommt. Es ist unabdingbar, dass niemand anders involviert wird. Ich würde niemandem so ein Geheimnis anvertrauen!« Mit einem erneuten Händedruck verabschiedete Daniel sich von Mr Ainsworth.

Er begab sich auf den Rückweg zum Anwesen und ließ den Hengst die letzte Meile im Schritt gehen, um ihn trocken zu reiten. Der Baronet registrierte seine Rückkehr mit einem zufriedenen Nicken durch das Fenster seines Arbeitszimmers.

Brigham Hall, den 26. Juli 1711

Liebe Mutter,

ich muss ein paar Zeilen schreiben, da ich sonst fürchte, vor Aufregung wahnsinnig zu werden. Wünsch mir Glück. Jetzt oder nie! Wir werden versuchen, das Mädchen zu Mr Ainsworth in Sicherheit zu bringen. Der Baronet ist heute fortgeritten und wird erst spätabends zurückkehren. Wie wird sie reagieren? Werden wir es schaffen, den Baronet verhaften zu lassen? Und die schrecklichste Frage von allen: Hatten wir recht mit unseren Vermutungen?

Ich habe Angst, einen großen Fehler zu machen ...

12. RETTUNG

Nachdem der Baronet mit Oliver das Anwesen verlassen hatte, arbeitete Daniel erst einmal an ein paar Reparaturen, bei denen er mit seiner Nervosität nicht viel Schaden anrichten konnte. Mit den Pferden würde er heute nicht weit kommen. Alle paar Minuten schaute er über die Schulter, obwohl er wusste, dass es bis zum Mittag noch einige Stunden waren.

Die Stimmung unter den Bediensteten hatte sich deutlich entspannt, sobald der Baronet weg war. Niemand musste mehr befürchten, dass er plötzlich wie aus dem Nichts hinter einem auftauchte. Überall war Geplänkel und Gelächter zu hören, während die Arbeit weitestgehend liegen blieb. Es dauerte nicht lange, bis die stumme Magd an der Weide auftauchte und zum ersten Mal seit Wochen ihre Schimmelstute begrüßte. Das Pferd rannte mit solchem Tempo auf den Zaun zu, dass Daniel schon Angst hatte, es würde darüberspringen. Während die beiden endlich einmal ungestört Zeit miteinander verbringen konnten, zermarterte Daniel sich das Gehirn, wie er nun vorgehen sollte. Sollte er jetzt mit dem Mädchen sprechen und sie vorwarnen, was am Mittag geschehen würde, oder sollte er warten, bis Mr Ainsworth ankam? Was, wenn er es ihr erzählte und der Anwalt kam nicht? Was, wenn er kam und sie zu überrascht war, um mit ihm zu gehen? Dann wäre die Gelegenheit verloren. Was, wenn der Baronet zu früh zurückkehrte und sie erwischte?

Daniel erschauerte. Er drehte sich nach seiner Werkzeugkiste um und bekam den Schreck seines Lebens. Das Mädchen stand direkt neben ihm und beobachtete ihn mit nachdenklichem Gesichtsausdruck. Er war so in seine Gedanken vertieft gewesen, dass er sie nicht hatte kommen hören. Er sah Amüsement in ihren Augen, aber der grüblerische Ausdruck blieb. Offensichtlich ahnte sie, dass etwas im Busch war.

»Heute wird ein Besucher kommen, ein Mann namens Ainsworth«, sagte Daniel leise, nachdem er sichergestellt hatte, dass niemand in der Nähe war. Sie zeigte keine Reaktion bei der Erwähnung des Namens, was Daniel ein wenig entmutigte. »Er wird gegen Mittag kommen, um sich ein paar Pferde anzusehen.«

Die Magd legte fragend den Kopf schief.

»Hör mir gut zu. Eigentlich kommt er wegen dir. Um dich hier wegzuholen.«

Erschrocken sog sie die Luft ein und legte eine Hand an ihren Hals. Dann schüttelte sie langsam den Kopf.

»Arabella«, sagte Daniel beschwörend, hielt dann aber inne. »Du bist doch Arabella Brigham, nicht wahr?«, fragte er.

Sie schien bei diesem Namen zu erstarren.

Daniel ließ sich nicht beirren. »Der Baronet ist weg, er kann dir nichts tun. Mr Ainsworth war ein guter Freund deines Vaters, erinnerst du dich nicht an ihn? Er wird dir helfen. Wenn er kommt, verschwindest du unauffällig und gehst rüber zu der Kurve, von wo aus man die Kapelle sehen kann. Da nimmt er dich dann mit. Die Stelle kann man vom Haus aus nicht sehen. Pass auf, dass keiner was merkt. Wirst du das tun?«

Sie blickte ihn noch immer aus großen, ängstlichen Augen an.

»Alles wird gut. Du wirst eine Weile bei Mr Ainsworth bleiben, bis der Baronet verhaftet ist. Dann kannst du zurückkommen und dein rechtmäßiges Erbe antreten. Vertraust du mir?«

Sie sah ihm lange und tief in die Augen. Er hatte das Gefühl, als würde sie sein Herz und seinen Geist mit ihrem Blick erkunden, um zu sehen, ob er ehrlich und verlässlich war. Ein Lächeln breitete sich auf ihrem Gesicht aus, während sich gleichzeitig Tränen in ihren Augen sammelten. Vertrauen musste in ihrem Leben eine Rarität sein. Als sie nickte, wurde Daniel von einer Welle der Dankbarkeit erfasst. Er sagte nichts mehr. Das Mädchen entfernte sich von ihm und steuerte den Weidezaun an, wo die Schimmelstute noch immer wartete.

Daniel verpasste das Mittagessen. Er war zu nervös, um zu essen, und sein Magen vor Aufregung so verknotet, dass ihn keine Nahrung auch nur ansatzweise hätte passieren können. Er wartete auf Mr Ainsworth, ohne dabei so zu wirken, als ob er wartete.

Es war ein warmer, sonniger Tag und er hatte seine Stallburschen runter an den Fluss zum Schwimmen geschickt, um sie los zu sein. Abgesehen davon hatten sich die beiden Jungen einen unbeschwerten Tag redlich verdient.

Als er endlich eine Kutsche in den Hof rollen hörte, war es schon fast ein Uhr. Daniel trat aus dem Stall, als Mr Ainsworth gerade ausstieg. Russell begrüßte den Besucher mit einiger Überraschung, denn normalerweise wurden Besucher immer vorher angekündigt – entweder durch Boten oder durch den Baronet selbst. Mr Ainsworth teilte ihm seinen Wunsch mit, sich die Pferde anzusehen, und Daniel trat näher. Mit einem Nicken bedeutete er Russell, dass er übernehmen würde. Er führte den Anwalt unter den argwöhnischen Blicken des Lakaien zu den Weiden. Daniel hoffte inständig, der Plan, den er sich zurechtgelegt hatte, würde funktionieren.

Verwundert stellte er fest, dass Mr Ainsworth sich tatsächlich ernsthaft für eines der Pferde interessierte, einen jungen Wallach, den Daniel erst zweimal unterm Sattel gehabt hatte.

»Das ist ideal«, sagte der Anwalt mit einem zufriedenen Lächeln. »Ich werde eine Anzahlung für den Wallach machen und Sie bilden ihn für mich aus. Sobald er bereit ist, werde ich ihn abholen. So sieht alles nach einem soliden Geschäft aus und ich habe einen Grund, noch einmal herzukommen, ohne dass jemand Verdacht schöpft, Sie werden sehen!«

Zusammen gingen sie zurück zum Haupthaus. Daniel hatte erwartet, dass Russell sie noch immer im Auge behielt, aber er war nirgends zu sehen.

Sie betraten das Arbeitszimmer des Baronets, wo Daniel den Vertrag aufsetzte und eine Quittung für die Anzahlung schrieb.

»Er wird Ihren Namen erkennen«, flüsterte er, aber Ainsworth winkte ab. »Bis dahin bin ich längst mit dem Wachtmeister zurück.«

Als sie das Zimmer verließen, liefen sie ausgerechnet Fanny in die Arme.

»Was machst du da im Arbeitszimmer des Herrn?«, fragte sie und beäugte Daniel und seinen Gast misstrauisch.

»Das hier ist Mr Ainsworth«, erklärte Daniel. »Er möchte ein Pferd kaufen und alle nötigen Dokumente sind nun mal im Arbeitszimmer.«

»Ich werde dem Baronet sagen, dass du hier herumgeschnüffelt hast«, verkündete Fanny und rauschte davon.

Mr Ainsworth sah Daniel fragend an.

»Sie wollte mich heiraten und ich habe abgelehnt«, gestand Daniel zähneknirschend, was Mr Ainsworth mit einem wissenden Schmunzeln quittierte.

»Kümmern wir uns um die wichtigen Dinge«, sagte er und machte sich auf den Weg zu seiner Kutsche, in deren Schatten sie vom Haus aus nicht gesehen werden konnten.

»Drehen Sie die Kutsche langsam im Hof und fahren sie wieder weg«, erläuterte Daniel seinen Plan. »Das Mädchen müsste in der Kurve auf Sie warten, wo Sie die Kapelle sehen können. Ich schaue vorsichtshalber nach, ob sie auch wirklich gegangen ist.«

»Aber was ist mit ihrem Gepäck? Sie kann doch unmöglich ihre Sachen so weit tragen«, warf Mr Ainsworth ein.

»Sie hat nicht mehr als das, was sie am Leib trägt«, antwortete Daniel. »Abgesehen davon hoffen wir ja, dass sie bald hierher zurückkehren und ihren Titel in Anspruch nehmen wird, nicht wahr? Sie hat nichts zu verlieren.«

»Viel Glück«, sagte Ainsworth und schüttelte Daniel die Hand.

Sobald der Kutscher die Pferde wendete, war Daniel auf dem Weg zum Haus.

Er steckte den Kopf durch die Küchentür und sah sofort, dass Arabella nicht da war. Das wertete er als ein gutes Zeichen.

»Na, musst du jetzt auch noch in der Küche herumschnüffeln?«, warf Fanny ihm da in spitzem Ton entgegen. »Oder suchst du etwa die kleine Hexe?« Ihr Blick wurde jetzt richtig giftig. »Ah, natürlich, jetzt wird mir alles klar. Der Herr ist weg und du willst die Gelegenheit nutzen. Tja, ich fürchte, mein lieber Herr Stallmeister, da bist du ein bisschen zu spät. Da hatte schon jemand anderes vor dir die Idee.« Sie lachte hämisch.

»Wo ist sie?«, rief Daniel schockiert.

»Versuch's mal im Waschhaus«, flötete Fanny mit teuflischem Grinsen.

Daniel wartete keine weitere Bemerkung von ihr ab, sondern rannte so schnell er konnte zu der niedrigen Hütte, die im Schatten einiger Bäume hinter dem Haupthaus stand. Abgesehen von einem kleinen Haufen dreckiger Leinen neben dem Eingang war drinnen nichts zu sehen. Das Mädchen war nicht hier. Panisch drehte er sich einmal im Kreis und suchte die Schatten unter den Bäumen nach Arabella ab.

»Bella?«, rief er, während sein Herz ihm bis zum Hals schlug. War sie schon zum Treffpunkt gegangen oder hatte Russell sie abgefangen? Daniel konnte sich nicht vorstellen, dass Fanny von irgendjemand anderem als Russell gesprochen hatte. Er kaute unentschlossen auf seiner Lippe. Wo sollte er suchen? Sie konnte überall sein. Er drehte noch eine Runde über die Lichtung und diesmal bemerkte er einen kleinen Trampelpfad, der in den Wald hineinführte. Einem spontanen Impuls folgend lief er den Pfad entlang und betete inständig, dass dieser Weg rüber zur Kapelle führte und Bella ihn genommen hatte, um nicht gesehen zu werden.

Der Weg wand sich in einem weiten Bogen um Brigham Hall herum und fiel dann stark ab. Als Daniel unter den Bäumen heraustrat, lag die Ruine der Kapelle direkt vor ihm. Weiter oben zu seiner Linken konnte er die Kutsche am verabredeten Ort warten sehen. Er wollte sich gerade dorthin wenden, als ein seltsames Geräusch aus der Kapelle an seine Ohren drang. Er ging näher heran und lauschte angestrengt. Noch ein Geräusch, wie ein unterdrückter Schrei. Dann hörte er klar und deutlich einen Mann fluchen.

In Windeseile rannte Daniel zu den Ruinen, wobei er sich leicht rechts hielt, wo die Mauern zerbröckelt waren. Er kletterte über das Geröll und fand sich plötzlich in einer dunklen Nische wieder, wo der Boden relativ frei war. Zwei riesige, verkohlte Dachbalken hatten sich darüber auf halber Höhe verkantet. Obwohl Daniel in den Schatten der Nische kaum etwas erkennen konnte, wusste er sofort, dass er Bella gefunden hatte.

»Halt still, verdammt!«, zischte eine Männerstimme in der dunkelsten Ecke.

»Russell! Lass sie los!«, rief Daniel.

Mit einem derben Schimpfwort sprang Russell auf die Füße. »Was zum Teufel tust du hier?«, fragte er wütend.

»Ich könnte dich das Gleiche fragen«, erwiderte Daniel.

»Auf diesen kleinen Spaß habe ich mich seit Jahren gefreut und du wirst ihn mir nicht verderben, also mach, dass du wegkommst«, zischte Russell hitzig und ging auf Daniel los.

Eine ungeahnte Wut strömte durch Daniels Adern. Er packte Russell am Kragen und schubste ihn von dem Mädchen weg. Russell blieb auf den Füßen und boxte Daniel seitlich gegen den Kopf, sodass ihm die Ohren klingelten. Daniel wurde nur noch wütender. Kurze, harte Schläge trafen Russells Bauch, gefolgt von einem rechten Haken gegen sein Kinn.

»Bastard«, knurrte der Lakai und spuckte Daniel an. Anstatt sich weiter mit ihm zu schlagen, warf er sich auf Daniel und packte seine Haare. Er wollte ihm das Knie zwischen die Beine rammen, doch Daniel schaffte es irgendwie, den Angriff abzuwehren. Seine Augen tränten, weil Russell ihm büschelweise die Haare ausriss. Wieder und wieder boxte Daniel ihm in den Bauch, doch er ließ nicht locker. Jetzt trat Russell nach ihm und landete einen schmerzhaften Treffer am Knie. Gleichzeitig gab er alles, um Daniels Kopf immer weiter nach unten zu ziehen. In blinder Wut warf Daniel sich nach vorn. Seine Stirn prallte gegen Russells Nase, aber nicht fest genug, um Schaden anzurichten.

»Netter Versuch«, höhnte der Lakai und zog wieder das Knie hoch.

Daniel wehrte es mit den Händen ab.

Plötzlich schrie Russell auf und ließ endlich Daniels Haare los. Daniel sprang hinter ihn, packte ihn um den Hals und drehte ihm gleichzeitig mit der anderen Hand den Arm hinter den Rücken. Dann erst nahm er Arabella wahr. Sie stand mit dem Rücken zur zerstörten Wand und hielt einen Stein umklammert, bereit, ihn zu werfen.

»Lass mich los! Diese kleine Hexe!«, schimpfte Russell und versuchte, sich aus Daniels Schwitzkasten zu befreien – erfolglos. Er war zwar schwerer als Daniel, aber längst nicht so kräftig. Durch die harte Arbeit im Stall hatte Daniel Muskeln wie Drahtseile.

»Sieht aus, als ob du dir gleich noch ein zweites Geschoss einfängst«, raunte er Russell ins Ohr. »Hör auf zu kämpfen und verschwinde oder du kassierst die Abreibung deines Lebens. Deine Entscheidung.«

Russell wand sich, aber Daniel zog seinen Arm enger und drückte dem Lakaien die Luft ab. Er erkannte sich selbst kaum wieder. Noch nie hatte er seiner Wut freien Lauf gelassen!

»Ist ja gut«, krächzte Russell und zog hilflos mit der freien Hand an Daniels Arm.

»Keine Tricks«, sagte Daniel und unterstrich seine Worte mit noch etwas mehr Druck.

»Nein.« Die Stimme des Lakaien war kaum mehr als ein Flüstern. Ihm ging allmählich ernsthaft die Puste aus.

Daniel gab schließlich nach und ließ ihn los. Russell stolperte und wäre fast auf die Knie gefallen. Röchelnd rang er nach Atem, bevor er mit einem mörderischen Blick zu Daniel aus der Ruine kletterte. Er rannte leicht vornübergebeugt auf direktem Weg zurück in den Wald und verschwand zwischen den Bäumen.

Daniel drehte sich wieder zu Arabella um, als er hinter sich das Geräusch eines fallenden Steins hörte. Langsam ging er auf sie zu. »Bist du verletzt?«, fragte er sanft.

Sie starrte ihn aus weit aufgerissenen Augen an und schüttelte dann kaum merklich den Kopf.

Daniel atmete einmal tief durch. Seine Kopfhaut brannte wie Feuer und er brauchte einen Moment, um sich in Erinnerung zu rufen, warum er sie eigentlich gesucht hatte. »Arabella, Mr Ainsworth wartet noch oben an der Straße auf dich. Du musst jetzt zu ihm gehen. Du wirst in Sicherheit sein, das verspreche ich dir.«

Die Tränen liefen ihr jetzt ungehindert die Wangen hinunter und sie warf einen ängstlichen Blick in Richtung Wald.

»Es ist vorbei, Arabella. Keiner wird dir mehr etwas tun. Bitte, vertrau mir. Lass uns zur Kutsche gehen. Komm schon. Komm.« Daniel nahm ihre Hand und führte sie über das Geröll der düsteren Ruine zurück in den warmen Sonnenschein. Zwinkernd gewöhnten sich seine Augen wieder an das grelle Licht.

Zu seiner großen Erleichterung stand die Kutsche noch immer in der Kurve der Straße oberhalb von ihnen. Das Mädchen folgte ihm ohne Widerstand. Er ging noch ein paar Schritte weiter, dann blieb er stehen und suchte den Waldrand nach Russell ab. Es war keine Spur von ihm zu sehen.

»Lauf«, ermunterte er sie sacht und ließ ihre Hand los. »Na los, lauf!«

Sie bewegte sich nicht, sah noch nicht einmal zur Kutsche hin. Ihr Blick war einzig und allein auf ihn gerichtet.

Daniel seufzte. Was hatte er erwartet? Sie war Riley jahrelang hilflos ausgeliefert gewesen und jetzt gerade knapp einer Vergewaltigung entgangen. Sie musste besinnungslos sein vor Angst.

Daniel nahm wieder ihre Hand und begleitete sie den Hügel hinauf.

Als sie endlich die Kutsche erreichten, hatte Mr Ainsworth bereits die Türen geöffnet und war ausgestiegen. Er erwartete sie mit atemloser Sorge. »Was ist passiert?«, fragte er und verstummte dann, als er den verwahrlosten Zustand des Mädchens registrierte. Die zerrissenen Kleider. Die tränenverschmierten Wangen. Die verfilzten Haare, in denen sich altes Laub verfangen hatte. Ihre Haube hatte sie auch verloren. »Großer Gott«, flüsterte er und streckte zögernd eine Hand nach ihr aus.

Sie drängte sich gegen Daniel, um seiner Berührung zu entgehen. Der Anwalt sah Daniel fragend an.

»Der Lakai hat eben versucht, sich ihr aufzudrängen. Ich habe ihn verjagt. Sie ist ganz verschreckt«, erklärte Daniel schweren Herzens. »Aber sie ist es wirklich.«

»Ja, das sehe ich.« Mr Ainsworth sah das Mädchen wieder an und fügte leise hinzu: »Du siehst deiner Mutter so ähnlich.« Er streckte wieder seine Hand nach ihr aus, einladend diesmal. »Wirst du mit mir kommen? Meine Frau hat ein Zimmer für dich vorbereitet. Wir werden uns gut um dich kümmern, bis wir alles geordnet haben. Hab keine Angst! Dein Vater war mein bester Freund. Erinnerst du dich nicht an mich? Ich war oft bei euch zu Besuch.«

Das Mädchen blinzelte. Daniel hatte das Gefühl, dass sie langsam nachgab, aber noch klammerte sie sich an ihn.

»Ich werde hier sein und auf deine Stute aufpassen. Und wenn du wiederkommst, gehen wir zusammen reiten«, murmelte er und zog sanft seine Hand aus ihrem Griff.

»Komm, Kind, komm. Lass mich dich in Sicherheit bringen.« Mr Ainsworth nahm ihren Arm und diesmal schreckte sie nicht zurück. Sie stieg in die Kutsche ein und er folgte ihr.

»Es wird alles gut«, ermutigte Daniel sie und schloss die Tür.

Als die Kutsche endlich davonrollte, fühlte er sich seltsam beraubt. Seit er hier war, hatten seine Gedanken sich immer wieder um sie gedreht. Unbewusst hatte er ständig nach ihr Ausschau gehalten und auf eine Begegnung gehofft. Jetzt war sie weg.

Daniel seufzte und fuhr sich mit der Hand durch die Haare, zuckte dann aber vor Schmerz zusammen. Als er seine Finger betrachtete, stellte er fest, dass sein Kopf wohl an einigen Stellen geblutet hatte.

Er konnte jetzt niemanden sehen, besonders nicht Russell. Also wanderte er den Hügel wieder hinunter und landete schließlich an Ole Petes Grab. Er setzte sich ins Gras und starrte auf das einfache Holzkreuz. Wo das wohl alles hinführen würde?

Brigham Hall, den 26. Juli 1711

(…)

Hier bin ich wieder. Bitte bete für uns alle, besonders für Arabella. Ja, das ist der Name der stummen Magd. Ich kann es Dir endlich schreiben, weil sie jetzt sicher bei Mr Ainsworth ist. Dieser Teil unseres Plans hat funktioniert, wenn auch mit einigen Wirrungen. Nun warte ich auf die Rückkehr des falschen Baronets und hoffe inständig, dass der Wachtmeister und der Friedensrichter vor ihm hier sind.

Es hat keinen Sinn, ich bin zu aufgeregt zum Schreiben. Später mehr …

13. GESTÄNDNIS

Es war spät. Daniel beschäftigte sich in den Ställen und vermied das Abendessen mit den anderen. Von Weitem hatte er gehört, wie Russell irgendeine haarsträubende Geschichte zum Besten gegeben hatte, die seine blauen Flecken erklärte. Ein Großteil der Dienerschaft hatte vor der Küchentür in der Sonne gesessen und ihm fasziniert gelauscht, bis Ellie die Versammlung aufgelöst und alle wieder an die Arbeit gescheucht hatte. Daniel war in der Erzählung nicht vorgekommen, worüber er sehr froh war.

Jetzt war alles still. Die Stallburschen hatte er ins Bett geschickt und von den anderen Angestellten hatte sich keiner zu ihm in den Stall verirrt. Er fragte sich, ob jemand Bella vermisste.

Es wurde dunkel. Daniel entzündete eine Lampe und hängte sie an einem Nagel auf. Er war hundemüde nach dem aufregenden Tag und sein Kopf schmerzte so sehr, dass er seine übliche Kappe nicht aufsetzen konnte. Gott sei Dank hatte er kein blaues Auge, denn Russell hatte ihn nicht ins Gesicht geschlagen. Aber sein Knie tat weh. Russell hatte ihn in einem ungünstigen Winkel erwischt und jetzt schmerzte es bei jedem Schritt. Daniel setzte sich auf einen Eimer und zog das Hosenbein hoch. Warm und geschwollen. Er sah sich um. Wenn eins der Pferde ein warmes, geschwollenes Gelenk hatte, benutzte er etwas von der Kampfersalbe und bandagierte das Bein. Warum sollte das bei ihm nicht helfen? Er holte die Salbe und eine Stoffbandage aus der Sattelkammer und versorgte sein Knie. Dann humpelte er zum Bach, der hinter dem Stall vorbei über die Weiden floss, und wusch sich die Hände. Er wollte auf keinen Fall etwas von der stark riechenden Salbe ins Gesicht bekommen. Er kannte viele, die auf Paregoric schworen – ein neues Opium-Kampfer-Gemisch, das gegen Durchfall und Husten helfen sollte. Er selbst konnte den scharfen Geruch des enthaltenen Kampfers nicht ausstehen, aber seine Wirkung war nicht zu leugnen.

Auf dem Weg zurück in den Stall ließen die Schmerzen im Knie bereits nach.

Am liebsten wäre er direkt ins Bett gegangen, aber der Baronet – Riley – hatte angeordnet, dass er auf ihn warten sollte. Also ließ er sich in den Heuhaufen fallen, den er bereits für den nächsten Morgen vom Heuboden heruntergeworfen hatte, und streckte sich mit einem tiefen Seufzer aus. Sein Rücken schmerzte mindestens genauso sehr wie seine Knöchel und seine Kopfhaut. Er kämpfte darum, die Augen offen zu halten, aber nur einen Augenblick später war er eingedöst.

Ein lautes Wiehern ließ ihn wieder hochschrecken. Unter dem antwortenden Brummeln und Wiehern der Pferde rappelte er sich wieder auf. Im nächsten Moment wurde die Tür aufgeworfen und der Baronet führte Thunderboy herein, gefolgt von Oliver, der nur noch ein Pferd dabei hatte.

»Der Gentleman war beeindruckt?«, fragte Daniel und übernahm die Zügel des Hengstes.

Ein zufriedener Ausdruck huschte über Brighams Gesicht. »Das war er in der Tat. Er wird im nächsten Frühjahr drei seiner Stuten zum Decken herbringen«, sagte er und klopfte dem Hengst den Hals. »Versorgen Sie ihn und kommen Sie dann in mein Arbeitszimmer«, fügte er hinzu und ging mit langen Schritten davon, nachdem er Oliver noch einmal zugenickt hatte.

Während Daniel den Hengst absattelte, bemerkte er den tief hängenden Kopf des jungen Wallachs, den Oliver geritten hatte. »War es zu viel für ihn?«, fragte er und befühlte die Brust des Pferdes. Sie war warm, aber nicht nass geschwitzt.

»Ach, gib ihm einen Tag Pause und er ist wieder ganz der Alte«, antwortete Oliver. Er sah fast genauso müde aus wie das Pferd. Nachdem er es versorgt hatte, ging er ohne ein weiteres Wort ins Bett.

Daniel blieb noch eine Weile allein im Stall stehen und sah den Pferden beim Fressen zu. Das mahlende Geräusch der kräftigen

Zähne hatte etwas unendlich Beruhigendes. Auf das Gespräch mit dem Baronet freute er sich nicht gerade und musste sich überwinden, endlich den Stall zu verlassen und zu ihm in sein Arbeitszimmer zu gehen.

Als er dort ankam, schloss Fanny gerade die Tür hinter sich. Sie sah aus, als wollte sie Daniel die Zunge herausstrecken. Er schluckte. Was blieb ihm anderes übrig, als hineinzugehen und sich dem zu stellen, was ihn erwartete – was auch immer das sein mochte?

Er trat ein und fand den Baronet an seinem Schreibtisch. Es brannte kein Feuer im Kamin und mit nur einer Kerze und der Lampe auf dem Tisch war der Raum ziemlich schummrig.

Der Baronet winkte Daniel heran. »Sie haben ein Pferd verkauft?«, fragte er und klang recht erfreut.

»Ja«, antwortete Daniel schlicht und wartete mit stockendem Atem auf die nächste Frage.

»Was haben Sie dem Mädchen getan?«

Daniel zuckte zusammen und biss sich auf die Lippe. Was sollte er sagen? »Mädchen?«, fragte er zögerlich, um Zeit zu gewinnen.

»Sie hat mir erzählt, Sie hätten hier herumgeschnüffelt, einfältige Ziege. Ich glaube, die bleibt nicht noch ein Jahr.«

Daniel räusperte sich, um seine Erleichterung zu überspielen. »Ich wollte sie nicht heiraten«, erläuterte er dann.

Brigham lachte kurz auf. »Kluger Mann«, sagte er nur und ließ die Sache auf sich beruhen. Stattdessen sah er sich die Papiere an, die Daniel am Mittag vorbereitet hatte.

»Ainsworth. Älterer Herr? Anwalt?«, fragte er.

»Ja, Sir.« Jetzt schien Daniels Herz ihm in den Ohren zu schlagen und er spürte, wie ihm der Schweiß ausbrach.

»Und er wollte nur ein Pferd kaufen, sonst nichts?«

»Nein, Sir«, antwortete Daniel und studierte seine Stiefelspitzen. Je weniger er sagte, desto geringer war die Chance, dass seine bebende Stimme ihn verriet.

»Haben Sie eine Ahnung, was für einen Ärger sich Russell eingefangen hat?«

Daniel erstarrte bei der kritischen Frage. »Er ...« Gott, wie sollte er das bloß erklären?

Brigham registrierte seine Befangenheit und sein misstrauischer Blick traf Daniel mit Wucht. »Hat er dem stummen Mädchen was getan?«, fragte er und richtete sich hoch auf.

Daniel fiel keine Lüge ein. »Er wollte ...«, stotterte er.

»Er wollte *was?*« Brigham schrie schon fast, das Feuer der Wut hell in seinen Augen.

»Er wollte ihr etwas antun, aber ich habe ihn daran gehindert. Es gab eine Schlägerei und er ...«

Der Baronet hörte ihm schon nicht mehr zu. Wutentbrannt stürmte er in die Eingangshalle, wo Russell gerade in die Küche gehen wollte. Ohne Vorwarnung riss Brigham ihn am Kragen seiner Jacke zurück und schlug ihm mit dem Handrücken ins Gesicht. Russell taumelte, überrascht von dem plötzlichen Angriff.

»Wo ist sie?«, brüllte Brigham, packte ihn mit beiden Händen an der Jacke und drückte ihn gegen die nächste Wand. »Was hast du mit ihr gemacht?«

»Nichts!«, rief Russell, die Augen vor Panik weit aufgerissen.

»Ich glaube dir kein Wort!«, knurrte Brigham aufgebracht und holte erneut zum Schlag aus.

In diesem Moment dröhnte das Hämmern des Türklopfers durch die Eingangshalle.

Der Baronet ließ die Hand sinken und sah Daniel an. »Machen Sie auf«, sagte er leise und löste betont langsam seinen Griff von Russells Jacke.

Daniel riss die Haustür auf und war unendlich erleichtert, Mr Ainsworth in Begleitung des Wachtmeisters draußen stehen zu sehen. Er trat beiseite, um die Männer eintreten zu lassen.

Brigham erkannte den Anwalt sofort.

»Mr Ainsworth«, sagte der Baronet ruhig und nickte dem Anwalt zu. »Ich wurde gerade über Ihren Kauf informiert. Eine hervorragende Wahl, die Sie da getroffen haben. Wenn Sie mir bitte folgen wollen? Sie auch, Huntington.« Damit ließ er Russell an der Wand stehen und ging mit gemächlichen Schritten in sein Arbeitszimmer zurück. Die anderen Männer folgten ihm wortlos.

Daniels Herr ging hinter seinen Schreibtisch, setzte sich aber nicht, sondern betrachtete den Wachtmeister mit skeptischem Blick. Der war klein und stämmig und schluckte angesichts der enormen Größe des Baronets.

Mr Ainsworth starrte den Baronet aus kalten Augen an. »Das Spiel ist aus, Riley«, sagte er.

Daniel war vollkommen überrascht, einen Ausdruck fast friedlicher Erleichterung im Gesicht des Baronets zu sehen.

»Das hat aber verdammt lange gedauert, alter Mann«, sagte Riley, setzte sich wieder auf seinen Stuhl und streckte ganz entspannt die Beine vor sich aus. »Ich nehme an, Sie werden mich wegen Mordes festnehmen?«, fragte er so gelassen, als würde er über das Wetter reden. Er schaute mit milder Neugier zwischen Ainsworth und dem Wachtmeister hin und her.

»Derzeit lautet die Anklage Entführung«, belehrte ihn der Wachtmeister, was Riley zum Lachen brachte.

»Nun, fügen Sie Mord hinzu. Und Urkundenfälschung. Obwohl ich mir nicht sicher bin, ob es wirklich Urkundenfälschung ist, wenn der Baronet sein Testament umschreibt, weil ich seiner kostbaren kleinen Tochter ein Messer an den Hals halte. Wäre das Urkundenfälschung, Herr Wachtmeister?«

Der Wachtmeister war vollkommen sprachlos. Er hatte wahrscheinlich noch nie erlebt, dass ein Verbrecher freiwillig gestand – und das ohne Verhör.

»Auf jeden Fall können Sie noch Brandstiftung dazunehmen. Ich habe nämlich die Kapelle angezündet. Ein hübsches kleines Freudenfeuer, um den Tod des Baronets zu feiern. Oh, ja, er war da schon tot. Ich habe ihm den Hals aufgeschlitzt.« Riley schien die entsetzten Blicke der Männer im Raum zu genießen. Er verschränkte die Arme und sah Mr Ainsworth in die Augen, ein versonnenes Lächeln auf dem Gesicht.

»Warum?«, fragte der ältere Mann tonlos.

Riley fuhr urplötzlich von seinem Stuhl hoch und knallte beide Fäuste auf den Tisch. Alle zuckten zusammen.

»*Warum?*«, schrie er schrill und funkelte den Anwalt mit eiskalten Augen an. »*Warum*, fragst du mich? Ich werde dir sagen, *warum*. Er hat mich gezwungen zu leben!«

Mr Ainsworth stöhnte empört auf. »Er hat dich gerettet!«

Riley richtete sich auf. »Gerettet, pah! Er hat mich verdammt. Verdammt! Ich hätte sterben sollen, aber er hat mich zu dieser unwürdigen Existenz verurteilt! Er hat mich gezwungen, dieses Monster zu sein, dieser Nichtmann, dieses Ungeheuer!« Er fuchtelte mit seinen langen Armen und die Männer traten unwillkürlich einen Schritt zurück. Das flackernde Licht der Kerze ließ die Schatten seiner Bewegungen gespenstisch durch den Raum tanzen.

»Er hat dich wie seinen Sohn behandelt«, wagte der Anwalt zu widersprechen.

»Aber nur, bis *sie* geboren wurde. Danach war es vorbei mit Riley.« Seine Stimme triefte vor Missgunst. »Endlich hast du es herausgefunden! Endlich! Warum zum Teufel erst jetzt?« Er fuhr sich mit beiden Händen durch die dünnen Haare, die dadurch wirr von seinem schmalen Schädel abstanden. »Nie hätte ich erwartet, dass ich damit durchkomme. Mistkerl! Du hättest das Testament anfechten müssen. Du hättest die Wahrheit über Arabella aus mir herausfoltern müssen! Aber nein, du zuckst nur mit den Schultern, drehst dich um und gehst. Wegen *dir* hat dieses Mädchen acht verfluchte lange Jahre unter mir leiden müssen! Nur wegen dir.« Riley schüttelte den Kopf und wirkte fast bestürzt. »Dieser Aufwand. Diese Anspannung. Die Verantwortung. Zum Teufel noch mal, ich habe es so satt. Verhaften Sie mich, Wachtmeister. Verhaften Sie mich und bringen Sie mich an den Galgen. Am besten jetzt gleich.« Er hielt dem Wachtmeister seine Hände hin, damit er ihn fesseln konnte. Der tat es, wenn auch mit bebenden Fingern.

»Hast du sie gesehen, als du wegen des Pferdes kamst?«, fragte Riley vertraulich, während er den Anwalt aus dem Augenwinkel beobachtete.

Mr Ainsworth, der im Laufe von Rileys Rede aschfahl geworden war, blickte kurz zu Daniel hinüber. Riley drehte langsam den Kopf, bis er Daniel in die Augen sah. »Sie, Mr Huntington? Was haben Sie mit ...?« Er hielt inne, als ihm ein Licht aufging. »Pete.« Es war keine Frage. »Diese Ironie«, sagte er mehr zu sich selbst und schüttelte schmunzelnd den Kopf. »Dass ausgerechnet Sie mir das Genick brechen nach allem, was ich für Sie getan habe.«

Daniel schluckte, brach dann aber endlich sein Schweigen. »Wie haben Sie sie dazu gebracht, das Geheimnis zu wahren und nicht zu sprechen?«

»Ach, das war nicht schwer. Habe dem Mädchen gesagt, ich töte ihr Pferd, wenn ein Wort über ihre Lippen kommt. Sie hat das wohl etwas arg wörtlich aufgefasst. Aber das war mir nur recht. Dem alten Mann habe ich gesagt, ich töte das Mädchen. Und so schwiegen sie beide.« Riley seufzte tief. »Aber es war verdammt anstrengend, auf die beiden aufzupassen. Endlich ist es vorbei. Können wir gehen?«

Erhobenen Hauptes schritt Riley zur Tür, ein gelöstes Lächeln auf den Lippen. War der Mann wirklich erleichtert, endlich überführt worden zu sein?

»Er ist vollkommen wahnsinnig«, flüsterte Mr Ainsworth und folgte dem Wachtmeister nach draußen, der sich erfolglos darum bemühte, so auszusehen, als ob er Riley abführen würde.

»Russell«, sagte Riley, der sich keineswegs darüber zu wundern schien, den Lakaien direkt neben der Tür vorzufinden, auch wenn dieser mit hastigen Schritten auf Abstand ging. »Teile der Dienerschaft mit, dass sie heute Nacht mein Whiskey-Fass plündern dürfen. Trinkt auf mich und feiert, denn jetzt seid ihr mich los. Feiert, solange ihr könnt. Ich weiß nicht, was morgen mit euch geschieht.« Dann brach er in ein befreites und gleichzeitig irres Gelächter aus, das in schrillen Wellen durch die dunklen Flure des Hauses hallte. Keiner lachte mit ihm.

Mit versteinertem Gesicht stieg Mr Ainsworth kurz darauf neben den Kutscher auf den Bock, während der Wachtmeister mit seinem Gefangenen in der Kutsche Platz nahm. Als die Tür sich hinter ihnen geschlossen hatte und das Hufgetrappel verklungen war, herrschte überall in Brigham Hall schockiertes Schweigen.

Arabella

Sie saß vollkommen regungslos vor dem Spiegel, den Blick gesenkt, und spürte, wie man ihre Haare bürstete. Die alte Magd brummelte vor sich hin, während sie kleine Kletten und Heureste aus den frisch gewaschenen Locken zupfte. Es ziepte mehr als sonst und ein ums andere Mal griff die Magd mit einem verzweifelten Seufzer zur Schere und schnitt eine verfilzte Locke ab. Aber sie schimpfte nicht. Nanny hatte früher immer geschimpft, wenn sie das tun musste.

Aber Nanny war fort. Alle waren fort. Vater, alle Mägde und Knechte und sogar die Pächter. Und jetzt waren auch Ole Pete und Riley fort. Sogar Riley. Sie war ganz allein.

Eine Träne rollte ihre Wange hinunter.

Die alte Magd sah sie im Spiegel an. »Nicht weinen, Dame Arabella. Es wird doch jetzt alles gut.«

Sie sah im Spiegel, dass die Magd lächelte, aber sie lächelte nicht zurück. Sie fühlte sich so verloren wie ein Blatt auf einem Fluss. Man hatte sie fortgerissen, weg von ihrem Zuhause, weg von ihrer geliebten Kitty.

»Weg vom grausamen Riley!«, schrie eine Stimme in ihrem Kopf, die Ähnlichkeit mit Nannys Stimme hatte. Ja, sie war weg von Riley und seiner Grausamkeit und das war eine Erleichterung. Immer hatte er sie beobachtet. Immer hatte er aufgepasst, dass sie nichts sagte. Immer hatte er sich zwischen sie und Kitty gestellt. Aber er hatte es nicht immer geschafft. Sie hatte gewartet, geduldig gewartet, bis er in seiner Aufmerksamkeit nachließ. Und dann war sie zu Kitty gegangen. Sie war sogar reiten gewesen. Und wenn er sie noch so sehr geprügelt hätte – das konnte er ihr nicht mehr nehmen. Sie war geritten und es war herrlich gewesen. Wenn sie sich damals an Mr Ainsworth erinnert hätte, wäre sie vielleicht sogar zu ihm geritten. Aber das hatte sie nicht. Also war sie zurückgekehrt und hatte etwas Wertvolles erkannt, etwas sehr Wertvolles. Riley hatte keine absolute Macht über sie.

Ihr Vater hatte die Wahrheit gesagt: »Wer in Christus frei ist, der ist frei, egal wie seine äußeren Umstände sind.« Verzweifelt hatte sie all die Jahre an diesem Satz festgehalten. Aber erst nach ihrem Mitternachtsritt hatte sie es wirklich begriffen. Hatte sie begriffen, wie sehr Riley an sie gebunden war, wie unfrei er war! Sie hatte ihm den Schlaf geraubt, hatte ihn gezwungen, auf sie aufzupassen. Sie hatte ihn zermürbt, bis er wahnsinnig wurde. Weil sie frei war in Christus und er nicht.

Zögernd blickte sie auf, hob eine Hand an ihre Wange und strich über die Sommersprossen. Es waren mehr geworden, seit sie das letzte Mal so lange in einen Spiegel geschaut hatte. Aus den Augen, die ihr entgegenblickten, sprach keine Verlorenheit. Sie wirkten mutig und entschlossen. Was hatte die Magd gesagt? Dame Arabella? Nicht Lady, sondern Dame. Das bedeutete, sie war jetzt Baronetess. Sie war jetzt Herrin auf Brigham Hall. Nein, sie war nicht verloren. Sie konnte jederzeit zurückkehren, sobald Riley gefasst war. Zurück zu ihrem Zuhause. Zurück zu ihrer Kitty. Daniel würde auf sie aufpassen. Das hatte er versprochen. Dann würde sie reiten gehen, sooft sie wollte, und niemand durfte es ihr verbieten. Mit Daniel, ihrem Retter.

Dank ihm musste sie nicht mehr putzen, nicht mehr waschen, keine Nachttöpfe mehr ausleeren.

Unwillkürlich richtete sie sich auf.

Die Magd legte die Bürste beiseite. »Soll ich Sie jetzt ankleiden?«

Sie seufzte tief und nickte dann. Ein zaghaftes Lächeln spielte um ihre Lippen. Sie wurde angekleidet, so wie früher. Mit geschlossenen Augen ließ sie es geschehen, befolgte wie im Traum die leisen Anweisungen der Magd, sich hierhin oder dorthin zu drehen, den Fuß zu heben oder den Arm dort hineinzustecken. Dann wurde sie wieder auf den Stuhl gesetzt und die Magd steckte ihr die Haare hoch. Als sie fertig war, öffnete sie die Augen.

Dame Arabella Alexandra Brigham sah ihr aus dem Spiegel entgegen, eine hübsche, selbstbewusste junge Frau mit eindeutig viel zu vielen Sommersprossen. Ihr Lächeln vertiefte sich. Diese Sommersprossen waren ebenso eigensinnig wie ihre Locken. Wie sie selbst.

14. UNGEWISSHEIT

Das Feuer loderte hell und alle Lampen waren angezündet. Blasse Gesichter scharten sich um den Küchentisch, verwirrt, erschrocken und ängstlich. Fast alle hatten das wahnsinnige Gelächter ihres Herrn gehört, als er vom Wachtmeister abgeführt worden war, aber kaum einer wusste, was geschehen war. Daniel saß stumm zwischen ihnen und knetete ununterbrochen seine zitternden Hände. Ihm war schlecht. Er hatte die stumme Magd retten wollen, ja. Aber dass das im Umkehrschluss bedeutete, dass sein Herr an den Galgen kam, daran hatte er nie gedacht. Es hätte ihm klar sein müssen. Menschen wurden heutzutage wegen viel geringerer Vergehen gehängt. Und er war schuld. Er war schuld, dass der Mann gehängt wurde. Er und seine elende Neugier. Er und seine elende Gutherzigkeit, die immer den Schwachen helfen wollte. Hätte es eine Möglichkeit gegeben, das Mädchen zu retten, ohne Rileys Verurteilung damit zu besiegeln?

Daniel seufzte. Der Mann hatte einen Mord gestanden! Warum um alles in der Welt machte es ihm etwas aus, dass er dafür bestraft wurde?

»Was ist passiert, Daniel?«, fragte Ellie, die das düstere Schweigen am Tisch nicht mehr aushalten konnte. »Bitte sag uns doch, was passiert ist!«

Mühsam löste Daniel den Blick von seinen Fingern und sah in die Runde. Er räusperte sich. »Baronet Brigham ist ein Mörder, Entführer und Betrüger. Sein Name ist in Wirklichkeit Riley und er war früher Aufseher hier auf dem Anwesen. Er hegte einen Groll gegen den früheren Baronet, brachte ihn um und setzte sich selbst als Erben des Anwesens ein. Mr Ainsworth war der Anwalt des früheren Baronets.«

Ein Raunen erhob sich. Fast jeder machte seiner Überraschung mit einem Ausruf Luft.

Daniel sah unwillkürlich in die Ecke der Küche neben der Feuerstelle, wo das Mädchen bei den Mahlzeiten immer gesessen hatte. Alle folgten seinem Blick und den meisten von ihnen fiel jetzt erst auf, dass sie weg war.

»Wo ist sie eigentlich hin?«, fragte Lizzie.

»Die ist garantiert abgehauen, sobald der Herr weg war. Ich hab sie seit dem Mittag nicht mehr gesehen«, antwortete Fanny schnippisch.

Daniel sagte darauf nichts. Er wollte nicht derjenige sein, der den anderen eröffnete, wen sie all die Jahre so abscheulich behandelt hatten.

»Sollten wir sie nicht suchen?«, schlug Lizzie zaghaft vor, woraufhin Fanny in höhnisches Gelächter ausbrach.

»Sie suchen? Sei doch froh, dass die kleine Hexe endlich weg ist!«

»Wir werden ja sehen, wie froh du darüber bist, wenn wir das nächste Mal Wäsche machen«, murmelte Ellie leise.

Daniel warf Russell einen scharfen Blick zu, doch der saß schweigend da und starrte finster vor sich hin.

Ellie stand auf. »Geht jetzt ins Bett, alle. Es bringt uns gar nichts, hier herumzusitzen. Morgen ist ein neuer Tag. Für heute reicht es.«

Die Angestellten erhoben sich mit leisem Gemurmel. Daniel legte kurz seine Hand auf Ellies Arm, dann stand auch er auf und schleppte sich müde aus der Küche. Wie aus weiter Ferne hörte er noch, dass Russell etwas von dem Whiskey faselte. Sollte er sich doch betrinken, Daniel war es egal. Er wollte nur noch schlafen.

Am nächsten Morgen wachte Daniel erstaunlich ausgeruht auf und versorgte wie immer zuerst die Pferde. Der vergangene Tag fühlte sich an wie ein böser Traum, wenn da nicht seine schmerzende Kopfhaut gewesen wäre. Auch sein Knie protestierte leicht, als er die Wassereimer zu den Pferden schleppte. Er musste sich dringend etwas einfallen lassen, wie er Wasser aus dem Bach in die Ställe leiten konnte. Er lachte in sich hinein. So was Verrücktes! Kein Mensch wusste, wie es mit dem Anwesen weiterging, und er überlegte, wie er sich die Arbeit erleichtern konnte. Als Oliver mit den beiden Burschen auftauchte, erklärte er ihnen in knappen Worten, was am Abend zuvor geschehen war. Die Jungen nahmen es kommentarlos zur Kenntnis und liefen dann zum Frühstück, während Oliver eine ganze Zeit lang der Mund offen stand. Als er ihn wieder zuklappte, lag Angst in seinen Augen.

»Was wird aus uns?«, fragte er leise und betrachtete die Reihe der Pferde, die zufrieden an ihrem Heu kauten.

»Das weiß im Moment keiner«, gab Daniel zu. Er legte dem Knecht die Hand auf die Schulter. »Hab Vertrauen. Gott wird uns schon nicht im Stich lassen.«

Oliver wirkte nicht sonderlich beruhigt und ließ den Kopf hängen. »Ich habe doch gerade erst hier angefangen. Es ist eine gute Stellung.« Er sprach nicht weiter.

»Komm. Wir gehen erst einmal frühstücken. Und dann sehen wir weiter.«

Auch in der Küche herrschte gedrückte Stimmung. Wer die Ereignisse am Abend zuvor verpasst hatte, war inzwischen eingeweiht und die Unsicherheit stand allen ins Gesicht geschrieben. Was würde mit ihnen geschehen? Was würde aus dem Anwesen werden?

Einzig Ellie schien einigermaßen zuversichtlich zu sein. »Nun lasst doch nicht alle die Flügelchen hängen. Geht an die Arbeit, die hat sich über Nacht nicht in Luft aufgelöst. Was auch immer geschehen wird, wir müssen hier alles am Laufen halten. Die Tiere wollen gefüttert werden, die Kühe gemolken, das Gemüse gegossen und die Kartoffeln geschält, denn sonst gibt es kein Essen. Und essen wollt ihr doch, oder?« Nach und nach schickte sie jeden mit einer Aufgabe los. Auch Daniel wollte sich aufmachen, aber Ellie hielt ihn zurück. »Du musst das Ruder in die Hand nehmen, Daniel«, sagte sie leise und legte vertraulich eine Hand auf seinen Arm.

»Ich?«, fragte er erschrocken.

»Ja, du«, bestätigte sie mit Nachdruck. »Du bist derjenige, der am besten über das Anwesen Bescheid weiß. Der Herr hat alles mit dir besprochen, oder etwa nicht? Niemand sonst hat so einen Überblick wie du. Wir anderen, wir haben unsere kleinen Bereiche, wo wir uns auskennen. Aber du … du bist weit mehr als ein Stallmeister. Selbst die Pächter fragen inzwischen nach dir. Ist dir das noch nicht aufgefallen?«

Daniel stand unschlüssig da. Er war doch nur er, ein einfacher Kerl, Sohn eines Tischlers.

Ellie schien seine Gedanken in seinen Augen zu lesen, denn sie lächelte ihn so liebevoll an, als wollte sie ihn gleich in den Arm nehmen. Tatsächlich legte sie ihm eine Hand an die Wange. »Du bist ein guter, bescheidener Junge, Daniel Huntington. Das habe ich von Anfang an gedacht. Und genau das ist der Grund, warum die Leute sich in letzter Zeit lieber an dich gewendet haben als an den Baronet. Sie hatten alle Angst vor ihm, vor seiner Willkür und seinen Wutausbrüchen. Aber du? Du hast ein gutes Herz und bist noch dazu sehr fleißig. Dir vertrauen sie. Gib ihnen Zuversicht in ihrer Unsicherheit. Sie sind wie verirrte Schafe. Sie brauchen dich.«

»Aber ich ...«

»Wir beide werden alles zusammenhalten, Daniel. Mit Herz und Verstand. Brigham Hall ist es wert, dass wir unser Bestes geben, um es zu erhalten. Egal was passiert – es ist unser Zuhause. Unsere Chancen stehen viel besser, wenn wir uns als treu und tüchtig erweisen.« Sie hielt seinen Blick mit ihrem gefangen, bis er schließlich nickte. »Du könntest die Pferde doch nicht sich selbst überlassen, oder?«, fügte sie noch hinzu, obwohl sie ihn längst überzeugt hatte.

Er lachte zaghaft. »Niemals«, sagte er und spürte, wie eine stolze Erregung von ihm Besitz ergriff. Die Möglichkeiten …

Ihm wurde fast schwindelig.

Die Flut an gegenläufigen Gefühlen, die durch seinen Körper rauschte, versetzte ihn in einen seltsam entrückten Zustand. Obwohl er wie immer seine Anweisungen erteilte, mit den Pferden beschäftigt war und die nötigen Entscheidungen traf, arbeitete sein Verstand auf Hochtouren. Wie sollte er es anstellen, die Geschicke des Anwesens in seine Hände zu nehmen? Wie würden die anderen Bediensteten reagieren, wenn er ihnen Aufgaben auftrug? Wenn er Entschlüsse fasste und sie ihnen mitteilte? Er war doch einer von ihnen, sie mussten nicht tun, was er sagte. Er war dabei voll und ganz auf ihren guten Willen angewiesen. Und er kannte mindestens zwei Personen, von denen er in dieser Hinsicht nichts zu erwarten brauchte. Würden die anderen hinter ihm stehen? Vielleicht gab es jemanden, der besser geeignet war als er.

Hin und her sprangen seine Gedanken, aber immer war da dieses aufgeregte Kribbeln, der Wunsch, sich zu beweisen. Konnte er es? Konnte er einen so komplexen Organismus wie Brigham Hall führen? Es gab so unendlich viel mehr zu berücksichtigen als in einem Stall mit Zucht, und das war schon schwierig genug. Aber er hatte es gemeistert. Wenn er das schaffte, dann klappte es vielleicht auch auf größerer Skala.

Seine Gedanken wurden von einer Kutsche unterbrochen, die in den Hof rollte. Ein hoffnungslos übermüdeter Mr Ainsworth stieg aus. Tiefe Ringe zeichneten sich unter seinen Augen ab und seine ganze Haltung zeigte, dass er am Ende seiner Kräfte war. Daniel rannte fast auf ihn zu und geleitete ihn ins Haus, wo er ihn aus Ermangelung einer besseren Idee ins Arbeitszimmer brachte. Es war der einzige Raum im Haus, außer der Küche, der ihm absolut vertraut war. Er bot Mr Ainsworth einen Sessel vor dem Kamin an und eilte dann zu Ellie, damit sie den Gast mit Tee und Gebäck wieder aufpäppelte. Danach setzte er sich zu ihm.

»Irgendwelche Neuigkeiten?«, fragte er und sah den Anwalt erwartungsvoll an.

Ainsworth zog ein Taschentuch aus der Innentasche seiner Jacke und wischte sich die Stirn. »Er ist irre«, sagte er heiser. »Der

Richter hat ihn heute früh kurz nach Sonnenaufgang befragt. Die Nacht im Arrest muss seiner labilen Psyche den Rest gegeben haben. Er hat getobt und gedroht, den Richter mit bloßen Händen zu erwürgen. Zwei starke Männer wurden gebraucht, um ihn zu bändigen. Bis der Richter ihn zum Strang verurteilt hat. Dann war er ruhig. Sie haben das Urteil aber noch nicht vollstreckt.« Mr Ainsworth schüttelte traurig den Kopf. »Wie konnte es nur so weit mit ihm kommen?«, flüsterte er und wischte sich erneut mit dem Tuch über die Stirn.

Daniel saß da wie versteinert. »Ich bin an allem schuld«, sagte er hölzern.

Der Kopf des Anwalts fuhr hoch. Im nächsten Moment lehnte er sich vor und packte Daniels Arm. »Was reden Sie denn da? Der Mann war schon wahnsinnig, lange bevor Sie ihn gekannt haben! Sie haben mit der ganzen Sache am allerwenigsten zu tun!«, rief er.

»Aber wenn ich nicht ...«

Ainsworth unterbrach ihn. »Wenn Sie nicht so aufmerksam gewesen wären, wäre das arme Mädchen immer noch in der Gewalt dieses Irren! Nein, Huntington, Sie haben genau das Richtige getan. Er hat sein Schicksal selbst besiegelt – und zwar mit voller Absicht.«

»Warum schnürt es mir dann die Kehle zu?«, wollte Daniel fragen, tat es aber nicht. Im Grunde wusste er ja, was das Problem war. Auch diese Gedanken waren ihm den ganzen Morgen durch den Kopf gegeistert. Er hatte mit Riley eine Art Freundschaft entwickelt. Der Mann hatte ihm Möglichkeiten eröffnet, die er selbst nie in Betracht gezogen hatte. Er hatte ihn geschult. Und ihm vertraut. Das war der eigentliche Knackpunkt, der Daniel so zu schaffen machte. Riley hatte ihm vertraut und er hatte ihn verraten.

»Wie geht es ihr?«, fragte er, um seine schuldbeladenen Gedanken in eine andere Richtung zu lenken. Mr Ainsworth seufzte tief. »Sie befindet sich, glaube ich, in einem ganz unwirklichen Schockzustand. Sie spricht noch immer nicht, sitzt nur da und starrt geradeaus.« Er stockte und wischte sich die Augen. Dann blickte er Daniel direkt an. »Solange das noch so ist, bin ich ihr Vormund. Nat hat mir damals alle entsprechenden Rechte eingeräumt. Ich habe die Papiere dabei, wenn Sie sie sehen wollen?«

»Nein, ich … ich glaube Ihnen das«, erwiderte Daniel verwirrt.

»Mr Huntington, in meiner Funktion als Vormund muss ich einige Entscheidungen treffen, bei denen ich Ihre Hilfe benötige. Es sei denn, Sie sagen mir, dass es jemanden hier auf dem Anwesen gibt, der besser Bescheid weiß als Sie. Wer war Rileys rechte Hand?«

»Das war wohl ich«, sagte Daniel tonlos. Er war froh, dass er saß, denn seine Knie wurden weich. Gleichzeitig meldete sich das aufgeregte Kribbeln wieder und verursachte ein flaues Gefühl in seinem Magen.

»Das hatte ich gehofft, Mr Huntington. Ich möchte Sie als Verwalter des Anwesens einsetzen, bis entweder Dame Arabella die Belange selbst in die Hand nehmen kann oder eine andere Lösung gefunden werden muss. Wären Sie dazu bereit?«

Brigham Hall, den 28. Juli 1711

Mutter,

der Herr steh mir bei! Die Ereignisse hier haben sich überschlagen. Wie Du aus dem angefangenen Brief von vorgestern entnehmen kannst, den ich dir beigelegt habe, ist Arabella in Sicherheit. Jedoch ist Mr Ainsworth sehr besorgt. Sie scheint zwar etwas gefasster, spricht aber noch immer nicht.

Mr Ainsworth hat gestern lange mit mir geredet. Der Mann, den ich als Baronet Brigham kennengelernt habe, ist im Gefängnis. Er hat seine vielfältigen Verbrechen ohne Umschweife zugegeben, sobald der Wachtmeister und Mr Ainsworth ihn damit konfrontierten. Er hieß das Todesurteil willkommen und warf Mr Ainsworth sogar vor, ihn nicht früher überführt zu haben. So viele Jahre hat er als unrechtmäßiger Eigentümer des Anwesens gelebt – und in nur wenigen Momenten war es ein für alle Mal vorbei. Das Ausmaß seines Wahns wird mir allmählich immer mehr bewusst und viele seiner Reaktionen, die mir immer rätselhaft erschienen, ergeben nun einen Sinn.

Er wurde als Junge bei einem Unfall entmannt und musste nun so sein Dasein fristen – eine grässliche Vorstellung. Immer wieder frage ich mich, wie ich in seiner Situation empfunden hätte. Wäre ich glücklich gewesen, überlebt zu haben, oder hätte ich mir – wie er – den Tod gewünscht? Ich kann es nicht sagen.

Sein ganzes Handeln, der Mord an seinem Herrn, die Entführung des Mädchens, das gefälschte Testament – alles war darauf angelegt, ihn an den Galgen zu bringen. Aber er war zu schlau. Sein Plan war zu gut durchdacht, also wurde er nicht überführt und musste nun seine Rolle als Baronet Brigham ausfüllen. Er war zu ehrgeizig, um sich selbst anzuzeigen. Eine kuriose Ambivalenz. So sehr er sich wünschte, seinem Leben ein Ende zu setzen, so sehr strebte er nach Erfolg. Er hat Brigham Hall gut geführt.

Und jetzt soll ich seine Nachfolge antreten. Ja, Mutter, Du hast richtig gelesen. Arabella ist die rechtmäßige Erbin und Baronetess, denn es gibt keine anderen männlichen Verwandten, die das Anwesen übernehmen könnten. Ihr Vater hat sie im ursprünglichen Testament eindeutig als Alleinerbin eingesetzt, was äußerst ungewöhnlich ist. Mr Ainsworth versicherte mir immer wieder, dass ihr Vater das mit voller Absicht tat und ihr zutraute, das Anwesen zu führen. Dazu ist sie allerdings derzeit nicht in der Lage, also hat mich Mr Ainsworth als ihr Vormund gebeten, als Verwalter zu fungieren. Ich habe vom Baronet als Einziger die Kenntnisse vermittelt bekommen, die für die Führung von Brigham Hall nötig sind. Mr Ainsworth wird mich in allen rechtlichen und geschäftlichen Belangen unterstützen.

Ich weiß, ich darf bei Dir immer ehrlich sein. Ich habe Angst, Mutter. Diese Aufgabe ist viel zu groß für mich. Doch sehe ich auch, dass Gott mich hier beruft und ich ihm dienen darf. Die Köchin hat mir etwas gesagt, das meine Gedanken in diese Richtung gelenkt hat. Sie sagte, die Angestellten wären wie verirrte Schafe. Das kann ich bestätigen, wenn ich in ihre ängstlichen Gesichter sehe. Jeder fragt sich, was die Zukunft bringen wird. Alle haben Angst, ihre Stellung zu verlieren und dieses schöne Anwesen verlassen zu müssen. Ich kann vorübergehend ihr Hirte sein, mit Gottes Hilfe.

In diesem Sinne will ich mich der Aufgabe stellen und sie ausfüllen, so gut ich kann. Deine lieben Worte bei unserem Abschied vor so vielen Jahren werde ich immer in meinem Herzen tragen: »Du kannst nur dein Bestes geben. Wenn du das tust, kann dir niemand etwas vorwerfen.«

Genau das will ich tun. Bete für mich, Mutter. Und bete bitte auch für Arabella.

In Liebe,
Daniel

15. Verwalter

Mr Ainsworth blickte auf die Versammlung der Angestellten von Brigham Hall und räusperte sich. Der Salon war großzügig bemessen und hätte bequem auch doppelt so viele Menschen fassen können, aber da Baronet Brigham sich aus dem gesellschaftlichen Leben fast völlig herausgehalten hatte und unverheiratet gewesen war, war er mit wesentlich weniger Bediensteten ausgekommen als die meisten anderen Männer seines Standes.

Mr Ainsworth räusperte sich noch einmal und das aufgeregte Gemurmel verstummte. »Wie Sie sicherlich inzwischen alle wissen, wurde Ihr Arbeitgeber für die Verbrechen, die er begangen hat, eingesperrt. Ihm droht der Tod durch den Strang.« Er steckte einen Finger in den Kragen seines Hemdes und versuchte, sich so etwas mehr Luft zu verschaffen. Es war ein heißer Sommertag und seine Aufgabe ließ ihn zusätzlich schwitzen. »Vorerst muss sich keiner von Ihnen Sorgen machen. Es gibt eine rechtmäßige Herrin auf Brigham Hall, Dame Arabella Alexandra Brigham, die Tochter des Baronets, der von Riley ermordet wurde – dem Mann, den Sie als Baronet Brigham kannten. Leider wird es noch unbestimmte Zeit dauern, bis Dame Arabella die Führung von Brigham Hall übernehmen kann. Bis dahin werden Sie alle weiter hier beschäftigt werden und die Ihnen bekannten Aufgaben ausführen. Es ist in Ihrer aller Interesse, das Anwesen für die Rückkehr von Dame Arabella in bestem Zustand zu erhalten.«

»Eine Frau als Herrin eines Anwesens?«, platzte Russell heraus. »Das habe ich ja noch nie gehört!«

Mr Ainsworths Lippen wurden schmal. »In der Tat, eine Frau. Da es keine männlichen Verwandten gibt, die Brigham Hall erben könnten, und der Baronet seine Tochter im mir vorliegenden Testament ausdrücklich als Alleinerbin eingesetzt hat, gibt es jetzt eine Baronetess.«

»Wo kommt die denn plötzlich her?«, murmelte Fanny.

»Haben Sie eine Frage?«, sprach Mr Ainsworth sie an.

Fanny schüttelte den Kopf.

Der Anwalt atmete tief durch und fuhr dann fort. »Kraft meines Amtes als Vormund und Anwalt der Baronetess ernenne ich Mr Huntington bis auf Weiteres zum Verwalter von Brigham Hall. Er besitzt mein vollstes Vertrauen und ist weisungsbefugt, also müssen Sie tun, was er sagt.«

»Ich bin schon viel länger hier als er!«, rief Russell empört und trat einen Schritt vor.

Daniel vermied es, in seine Richtung zu sehen.

»Das mag sein, jedoch hat Riley Mr Huntington in alle Entscheidungsfragen und Arbeitsabläufe mit hineingenommen, sodass er sich am besten auskennt.« Mr Ainsworth sah Russell fest in die Augen.

»Wenn Sie mit diesem Arrangement nicht einverstanden sind, räume ich Ihnen selbstverständlich ein außerordentliches Kündigungsrecht ein. Sie werden nicht gezwungen, bis zum Ablauf der Vertragsdauer zu bleiben.«

Jetzt hörte Daniel doch auf, das Teppichmuster zu studieren. Ainsworth war über Russells Taten im Bilde und diese Vorgehensweise hatten sie abgesprochen. Daniel hoffte inständig, dass Russell jetzt die Gelegenheit beim Schopfe ergreifen und sich eine neue Stelle suchen würde.

Doch den Gefallen tat er ihm nicht. Er schnaubte nur verächtlich durch die Nase und reihte sich wieder unter den Bediensteten ein.

»Können Sie uns garantieren, dass wir unsere Stelle behalten, wenn die Baronetess kommt?«, wollte Ellie wissen. Sie sah dabei mehr Daniel als Mr Ainsworth an.

»Das kann ich nicht. Wie Dame Arabella mit Ihnen weiter verfahren wird, liegt allein in ihrem Ermessen.«

Ein erschrockener Schluchzer drang aus Lizzies Kehle, bevor sie ihn unterdrücken konnte.

Ellie legte den Arm um sie. »Hab keine Angst, es wird schon alles gut«, versuchte sie sie leise zu beruhigen, während sie Fanny einen vernichtenden Blick zuwarf. Die hatte schon den Mund für eine bissige Bemerkung geöffnet, klappte ihn aber wohlweislich wieder zu.

»Nun, wie ich schon sagte«, meldete sich Mr Ainsworth wieder zu Wort, »für den Moment müssen Sie sich keine Sorgen machen. Alles läuft weiter wie bisher. Sollten Sie noch Fragen haben, wenden Sie sich gern an Mr Huntington oder an mich, wenn ich hier bin. Sie dürfen wegtreten.«

Während alle den Salon verließen, kam Willie zögernd auf Daniel zu, der mit Mr Ainsworth noch einiges zu besprechen hatte.

»Ja, Willie? Hast du noch eine Frage?«, fragte Daniel.

»Hab ich was falsch gemacht, Sir?« Der ängstliche, tränenverschleierte Blick des Jungen schnitt ihm ins Herz.

»Nein, Willie, du hast nichts falsch gemacht! Es ist alles in Ordnung.« Er strich ihm mit der Hand über die zerzausten Haare.

»Wo ist denn der Baronet jetzt? Ich verstehe das alles nicht.«

Daniel schluckte. »Der Baronet ist im Kerker, Willie. Er hat jemanden getötet und deswegen ist er vor den Richter gekommen. Der hat ihn zum Tode verurteilt.«

»Und jetzt bist du der neue Baronet, Sir?«

»Nein, Junge«, schaltete sich Mr Ainsworth ein. »Mr Huntington ist nur ein Verwalter. Er passt auf alles auf, bis jemand Neues kommt. Die Baronetess, von der ich eben gesprochen habe.«

»Wann kommt die denn?«

»Das wissen wir nicht so genau. Und nun geh, Willie. Soweit ich weiß, müssen die Pferde im Stall noch getränkt werden. Kümmer dich darum. Bei der Hitze trinken sie viel mehr als sonst.« Er gab dem Jungen noch einen aufmunternden Klaps auf die Schulter und war froh, als er sich tatsächlich trollte.

Thunderboy schnaubte ungeduldig und zog gegen den Zügel. Auf dem Feldweg vor ihnen zuckelte ein Bauer mit seinem Ochsengespann her. Daniel hätte ihn überholen können, aber dann hätte er ins Feld reiten müssen. Er wollte das wertvolle Korn nicht zertrampeln. Es musste einer der Pächter sein, der eine große Ladung Heu zur Scheune fuhr. Sollte er ihn ansprechen und sich ihm als Verwalter vorstellen? Daniel war sich noch immer nicht ganz sicher, was er in Bezug auf die Pächter zu tun hatte. In diesen Bereich hatte Riley ihn kaum einbezogen, aber er wusste, dass er oft ausgeritten war, um die Felder und Höfe zu kontrollieren.

Als ein kleinerer Weg links abzweigte, bog Daniel ab und galoppierte den Hengst an. Er konnte sich jetzt nicht mit dem Pächter befassen. Ihm schwirrte noch immer der Kopf von all den Dingen, die Mr Ainsworth ihm erklärt hatte. Um nicht völlig zu verzweifeln, hatte er beschlossen, Thunderboy zu bewegen. Der durfte nach seinem langen Ritt mit Riley keinesfalls nur herumstehen. Nach einem kurzen Galopp fiel der Hengst von allein wieder in Schritt. Es war wirklich sehr heiß und Daniel machte sich schon bald wieder auf den Heimweg. Trotzdem hatte es ihm gutgetan, mal für eine kurze Zeit aus allem rauszukommen und ohne Störung seinen Gedanken nachhängen zu können.

Mr Ainsworth hatte ihm immer wieder versichert, dass niemand von ihm erwartete, alles sofort zu wissen und zu können. »Machen Sie es so gut Sie können. Mehr verlange ich nicht. Wir werden alle Fehler machen und daraus lernen«, hatte er gesagt.

Daniels größtes Problem war, dass er nicht wusste, wie er sich jetzt den anderen Angestellten gegenüber verhalten sollte. Durfte er noch mit ihnen essen, sich unter sie mischen, mit ihnen scherzen? Der Verwalter an seiner früheren Arbeitsstelle hatte das nie getan. Wenn er so darüber nachdachte, wusste er gar nicht, wann und mit wem der Mann gegessen hatte.

Und dann war da ja noch Arabella. Dame Arabella. Daniel versuchte sich vorzustellen, wie sie jetzt aussah. Es gelang ihm nicht. Vor seinem inneren Auge erschien immer wieder das Bild der stummen Magd in ihren zerschlissenen Sachen, die Locken zerzaust vom Wind, die Finger gerötet und rau vom Waschwasser. Konnte sie nach all dem in ein Leben als feine Dame zurückfinden?

Das Klappern der Hufeisen auf Stein zog seine Aufmerksamkeit ruckartig wieder ins Hier und Jetzt. Sie waren am Stall angekommen. Thunderboy wieherte einmal kräftig und schien zufrieden über die Antworten, die er aus verschiedenen Richtungen bekam. Daniel lachte und klopfte ihm den verschwitzten Hals.

»Willie?«, rief er und sah den Jungen aus der Reithalle kommen. »Was hast du denn da drin gemacht?«

Willie sah ihn schuldbewusst an. »Ich habe geharkt?«, erwiderte er unsicher.

Daniel schwang sich aus dem Sattel und beugte sich zu dem Jungen hinunter.

»Wenn ich da jetzt reingehe, sehe ich dann, dass du geharkt hast?«, fragte er fast flüsternd.

Willie schluckte und schüttelte den Kopf.

Daniel sah ihn streng an und gab ihm dann die Zügel in die Hand. »Hier, tu etwas Nützliches. Nimm ihm das Zaumzeug ab und dann wäschst du ihn gründlich und bringst ihn auf seine Weide.«

»Aber dann wälzt er sich doch und wird wieder dreckig!«, protestierte Willie.

»Ja, und dann darfst du ihn nachher noch mal putzen. Das kommt davon, wenn man im Sand spielen geht, statt seine Arbeit zu erledigen.«

Willie schaute betreten zu Boden und zog den Hengst dann hinter sich her zur Putzstelle.

»Ich muss mich um mindestens zwei neue Stallknechte kümmern«, dachte Daniel im Stillen. Mit den vielen anderen Aufgaben, die er jetzt wahrnehmen musste, würde er viel weniger Zeit im Stall verbringen können und Oliver konnte nicht alles allein machen.

Wie auf Kommando stand Oliver plötzlich vor ihm. »Sir?«, sagte er in seiner ruhigen Art. »Darf ich eine Bitte äußern?«

Daniel atmete tief durch. »Natürlich, Oliver, was gibt es?«

»Ich habe mich gefragt, ob ich ein eigenes Zimmer bekommen kann. Ich bin ja als Stallknecht hier und nicht als Kindermädchen.«

Daniel nickte sofort. »Das stimmt, Oliver. Das verstehe ich. Ich … ich überlege mir was.«

»Muss ja auch nicht heute oder morgen sein«, warf der andere Mann ein. »Nur auf Dauer gesehen hätte ich schon gern wenigstens nachts meine Ruhe.« Damit ging er wieder an die Arbeit. Daniel seufzte und setzte das Anliegen auf seine stetig länger werdende Liste von Dingen, um die er sich kümmern musste.

Beim Abendessen spürte Daniel die prüfenden Blicke der anderen. Die Stimmung war noch immer gedämpft und es wurde kaum gesprochen. Er aß so schnell er konnte und verabschiedete sich mit einer gemurmelten Entschuldigung. Wie jeden Abend ging er in das Arbeitszimmer, doch diesmal war keine Lampe entzündet und das Stehpult am Fenster war leer. Einen Moment lang stand er hilflos mitten im Raum, überwältigt von der schieren Größe der Aufgabe, die man ihm auferlegt hatte. Dann schüttelte er sich einmal. Einen Schritt nach dem anderen.

Er suchte Tintenfass und Feder aus dem Schreibtisch und holte das Buch aus dem Regal. Es war ihm immer unangenehm gewesen, an dem hohen Pult zu stehen, also setzte er sich an den Schreibtisch und schlug das Buch auf. Was gab es heute zu berichten? Ellie war nicht auf dem Markt gewesen, so viel war klar. Pferde hatten sie nicht verkauft und auch sonst kein Vieh. Daniel grübelte. Wo hatte der Baronet nur die ganzen Informationen herbekommen, die er tagtäglich in das Buch eingetragen hatte? War das überhaupt nötig? Daniel legte die Feder wieder weg und stützte den Kopf in beide Hände.

Er konnte das nicht. Verzweiflung schnürte ihm plötzlich die Kehle zu.

»Was hast du dir nur dabei gedacht, Herr?«, flüsterte er. Da schoss ihm plötzlich der Name David durch den Kopf. David? Der David aus der Bibel? König, Feldherr, Herrscher über das

Volk Israel? Daniel ließ seine Hände sinken und starrte blind auf die Seiten des Buches. Das war er alles nicht, weder Feldherr noch König und schon gar kein Herrscher.

»Hirte.« Das Wort stand in seinem Kopf wie ein Fremdkörper, doch dann nahm es Gestalt an. Ein Junge mit einem Hirtenstab, in der Hand ein paar flache Kiesel, am Gürtel eine Steinschleuder. So hatte David angefangen. Er war nicht als König geboren worden, Gott hatte ihn dazu gemacht.

Ein leises Klopfen drang an seine Ohren, dann öffnete sich die Tür und Ellie steckte den Kopf herein. Als sie Daniel am Schreibtisch sah, trat sie ein und schloss die Tür hinter sich. »Ist alles in Ordnung?«, fragte sie.

Daniel zuckte nur hilflos die Schultern und seufzte tief.

Ellie setzte sich auf einen der Stühle, die vor dem Schreibtisch standen. »Erzähl mir alles«, sagte sie nur.

Daniel dachte, dass er gar nicht wusste, was er erzählen sollte, aber dann sprudelte plötzlich alles aus ihm heraus, wirr und ungeordnet. Seine Zweifel, seine Unwissenheit, die verschiedenen Anfragen und Anforderungen und zuletzt sogar die Eindrücke, die er gerade eben erst gehabt hatte.

Ellie hörte sich alles an, ohne ihn zu unterbrechen. Als er nicht mehr weitersprach, nickte sie bedächtig. »Ich glaube, du machst dir zu viele Gedanken«, sagte sie schmunzelnd. Sie wischte seine Proteste mit einer Handbewegung weg. »Eines musst du wissen, Daniel Huntington«, fuhr sie fort, nun wieder ernst. »Du bist nicht allein. Es ist nicht deine Aufgabe, es ist *unsere* Aufgabe. Alle, die wir hier leben, müssen es gemeinsam meistern. Ganz praktisch sieht es so aus: Jeder musste dem Baronet Bericht erstatten, wenn er etwas ge- oder verkauft hatte. Das galt für mich, den Gärtner, die Pächter, auch dich. Und so wird es auch weiterhin sein. Der Baronet war viel auf dem Anwesen unterwegs und hat mit den Pächtern gesprochen, deswegen kamen sie selten her. Wo ich vorher gearbeitet habe, war das anders. Da musste jeder beim Herrn vorsprechen und seinen Bericht abgeben. Wenn jemand das nicht tat, gab es Ärger.«

Daniel hörte aufmerksam zu.

»Du entscheidest, wie es laufen soll. So wie es dir am einfachsten erscheint.« Ellie gab ihm einen Moment Zeit, um diesen Gedanken zu verinnerlichen. Als er langsam nickte, setzte sie an einem neuen Punkt an. »Was die anderen Angestellten und auch Oliver angeht, so wäre es meines Erachtens am besten, du würdest nun doch in die Stallmeisterhütte umziehen. Dann kann Oliver deine Kammer haben und du hast einen Ort, an dem du dich zurückziehen kannst und wo du auch essen kannst. Denn du hast recht, die anderen sehen dich nicht mehr als ihresgleichen. Eigentlich warst du das vorher schon nicht, denn der Stallmeister gehört ebenso zur Führung des Anwesens wie die Köchin. Bei mir ist es aber so, dass ich für ihr leibliches Wohl sorge, deswegen kann ich immer dabei sein und sie respektieren mich trotzdem. Für dich ist es leider anders, besonders wegen Russell und Fanny. Die beiden zerreißen sich das Maul über alles und im Moment besonders über dich. An deiner Stelle würde ich sie rauswerfen. Russell hat sowieso nichts zu tun.«

»So viel Macht habe ich nicht. Mr Ainsworth hat ganz klar gesagt, dass er die Personalentscheidungen der Baronetess überlassen will. Mit den beiden werde ich leben müssen.«

Ellie nickte. Einen Moment lang sah sie so aus, als wollte sie etwas fragen. Doch dann sagte sie nur: »Das hatte ich befürchtet. Fanny wird das kleinere Problem sein, denn dadurch, dass das Mädchen weg ist, muss sie jetzt die Wäsche machen. Da ist sie gut beschäftigt. Aber Russell? Er hat ja früher schon den halben Tag nur herumgelungert. Jetzt tut er gar nichts anderes mehr.«

»Wurde er mal zur Ernte herangezogen?«, wollte Daniel wissen.

Ellie brach in schallendes Gelächter aus. »Russell und Ernte? Um Himmels willen, nein! Allein die Vorstellung!«

Daniel konnte nicht darüber lachen. Wo konnte er Russell einsetzen? In welchem Bereich würde er hilfreich sein, aber keinen Schaden anrichten, wenn er seine Arbeit nicht tat? »Wer ist eigentlich für das Feuerholz zuständig«, fragte er.

»Harry«, erwiderte Ellie prompt. »Guter Gedanke«, fügte sie dann noch hinzu.

Harry gab nicht viel auf Russells Geschwätz und ließ sich durch nichts aus der Ruhe bringen. Daniel wusste, dass er in den letzten Wochen einige Bäume im Wald gefällt hatte, die verarbeitet werden mussten. Daniel nickte zufrieden. Gemeinsam würden sie Russell schon ans Arbeiten kriegen.

Brigham Hall, den 2. August 1711

Liebe Mutter,

es fällt mir so schwer. Alles, alles fällt mir so schwer. Ich ertappe mich dabei, wie ich mich in den Stall flüchte, in meine vertraute Umgebung, das, was ich kenne, was ich weiß, nur um nicht über all die Entscheidungen nachdenken zu müssen, die gefällt werden wollen.

Ellie hilft mir viel, nimmt mir die Angelegenheiten im Haus ab, wo ich gar nicht weiß, was alles nötig ist. Am Rande bekomme ich mit, dass Räume gelüftet werden müssen, Fenster gereinigt, Böden geschrubbt, Teppiche ausgeklopft. Sicher lachst Du mich jetzt aus, weil Du all diese Dinge weißt, aber ich musste nie einen Gedanken daran verschwenden, außer was meinen persönlichen Bereich betrifft. Aber ich habe ja die gute Ellie, die mich immer wieder ermutigt.

Auch Mr Ainsworth hat sehr viel Geduld mit mir, obwohl ich ständig die gleichen Fragen stelle, weil ich bei der Fülle dessen, was ich mir merken soll, die Hälfte direkt wieder vergesse.

Ellie meinte, ich solle nun doch in Ole Petes Hütte ziehen, die mir ja zusteht, aber ich konnte mich noch nicht überwinden. Ich fühle mich überfordert und gleichzeitig einsam, trotz der Hilfe, die ich habe. Aber es ist nicht mehr das Gleiche. Wo ich zuvor stolz war auf meine gehobene Position als Stallmeister, sehe ich nun die Kluft, die zwischen Bediensteten und ihren Herren besteht, mit ganz anderen Augen. Mir wird immer klarer, woher der Wahn des Baronets rührte – abgesehen von seiner unsäglichen Schuld. Von allen gefürchtet, von keinem geliebt, war er vollkommen einsam. Das bin ich Gott sei Dank nicht. Oliver ist mir eine Stütze und auch Harry, der Gärtner, steht mir mit viel mehr fachkundigem Rat zur Seite, als ich erwartet hätte.

Von Fannys zänkischer Zunge bekomme ich so gut wie nichts mehr mit, dafür sorgt Ellie, was mich sehr erleichtert. Mr Ains-

worth konnte mir noch nichts Neues von Dame Arabella mitteilen, außer dass sie an den Vorgängen auf dem Anwesen sehr interessiert zu sein scheint. Sie hört ihm aufmerksam zu, wenn er ihr Bericht erstattet, aber ansonsten sitzt sie wohl nur da und lässt sich umsorgen, ist oft in Gedanken versunken und spricht nach wie vor kein Wort.

Ich hatte überlegt, sie zu besuchen, habe den Gedanken aber wieder verworfen, ohne mit jemandem darüber zu sprechen. Ich weiß, sie ist in guten Händen, und habe selbst genug zu verkraften. Wie Vater immer zu sagen pflegt, jeder hat sein Päckchen zu tragen. Ich helfe ihr mehr, wenn ich mich hier um alles kümmere, so gut ich kann.

Danke für Deine Gebete!

In Liebe,
Daniel

16. Umzug

Daniel schob langsam die Tür auf und ließ sie offen, damit frische Luft in die Hütte strömen und den muffigen Geruch vertreiben konnte. Mitten im Raum blieb er stehen. Die Strohmatratze war entfernt worden, sodass das Bett seltsam kahl aussah. Ein alter, zerschlissener Sessel stand vor dem Kamin, rechts neben der Tür der Tisch mit zwei Stühlen. Ein großer Vorratsschrank verdeckte links einen Teil der Wand. Daniel ging hinüber, öffnete ihn und zuckte zurück. Der lang gezogene Schädel eines Pferdes lag auf dem obersten Regal, daneben einige Hufeisen, ein ganzer Huf, der einen unangenehmen Geruch verströmte, verschiedenfarbige Büschel von Pferdehaaren sowie einige Skelette von kleineren Nagetieren. In dem Regal darunter standen ein paar einfache Tonbecher und Teller, eine große und zwei kleinere Schüsseln und zwei grob geschnitzte Holzlöffel. Eine trockene Brotkruste lag noch in einer Ecke und im untersten Fach eine löchrige Wolldecke. Sonst war der Schrank leer.

Daniel schloss ihn wieder und ging zögernd zum Tisch. Er setzte sich auf einen Stuhl und legte die Hände auf die Tischplatte, die von einer leichten Staubschicht überzogen war. Gegenüber war ein Fenster, aus dem er Wiesen und eine Ecke von Brigham Hall sehen konnte.

Konnte er hier leben? Er stand wieder auf und trat an das Bett heran, um aus dem anderen Fenster zu sehen, das den Blick auf die Weiden freigab. Da waren die Stuten mit ihren Fohlen, die in der warmen Augustsonne platt auf der Wiese lagen, zu erschöpft, um zu toben. Daniel legte eine Hand auf den Holzpfosten des Bettes. Er hatte erwartet, hier eine tiefe Trauer zu empfinden, aber dem war nicht so. Tatsächlich war die Atmosphäre in der Hütte friedvoll und er spürte, wie er sich entspannte. Sein Blick wanderte zum Kamin. Er würde wohl in einen neuen Sessel investieren. Wenn er dann dort ein Feuer entfachte und nach getaner Arbeit davor lesen konnte … Das Bett würde er in die andere Ecke stellen und den Tisch unter das Fenster. Dann konnte er auf die Pferde schauen, wenn er zum Essen dort saß. Eine neue Matratze brauchte er auch, aber da hatte er schon vorgesorgt. Ein Lächeln huschte über sein Gesicht, als er an die Gesichter der Stallburschen dachte bei seinem Wunsch, dass das Winterfell der Pferde in alten Säcken gesammelt werden sollte. Sie hatten mehr als einmal gemurrt, aber sie hatten gehorcht. Jetzt musste er die Säcke nur noch waschen und trocknen und dann würde er sich seine neue Matratze nicht mit Stroh stopfen, sondern mit weichem, warmem Fell. Mit einem entschlossenen Nicken machte er sich daran, den Schrank auszuräumen. Danach würde er sich auf den Weg machen, um Lizzie zu suchen. Das Mädchen sollte die Hütte noch einmal gründlich putzen, dann würde er einziehen.

Die Tage verstrichen und Daniels Gefühl der Überforderung ließ so allmählich nach, dass er es erst bemerkte, als es fast weg war. Er hatte sich Listen gemacht mit den Dingen, die er erledigen musste, und mit vielen Pfeilen und Querverbindungen einen Plan ausgearbeitet, der es ihm erlaubte, mehrere Aufgaben miteinander zu kombinieren. Die Besuche bei den Pächtern eigneten sich zum Beispiel hervorragend für das Training der Jungpferde. Sie wurden an die verschiedenen Wege gewöhnt, mussten auf fremden Höfen still stehen und warten und waren so lange von ihrer Herde getrennt, dass sie gar nicht anders konnten, als sich auf Daniel einzulassen. Oft nahm er zwei Pferde mit, ritt eins auf dem Hin- und das andere auf dem Rückweg.

Die meisten Pächter reagierten positiv auf Daniel, auch wenn sie die Nachricht, dass es in Zukunft eine Baronetess geben würde, eher skeptisch aufnahmen.

Zunächst nutzte Daniel seine Runden dazu, die einzelnen Pächter etwas besser kennenzulernen. Er wusste, dass er hier noch Unterstützung brauchte, und fragte bei vielen um Rat. Dadurch kristallisierte sich sehr schnell heraus, wie die Männer gestrickt waren. Der Bauer Miller zum Beispiel, den Daniel im Zusammenhang mit der Sämaschine kennengelernt hatte und der dem Baronet eher misstrauisch gegenübergestanden hatte, erwies sich als jemand, der sich gut auskannte, mit vielen der anderen Pächter Kontakt hatte und bereit war, Verantwortung zu übernehmen. Stolz zeigte er Daniel die mit der Sämaschine eingesäten Felder, die dank der günstigen Wetterlage tatsächlich zu reifen begannen. Wenn das Wetter hielt, würden sie vielleicht doch noch eine späte Ernte einfahren können.

»Ich hätte ja nie gedacht, dass diese Maschine so einen großen Unterschied machen würde, aber jetzt bin ich vollkommen überzeugt. Ich habe schon den anderen Pächtern davon erzählt und ihnen die Felder gezeigt. Einige konnte ich überreden und sie wollen im Herbst ihre Felder mit der Maschine einsäen. Andere sind noch skeptisch, vor allem der komische Schotte.«

Daniel konnte sich nur zu gut vorstellen, wie der kleine, untersetzte Kerr in seinem Kilt dastand und über das neumodische Teufelszeug schwadronierte, ohne dabei seine Pfeife aus dem Mund zu nehmen. Mit dem hatte es schon öfter Ärger gegeben – oder vielmehr mit seinen Söhnen, die meinten, nach alter schottischer Sitte Vieh und Frauen einfach rauben zu können. Der Baronet hatte den Zusammenschluss Englands und Schottlands mehr als einmal verflucht und geschimpft, die Schotten hätten ihr Parlament und die Grenzen behalten sollen, anstatt sich von Westminster regieren zu lassen. Dann wäre Kerr vielleicht in Schottland geblieben. Angeblich hatte Kerr die Vereinigung von Schottland und England befürwortet und deswegen vor vier Jahren in den Süden fliehen müssen.

Aber anstatt von den Engländern mit offenen Armen empfangen zu werden, wurde er als Ausländer abgelehnt. Daniel hatte den Eindruck, dass Kerr einfach ein Mensch war, der sich grundsätzlich Feinde machte, egal aus welchem Grund. Aber die Unruhen an der schottisch-englischen Grenze waren so heftig gewesen, dass selbst er davon gehört hatte.

»Sie haben wirklich gute Arbeit geleistet, Miller«, sagte Daniel jetzt zu dem Pächter. »Kümmern Sie sich nicht um den Schotten, konzentrieren Sie sich lieber auf die, die einen Funken Interesse zeigen. Sie waren beim Einsäen ja dabei. Wir müssen überlegen, wie wir alles koordinieren. Wir haben nur eine Maschine, also muss deren Einsatz gut mit allen abgestimmt sein. Und einer muss sicherstellen, dass sie richtig benutzt wird und nicht kaputtgeht.«

»Oh, da weiß ich genau den Richtigen, Sir!«, rief Miller begeistert. »Der Sohn vom Harper, der mit dem kurzen Bein. Der kann ja nicht richtig schaffen auf dem Hof, was Harper übel zusetzt. Der sitzt den lieben langen Tag nur herum und werkelt an irgendwas. Ja, ich frage den George, ob er die Maschine betreut. Der wird sie in Schuss halten und wer weiß, vielleicht baut er Ihnen sogar noch eine! Der Junge ist geschickt in so was.«

Daniel lachte erfreut. »Das klingt gut. Vielleicht kann ich ihm sogar einen kleinen Lohn zahlen, wenn er die Koordination übernehmen kann. Dann wäre auch Harper geholfen.«

Der Pächter strahlte ihn an. »Oh, Sir, das wäre eine große Hilfe für die Familie!«

»Wo wir grad dabei sind, kennen Sie vielleicht noch einen tüchtigen Burschen, den ich bei den Pferden einsetzen könnte? Gern auch zwei. Wir haben viel zu wenige Hände in den Ställen.«

Miller überlegte angestrengt, schüttelte dann aber den Kopf. »Die Jungs werden alle auf den Höfen gebraucht, die kann keiner entbehren.«

Daniel winkte ab. »Ja, das habe ich mir schon gedacht.«

Er wollte sich schon daranmachen, wieder aufzusteigen, als Miller sagte: »Aber vielleicht fragen Sie mal bei Benson nach.«

Daniel stutzte. »Benson? Der hat einen Sohn?«

»Nein, das nicht, aber ...«

»Aber was?«

»Nun, er hat eine Tochter. Die sieht man nicht viel. Versteckt sich immer, wenn einer kommt. Sie ist als Kind ins Feuer gefallen, sieht ziemlich schlimm aus. Die wird keinen Kerl abkriegen und liegt dem Vater nur auf der Tasche. Er hat versucht, sie als Magd irgendwo unterzubringen, aber keiner will sie, weil sie so entstellt ist.«

»Und deswegen soll ich sie im Stall einstellen?«

»Na ja«, druckste Miller herum, »sie kann wirklich gut mit Tieren umgehen. Ist 'ne ganz Ruhige. Die hat sogar schon Rehe gezähmt! Ich könnte mir gut vorstellen, dass die ein Händchen für Pferde hat. Und 'ne Schubkarre schieben und Wassereimer schleppen kann sie allemal.«

Daniel saß auf und sortierte seine Zügel. »Danke, Mr Miller. Ich werde es mir überlegen.«

Im ersten Moment schien der Gedanke so abwegig, dass er gar nicht darüber nachdenken wollte. Doch dann erinnerte er sich an Arabella, dieses zierliche Mädchen, und was für schwere Arbeit sie jeden Tag verrichtet hatte. Und wie sie reiten konnte. Wenn Brigham Hall demnächst so eine Herrin haben würde, warum dann nicht auch eine Magd im Pferdestall?

Wann Arabella wohl kommen würde? Bei all der Arbeit hatte Daniel kaum Zeit, an die frühere stumme Magd zu denken. Doch wann immer er in die Küche kam und den leeren Schemel sah, auf dem sie immer gesessen hatte, gab es ihm einen Stich ins Herz. Er war vermutlich der Einzige, der sie vermisste. Nein, das stimmte nicht. Auch Lizzie und Ellie hatte er schon öfter dabei beobachtet, wie sie nachdenklich auf den Schemel starrten. Sie war nicht vergessen. Aber nur er wusste, wo sie sich befand – und wer sie war. Obwohl er seiner Mutter geschrieben hatte, dass er sich dagegen entschieden habe, hatte er noch mehrfach überlegt, ob er zu Mr Ainsworth reiten und sie besuchen sollte. Aber irgendetwas hielt ihn davon ab, eine innere Scheu, die er nur damit begründen konnte, dass sie eben keine Magd mehr war, sondern seine Herrin. Immer wieder versuchte er, sich auszumalen, wie sie sich ihm gegenüber geben würde, wenn sie zurückkehrte. Vergeblich. Vielleicht war es besser so.

ଔ

»Oliver?«

Der Knecht setzte den Huf des Pferdes ab und richtete sich auf. »Ja, Sir?«

»Ich habe das Zimmer oben geräumt. Es gehört dir. Du darfst dir gern nachher etwas Zeit nehmen, um deine Sachen rüberzubringen. Danke für deine Geduld.«

Oliver strahlte Daniel an. »Das ist doch kein Problem, bei den vielen Dingen, um die du dich jetzt kümmern musst.«

»Ja«, lachte Daniel und seufzte dann. »Eigentlich würde ich gern mit den Jungpferden arbeiten, aber Mr Ainsworth ist gerade gekommen. Hoffentlich fasst er sich heute mal kurz.«

Oliver nickte und hob den Huf des Pferdes wieder an. Daniel klopfte dem Tier noch kurz auf die Kruppe, dann machte er sich auf zum Arbeitszimmer, wo Mr Ainsworth schon auf ihn wartete.

Sie gaben sich die Hand und machten es sich vor dem Kamin bequem, obwohl dort kein Feuer brannte.

»Sie sehen gut aus«, stellte der Anwalt fest und musterte Daniel ausgiebig. »Selbstsicherer als noch vor wenigen Wochen. So langsam bekommen Sie Boden unter die Füße, hm?«

»Nun, so langsam, ja. Es gibt ein paar erfreuliche Entwicklungen, von denen ich hoffe, dass sie im Sinne der Baronetess sind. Wie geht es ihr?«

»Sie spricht noch immer nicht. In letzter Zeit hat sie sich auch wieder verstärkt zurückgezogen, bleibt oft stundenlang in ihrem Zimmer und … schreibt.«

»Sie schreibt?«

Mr Ainsworth zuckte die Schultern. »Ja, sie schreibt. Meine Frau vermutet, dass sie eine Art Tagebuch schreibt, um ihre Erlebnisse zu verarbeiten. Sie zeigt es niemandem. Bei unseren Besprechungen ermüdet sie schnell, steht dann einfach auf und geht. Morgens schläft sie auch sehr lange. Ich wollte schon einen Arzt rufen, aber sie hat das abgelehnt. In solchen Momenten wirkt sie ganz energisch und entschlossen. Und dann, wenn es dunkel wird vor allem, ist sie wie ein verängstigtes Kind und schreckt bei jedem Geräusch zusammen. Ach ...« Er schüttelte hilflos den Kopf. »Erzählen Sie mir Ihre Neuigkeiten.«

Daniel berichtete von seinem Gespräch mit Miller und dessen Vorschlägen. Er konnte Mr Ainsworth ansehen, dass er mit dem Gedanken an eine Magd bei den Pferden ebenso große Probleme hatte wie er selbst, aber er behielt seine Bedenken für sich. »Ich werde der Baronetess diese Vorschläge unterbreiten und schauen, wie sie reagiert. Halten Sie es wirklich für notwendig, einen Verwalter für diese Maschine einzusetzen?« Skepsis schwang in seiner Stimme mit.

»Ich denke, es wäre äußerst hilfreich. Er kann sich nicht nur um den Transport und die Koordination mit den Pächtern kümmern, sondern auch Reparaturen durchführen, sollte mal etwas kaputtgehen. Die Pächter werden auch sorgsamer damit umgehen, wenn jemand danebensteht und aufpasst. Oder Hilfestellung gibt, je nachdem. Für mich wäre das viel zu zeitraubend.«

Der Anwalt nickte. »Gut, ich werde es so weitergeben. Ist mit den Angestellten sonst alles in Ordnung?«

»Im Moment ja. Wenn Sie weiter nichts Dringliches zu besprechen haben, wäre ich Ihnen dankbar, wenn ich wieder an die Arbeit gehen könnte. Ich habe die Ausbildung Ihres neuen Pferdes leider stark vernachlässigt.«

Mr Ainsworth winkte ab. »Machen Sie sich darüber keine Sorgen. Von meiner Seite aus ist alles geregelt. Ich komme dann nächste Woche wieder und teile Ihnen mit, wie Dame Arabella entschieden hat – sofern sie sich äußert. Falls nicht, überlasse ich die Entscheidung Ihnen.« Er stand auf und ging zur Tür, blieb aber im Rahmen stehen und schien mit sich zu ringen, ob er noch etwas sagen sollte. Schließlich seufzte er resigniert. »Es hat ja keinen Sinn, es Ihnen zu verschweigen.«

Daniel, der gedanklich schon bei seiner nächsten Aufgabe gewesen war, horchte bei diesen Worten auf.

Mr Ainsworth warf ihm einen ernsten Blick zu. »Riley wurde gestern hingerichtet. Für mich war es eine Genugtuung, ihn hängen zu sehen, aber ich weiß ja, dass Sie ...« Er brach ab.

Daniel schluckte. »Sie haben schon recht, er war ein Mörder und hat seine Strafe verdient«, erwiderte er leise und gab dem Anwalt die Hand.

Als er allein war, ging er hinüber zum Stehpult. Wie viele Abende hatte er hier gestanden, nervös, neugierig, ängstlich, selbstbewusst? Seine Beziehung zu Riley war so widersprüchlich gewesen wie der Mann selbst. Grausamer Mörder und Entführer einerseits, intelligenter, fortschrittlicher Förderer andererseits. Daniel schloss die Augen und schickte ein Gebet des Danks nach oben. Welcher Wahn auch immer Riley beherrscht hatte, ohne ihn wäre er in seiner persönlichen Entwicklung nie so weit gekommen. Und vielleicht hatte er in den letzten Tagen im Kerker seine Taten doch noch bereut. Daniel wünschte es sich sehr. Der Gedanke an ewige Qualen im Fegefeuer beunruhigte ihn zutiefst. Wenn Jesus dem Mörder Gnade gewähren konnte, der mit ihm gekreuzigt worden war, dann auch Riley. Sofern er denn darum gebeten hatte.

Brigham Hall, Domizil des Stallmeisters, den 25. August 1711

Liebe Mutter,

gestern bin ich in die Hütte eingezogen, die vormals Ole Pete bewohnt hat. Es ist alles noch sehr ungewohnt und ich vermisse die Geräusche der Pferde im Stall unter mir. Andererseits liegt die Hütte etwas abseits, was mich von der üblichen Geschäftigkeit des Anwesens entfernt und mir eine wohltuende Ruhe verschafft, von der ich bisher gar nicht wusste, wie dringend ich sie brauche. Tatsächlich hätte ich heute Morgen fast verschlafen, weil der Hahn so weit weg krähte. Vielleicht lag es auch an meiner neuen Matratze, die unglaublich bequem ist.

Leider war es mit der Ruhe sehr schnell vorbei, denn kurz nach dem Frühstück kam Harry zu mir und beschwerte sich, dass Russell nicht zur Arbeit erschienen sei. Er wollte mit ihm in den Wald, um einige Stämme zu zersägen, die Russell die letzten Tage entastet hatte. Gemeinsam pochten wir an seine Tür, aber er antwortete nicht. Besorgt traten wir ein und da wurde alles klar. Er hatte den Whiskey des Baronets in sein Zimmer geschafft und sich sinnlos betrunken. Wir mussten ihn schütteln und mit einem nassen Lappen ins Gesicht schlagen, um ihn wach zu bekommen. Im Nachhinein denke ich, wir hätten ihn lieber schlafen lassen sollen. Er wurde fuchsteufelswild, schrie uns an und hätte vielleicht sogar eine Schlägerei angefangen, wenn ich allein gewesen wäre. Gott sei Dank war Harry auch da. Wir packten ihn an den Armen und zerrten ihn nach draußen, wo wir ihn ein paarmal mit dem Kopf in die Pferdetränke tauchten. Danach war er etwas umgänglicher. Ellie hat ihn dann erst einmal mit Frühstück versorgt, während Harry sich um andere Arbeiten kümmerte.

Eigentlich hatte ich gedacht, dass Russell nach dem Frühstück bereit wäre, mit Harry in den Wald zu gehen, aber da hatte ich mich geirrt. Er schrie mich wieder an, ich könne ihm nichts befehlen, ich sei nicht sein Herr. Als Ellie ihn daran erinnerte, dass er mir gehorchen müsse, verlor er die Beherrschung. Er sprang auf, warf die Küchenbank um und ging auf mich los. Zum Glück war er immer noch nicht richtig ausgenüchtert und so träge, dass ich seinen Schlägen leicht ausweichen konnte. Es machte ihn rasend, dass er mich nicht traf. Dann kam auch noch Fanny herein und kreischte wie am Spieß. Bevor ich mich dazu durchringen konnte, ihn mit einem gezielten Schlag niederzustrecken, schlug Ellie ihm kurz entschlossen von hinten die schwere Bratpfanne gegen den Kopf. Er fiel um wie ein gefällter Baum. Ich konnte ihn gerade noch auffangen, sonst hätte er sich alle Zähne an der Tischplatte ausgeschlagen. Bissi half mir dann, ihn nach draußen unter einen Baum zu schleppen. Als er wieder wach wurde, ging er wortlos in sein Zimmer und blieb dort für den Rest des Tages. Ich denke, er hatte gehörige Kopfschmerzen.

Ich hoffe wirklich, dass die Baronetess bald zurückkehrt und in dieser Hinsicht für Ordnung sorgt. Ich kann mir nicht vorstellen, dass sie Russell weiter beschäftigen wird nach allem, was er getan hat. Bald ist Michaeli und die Jahresverträge laufen aus. Wenn sie vorher zurückkehrt und wirklich Angestellte entlässt, könnten wir beim nächsten Martinsmarkt in Bridlington Ersatz finden.

Wenn nicht … Darüber will ich jetzt noch nicht nachdenken. Wie wird es weitergehen? Auch wenn ich mir um meine Anstellung im Moment wenig Sorgen mache, ist alles offen.

Danke für Deine treuen Gebete.
In Liebe,
Daniel

17. GEWITTER

Ein gewaltiges Krachen ließ Daniel aus dem Schlaf hochfahren. In kurzer Folge wurde die Hütte dreimal taghell, dann gab es einen so ohrenbetäubenden Knall, dass Daniel dachte, ihm würde der Schädel zerbersten. Das verhieß nichts Gutes. Hastig schwang er die Beine aus dem Bett und schlüpfte in seine Hosen, während der Donner grollte. Aufgrund der schwülen Hitze hatte er auf ein Nachthemd verzichtet und lief jetzt mit bloßem Oberkörper nach draußen. Dort fand er seine schlimmsten Befürchtungen bestätigt: Der Blitz hatte in die riesige Kastanie eingeschlagen, die den Innenhof der Stallungen beschattete.

Daniel rannte, so schnell er konnte, die Augen auf das unheilvolle rötliche Flackern gerichtet, das an den Wänden der Gebäude tanzte. Die Seitentür des nahe liegendsten Stalles stand offen. Mit einem Hechtsprung überwand Daniel den Zaun. Gerade noch rechtzeitig hörte er von drinnen Schreie, lautes Wiehern und Hufgetrappel. Er presste sich gegen die offen stehende Stalltür, um nicht von den panischen Stuten überrannt zu werden, die sich jetzt durch den Eingang drängten. Hinter ihnen tauchte Oliver im Licht der noch immer zuckenden Blitze auf, die Augen weit aufgerissen und Schweißperlen auf der Stirn.

»Wo sind die Jungen?«, schrie Daniel, während er Seite an Seite mit Oliver den Stall zum Innenhof durchquerte. Die Pferde würden dem Auslauf folgen, der vom Stall aus einen Zugang zu den verschiedenen Weiden bot. Da waren sie erst einmal sicher. Aber im anderen Stalltrakt standen noch die Reitpferde und Thunderboy. Der Hengst musste unter allen Umständen gerettet werden.

»Wasser holen«, keuchte Oliver. Die Angst stand ihm ins Gesicht geschrieben.

Der Innenhof war hell erleuchtet, der Baum stand lichterloh

in Flammen. Gott sei Dank hatten sie erst vor wenigen Wochen in einer halsbrecherischen Aktion alle Äste abgesägt, die über die Dächer der Stallungen geragt hatten.

Noch hatte das Feuer nicht auf die Gebäude übergegriffen. Was sollten sie nur tun?

Die beiden Jungen standen wie erstarrt im Eingangstor, jeder trug zwei Eimer mit Wasser. Jetzt tauchte Harry hinter ihnen auf und hinter ihm wiederum kamen Ellie, Lizzie und Fanny.

»Einer an die Pumpe, bildet eine Kette! Bringt so viele Eimer, wie ihr finden könnt!«, brüllte Harry.

Lizzie rannte sofort los, um noch Eimer aus der Küche zu holen, während Ellie sich neben der Schwengelpumpe beim Kücheneingang postierte. Es gab zwar auch neben der Pferdetränke im Hof eine Pumpe, aber die stand so dicht am brennenden Baum, dass man sie unmöglich bedienen konnte.

»Kümmere du dich um die Pferde!«, sagte Oliver und griff beherzt nach einem Eimer. Er rannte an den Baum heran, warf das Wasser gegen den Stamm und machte, dass er wieder von der Hitze wegkam. Daniel rannte ebenfalls los. Sie hatten nicht viel Zeit. Der Baum war mittendurch gespalten und konnte jederzeit auseinanderbrechen. Dann würde die brennende Krone auf die Dächer der Stallungen krachen und es wäre vorbei mit den Ställen und den frisch eingelagerten Heuvorräten. Und dem Sattelzeug.

»Gott, bitte hilf uns und bewahre uns«, murmelte Daniel ängstlich vor sich hin.

Nur zwei Pferde standen in den Ständern und zerrten panisch an ihren Stricken. Thunderboy hatte eine geräumige Box am hinteren Ende des Stalles, nahe am Ausgang, der zu zwei weiteren Weiden führte, die malerisch am Bachlauf lagen. Er stand dort wie eine Statue, die Nüstern gebläht, und sah Daniel durch die Gitterstäbe unverwandt an. Wieder grollte der Donner und eins der beiden Reitpferde stieg. Es geriet mit einem Bein über die Stange zwischen den Ständern, kämpfte um sein Gleichgewicht, rutschte mit den Hinterbeinen weg und fiel mit einem entsetzlich kreischenden Wiehern zu Boden. Daniel glaubte, das Knacken von brechenden Knochen gehört zu haben. Es drehte ihm den Magen um. Das Pferd ruderte wie verrückt mit den Beinen und versuchte, wieder hochzukommen, aber es gelang ihm nicht. Das eine Vorderbein arbeitete nicht mehr richtig.

Ein weiterer krachender Donner riss Daniel aus seiner Starre. Er konnte im Moment nichts für das gestürzte Pferd tun, also packte er das andere am Halfter und redete mit sanften Worten auf es ein. Sobald er den Anbindestrick gelöst hatte, schoss das Pferd rückwärts und wäre ihm fast entwischt.

»Ho, ruhig, ruhig!«, rief er und hielt mit eiserner Faust den Strick umklammert, damit das Pferd nicht in den Innenhof rannte. Wiehernd tänzelte es neben ihm her zum anderen Ausgang. Gottlob war die Tür dort offen, sodass Daniel es im Türrahmen einfach loslassen konnte. Es donnerte in wilden Sprüngen davon. Daniel sah zum Himmel auf. Noch immer zuckten grelle Blitze aus der dichten Wolkendecke, aber kein Tropfen fiel.

»Regen, Herr, bitte! Lass es regnen!«, flehte Daniel und wandte sich Thunderboy zu.

Der Hengst stand noch immer vollkommen reglos in seiner Box. Daniel packte das Halfter und öffnete vorsichtig die Tür, bereit, zur Seite zu springen, falls der Hengst herausschießen sollte. Doch das tat er nicht. Er ließ sich problemlos aufhalftern und folgte Daniel nach draußen, zwar im verhaltenen Trab, aber dennoch kontrolliert. Daniel konnte ihn bis zum Weidetor seiner eigenen Weide führen und ihn dort freilassen, sodass er mit dem anderen Pferd, das irgendwo da draußen herumrannte, nicht direkt in Kontakt kam. Thunderboy stieß ein lang gezogenes Wiehern aus und trabte dann mit hoch aufgewölbtem Hals davon. Ein paar Meter weiter blieb er stehen und beobachtete mit lautem Schnauben den Feuerschein, der aus dem Innenhof drang.

Daniel konnte nicht anders, als Bewunderung für diesen Ausnahmehengst zu empfinden. Er eilte in den Stall zurück. Das gestürzte Pferd lag reglos am Boden. Es war in seinem verzweifelten Kampf halb unter die Absperrung zwischen den Ständern gerutscht und hatte sich mit den Beinen hoffnungslos in den Stangen verkeilt. Daniel schossen die Tränen in die Augen, als er erkannte, dass es tot war. Der Anbindestrick hatte nicht nachgegeben und dem Tier das Genick gebrochen.

»Sonst reißen die Dinger doch immer«, flüsterte Daniel heiser und kniete sich neben das tote Pferd. Ein junger Wallach, etwas ängstlich, aber im Grunde sehr lieb und arbeitswillig.

Aus dem Innenhof drangen Schreie. Daniel sprang auf. Er würde später trauern müssen. Jetzt galt es, die Stallungen zu retten. Gerade als er in den Hof gelaufen kam, brach ein großer Ast vom Baum und fiel in einem heißen Funkenregen auf das Pflaster. Mit bangem Herzen beobachtete Daniel, wie die Funken zwischen die Dachsparren gewirbelt wurden. Während die anderen mehrere Eimer Wasser über den am Boden liegenden Ast ausgossen, machte er auf dem Absatz kehrt, schnappte sich eine Decke und hechtete auf den Heuboden. Vielleicht konnte er das Schlimmste verhindern.

Hier war es stockdunkel. Daniel tastete sich nach rechts, bis er mit dem Kopf an die Dachschräge stieß. Er kroch weiter durch die stickige, staubige Hitze und schob das Heu so gut es ging beiseite. Zum Glück war der Heuboden noch nicht ganz gefüllt, sodass er sich recht frei bewegen konnte. Vor sich hörte er ein verdächtiges Knistern. Eine Maus? Oder ein Funke? Er sperrte Augen und Ohren auf. Auf seine Nase konnte er sich nicht verlassen, denn der Brandgeruch von draußen war so stark, dass ihm ein Feuer drinnen nicht mehr auffallen würde. Er lauschte angestrengt, hörte aber nur ein Klopfen auf dem Dach, dann noch eins. Dann verwandelte sich das Klopfen in ein Prasseln, das kurz darauf zu einem dröhnenden Trommeln wurde. Jubelschreie drangen aus dem Innenhof. Regen – endlich!

»Danke, Herr«, flüsterte Daniel und kroch weiter. Ein Schreck durchfuhr ihn und schnürte ihm die Kehle zu. Vor sich sah er einen schwachen Lichtschein, der schnell kräftiger wurde. Mit einem verzweifelten Stöhnen packte Daniel die Decke und warf sich nach vorn, als wollte er durch das Heu schwimmen.

Es schien endlos zu dauern, bis er sich endlich zu dem kleinen Brandherd durchgekämpft hatte, der noch kaum größer als ein Teller war. Er warf die Decke darüber und legte sich vorsichtshalber gleich noch darauf. Er spürte einen stechenden Schmerz an seinem Bauch und sog heftig die Luft ein. Dann hustete er. Schweiß drang ihm aus allen Poren und das Rauschen des Regens auf dem Dach unmittelbar über seinem Kopf war so laut, dass er sich selbst nicht mehr hören konnte. Er lag still und sah sich immer wieder um, aber alles blieb dunkel.

Schließlich war er sich sicher, dass kein weiteres Feuer mehr ausbrechen würde. Er rappelte sich auf und kroch zurück. Fast wäre er in der Dunkelheit durch die Luke gefallen, als seine Hand plötzlich ins Leere griff. In letzter Sekunde fand er Halt an der Leiter und hangelte sich nach unten. Erschöpft und verdreckt trat er in den Regen hinaus, froh über die erfrischende Abkühlung. Im Hof lagen noch weitere Äste am Boden, aber der Baum stand noch, verkohlt qualmend und an einigen Stellen glimmend, aber nicht mehr gefährlich. Der Regen hatte die Flammen gelöscht und die Gebäude waren unversehrt. Ein Licht bewegte sich auf ihn zu. Als es näher kam, erkannte er Oliver mit einer Laterne in der Hand.

»Dem Himmel sei Dank, da bist du ja! Geht es dir gut?«, rief er, als er Daniel entdeckte.

Daniel fühlte sich zu benommen, um zu antworten. Oliver schob ihn in den Stall zurück. Als das Licht der Laterne auf das tote Pferd fiel, zuckte er zusammen und fluchte dann laut.

»Die anderen zwei sind in Sicherheit«, sagte Daniel rau.

Oliver sah ihn an. »Du bist weiß wie eine Wand und verletzt bist du auch. Komm erst mal mit in die Küche. Ellie wird was Gutes für uns haben.«

Daniel ließ sich schweigend von Oliver am Arm nehmen und hinüber zum Haupthaus führen. Aufgeregtes Stimmengewirr schlug ihnen aus der Küche entgegen. Das Feuer im Herd war entfacht und Ellie hatte für alle eine Brühe aufgewärmt.

»Hab ihn gefunden«, verkündete Oliver stolz und zog Daniel in den Raum.

Die Gespräche verstummten.

»Was ist passiert?«, fragte Ellie erschrocken, als sie die Brandwunde auf Daniels Bauch sah.

Daniel blickte an sich herunter und fing plötzlich unkontrolliert an zu zittern. Ihm wurde schwarz vor Augen.

Als er wieder zu sich kam, lag er auf der Küchenbank und war von besorgten Gesichtern umringt. Er musste unwillkürlich lachen. Sie sahen aus wie eine Horde von Bettlern, die Gesichter voll Ruß, die wirren Haare nass und verklebt, die Kleider ebenfalls nass und dreckig und in mehr als einem Fall voller Brandlöcher.

»Jetzt ist er irre geworden«, bemerkte Fanny.

Mit einem Becher der kräftigen Brühe im Bauch fühlte Daniel sich wesentlich besser.

Lizzie wollte seine Brandwunde mit einem heißen Eisen behandeln, aber das lehnte er vehement ab. Unbewusst strich er mit der Hand über die alte Narbe an seiner Schulter, wo er als Fünfjähriger ins Feuer gestürzt war und sein Vater ihn mit ebendieser Methode behandelt hatte. »Die Hitze vom Eisen zieht die Hitze aus der Verbrennung«, hatte er ihm damals erklärt und Daniel hatte ängstlich stillgehalten. Er wusste nicht, ob sein Vater es vielleicht etwas zu gut gemeint oder das Eisen falsch eingesetzt hatte, jedenfalls hatte Daniel geschrien wie am Spieß und war dann vor Schmerz ohnmächtig geworden. Das heiße Eisen war viel schlimmer gewesen als die ursprüngliche Verbrennung. Seine Mutter hatte ihn durch ein tagelanges Fieber pflegen müssen.

»Dann sollten wir es aber mit Kalkseife auswaschen«, sagte Lizzie besorgt.

Daniel betrachtete die Brandwunde auf seinem Bauch. Rechts neben dem Bauchnabel hatten sich eine große und zwei kleinere Blasen gebildet. Etwa in Größe seiner Handfläche war die Haut gerötet.

»Ja, Lizzie hat recht. Wir müssen die Haut von den Blasen entfernen und sie dann auswaschen. So können die schlechten Hitzegeister austreten«, stimmte Ellie mit fachmännischem Nicken zu.

Daniel riss die Augen auf und schluckte.

»Das lasst mal schön bleiben«, meldete sich Harry ruhig zu Wort. »Am besten lasst ihr alle eure Finger davon, dann heilt es von allein.«

Daniel stieß einen erleichterten Seufzer aus. »Ja. Ja, das denke ich auch.«

»Wie du willst«, erwiderte Ellie und zuckte mit den Schultern.

»Oliver, Harry, helft ihr mir, das tote Pferd aus dem Stall zu holen? Willie und Tom, ihr geht nachsehen, wo die Stuten sind. Bringt sie wieder zurück in den Stall. Versorgt sie ordentlich mit Heu und dann könnt ihr euch noch mal schlafen legen.« Daniel stand auf.

Bevor die Angesprochenen seiner Aufforderung Folge leisten konnten, erschien plötzlich Russell im Türrahmen. »Was ist denn hier für eine Versammlung?«, fragte er misstrauisch.

Schweigen breitete sich aus. Falls er eine abfällige Bemerkung über das erbärmliche Erscheinungsbild seiner Kollegen machen wollte, schluckte er sie in Anbetracht der feindseligen Blicke, die auf ihm ruhten, schnellstens hinunter. Jedem Einzelnen im Raum wurde plötzlich bewusst, dass Russell als Einziger nicht bei den Löscharbeiten geholfen hatte. Keiner antwortete auf seine Frage. Stattdessen standen alle auf. Daniel nickte seinen Leuten zu und sie verließen die Küche, während Ellie leise Anweisungen an Fanny, Lizzie und Bissi verteilte und Russell links liegen ließ.

Draußen wurde es bereits hell. Der Sturm hatte sich verzogen und eine frische Brise fegte dicke grauweiße Wolken wie Schiffe über den Himmel. Die Luft war klar und roch angenehm würzig. Überall dort, wo die ersten Sonnenstrahlen den Boden berührten, stiegen Dampfschwaden auf.

Daniel, Oliver und Harry hatten den Innenhof noch nicht erreicht, als sie das Trommeln galoppierender Pferdehufe hörten, die anscheinend die Zufahrt entlangkamen. Die Männer warfen sich verwunderte Blicke zu. War eins der Pferde in der Nacht ausgebrochen?

Kurz darauf tauchte ein Reiter an der Wegbiegung auf, der mit wehenden Rockstößen auf sie zukam.

»Mr Huntington!«, rief er schon von Weitem.

Daniel ging ihm entgegen.

Der Reiter brachte sein Pferd mit etwas Mühe neben Daniel zum Stehen. »Mr Huntington«, wiederholte er atemlos und glitt aus dem Sattel. Es war Mr Ainsworth. »Sie spricht!«, rief er aufgeregt. »Die Baronetess spricht!«

Brigham Hall, den 2. September 1711

Meine geliebte Mutter,

mir geht es gut! Endlich komme ich dazu, Dir zu schreiben. So viel ist geschehen in den letzten Tagen, dass mir der Kopf schwirrt, sowohl Tragisches wie auch Wunderbares.

Vor einigen Nächten hat ein grässliches Unwetter getobt und die wunderschöne Kastanie, die im Hof der Stallungen stand, wurde vom Blitz getroffen. Wie durch ein Wunder griff das Feuer nicht auf die Gebäude über und so wurden wir vor dem Schlimmsten bewahrt. Auch wurde niemand verletzt – abgesehen von ein paar Brandwunden –, nur eines der Pferde fand in der Aufregung den Tod. Das ist zwar traurig, aber in Anbetracht dessen, was wir alles hätten verlieren können, zu verschmerzen.

Tatsächlich hatte dieses Unwetter aber auch etwas Gutes, wie Du gleich erfahren wirst, denn noch im Morgengrauen des nächsten Tages erreichte uns die Nachricht, dass Dame Arabella von ihrer Stummheit genesen ist und im Laufe der nächsten Woche nach Brigham Hall zurückkehren wird.

Zunächst konnte ich den vor Aufregung wirren Worten von Mr Ainsworth nicht mehr Sinn entnehmen, als dass sie wieder spricht, und als er unseren Zustand sah und begriff, welch göttliche Bewahrung wir in der Nacht erfahren hatten, rückten seine Neuigkeiten in den Hintergrund.

Doch inzwischen war er nochmals hier und hat mir in Ruhe berichtet, wie sich alles zugetragen hat. Wie schon einmal hier bei uns – ich glaube, es war im April – verursachte das Gewitter bei Dame Arabella schlimme Albträume.

Ohne wirklich wach zu sein, irrte sie schreiend durchs Haus. Der Butler fing sie ein, bevor sie nach draußen laufen konnte. Mrs Ainsworth nahm sich ihrer an. Sie verbrachten mehrere Stunden hinter verschlossenen Türen, in denen das Mädchen ununterbrochen weinte.

Durch Mrs Ainsworths gutes Zureden mischten sich schließlich Worte unter ihre Tränen, und bis sie sich beruhigt hatte, waren schon mehrere Sätze daraus geworden. Damit schien der Bann gebrochen. Mrs Ainsworth sagte, sie hätte ihr immer wieder versichern müssen, dass Riley tot sei und ihr nichts mehr anhaben könne. Gegen Morgen sei sie dann wieder in einen unruhigen Schlaf gefallen, und als sie daraus erwachte, sprach sie völlig normal, wenn auch sehr leise, wie Mr Ainsworth sagte. Seine alten Ohren hätten manchmal Mühe, sie zu verstehen. Sie sei jedenfalls fest entschlossen, bald nach Brigham Hall zurückzukehren und ihre rechtmäßige Stellung einzunehmen.

Wie Du Dir vielleicht vorstellen kannst, sind hier alle in heller Aufregung. Dame Arabella ließ ausrichten, man solle das Erkerzimmer für sie herrichten, ein Raum, der die letzten Jahre unbewohnt war. Jetzt wird dort gebürstet und geschrubbt, neue Vorhänge werden aufgehängt und der Kamin repariert, in dem wohl schon mehrere Generationen von Tauben geschlüpft sind.

Ich habe noch immer niemandem gesagt, wer die Baronetess in Wirklichkeit ist, und sehe ihrem Erscheinen mit sehr gemischten Gefühlen entgegen.

Außer Lizzie hat niemand je wieder von der stummen Magd gesprochen, selbst Ellie nicht. Ob sie es ahnt?

Wie wird sie mir begegnen?

Die zarte Freundschaft, die uns verband, ist ihrem jetzigen Status sicherlich nicht angemessen. Ich hoffe, sie entbindet mich von meinen Pflichten als Verwalter und lässt mich in die Ställe zurückkehren. Auch wenn ich mit Fug und Recht behaupten kann, meine Sache den Umständen entsprechend gut gemacht zu haben, so sehne ich mich doch danach, die Verantwortung für so viele Menschen wieder abgeben zu können.

Wie oft habe ich über meine früheren Herren geflucht und mir mehr Macht gewünscht, um ihrer Willkür nicht mehr ausgeliefert zu sein. Nach den Wochen, die ich nun im übertragenen Sinne in ihren Schuhen gelaufen bin, sehe ich viele Dinge anders und fühle mich deutlich gnädiger gestimmt.

Nicht umsonst heißt es, wem viel gegeben ist, der hat auch viel Verantwortung.

Ob sie sie tragen kann?

Im Herzen verbunden,
Dein Sohn Daniel

18. RÜCKKEHR

Der Tag hatte mit Regen begonnen, doch jetzt, wo die gesamte Dienerschaft im Salon versammelt war und aufgeregt tuschelte, trieb ein kräftiger Westwind die Wolken auseinander. Die Weiden lagen in einem ständigen Spiel von Licht und Schatten, in dem die grasenden Pferde wie von Geisterhand immer wieder zu verschwinden schienen.

Alle warteten gespannt auf das Erscheinen der Baronetess Brigham.

Daniel stand etwas abseits und knetete seine Kappe in den Händen. Er war extrem angespannt und starrte mit zusammengepressten Kiefern aus den bodentiefen Fenstern, während seine ganze Aufmerksamkeit auf das Geräusch einer sich nähernden Kutsche gerichtet war. Mr Ainsworth hatte ihn vorgewarnt, dass die Baronetess einige Veränderungen bei den Angestellten vornehmen wollte. Welche das waren, hatte er allerdings verschwiegen.

Daniel konnte sich nicht vorstellen, dass er entlassen werden würde nach allem, was er für Dame Arabella getan hatte. Trotzdem nagte der Zweifel an ihm. Außerdem hatte er Angst vor den Reaktionen der Dienerschaft. Würden sie die junge Frau als ihre Herrin akzeptieren, die sie jahrelang mit Füßen getreten hatten? Innerlich war er gewappnet einzugreifen, sollte es zu Aufruhr oder sogar Handgreiflichkeiten kommen. Russell stand in der Tür des Salons, wohl nüchtern und ordentlich gekleidet, aber mit finsterer Miene. Während der letzten geschäftigen Tage hatte keiner der Angestellten auch nur ein Wort an ihn verloren. Ohne dass sie sich abgesprochen hätten, war keiner bereit, ihm sein selbstsüchtiges Verhalten zu verzeihen. Er würde mit Sicherheit seine Entlassung nicht stillschweigend hinnehmen.

Die Gespräche im Raum verstummten abrupt, als das Klappern von Hufen und das Knirschen von Wagenrädern von der Zufahrt hereindrangen.

Russell ging mit zügigen Schritten in die Eingangshalle und öffnete die Tür. Mit hastigem Geraschel von Kleidern und Schuhen stellten sich die Diener in zwei Reihen neben der Salontür direkt gegenüber auf, die Frauen auf der einen Seite, die Männer und Jungen auf der anderen. Nur Bissi stand neben Ellie. Als es ihm bewusst wurde, war es zu spät, um noch auf die andere Seite zu huschen.

Alle beobachteten, wie Mr Ainsworth einer zierlichen jungen Frau aus der Kutsche half. Sie trug ein relativ schlichtes sandfarbenes Kleid mit einem tiefgrünen Schultertuch und Korsett, die beide mit Goldfäden kunstvoll bestickt waren. Die Haare waren unter einer Haube verborgen, nur an den Schläfen ringelten sich zwei lockige Strähnen. Dame Arabella, Baronetess von Brigham Hall, hakte sich bei Mr Ainsworth unter und ließ sich von ihm zum Eingang geleiten. Vor der ersten Stufe schien sie einen Moment zu zögern, den Blick gesenkt. Dann atmete sie tief durch, hob das Kinn und blickte den Reihen von Angestellten entschlossen entgegen.

Daniel verfolgte jede ihrer Bewegungen. Die anderen Angestellten hatte er für den Moment völlig vergessen. Die ganze Zeit über hatte er sich gefragt, wie sie wohl aussehen würde, aber was er jetzt sah, verschlug ihm die Sprache. Jegliche Ängstlichkeit war aus ihrem Blick gewichen. Ihre Haltung war stolz und selbstbewusst, und wäre das leichte Zögern vor der Treppe nicht gewesen, hätte er sie sogar für arrogant gehalten. Sie sah die Angestellten nicht an, während sie an ihnen vorbeischritt, sondern hielt ihren Blick starr geradeaus gerichtet. Erst als sie das Ende der Reihe erreicht hatte und sich umdrehte, schaute sie Daniel direkt in die Augen. Er schluckte. Für den Bruchteil einer Sekunde wurde der starre Blick etwas weicher, dann sah sie weg.

»Russell, wenn Sie so freundlich wären, die Türe zu schließen und hereinzukommen«, brach Mr Ainsworth das Schweigen, das seit dem Erscheinen der Baronetess noch stiller geworden zu sein schien, als würden alle ungläubig die Luft anhalten.

Jegliche Farbe war aus Russells Gesicht gewichen. Er gehorchte wortlos und reihte sich am Ende auf der Männerseite ein.

»Ich darf Ihnen allen Ihre Herrin vorstellen, Baronetess Arabella Alexandra Brigham. Sie werden sie mit Dame Arabella oder Madam anreden. Dame Arabella möchte Ihnen einiges mitteilen, also bitte ich Sie um äußerste Ruhe.« Mr Ainsworth nickte der Baronetess zu und trat einen halben Schritt zurück. Jetzt nahm sie sich die Zeit, die Angestellten der Reihe nach einmal anzusehen. Daniel folgte ihrem Blick und sah die unterschiedlichsten Reaktionen in den Gesichtern. Offenes Erstaunen, Verwirrung, Feindseligkeit, Gewissheit, Neugier.

»Diese Situation ist sicherlich für uns alle etwas befremdlich«, sagte Dame Arabella leise, aber bestimmt. Daniel war völlig überrascht, wie voll und weiblich ihre Stimme klang. Er hatte wohl etwas Piepsiges erwartet bei der zierlichen Gestalt. »Ich werde mich daher kurzfassen. Fanny, Russell, Oliver, bitte folgt Mr Ainsworth ins Arbeitszimmer. Er wird euch euren Lohn auszahlen und euch ein Empfehlungsschreiben geben. Packt danach bitte umgehend eure Sachen, ihr werdet keine weitere Nacht auf Brigham Hall verbringen.«

Ein Raunen ging durch die Reihen und auch Daniel zuckte zusammen. Warum Oliver? Fanny und Russell konnte er ja verstehen, aber er? Mr Ainsworth schien seine Empörung zu bemerken und legte ihm beruhigend eine Hand auf den Arm. Dann ging er den anderen voraus ins Arbeitszimmer.

Fanny starrte Dame Arabella mit offenem Mund an. »Aber wo soll ich denn hin?«, rief sie empört und verwirrt zugleich.

»Das ist dein Problem«, erwiderte Dame Arabella kalt. Obwohl sie keine Miene verzog, schaffte sie es, ihre ganze Verachtung für Fanny und ihre jahrelangen Misshandlungen in diese wenigen Worte zu legen.

Fanny schnappte nach Luft. Neben ihr baute sich Russell auf. »Wir haben dem Baronet immer gute Dienste geleistet! Er hätte meinen Vertrag verlängert!«, rief er erbost.

Dame Arabella legte den Kopf leicht schief und zog eine Augenbraue hoch. »Er ist tot«, sagte sie mit einem eigentümlich befriedigten Gesichtsausdruck.

»Aber er ...«

»Geh!« Der Befehl gellte mit so viel Nachdruck durch den Raum, dass alle drei auf dem Absatz kehrtmachten und förmlich aus dem Raum flohen.

»Für die kleine Hexe will ich sowieso nicht arbeiten«, zischte Fanny noch schnippisch.

In Ermangelung eines Lakaien schloss Harry die Tür hinter ihr. Sobald dies geschehen war, entspannte sich Dame Arabella deutlich. Ihr Blick wanderte wieder über die jetzt gelichteten Reihen.

»Bissi«, sagte sie und ging auf den Jungen zu, der sie mit großen Augen anstarrte. »Ich weiß, dass du Essen stiehlst, obwohl du das nicht nötig hast. Jeder bekommt hier genug. Dafür müsste ich dich eigentlich auch wegschicken. Ich weiß aber, wie sehr Fanny dich gequält hat. Sie ist jetzt weg. Ich gebe dir noch eine Chance. Streng dich ordentlich an und dann schaffst du es sicher, einmal Koch zu werden. Aber du musst mit dem Klauen aufhören. Versprichst du mir das?«

Bissi zögerte einen Moment, dann breitete sich ein strahlendes Lächeln auf seinem runden Gesicht aus. »Ja, Dame Arabella«, sagte er voller Ehrfurcht.

Dame Arabella drehte sich um und sah Harry an. »Ich würde mich sehr freuen, wenn du bleiben würdest, Harry. Und auch ihr beiden Jungs, Willie und Tom. Ohne Oliver werdet ihr mehr Verantwortung übernehmen müssen, bis ein neuer Knecht gefunden ist.«

»Sehr gern, Dame Arabella«, sagte Harry mit einer leichten Verbeugung und einem verschmitzten Grinsen.

Die beiden Jungen nickten stumm.

»Dann könnt ihr wieder an die Arbeit gehen. Vielen Dank.«

Die drei warfen Daniel noch einen Blick zu und schoben sich dann nach draußen. Dame Arabella war an Ellie herangetreten, die inzwischen mit den Tränen kämpfte.

»Ich wusste es«, flüsterte die Köchin und streckte kurz die Hand aus, als wollte sie der jungen Frau über die Wange streichen, ließ es dann aber doch und steckte die Hand unter die Schürze.

Die Baronetess lächelte sie zaghaft an. »Du bleibst doch auch, oder?«, fragte sie fast tonlos.

»Natürlich Kind, aber natürlich! Lady, nein, Dame Arabella.« Sie lachte über ihre eigene Verwirrung und wischte sich gleichzeitig die Augen. »Ich gehe bitte jetzt auch wieder an die Arbeit, ich muss irgendwas schälen oder kneten ...« Auf ein Nicken hin flüchtete sie aus dem Raum, um ihre Emotionen wieder in den Griff zu bekommen. Bissi nahm sie bei der Gelegenheit gleich mit.

»Lizzie«, sagte Dame Arabella zu der jungen Magd, die mit hochrotem Kopf und niedergeschlagenem Blick dastand. »Ich habe eine neue Aufgabe für dich.«

Erschrocken hob Lizzie den Kopf. »Aber ich kann doch nichts!«, rief sie verzweifelt, schlug die Hände vors Gesicht und brach in Tränen aus.

Dame Arabella wartete einen Moment, bis sie sich wieder etwas beruhigt hatte. »Ich möchte, dass du meine persönliche Zofe wirst. Du wirst dich um meine Kleider kümmern, mein Zimmer in Ordnung halten, mir beim An- und Auskleiden helfen und mir Gesellschaft leisten. Dazu wirst du auch die Kammer oben neben dem Erkerzimmer beziehen. Ich möchte dich immer in meiner Nähe haben.«

Lizzie blieb vor Überraschung die Luft weg. »Aber warum?«, quiekte sie mit tränenerstickter Stimme.

»Weil du so eine liebe Seele bist«, flüsterte Dame Arabella, für den Moment nicht in der Lage, ihrer Stimme mehr Kraft zu verleihen. »Ich brauche jemanden, der sich um mich sorgt.«

Dieses Eingeständnis ihrer Schwäche schien Lizzie neuen Mut zu geben. Die beiden Frauen sahen sich einen Augenblick lang an und Daniel hatte als schweigender Zuschauer das Gefühl, dass sie eine Verbindung erneuerten, die vorher schon bestanden hatte.

»Geh und zieh in dein neues Zimmer ein«, wies Dame Arabella sie an.

Lizzie machte einen Knicks und verließ ebenfalls den Raum. Jetzt war nur noch Daniel übrig.

Dame Arabella drehte sich langsam zu ihm um und kam auf ihn zu. Sie streckte beide Hände aus und legte sie auf seine, die immer noch die Kappe hielten. »Daniel«, sagte sie schwach und er spürte, wie sich ihm das Herz zusammenzog. Sie kämpfte mit den Tränen in gleichem Maße, wie sie um die Kontrolle ihrer Stimme kämpfte.

Wortlos beobachtete er ihr Ringen, unfähig, selbst etwas zu sagen.

»Ich kann gar nicht ausdrücken, wie unendlich dankbar ich dir bin«, flüsterte sie schließlich. »Du hast mich befreit. Es ist mir ein völliges Rätsel, wie du das alles herausfinden konntest, aber das hast du und ...« Sie machte eine Pause und schenkte ihm das strahlendste Lächeln, das er je auf ihrem Gesicht gesehen hatte. »Es war dir nicht egal«, fügte sie mit einem ungläubigen Lachen hinzu.

Daniel zuckte nur mit den Schultern und lächelte zurück. Eine tiefe Zufriedenheit breitete sich in ihm aus. Er hatte das Richtige getan. Bei all seinem Bangen, bei allen schlaflosen Nächten, die sein Handeln ihm bereitet hatte – es war richtig gewesen. Er seufzte tief. Dann richtete er sich etwas auf und entzog ihr seine Hände. Ihre Nähe verursachte einen Strudel an Gefühlen, die er überhaupt nicht gebrauchen konnte. Das vornehme Kleid und der Klang ihrer Stimme zerstreuten die letzten Zweifel. Sie war kein kleines Mädchen. Vor ihm stand eine junge Frau. Eine in seinen Augen wirklich hübsche junge Frau. Er ertappte sich dabei, dass er etwas breiter grinste bei der Erkenntnis, dass sie nicht versucht hatte, ihre reichlichen Sommersprossen mit der sonst bei vornehmen Frauen üblichen Bleiche zu übertünchen. Eine weise Entscheidung, wie er fand.

Er räusperte sich. »Wie geht es jetzt weiter, Madam?«, fragte er vorsichtig.

Sie hatte seinen emotionalen Rückzug sehr wohl bemerkt und ging auf seinen geschäftsmäßigen Ton ein. »Ich weiß, du wirst

Oliver vermissen. Es tut mir sehr leid, aber er hat sich an Lizzie vergangen. Solches Verhalten dulde ich unter meinem Dach nicht«, sagte sie und trat ans Fenster.

Daniel konnte das nicht glauben. »So was würde Oliver nicht tun«, widersprach er aus tiefster Überzeugung.

Sie drehte sich um und sah ihn traurig an. »Er hat es getan. Mehr als einmal. Ich habe es gesehen.« Sie ließ die Worte in ihrer harschen Realität einen Moment zwischen ihnen stehen, bevor sie fortfuhr: »Mr Ainsworth hat mir von diesem Mädchen erzählt. Stell sie ein, wenn die Eltern zustimmen. Beim Martinsmarkt in Bridlington werden wir weitere Knechte anwerben.« Sie hielt inne. »Ich werde deine Hilfe brauchen, Daniel. Mein Vater hat mir viel gezeigt und erklärt, aber es ist so lange her und ich war noch ein Kind. Natürlich habe ich mich die ganze Zeit über gefragt, wie würde ich es machen? Wie würde ich entscheiden? Aber ich hatte zu wenig Einblick und Riley hat alles getan, um mich zu entmutigen.« Sie schluckte und sah zu Boden. »Acht Jahre lang hat er mir täglich gesagt, wie wertlos ich bin«, flüsterte sie kaum hörbar. »Acht Jahre lang habe ich Gott täglich angefleht, die Stimme meines Vaters in meinem Herzen zu bewahren. Er hat mir zugetraut, einmal Brigham Hall zu übernehmen. Ihm will ich glauben, nicht Riley. Aber allein schaffe ich es nicht. Wirst du mir helfen?« Ihre flehenden Blicke trafen ihn mitten ins Herz.

»Natürlich«, hörte er sich sagen und verabschiedete sich innerlich von den Pferden. Es würde wohl noch eine ganze Weile dauern, bis er die Verantwortung wieder abgeben konnte.

Brigham Hall, Michaelistag, den 29. September 1711

Liebe Mutter,

wie die Dinge sich in der kurzen Zeit verändert haben, seit Dame Arabella wieder hier ist! Es ist kaum zu glauben. Natürlich hat es auch viel damit zu tun, dass Russell und Fanny weg sind, die so oft für Streit und Unruhe gesorgt hatten. Alle verbliebenen Angestellten sind überaus bemüht, Dame Arabella jeden Wunsch von den Lippen abzulesen. Ob es ihr schlechtes Gewissen ist, dass sie der jungen Frau über die Jahre das Leben so schwer gemacht haben, oder ob es an dem einnehmenden Wesen der Baronetess liegt, kann ich nicht beurteilen. Aber alle scheinen nahezu verliebt in ihre neue Herrin, die ihnen ihre Sünden nicht nachträgt, sondern mit rührender Aufopferung darum bemüht ist, die Geschicke auf Brigham Hall in gute Bahnen zu lenken.

Heute war Mr Ainsworth wieder da und alle haben ihren Lohn ausgezahlt bekommen. Das Säckchen mit Silber, das ich nun in meiner Hütte versteckt habe, erscheint mir wie ein sagenumwobener Schatz. Noch nie habe ich so viel Geld auf einmal gesehen, geschweige denn besessen. Es ist mehr als das, was der Baronet – alte Gewohnheit – was Riley mir zugesagt hatte. Viel mehr. Als ich Mr Ainsworth darauf aufmerksam machte, lächelte er nur und legte mir eine Hand auf die Schulter.

»Die Baronetess wünschte, auf diese Weise ihre Dankbarkeit zum Ausdruck zu bringen«, sagte er. Dann fügte er noch hinzu: »Sie trug mir außerdem auf, Ihnen zu sagen, dass Thunderboy Ihnen zur freien Verfügung steht. Sie wird ihn nicht reiten, weiß aber, wie sehr Sie ihn schätzen. Lediglich auf die Decksaison werden Sie Rücksicht nehmen müssen.«

Ach Mutter, was für ein Geschenk! Dieses wundervolle Pferd war mir schon oft Balsam für die Seele und seit Rileys Tod sind wir regelrecht Freunde geworden. Er ist viel ausgeglichener und ruhiger. Vielleicht spürte er die innere Zerrissenheit des Betrügers und reagierte darauf.

Seit zwei Wochen arbeitet Ruth im Stall. Es dauerte etwas, bis die beiden Jungs aufgehört haben, sie fortwährend anzustarren. Ihr halbes Gesicht und auch ihr Arm und die Hand sind völlig vernarbt. Das Auge kann sie nur halb öffnen und das Ohr fehlt. Auch Haare wachsen auf dieser Seite des Kopfes keine. Sie tut mir wirklich leid und ich bin froh, dass Mr Miller mich auf ihr Schicksal aufmerksam gemacht hat. Mit Pferden kann sie wirklich hervorragend umgehen und packt auch bei der Stallarbeit ordentlich an. Reden tut sie kaum, aber seit ein paar Tagen summt sie leise vor sich hin, was sie zuvor nicht getan hat. Ich werte das als Zeichen, dass sie mit ihrer Arbeit zufrieden, wenn nicht sogar glücklich ist. Nur wenn Fremde in den Stall kommen, versteckt sie sich augenblicklich. Ich kann es ihr nicht verübeln.

Ich denke, wir werden bis zum Martinsmarkt gut zurechtkommen. Dann wird es allerdings viel Fingerspitzengefühl erfordern, die richtigen Knechte auszuwählen, die bereit sind, mit dem Mädchen zusammenzuarbeiten. Dame Arabella hat mich gebeten, mit zum Markt zu kommen und sie bei der Suche nach neuen Dienern zu unterstützen. Vermutlich hat sie auch Angst, sich nach so langer Zeit im Trubel des Jahrmarkts unter die Leute zu mischen. Aber das würde sie niemals zugeben. Sie ist überaus willensstark, was vermutlich der Grund dafür ist, dass sie die Tortur all die Jahre überlebt hat.

Sie hat mir empfohlen, mir eine Perücke zuzulegen. Seit einigen Jahren trage ich mein Haar kurz und nun meinte sie, dass ich als Verwalter von Brigham Hall mehr mit Gentlemen zu tun haben würde und deswegen auch eine Perücke tragen sollte, wie alle Männer von Welt. Ich lehnte dankend ab. Nach solchen Eitelkeiten steht mir wahrhaftig nicht der Sinn.

Ich hoffe, Du kannst darüber lachen!
Herzlichste Grüße
Dein Daniel

19. ERNÜCHTERUNG

»Harry, so schick?«, fragte Daniel den Gärtner, der ausnahmsweise einmal keine Ähnlichkeit mit einem alten, knorrigen Baum hatte, sondern wie ein ordentlicher Kutscher aussah.

Harry knurrte unwirsch und kratzte sich unterm Arm. »Die Herrin ist zum Tee bei Mrs Ainsworth eingeladen«, erklärte er. »Kann Tom mir beim Anspannen helfen?«

»Ja, er ist im Stall und fegt. Sag ihm, er soll weiterfegen, wenn ihr fertig seid, sonst verdrückt er sich wieder!«, rief Daniel im Vorbeigehen.

Im Haus herrschte jede Menge Aufregung. Lizzie kam mit hochrotem Kopf die Treppe heruntergeflitzt und warf ihm nur ein atemloses »Entschuldigung!« zu, ehe sie in der Küche verschwand. Daniel hatte das Arbeitszimmer noch nicht erreicht, da rannte sie schon wieder mit einer Schüssel Wasser nach oben. Ellie folgte ihr mit verschiedenen Tüchern beladen auf dem Fuße. Stimmengewirr und Gekicher drang durchs Haus. Daniel schmunzelte. Wenn die Töchter seines früheren Herrn irgendwo eingeladen gewesen waren, hatte sich das Haus jedes Mal in einen regelrechten Hühnerstall verwandelt. Alles gackerte und flatterte durcheinander. Hin- und hergerissen zwischen Pflichtbewusstsein und Neugier blieb er in der Tür des Arbeitszimmers stehen. Wenn Dame Arabella sich zum Ausgehen herausgeputzt hatte, wollte er sie unbedingt sehen. Aber er konnte doch nicht die ganze Zeit hier lauern. Er kniff die Lippen zusammen und ging ins Zimmer, ließ aber die Tür offen, damit er hörte, wenn sie herunterkam.

Er hatte noch nicht viel geschafft, als die Stimmen im Treppenhaus lauter wurden. Unverkennbar hallte das helle Lachen seiner Herrin durchs Haus. Es wärmte ihm das Herz. Wie oft hatte er sich gewünscht, sie lachen zu hören, als sie noch eine stumme Magd gewesen war? Mit gespanntem Lächeln trat er in die Eingangshalle.

Sie trug einen weinroten Rock mit heller abgesetzter Bluse. Die Arme steckten in eleganten Handschuhen, die bis über die Ellenbogen reichten, und statt der sonst üblichen Haube trug sie einen Hut. Ihre Augen blitzten fröhlich, als sie ihn erblickte.

»Wie sehe ich aus?«, fragte sie kokett und drehte sich einmal im Kreis, damit er sie von allen Seiten betrachten konnte. Bevor Daniel über eine angemessene Antwort nachdenken konnte, war ihm schon ein bewunderndes »Absolut bezaubernd« herausgerutscht. Er spürte, wie er rot wurde.

Alle drei Frauen quittierten seine Aussage mit lautem Kichern, sogar Ellie.

»Sie wird die hübscheste Dame beim ganzen Empfang sein«, verkündete Lizzie so stolz, als wäre es ihre persönliche Errungenschaft.

»Mrs Ainsworth hat noch einige andere Damen eingeladen, denen sie mich vorstellen möchte.« Für einen Moment wurde sie ernst. »Hoffentlich blamiere ich mich nicht«, sagte sie leise und schaute unsicher zu Ellie.

»Ach was, machen Sie sich nur keine Sorgen. Jeder wird von Ihnen hingerissen sein«, ermunterte Ellie die junge Frau.

In diesem Augenblick öffnete sich die Eingangstür und Harry verkündete, dass die Kutsche bereitstand. Mit einem aufgeregten Seufzer wandte sich Dame Arabella zum Gehen. Sie warf Daniel noch einen Blick über die Schulter zu. »Wünsch mir Glück«, sagte sie und war dann verschwunden, ehe er antworten konnte.

Nachdem sie aufgebrochen war, arbeitete Daniel konzentriert im Arbeitszimmer und ritt dann los, um sich einige der etwas weiter entfernt liegenden Pachthöfe anzusehen. Mr Miller hatte ihm erzählt, dass es zwischen dem Schotten Kerr und dem benachbarten Weldon immer wieder zu Streitereien kam. Dem wollte er auf den Grund gehen.

Der Hof des Schotten war in einem so desolaten Zustand, dass Daniel sich nicht die Mühe machte, das Gespräch mit ihm zu suchen. Er würde den Pachtvertrag um kein weiteres Jahr verlängern. Riley hatte schon oft über Kerr geschimpft und ihn auch bei nächster Gelegenheit loswerden wollen, also verschwendete Daniel keinen weiteren Gedanken an die Sache und ritt weiter zu Weldons Haus. Dort traf er niemanden an. Er klopfte mehrfach an die Tür, aber es wurde nicht geöffnet und auch ums Haus und in den Ställen war keine Menschenseele anzutreffen. Alles sah aber recht ordentlich aus, auch wenn nur zwei magere Hühner im Dreck scharrten. Wo waren die Schafe? Daniel ließ seinen Blick über die angrenzenden Wiesen und Felder schweifen. Vermutlich hatte Weldon sie gerade auf einer etwas weiter entfernten Weide untergebracht.

Unverrichteter Dinge schwang Daniel sich auf sein Pferd und ritt nach Brigham Hall zurück.

Als er wieder ins Arbeitszimmer kam, fand er dort überraschenderweise Dame Arabella vor, die am Fenster stand und gedankenverloren in die Ferne starrte.

Er stockte in der Tür, kam dann aber langsam in den Raum. »Sie sind schon zurück?«, fragte er erstaunt. Er war nur gut zwei Stunden unterwegs gewesen und hatte nicht vor dem späten Abend mit ihr gerechnet.

Als sie sich zu ihm umdrehte, sah er, dass sie einige Tränen vergossen hatte. Sie senkte kurz den Blick und wischte sich das Gesicht ab. »Ja«, sagte sie dann knapp und setzte sich in einen der Sessel vor dem Kamin.

Daniel trat näher. »Was ist passiert?«

Ein tiefer Seufzer entfuhr ihr und sie knetete einen Moment die Finger, ehe sie leise antwortete: »Es war schrecklich. Ich weiß nicht, was Mrs Ainsworth ihren Bekannten alles über mich erzählt hat, aber ich kam mir vor wie ein zweiköpfiger Affe auf dem Jahrmarkt. Erst haben sie mich alle nur angeglotzt. Ich dachte schon, es läge daran, dass ich keine Bleiche verwendet habe, aber dann fingen sie an, die unverschämtesten Fragen zu stellen.« Sie verstummte und sah Daniel Hilfe suchend an.

Er konnte ihren Schmerz und die Enttäuschung förmlich spüren. »Was für Fragen?«

Sie hob die Hand, ließ sie dann aber wieder mutlos fallen und zuckte mit den Schultern. »Ob ich meinen Nachttopf selbst ausleeren würde. Ob die Bediensteten mir überhaupt gehorchen würden. Ob ich glaube, dass mich je ein Mann heiraten wird, wo ich in solcher Schande gelebt habe.« Erneut rollte eine Träne über ihre Wange. »Dabei habe ich nie ...« Ihr Flüstern verlor sich und sie senkte wieder den Blick.

Daniel tat es ihr gleich. Er hatte nicht erwartet, dass die Herrschaften sich keinen Deut besser benahmen als die Dienerschaft. Wo er auch gearbeitet hatte, man hatte sich fortwährend über alles und jeden das Maul zerrissen. Dabei war es ganz egal gewesen, ob man über die Dienstherren oder die Mitangestellten herzog. Oder über die Nachbarn im Dorf. Nichts war begehrter als Tratsch und Gerede. Warum er geglaubt hatte, die Oberschicht sei davor gefeit, wusste er nicht. Es schmerzte ihn, dass seine zarte Herrin so taktlos in ihren Kreisen empfangen worden war. Von Mr und Mrs Ainsworth hatte er sich da wesentlich mehr versprochen.

»Also sind Sie gegangen?«, fragte er schließlich. Aus dem Augenwinkel sah er sie nicken.

Dann holte sie tief Luft und stand auf. Mit fester Stimme sagte sie: »Ich habe schon ganz anderes durchgestanden, da werde ich ja wohl das Gezeter von ein paar dummen Gänsen ertragen. Das war auch nicht schlimmer als Fanny. Sollen sie doch reden. Bald wird sich eine andere Sensation finden und dann bin ich uninteressant.« Sie schob die Schultern zurück und sah Daniel in die Augen. »Wie war es bei den Pächtern?«, fragte sie in geschäftsmäßigem Ton.

Daniel konnte über diesen Stimmungswechsel nur staunen. Diese Frau besaß eine wirklich beeindruckende Stärke und Persönlichkeit. Selbstvergessen lächelte er sie an.

»Die Pächter?«, wiederholte sie.

Daniel räusperte sich. »Die Pächter, ja. Also, Kerr müssen wir auf jeden Fall wegschicken. Der Hof ist in einem katastrophalen Zustand. Mr Weldon habe ich nicht angetroffen. Dort sah so weit alles ordentlich aus, aber wir müssen mit ihm reden. Ich wüsste gern, was da zwischen ihm und dem Schotten vorgefallen ist und wie er sich zu den Entwicklungen hier auf dem Anwesen stellt.«

»Gut. Vielleicht kannst du ihm eine Nachricht dalassen, dass er sich hier einfinden soll, wenn du ihn beim nächsten Mal auch nicht antriffst. Ich werde mich jetzt zurückziehen und …«, sie hielt kurz inne, »… das Geschnatter verdauen und mir überlegen, wie ich dem zukünftig begegne. Irgendwelche Vorschläge?«

»Es tut mir sehr leid, aber da kann ich nun wirklich nicht helfen.«

Sie lächelte müde. »Mir wird schon was einfallen«, murmelte sie, nickte ihm noch einmal zu und ging.

Im Laufe der nächsten Tage und Wochen kamen eine ganze Reihe von Boten nach Brigham Hall, die entweder Einladungen für Dame Arabella zu verschiedenen gesellschaftlichen Anlässen brachten oder anfragten, ob die Hausherrin Besucher empfangen würde. Sie lehnte vieles ab, aber nicht alles. Wenn sie ausging, wirkte sie wie ein Soldat, der sich auf einen Kampf vorbereitete. Von der überschwänglichen Begeisterung der ersten Einladung war nichts mehr zu spüren.

Daniels Bewunderung wuchs mit jedem Mal, bei dem sie sich dieser Herausforderung stellte und sich eisern weigerte, klein beizugeben. Er wusste nicht, wie es ihr bei diesen Anlässen erging, denn sie sprach nicht weiter darüber. Dennoch merkte er ihr jedes Mal eine große Erleichterung an, wenn sie spätabends zurückkehrte und sich dann in die fürsorgliche Betreuung von Lizzie fallen lassen konnte.

Es dauerte eine Weile, aber schließlich nahm sie auch eine

Besuchsanfrage an, womit sie Ellie einerseits in wilden Aufruhr brachte, ihr andererseits aber auch einen riesigen Gefallen zu tun schien. Daniel machte nur einmal den Fehler, während der Vorbereitungen auf den Besuch die Küche zu betreten. Hinterher schätzte er sich glücklich, dass Ellie ihn nicht mit dem Nudelholz wieder hinausgejagt hatte, und amüsierte sich noch lange über die atemlose Betriebsamkeit der Köchin. Jedenfalls bis zu dem Punkt, als Dame Arabella ihn darüber informierte, dass sie seine Anwesenheit beim Dinner wünschte, da Mr und Mrs Ainsworth ein befreundetes Ehepaar mitbrachten und sie nicht als fünftes Rad am Wagen dastehen wollte.

»Ich soll … aber ich … beim Dinner?«, stammelte Daniel entsetzt und hoffte inständig, dass irgendein Erdloch ihn verschlucken möge.

»Du kannst dich wunderbar mit Mr Ainsworth unterhalten und der andere Herr, Lord Dursley, wird sich einfach anschließen. Und wenn du nicht weißt, was du sagen sollst, steckst du dir einfach eine Kartoffel in den Mund und guckst entschuldigend. Das funktioniert prächtig.«

Bei diesem Eingeständnis ihrer Gesprächstaktiken musste er trotz allem schmunzeln.

»Hast du dir inzwischen eine Perücke zugelegt?«

Daniel fing an zu husten.

Sie verstand seine Reaktion vollkommen richtig. »Dann lass dir wenigstens die Haare lang wachsen, diese Zotteln sind wirklich eine Zumutung.«

Seine Proteste blieben ihm im Hals stecken, als sie näher trat, die Hand ausstreckte und ihm durch die Haare fuhr. Er hatte das Gefühl, als würde seine Kopfhaut zu brennen anfangen, wo sie ihn berührte – allerdings auf deutlich angenehmere Art als damals, als Russell ihm die Haare ausgerissen hatte. Es schien eine Ewigkeit zu dauern, bis er die Kraft aufbrachte, einen Schritt zurückzutreten. Dabei hielt der Blick ihrer grünen Augen ihn viel fester gefangen als die Hand in seinen Haaren.

»Ich gehe mich dann mal umkleiden«, krächzte er und eilte in seine Hütte. Er musste seine Schuhe putzen und die Jacke ausbürsten. Hoffentlich hatte sein gutes Hemd keinen Fleck. Hatte er überhaupt ein ordentliches Band für den Kragen? Alles war ihm recht, um sich von seinen aufwallenden Gefühlen abzulenken, auch wenn die Ablenkung alles andere als erfreulich war.

Dinner mit Mr Ainsworth und der Hausherrin, dazu noch weitere Gäste. Wo war er da nun wieder hineingeraten? Wie konnte sie ihm das nur antun? Er kannte sich in solchen Kreisen doch überhaupt nicht aus! Ein resignierter Seufzer entfuhr ihm. Er würde sich bis auf die Knochen blamieren. Am besten behielt er den ganzen Abend über Kartoffeln im Mund.

»Gott steh mir bei«, murmelte er.

Brigham Hall, den 21. Oktober 1711

Oh Mutter,

was für ein Abend liegt hinter mir! Ich bin fix und fertig. Wie ein Fisch auf dem Trockenen habe ich mich bei diesem Dinner mit Dame Arabella, Mr und Mrs Ainsworth und Lord und Lady Dursley gefühlt. Die beiden Letzteren haben weiter südlich ein stattliches Anwesen und waren durch Mr Ainsworth auch mit Baronet Brigham bekannt, Dame Arabellas Vater. Sie waren wirklich sehr freundlich und um die Baronetess bemüht. Von dem unflätigen Verhalten, von dem Dame Arabella mir nach ihrer ersten Einladung zu einem Teenachmittag mit einigen anderen Ladys berichtet hatte, war an diesem Abend Gott sei Dank nichts zu spüren. Alle behandelten sie absolut respektvoll.

Falls mein Benehmen ähnlich verzweifelt und abstoßend war wie das des besagten Fisches, haben die anderen es sich höflicherweise nicht anmerken lassen. Mr Ainsworth verwickelte mich in ein Gespräch über Pferde im Allgemeinen und die Zucht der Brighams im Besonderen, was Lord Dursley überaus zu interessieren schien und mich mit großer Dankbarkeit erfüllte. So konnte ich mich wenigstens in Sachen Konversation wacker schlagen. Beim Essen war ich allerdings mit der Fülle des vorhandenen Bestecks und der üppigen Auswahl an Speisen und Getränken hoffnungslos überfordert. Ich aß fast nichts aus Angst, mich zu bekleckern, die Tischtücher zu ruinieren oder die Gäste durch mangelnde Manieren zu erschrecken. Dame Arabella gab mir zwar immer wieder verhaltene Hinweise, welches Messer oder welches Glas ich benutzen sollte, aber ich war trotzdem so verwirrt, dass ich lieber hungrig blieb.

Ich glaube, meine Hilflosigkeit hat ihr stilles Vergnügen bereitet. Nun weiß ich aus erster Hand, wie sie sich zunächst bei den Anlässen gefühlt haben muss, zu denen sie eingeladen war. Ich kann ihre mutige Entschlossenheit, diese Dinge in Angriff zu nehmen, nur bewundern. So zerbrechlich sie aufgrund ihrer Statur oft wirkt, so stark ist sie im Kern.

Am Rande bekam ich mit, dass Lady Dursley mit ihr über ihren Vater sprach und sie mit sehr einfühlsamen Worten ermutigte, das Anwesen in seinem Sinne weiterzuführen. Offensichtlich stand Baronet Brigham bei ihr in höchstem Ansehen. Auch Lord Dursley hatte nichts als Lob für den früheren Baronet übrig und machte mir sehr deutlich, dass ich mit der Verwaltung des Anwesens eine bedeutungsvolle Aufgabe übernommen hätte. Als ob ich das nicht wüsste!

Dame Arabella dankte mir nach der Verabschiedung der Gäste fast schon mitleidig für meinen Einsatz. Sie hat wohl gemerkt, wie weit ich von einem normalen Umgang mit so hochgestellten Personen entfernt bin. Ich denke, ich habe ihr mehr als deutlich zu verstehen gegeben, dass ich zukünftig für solche Anlässe nicht mehr zur Verfügung stehe. Sie nahm es kommentarlos zur Kenntnis, bedachte mich nur mit einem merkwürdig melancholischen Blick. Ich hoffe wirklich, dass sie mich bei zukünftigen Gelegenheiten verschont!

Nein, liebe Mutter, für ein Leben in der oberen Schicht der Gesellschaft bin ich einfach nicht geschaffen.

Herzlichst,
Dein Daniel

20. PÄCHTER

Die Kutsche rollte aus dem Innenhof, der ungewohnt kahl wirkte. Inzwischen war der verkohlte Baum entfernt worden und nur ein kläglicher Stumpf zeugte als letztes Überbleibsel von der einstigen Pracht der Kastanie. Harry hatte ein tiefes Loch in den Stumpf gebohrt, dort eine Kastanie hineingelegt und sie mit Erde bedeckt. Daniel hatte das mit zweifelndem Blick beobachtet, aber Harry hatte sich nicht beirren lassen. »Wirst schon sehen«, hatte er gemurmelt und wissend genickt.

Kurze Zeit später erschien Dame Arabella im Innenhof, ein erwartungsvolles Lächeln auf den Lippen.

»Daniel?«, rief sie und lockte ihn damit aus der Sattelkammer, wo er gerade nach einem passenden Sattel für Mr Ainsworths jungen Wallach suchte.

»Madam?«

»Ich würde gern ausreiten. Kannst du mich begleiten?«

Daniel betrachtete sie nachdenklich. Offensichtlich war mit der Kutsche, die soeben den Hof verlassen hatte, ihr neuer Reitrock angekommen, denn den, den sie trug, hatte er noch nie gesehen. Sie war vor ihrer Ankunft immer wieder im Stall aufgetaucht und hatte sehr ungeduldig gewirkt.

»Für Mr Ainsworths Wallach wäre ein Ausritt wohl noch etwas zu viel«, gab Daniel zu bedenken. »Ich wollte ihn erst einmal in der Halle reiten.«

»Hast du schon auf ihm gesessen?«

»Ja, mehrmals, aber es war nicht gut, der Sattel hat gedrückt. Ich wollte gerade sehen, ob ich einen passenderen finde.«

»Gut. Wie lange brauchst du?« Die Baronetess sah ihn fordernd an.

»Sicherlich eine Stunde, Madam«, erwiderte Daniel.

»Hervorragend. Ich werde Kitty in Ruhe putzen und satteln und erwarte dich dann.«

»Soll ich einen der Jungen ...?«

»Sie lässt sich sowieso nur von mir anfassen, Daniel«, unterbrach sie ihn und begleitete ihn in die Sattelkammer, wo sie mit den Augen die ordentlichen Reihen der Sättel absuchte. »Was ist das da oben unter den Decken?«, fragte sie und zeigte auf die oberste linke Ecke der Kammer.

Daniel musste auf einen Schemel steigen, um nachzusehen. Tatsächlich lag unter den Decken ein Sattel verborgen, den er noch nie benutzt hatte – weil er ihn noch nie bemerkt hatte.

»Ja, das ist er!«, rief Dame Arabella erfreut.

Daniel stutzte. »Dieser hier? Für Ihre Stute?«

Sie nickte.

»Aber das ist ein Herrensattel«, bemerkte Daniel und erntete einen wütenden Blick.

»Glaub ja nicht, dass ich mich seitwärts auf mein Pferd setze und mich führen lasse! Ich will reiten! Ich bin immer so geritten.« Sie funkelte ihn an, als ob sie ihn geradezu herausfordern wollte, ihr noch weiter zu widersprechen. Daniel tat es nicht. Schließlich hatte er sie bereits reiten sehen und da hatte sie gar keinen Sattel gehabt. Ohne weiteren Kommentar trug er den Sattel zum Anbindebalken im Hof und legte ihn dort ab. Dann prüfte er sorgfältig alle Gurte. Wenn der Sattel all die Jahre unbenutzt dort oben gehangen hatte, war es leicht möglich, dass Mäuse etwas angenagt hatten oder das Leder brüchig geworden war. Es schien jedoch alles in Ordnung zu sein – nur war er ziemlich verstaubt.

»Ich schicke Tom. Er soll den Sattel reinigen«, sagte er und machte sich auf die Suche nach dem Stallburschen.

Dame Arabella war schon mit dem Halfter in der Hand auf dem Weg zur Weide. Kurze Zeit später hörte Daniel ihren Pfiff herübergellen, während er dem Wallach einen anderen Sattel auflegte.

Daniel wusste nicht, ob er lachen oder staunen sollte. Dame Arabella war ebenso aufgekratzt wie die kleine weiße Stute. Er konnte sich kaum vorstellen, was es für sie bedeutete, nach so langer Zeit frei und ungezwungen wieder auf ihrem eigenen Pferd sitzen zu können. Sie wirkte, als würde sie vor Freude und schierer Lebenslust übersprudeln, was dazu führte, dass die Stute fast auf der Stelle galoppierte. Thunderboy hatte nur einmal die Nase interessiert in Richtung Schimmel gesteckt und sofort einen flinken Tritt kassiert. Danach schien er beschlossen zu haben, dass das hibbelige Stütchen seiner nicht wert war, und würdigte sie keines Blickes mehr. Daniel war es recht.

Der kühle Oktobertag blies ihnen eine frische Brise um die Nase und dicke Wolkenschiffe jagten sich gegenseitig über den blauen Himmel. Dame Arabella sah dem Wolkenspiel eine ganze Weile zu und schaute dann mit blitzenden Augen zu Daniel hinüber.

»Ob wir auch so schnell sind wie die Wolken?«, fragte sie und mit einem glockenhellen Lachen gab sie ihrer Stute den Kopf frei und schoss mit wehenden Röcken davon.

Daniel blieb nichts anderes übrig, als ihr nachzusetzen.

Wenn er gedacht hatte, sie würde beim ersten Hindernis anhalten oder nach kurzer Zeit langsamer werden, hatte er sich gewaltig geirrt. Wie ein Wirbelwind fegte sie über Stock und Stein, setzte mit eleganten Sprüngen über Gräben und Mauern und wurde erst langsamer, als sie den entlegensten Pachthof umrundet hatten und wieder auf dem Weg in Richtung Brigham Hall waren. Auch wenn er keine Mühe gehabt hatte, mit ihr mitzuhalten, war er doch beeindruckt von der Ausdauer und dem reiterlichen Können der zierlichen Frau. Er kannte so manchen Stallburschen, der bei einigen Manövern im Gras gelandet wäre. Er biss sich auf die Lippe, während er den Hengst neben seine Herrin lenkte. Sie hatte bei dem wilden Ritt ihre Haube verloren und ihre Locken hatten sich ebenfalls gelöst, sodass sie sich jetzt wie eine Löwenmähne um ihr gerötetes Gesicht ringelten. Der Anblick war bezaubernd.

»Was ist los, Daniel? Hat es dir die Sprache verschlagen?«, stichelte sie etwas atemlos.

Daniel lächelte stumm und bestätigte damit ihre Frage. Alles, was ihm einfiel, war völlig unangebracht und er hatte es noch nie verstanden, belanglose Konversation zu betreiben.

Sie verfolgte das Thema nicht weiter und so ritten sie schweigend nebeneinanderher, jeder in seine eigenen Gedanken vertieft.

Erst als Brigham Hall in Sicht kam, sagte sie leise: »Ich danke dir, Daniel.«

»Wofür?«, fragte er verwundert. Er hatte doch nichts Außergewöhnliches getan und fühlte sich eher etwas schuldig, dass er sie so lange angeschwiegen hatte.

»Dafür, dass ich bei dir einfach so sein darf, wie ich bin. Mal wild und überschwänglich, mal still und nachdenklich. Das hilft mir sehr.« Als er sie ansah, entdeckte er Tränen in ihren Augenwinkeln. Erschrocken wollte er etwas sagen, doch sie hob die Hand. »Es ist schon in Ordnung«, beruhigte sie ihn. »Nur ist es gerade nicht ganz einfach, ich zu sein.« Mit einem wehmütigen Lächeln blickte sie auf ihre Hände.

Er wollte ihr sagen, dass er das gut verstehen könne, aber das wäre gelogen gewesen. Er konnte sich nicht einmal im Ansatz vorstellen, was in ihr vorging. Er wusste ja kaum, was sie alles durchgemacht hatte. Acht Jahre gefangen von Riley, vier Jahre davon irgendwo versteckt, die anderen vier zur Arbeit gezwungen, tagein, tagaus, ohne Unterlass. Gedemütigt, geschlagen, isoliert. Und doch saß sie stolz auf ihrer kleinen, zähen Stute, strahlte mit der Sonne um die Wette und versprühte eine ansteckende Lebensfreude. Wie war das möglich?

»Glaubst du an Gott, Daniel?«, fragte sie leise in seine Gedanken hinein.

»Das tue ich.«

»Darin liegt die Antwort«, erwiderte sie, als hätte sie seine Gedanken gelesen.

Der Tag war ungemütlich und wurde schon seit dem Morgengrauen von einem unangenehmen Nieselregen begleitet, den ein kräftiger Westwind einem bis unter die Haut zu treiben schien. Daniel fluchte innerlich, dass sie bei diesem Wetter nicht nur ausritten, sondern vier Höfe des Anwesens abklappern mussten. Einen Teil der Pächter wollten sie über das Ende ihrer Verträge informieren und mit einem, Mr Weldon, überhaupt erst einmal sprechen. Daniel hatte wiederholt niemanden auf dem Hof angetroffen und der Pächter hatte seine Einladung nach Brigham Hall schlicht ignoriert. Er hätte liebend gern Boten losgeschickt und die Pächter in Brigham Hall empfangen. Dame Arabella wünschte es jedoch anders. Sie hatte die Höfe noch nicht besucht und wollte sich einen Eindruck verschaffen, wie es um die Gebäude und Felder bestellt war. Daniel hatte ihr zwar über alles Bericht erstattet und ihr auch vorgeschlagen, nach neuen Pächtern zu suchen, aber sie bestand darauf, es sich selbst anzusehen. Um ihrem Anliegen Nachdruck zu verleihen, hatte sie sowohl Daniel und Mr Ainsworth als auch Harry mitgenommen. Letzteres hatte Daniel ihr nahegelegt, zur Sicherheit. Er hatte es zwar nicht ausdrücklich gesagt, aber er wusste, dass es zumindest mit dem Schotten Ärger geben könnte.

Die ersten beiden Höfe waren in einem leidlichen Zustand gewesen. Die kleinen Hütten mit einem Wohn- und einem Schlafraum sowie angrenzenden Ställen mussten sicherlich an der einen oder anderen Stelle repariert werden, wirkten aber nicht verwahrlost. Die Pächter hatten die Nachricht mit stoischer Gleichgültigkeit hingenommen. Sie waren es gewohnt, alle paar Jahre weiterzuziehen und hatten schon damit gerechnet, dass die neue Herrin auch neue Pächter haben wollte.

Jetzt näherten sie sich allerdings Kerrs Kate und man konnte schon von Weitem sehen, dass er wenig Sinn für Ordnung hatte. Was Daniel beim Vorbeireiten nur als allgemeine Verwahrlosung registriert hatte, wurde ihm jetzt erst in vollem Ausmaß bewusst. Einer der Ställe war komplett in sich zusammengefallen. Davor stand ein Leiterwagen, dem die hinteren Räder samt Achse fehlten, und überall um die Hütte lagen Dinge herum: Holzreste, eine kaputte Leiter, verrostete Töpfe, Dachlatten, Lumpen. Schweine und Hühner liefen frei umher und vor der Haustür lag ein ausgemergelter Hund an einer Kette. Die Reiter hielten in sicherer Entfernung an.

»Bleiben Sie im Sattel, Madam«, sagte Mr Ainsworth leise und warf einen besorgten Blick auf die junge Frau, die über das Chaos verächtlich den Kopf schüttelte.

»Kerr! Kommen Sie raus!«, rief Daniel laut und versetzte damit den Hund in Rage. Wild bellend sprang er auf die Gruppe zu, wurde dann aber von der Kette zurückgerissen und zerrte wütend daran herum. Die Haustür öffnete sich einen Spalt und wurde dann wieder zugeschlagen. Schweine und Hühner stoben mit lautem Gequieke und Gegacker auseinander. Die Pferde tänzelten unruhig.

Gerade als Daniel ein zweites Mal rufen wollte, ging die Tür wieder auf und Kerr trat heraus, das Hemd offen und nur notdürftig in den Kilt gestopft, der für die Gruppe einen ungewohnten Anblick bot. »Was'n los?«, fragte er undeutlich um seine Pfeife herum. Er sah aus, als hätte ihn gerade jemand aus dem Bett gezerrt, wo er entweder einen Rausch ausschlafen wollte oder dabei war, sich einen anzutrinken. Seine Haare hingen ihm in fettigen Strähnen ins Gesicht.

Empört ließ Mr Ainsworth sein Pferd einige Schritte vortreten. »Mr Kerr«, fing er an, doch der Mann schüttelte den Kopf. Dann trat er nach dem Hund. »Halt die Klappe, du Drecksvieh«, fluchte er und trat noch einmal zu. Diesmal traf er ihn und der Hund landete jaulend in einer Pfütze. Zufrieden richtete Kerr seinen Blick wieder auf die Gruppe vor sich. »Da hab ich ja hohen Besuch, was? Ist die kleine Lassie da die neue Herrin? Is ja nich viel dran an dem Küken«, spöttelte er und schlug sich lachend auf die Schenkel. Hinter ihm erschien das neugierige Gesicht eines jungen Mannes im Türrahmen, vermutlich einer seiner Söhne.

»Mr Kerr, etwas mehr Respekt, bitte«, forderte Mr Ainsworth. »Wir kommen, um Ihnen mitzuteilen, dass Ihr Pachtvertrag ausläuft.« Er warf einen bedeutsamen Blick auf die heruntergekommene Behausung. »Er wird nicht verlängert«, ergänzte er kühl.

Das Lachen auf Kerrs Gesicht erstarb und seine Augen wurden schmal. »Ist das so«, sagte er mit einem plötzlich drohenden Unterton in der Stimme.

Die Tür hinter ihm wurde ganz geöffnet, zwei junge Burschen traten heraus und bauten sich rechts und links mit verschränkten Armen neben ihrem Vater auf.

Daniel warf Harry einen Blick zu, der glücklicherweise gerade in seine Richtung schaute. Er nickte ihm zu und beide sprangen gleichzeitig von ihren Pferden.

»Knüppel«, sagte Daniel tonlos.

Harry verstand die Bewegung seiner Lippen und tauchte hinter Mr Ainsworths Pferd ab, wo er einen kräftigen Ast aus dem Gras zog, ohne dass die Männer vor der Hütte genau sehen konnten, was er da tat.

»Beschütze sie«, formte Daniel mit seinen Lippen und Harry bewegte sich etwas näher an Dame Arabella heran, die das Geschehen mit einer gehörigen Portion Respekt beobachtete.

Ein metallisches Klicken drang durch die angespannte Stille. Mr Ainsworth hatte eine Pistole aus seiner Satteltasche gezogen und richtete sie nun auf den Pächter. »Sie werden Ihre Sachen packen und übermorgen verschwunden sein«, sagte er langsam und deutlich. »Falls nicht, kommen wir mit dem Wachtmeister wieder.«

Kerr spuckte einmal kräftig aus. »Jetzt habe ich aber Angst«, sagte er großspurig. Er blickte Mr Ainsworth herausfordernd in die Augen und bewegte sich dann mit festen Schritten auf den Schimmel der Baronetess zu.

Ainsworth zögerte. Es war offensichtlich, dass er den Mann nicht erschießen wollte, schon gar nicht vor den Augen der jungen Dame.

Ein selbstgefälliges Grinsen breitete sich auf Kerrs Gesicht aus. Er ließ den Anwalt links liegen und konzentrierte sich auf Harry, der jetzt auf ihn zukam und den Knüppel schwang. Kerr duckte sich und landete im nächsten Moment einen wuchtigen Schlag in Harrys Magen. Harry schnappte nach Luft. Gleichzeitig sprangen Kerrs Söhne mit wildem Geheul auf Daniel los. Die Pferde scheuten. Daniel hatte alle Hände voll zu tun, sich gegen die beiden Burschen zur Wehr zu setzen. Aus dem Augenwinkel sah er, wie Kerr die Verwirrung nutzte, um sich Dame Arabella zu schnappen. Allerdings hatte er die Rechnung ohne die weiße Stute gemacht. Sowie er nach der jungen Frau greifen wollte, sanken kräftige Pferdezähne in seine Schulter. Er schrie auf. Bevor er noch irgendetwas anderes tun konnte, traf ihn Dame Arabellas Stiefelspitze so hart am Kinn, dass er bewusstlos rückwärts umkippte.

Inzwischen hatte Harry sich wieder gefangen und kam Daniel zu Hilfe. Mit dem Knüppel setzte er kurz nacheinander beide Kerr-Söhne außer Gefecht.

Atemlos sah Daniel die anderen an und wischte sich mit dem Handrücken Blut von seiner aufgeplatzten Lippe. »Geht es Ihnen gut?«, fragte er Dame Arabella, die fast so weiß war wie ihre Stute.

»Besser als dir«, sagte sie jedoch mit unverkennbarer Genugtuung in der Stimme.

»Na, ist ja klasse«, kam plötzlich eine weibliche Stimme von der Hütte her. »Wenn ihr sie schon umhaut, könnt ihr sie dann wenigstens reintragen? Die werden mir ja alle krank, wenn die da so im Regen liegen.« Die mürrische Frau verschränkte die Arme und bedachte die Gruppe mit einem verächtlichen Blick.

»Mrs Kerr?«, vermutete Mr Ainsworth, der inzwischen seine Pistole wieder weggesteckt hatte.

»Wer will das wissen?«

Mr Ainsworth stieg ab und trat vorsichtig über die Beine eines der Kerr-Jungen. Mit ausgestrecktem Arm hielt er der Frau das Kündigungsschreiben entgegen. »Sie haben bis übermorgen Zeit, das Anwesen zu verlassen. Ich rate Ihnen, dem Folge zu leisten. Mehr Ärger braucht keiner.«

Mit einer knappen Bewegung riss ihm die Frau das Papier aus der Hand und knüllte es zusammen.

»Fahrt doch zu Hölle«, zischte sie und spuckte dem Anwalt vor die Füße. Dann drehte sie sich um und knallte die Tür zu.

Mr Ainsworth zuckte die Schultern und stieg wieder auf sein Pferd. Auch Daniel und Harry fingen ihre Pferde wieder ein und stiegen auf.

»Werden sie gehen?«, fragte Daniel zweifelnd.

Mr Ainsworth schüttelte mit einem Seufzer den Kopf. »Ich fürchte, das werden wir übermorgen überprüfen müssen.«

Das letzte Haus wirkte verlassen. Kein Rauch stieg aus dem Schornstein und weder Mensch noch Tier waren zu sehen. Nichts rührte sich und eine unheilvolle Stille lag über dem Hof.

Daniel stieg ab und klopfte an die Tür. Niemand antwortete. »Weldon?«, rief Daniel. Seine Stimme klang verloren im aufsteigenden Nebel. »Weldon!«, wiederholte er, bekam aber immer noch keine Antwort. Warum war der Mann nie zu Hause? Er wollte sich gerade abwenden, als er ein leises Kratzen hinter der Tür hörte. Er lauschte einen Moment und klopfte dann noch einmal. »Ist jemand zu Hause? Die Baronetess möchte Mr Weldon sprechen!« Jetzt hörte er deutlich das Geräusch von Schritten hinter der Tür. Er drückte die Klinke hinunter. Die Tür war nicht verschlossen, doch als er eintrat, kam ein etwa fünfjähriger Junge mit einem Schürhaken auf ihn zugerannt.

»Geh weg!«, schrie er und wollte damit auf Daniel einschlagen.

Der fing ihn mühelos ab und legte eine Hand auf die Schulter des Jungen. »He, keine Angst, ich will nichts Böses. Beruhige dich.«

Der Junge schluchzte verzweifelt auf.

»Bist du allein?« Daniel ließ seinen Blick durch den Raum schweifen. Im Kamin brannte kein Feuer, aber sonst sah alles sehr ordentlich aus.

Der Junge sagte nichts, warf aber einen verstohlenen Blick über die Schulter.

Daniel schob sich an ihm vorbei und ging auf die Tür zur Schlafkammer zu.

»Nein!«, schrie der Junge entsetzt. »Da darfst du nicht rein!« Wieder rannte er mit dem Schürhaken gegen Daniel an. Diesmal nahm Daniel ihn ihm weg. Heulend stellte sich der Junge vor die Tür, um ihm den Weg zu versperren, aber Daniel öffnete sie trotzdem. Der unangenehme Geruch von nicht geleerten Nachttöpfen schlug ihm entgegen. In dem schummrigen Licht erkannte er eine unförmige Gestalt, die im Bett lag. Im ersten Moment durchfuhr ihn ein Schreck. Es sah aus, als ob die Gestalt zwei Köpfe hätte. Dann gewöhnten sich seinen Augen an das Dunkel und ihm wurde klar, dass da eine Frau zusammen mit einem kleinen Mädchen auf dem Bett lag. Die Frau stöhnte.

»Ist sie krank?«, fragte er den Jungen und machte unwillkürlich einen Schritt rückwärts.

»Nein«, antwortete die Frau auf dem Bett atemlos. »Ich habe nur Wehen.«

Das Mädchen starrte Daniel aus tellergroßen Augen an, den Daumen im Mund. Sie war höchstens drei.

Daniel schluckte und trat den Rückzug an. »Madam, ich glaube, da sollten Sie lieber einmal nachsehen«, sagte er kleinlaut, als er wieder vor die Tür trat. Mit Pferdegeburten kannte er sich ja aus, aber bei Menschen hielt er sich lieber raus.

Jetzt stiegen alle ab, banden die Pferde an und kamen ins Haus. Dame Arabella folgte Daniels Handzeichen und verschwand in der kleinen Schlafkammer. Sie konnten sie leise mit der Frau im Bett reden hören. Dann zerriss plötzlich ein lauter Schrei die Stille und die Kinder fingen an zu weinen. Kurz darauf zog Dame Arabella die beiden an der Hand aus der Schlafkammer.

»Harry, kümmer dich um die Kleinen. Daniel, mach Feuer und setz einen Kessel Wasser auf. Mr Ainsworth, würden Sie freundlicherweise nachsehen, ob Sie in den Truhen oder Schränken ein paar Tücher finden? Wenn irgendwo Brot ist, geben Sie den Kindern was zu essen.« Damit verschwand sie wieder in der Kammer, nur um kurz darauf mit dem Fäkalieneimer nach draußen zu eilen.

»Madam!«, rief Mr Ainsworth entsetzt, aber sie warf ihm nur einen ungeduldigen Blick zu. Als sie mit dem leeren Eimer wieder hereinkam, sagte sie im Vorbeigehen: »Ist nicht das erste Mal.« Dann schloss sie die Tür und blieb lange Zeit verschwunden. Immer wieder drangen Schreie aus der Schlafkammer, die Daniel das Herz zusammenzogen. Er hatte das Feuer in Gang gebracht, aber es war nicht mehr viel Holz im Lager neben dem Herd. Kurzerhand ging er nach draußen und sah sich um. An der Rückseite der Hütte fand er Holzscheite sauber aufgestapelt. Dahinter lagen noch ein kleiner Hühnerstall und ein weiterer Schuppen. Der Hühnerstall war leer und der Schuppen hatte dem Geruch nach zu urteilen wohl mal als Schaf- oder Ziegenstall gedient, aber auch der war leer. Die beiden Hühner, die er noch vor einigen Wochen draußen hatte herumlaufen sehen, waren ebenfalls verschwunden. Daniel belud sich die Arme mit Holzscheiten und trug sie nach drinnen.

Harry saß mit den Kindern am Tisch und zog ein großes rotes Tuch aus seiner Hosentasche. Er wedelte damit vor den Kindern herum, dann stopfte er es sich in die Faust. Mit einem Zwinkern klatschte er in die Hände. Das Tuch war verschwunden. Daniel musste über die erstaunten Gesichter der Kinder lachen. Er hatte schon einige von Harrys Zaubertricks gesehen, aber wie er es machte, hatte er noch nicht herausgefunden. Für die Kinder war die Ablenkung in dieser Situation ein Segen.

Bis Daniel das Holzlager wieder gut gefüllt hatte, musste er noch zweimal gehen, aber das tat er gern. Es war in jedem Fall besser, als in der Stube zu sitzen und den Schreien der Frau zu lauschen. Als er gerade die letzte Ladung aufschichtete, trat Dame Arabella wieder aus der Schlafkammer und verlangte eine Schüssel mit warmem Wasser und die Tücher sowie ein scharfes Messer.

Als sie das nächste Mal herauskam, winkte sie die beiden Kinder heran. »Es ist alles in Ordnung. Ihr habt eine kleine Schwester bekommen. Geht ruhig rein und seht sie euch an, aber leise. Eure Mama ist jetzt ziemlich müde.«

Die Kinder schlichen auf Zehenspitzen in die Kammer, aus der jetzt das Schreien eines Säuglings drang.

Dame Arabella schloss leise die Tür hinter ihnen und setzte sich dann auf die Bank am Tisch. Sie war erschöpft, aber dennoch strahlten ihre Augen angesichts des Wunders der Geburt. »Wir sind genau im richtigen Moment gekommen«, sagte sie leise und seufzte. »Der Mann ist schon im Sommer auf und davon. Sie sagt, er hätte immer wieder Streit mit den Kerrs gehabt. Die haben ihnen die Hühner und die Schafe gestohlen und sogar den Hund. Wir werden ihr den Pachtvertrag nicht kündigen, Mr Ainsworth. Ihr Mann hat sie verlassen, weil er ihr vorwirft, das Kind sei nicht von ihm. Mit dem Säugling können wir sie jetzt unmöglich vor die Tür setzen.« Sie betrachtete nachdenklich das große Spinnrad, das in der Ecke des Raumes stand. »Sie soll ihre Schafe wiederbekommen oder Ersatz. Ich werde außerdem Lizzie für ein paar Tage herschicken, um ihr mit den Kindern zu helfen, bis sie sich von ihrem Wochenbett erholt hat. Dann werden wir uns mit ihr zusammensetzen und sehen, wie wir den Pachtvertrag gestalten. Vielleicht kann sie von der Schafzucht, der Wolle und dem Spinnen leben.«

»Ja, aber Madam, wenn sie keinen Mann hat ...«, setzte Mr Ainsworth an und verstummte dann.

»Was dann, Mr Ainsworth?«, fragte Dame Arabella schnippisch. Ihre Augen funkelten. »Kann sie keinen Pachtvertrag abschließen? Kann sie keinen wertvollen Beitrag zu unserem Anwesen leisten? Sehen Sie sich doch um, Mr Ainsworth. Und dann erinnern Sie sich noch einmal kurz an den letzten Hof, den wir gesehen haben, wo Männer das Sagen hatten.«

»Also, das ist jetzt aber kein gerechter Vergleich ...«, protestierte Mr Ainsworth halbherzig.

Dame Arabella stand auf. »Wir sollten nach Hause reiten. Es dämmert schon.«

Brigham Hall, den 11. November 1711

Liebe Mutter,

was für ein Tag! Es ist schon sehr spät, aber ich bin noch zu aufgewühlt, um jetzt schlafen zu gehen. Schon weit vor Sonnenaufgang sind wir heute Morgen aufgebrochen, um den Jahrmarkt in Bridlington zu besuchen. Dame Arabella war ganz quirlig und aufgeregt. Stell Dir vor, sie hatte sich in den Kopf gesetzt, dass alle Angestellten mit zum Jahrmarkt kommen sollten!

»Aber dass sich ja keiner von euch irgendwo anders anheuern lässt!«, hatte sie uns ermahnt.

Nur Ruth blieb im Stall zurück, da sie auf keinen Fall mitkommen wollte.

Bei strahlendem Sonnenschein fuhr ich den Leiterwagen mit den Burschen hintendrin, während Harry die Kutsche mit den Frauen lenkte. Die Jungen redeten den ganzen Weg ununterbrochen. Für den Rückweg wollte ich mit Harry tauschen, aber er sagte mir, dass es ihm auch nicht besser ergangen wäre.

Als wir ankamen, konnten wir gerade noch einen Treffpunkt für die Abfahrt ausmachen, dann waren auch schon alle im Gewühl verschwunden. Dame Arabella hakte sich bei mir unter und gemeinsam durchstreiften wir den Markt. Unsere Wunschliste war lang: Wir benötigten dringend eine neue Melkerin, einen Butler, ein Zimmermädchen und einen Stallknecht mit Erfahrung in der Ausbildung von Pferden. Keine leichte Aufgabe, denn Dame Arabella war zunächst so überwältigt von den vielen Menschen und Ständen, dass ich Angst hatte, sie würde auf dem Absatz kehrtmachen und sich in der Kutsche verstecken. Ihr Klammergriff an meinem Arm war schon fast schmerzhaft. Aber sie fing sich recht schnell und machte sich dann mit großer Entschlossenheit ans Werk. Wir hielten Ausschau nach Melkschemeln und Besen und hatten so schnell ein Zimmermädchen und eine Melkerin gefunden. Nach einem kurzen Gespräch über ihre Arbeitserfahrung übergab ihnen Dame Arabel-

la den Siegelpenny zusammen mit genauen Anweisungen, wo sich die Mägde wann einfinden sollten. Voll Freude banden sie sich bunte Bänder um den Kopf und zogen lachend davon. Beide haben auf mich einen fleißigen und bescheidenen Eindruck gemacht und ich hoffe, dass der sich auch bestätigt. Die Suche nach einem geeigneten Stallknecht gestaltete sich schon schwieriger. Dame Arabella sprach alle jungen Männer an, die ein Strohbüschel oder eine Peitsche bei sich trugen. Das hatten wir vorher so abgesprochen, denn sie wollte wissen, wie es bei den Herren um den Respekt vor Frauen bestellt war. Die meisten sahen sie nur einmal von Kopf bis Fuß an, grinsten dann und wandten sich erwartungsvoll an mich. Mit einigen unterhielt ich mich, aber es wurde schnell klar, dass sie nicht die nötige Erfahrung mitbrachten. Es war schließlich ein etwas älterer Mann um die vierzig, der seine Aufmerksamkeit nicht von der Baronetess abwandte. Im Gegenteil, er betrachtete sie so eindringlich, dass ich schon geneigt war, ihn zu rügen. Doch dann sagte er ungläubig fragend: »Lady Brigham?« – und Dame Arabella erstarrte förmlich. Es stellte sich heraus, dass er unter Ole Pete Stallknecht gewesen, dann aber von Riley rausgeworfen worden war. Er hat Dame Arabella zuletzt gesehen, als sie noch ein Kind war, und konnte sich über die überwältigende Ähnlichkeit zwischen Mutter und Tochter nur wundern. Dame Arabella schien keine Erinnerung an ihn zu haben, aber als er erfuhr, dass wir einen Knecht suchten, flehte er uns praktisch an, ihn einzustellen. Er habe Brigham Hall immer geliebt, es sei für ihn Heimat gewesen und er wolle nichts lieber, als dorthin zurückkehren.

Ich betrachte diesen »Zufall« als Geschenk des Himmels. Natürlich stellten wir ihn ein und er bat darum, abends direkt mit uns nach Hause fahren zu dürfen. Als ich ihm von Ruth, unserer Stallmagd, erzählte, lächelte er nur versonnen und sagte: »So hätte der alte Baronet es auch gemacht.«

Nun fehlte also nur noch ein Butler. Wir suchten und suchten, aber niemand bot sich an. Lakaien gab es zwei oder drei, doch von einer Einstellung wollte Dame Arabella in dem Fall nichts hören.

»Die machen nur Ärger«, sagte sie unwirsch. Widersprechen

konnte ich ihr nicht. Auch die Lakaien in den anderen Häusern, wo ich gearbeitet habe, waren vom gleichen Schlag wie Russell und haben viel Unfug getrieben.

Schließlich gaben wir auf und kauften uns erst einmal etwas zu essen. Dann vertiefte sich Dame Arabella mit Wonne in die Suche nach Stoffen und Büchern, Naschereien und Schmuck, während ich mir die Zeit damit vertrieb, die Menschen zu beobachten. Dabei fiel mir ein kräftiger junger Mann auf, der jeden ansprach, der wie ein Arbeitgeber aussah. Er trug nur einen Bommel am Revers seiner Jacke, hatte also keine besondere Ausbildung, sondern suchte Arbeit, egal welcher Art. Doch wen er auch ansprach, alle wendeten sich augenblicklich von ihm ab. Nachdem ich das Spiel eine Weile beobachtet hatte und sah, wie er immer frustrierter wurde, machte ich Dame Arabella auf ihn aufmerksam. »Er sieht nicht aus wie ein Butler«, bemerkte sie. Da musste ich ihr zustimmen, dennoch hatte ich den Eindruck, dass ich ihn ansprechen sollte. Vielleicht war er jemand, den man für allerlei Arbeiten gebrauchen und dort einsetzen konnte, wo gerade Not am Mann war. Diesem Gedanken zeigte Dame Arabella sich aufgeschlossen und wir gingen auf ihn zu. Sobald er den Mund aufmachte, wussten wir, warum alle anderen sich abgewendet hatten. Seine Stimme klang laut und kehlig und seine Aussprache war undeutlich und schwer zu verstehen. Der Mann war taub. Er stand vor uns und presste mühsam ein paar Worte hervor, gestikulierte dabei wild und zog sogar seine Hemdsärmel hoch, um seine Muskeln zu zeigen. Zu meiner Überraschung legte Dame Arabella ihm beruhigend eine Hand auf den Arm und brachte ihn damit zum Schweigen. Dann sahen sie einander lange Zeit an.

»Kannst du mich verstehen?«, fragte sie ihn nach einer Weile, woraufhin ihm Tränen in die Augen stiegen. Er nickte. Offensichtlich konnte er von den Lippen lesen. »Bist du handwerklich geschickt?«, wollte sie wissen und er nickte wieder. Hoffnung blühte in seinem Blick auf und sein Atem wurde schneller. Er sah flehend zwischen mir und der Baronetess hin und her. Mir war augenblicklich klar, dass er zwar taub war, aber alles andere als dumm. Ich drehte mich

zu Dame Arabella um, sodass er meinen Mund nicht sehen konnte und sagte leise: »Wir sollten ihm eine Chance geben.« Sie lächelte und sagte nur aus tiefstem Herzen: »Ja.« Dann zog sie einen weiteren Schilling aus ihrer Tasche und drückte ihn dem Tauben in die Hand. Ein Glücksschrei drang aus seiner Kehle, so laut, dass sich alle nach ihm umdrehten. Er fiel vor Dame Arabella auf die Knie, küsste ihre Hand und legte dann seine Stirn darauf. Ich zog ihn wieder auf die Füße, um die peinliche Szene zu beenden. Um uns herum wurde mächtig getuschelt. Wir gingen schnell weiter und er folgte uns wie ein treuer Hund, den Schilling in der Faust an seine Brust gedrückt.

Auf der Heimfahrt erfuhr ich, dass er Dob heißt. Der Name des Stallknechts ist Chauncey. Beide haben sich sofort mit den Jungen angefreundet, die voller Stolz ihre Errungenschaften herumzeigten. Bissi hat sich einen Jahresvorrat an Zuckerstangen gekauft, während Willie ein ordentliches Messer erstanden hat, was ihm viel Lob von Chauncey einbrachte. Tom hat eine neue Mütze, die ihm noch etwas zu groß ist und ihm so die Ohren nach unten drückt, dass er aussieht wie ein Elf. Natürlich mussten die anderen Jungen sie ihm klauen und sie herumwerfen, bis Dob sie schnappte und mit einem drohenden Zeigefinger dem Spiel ein Ende bereitete.

Jetzt ist es ein langer Brief geworden und ich bin endlich rechtschaffen müde.

Ich wünsche Dir eine gute Nacht!
Dein Daniel

21. Neuerungen

Daniel stand mit Chauncey in der Kammer über dem Stall. Der Knecht kämpfte mit den Tränen, während er mit den Fingerspitzen über die zerkratzte Tischplatte strich und dann ans Fenster trat. Er musste Daniel nicht erklären, dass er lange in dieser Kammer gewohnt hatte.

Die beiden Jungen hatten Dob sofort mit in ihr Zimmer im anderen Stalltrakt gezogen und er war fröhlich mitgegangen. Ihm schien alles recht zu sein, Hauptsache, er hatte Arbeit. Daniel machte sich im Kopf eine Notiz, gleich am nächsten Tag den Schneider kommen zu lassen. Dob brauchte dringend neue Kleidung, denn was er am Leib trug, waren kaum mehr als Lumpen. Auch Tom benötigte neue Sachen. Er war in den letzten Wochen ordentlich gewachsen.

»Wie kann das sein?«, fragte Chauncey in Daniels Gedanken hinein. »Wie kann sie am Leben sein? Sie war doch fort. Tage-, wochenlang haben wir die ganze Gegend durchkämmt. Ohne Erfolg ...«

»Riley hat sie irgendwo versteckt, wo, weiß ich auch nicht.«

»Versteckt? Jahrelang?« Chauncey schüttelte entsetzt den Kopf.

»Er war ein kranker Mann, zerfressen von Selbstmitleid und Hass. Vier Jahre hat er sie irgendwo gefangen gehalten und dann musste sie vier weitere Jahre für ihn arbeiten, hier auf ihrem eigenen Anwesen. Kein Wort durfte sie sprechen, sonst hätte er ihre Stute umgebracht. Ich weiß auch nicht, wie sie das durchgestanden hat.«

»Wo ist er jetzt?«

»Er wurde für seine Verbrechen gehängt.« Daniel seufzte. Noch immer spürte er die Last seiner Beteiligung an Rileys Tod.

»Ich habe ihm nie getraut«, sagte Chauncey leise. »Ich habe

mich immer gefragt, ob er nicht etwas mit dem Tod des Baronets zu tun hatte. Und mit dem Verschwinden seiner Tochter.«

»Da hatten Sie ein gutes Gespür«, erwiderte Daniel. »Ich war dabei, als er den Mord an Baronet Brigham gestand.« Er wandte sich zum Gehen. »Wenn Sie noch etwas benötigen, ich bin in der Hütte. Frühstück gibt es morgen nach dem Füttern.«

Später saß er im Sessel vor dem Kamin und starrte in die Flammen. Die Ereignisse des Tages zogen an seinem inneren Auge vorbei. Es war ein seltsames Gefühl gewesen, mit Dame Arabella am Arm über den Markt zu gehen. Es hatte sich unerhört gut angefühlt, dass sie ihn wie einen ebenbürtigen Vertrauten behandelt hatte, als hätte er jedes Recht, so neben ihr zu gehen. Gleichzeitig war es beängstigend gewesen. Seine Rolle war immer die des Knechts gewesen und selbst das hatte er sich hart erarbeiten müssen. Nie hätte er sich träumen lassen, dass er einmal bei einem solchen Besenmarkt wie in Bridlington als Arbeitgeber auftreten würde. Er musste vorsichtig sein, dass er nicht stolz wurde. Stolz war eine Sünde und die Bibel sprach sich ganz klar darüber aus, dass Knechte ihren Herren in Demut dienen sollten, als würden sie dem Herrn Jesus selbst dienen. Das durfte er nicht aus den Augen verlieren.

Vor allem dann nicht, wenn seine Gefühle für Arabella wieder verrücktspielten. Dame Arabella Brigham, Baronetess. Unerreichbar für Daniel Huntington, Sohn eines Tischlers, Stallmeister und Verwalter auf Brigham Hall. Er schnaubte unwillig und schüttelte den Kopf über sich selbst. Hätte er sie doch nur nicht als Magd kennengelernt, dann wäre sein träumerisches Hirn nie auf solche Flausen gekommen, wie sie jetzt darin herumspukten. Er dachte daran zurück, wie unbehaglich er sich bei dem Dinner mit den Ainsworths und den Dursleys gefühlt hatte – als wäre er nicht nur Teil eines anderen Standes, sondern einer gänzlich anderen Welt.

»Unmöglich«, flüsterte er und warf Asche über die glimmenden Kohlen im Kamin. Es war wirklich höchste Zeit, schlafen zu gehen.

Das Wetter wurde immer ungemütlicher, je weiter der November voranschritt. Kräftige Winde brachten schwere Wolken, die mit lang anhaltenden Regengüssen jeden unbefestigten Weg in tiefe Schlammsuhlen verwandelten. Daniel war froh, dass das Einsäen mit der Sämaschine bereits abgeschlossen und so gut verlaufen war. Der junge George Harper hatte sich wunderbar in seine neue Aufgabe eingefunden und die Maschine während der Aussaat mehrmals repariert, sodass es keine Ausfälle gegeben hatte. Daniel selbst wäre damit völlig überfordert gewesen.

Jetzt sorgte er sich um die Weiden, auf denen sich in manchen Senken schon Seen bildeten. Die Hufe der Pferde sanken tief in den Boden und rissen die Grasnarbe kaputt. Er hätte das Problem gern mit der Baronetess besprochen, aber die zog sich immer stärker zurück und kam nur selten aus ihrem Zimmer. Ihr unbändiger Lebensmut schien in direkter Relation zum Wetter zu stehen, denn sobald es regnete, schlug ihre Stimmung unvermittelt um. Dann war sie schweigsam, abwesend und wirkte angespannt und ängstlich. Sobald die Sonne wieder hervorkam, konnte sie auch wieder lächeln. Warum das so war, konnte niemand erklären, selbst Lizzie nicht, die Dame Arabella kaum noch von der Seite wich.

Seit Fanny und Russell weg waren und Brigham Hall eine Herrin hatte, konnte Daniel wieder problemlos mit den anderen Angestellten in der Küche essen, worüber er sehr froh war. Er war zwar noch immer Verwalter, aber das Verhältnis der Dienerschaft untereinander hatte sich grundlegend geändert und war viel familiärer geworden. Jetzt saßen sie nach getaner Arbeit beisammen, genossen die Wärme des Herdfeuers und einen heißen Kräutertee mit Honig, denn Harry hatte um Ostern herum beim Kartenspiel in Flamborough einen Bienenstock gewonnen und sich seither als Imker ausprobiert. Inzwischen hatte er die Völker schon mehrmals geteilt, sodass er nun vier Stöcke besaß, die er wohlweislich in der Nähe der Obstbäume aufgestellt hatte.

Ellie war sehr glücklich darüber, denn Honig war teuer auf dem Markt und die Obsternte war in diesem Jahr deutlich üppiger ausgefallen als in den Jahren zuvor.

»Habt ihr gehört, was im Krieg passiert ist?«, fragte Harry in die Runde.

»Wo ist denn Krieg?«, fragte Bissi erschrocken und sah sich ängstlich um, als würde gleich eine Truppe Soldaten in die Küche stürmen.

»Ach, nicht hier, keine Sorge. Drüben in Amerika! Da gibt es ein großes Land, viel größer als England und Schottland zusammen. Kanada heißt es. Habt ihr noch nie davon gehört?«, erklärte Harry.

Die Jungen sahen ihn mit großen Augen an und schüttelten die Köpfe.

»Dort gibt es eine Stadt, Québec, die wollte Queen Anne erobern. Oder vielmehr wollte Robert Harley sie erobern, ein Mitglied der Regierung. Ein mutiger Mann, der England zu neuer Größe als Seemacht verhelfen will.«

Daniel spürte, dass Harry den Mann dafür bewunderte, und fragte sich, ob er in seinem Herzen vielleicht lieber Seemann als Gärtner geworden wäre.

»Na ja, jedenfalls haben sie eine Expedition gestartet mit einer großen Flotte und wollten den St. Lawrence Fluss hinauffahren, um Québec anzugreifen. Aber sie hatten keinen vernünftigen Navigator, stell sich das einer vor. So sind acht Schiffe in einer nebligen Nacht gekentert. Acht Schiffe! Über achthundert Mann tot.« Harry schüttelte betroffen den Kopf.

»Wann soll das denn gewesen sein?«, fragte Ellie misstrauisch. Sie sah nicht so aus, als würde sie Harry auch nur ein Wort glauben. Genauso gut hätte er von Riesen und Meerjungfrauen erzählen können.

»Das war schon im August! Hab's erst letzte Woche in Flamborough gehört. Der Sohn vom Schmied hat doch das Mädchen aus York geheiratet und deren Cousin war mit bei der Flotte. Ist zur Marine gegangen, der Bursche. Sein Brief kam vor ein paar Wochen an. Im Nebel wären sie fast auf Grund gelaufen. Die ganze Nacht haben sie die Schreie der Ertrinkenden gehört.«

»Ach, nun sei schon still, Harry, du machst den Jungs ja Angst«, brummte Ellie und ignorierte die Enttäuschung auf den Gesichtern der Burschen, die nichts lieber hörten als gruselige Geschichten.

In diesem Moment kam Lizzie herein und setzte sich mit einem erschöpften Seufzer auf die Bank am Tisch.

Sofort stand Ellie auf und goss ihr einen Tee ein. »Hier, Kind, trink das«, sagte sie und strich ihr über den blonden Schopf. »Ist alles in Ordnung mit der Herrin?«

Lizzie zuckte hilflos mit den Schultern und starrte angestrengt in die Teetasse.

»Tom, Willie, Bissi, geht euch waschen und dann ab ins Bett. Es ist schon spät.«

Murrend standen die Jungen auf und trollten sich.

Auch Harry verabschiedete sich mit einem herzhaften Gähnen. »Dieses Wetter raubt mir nicht nur den letzten Nerv, sondern auch meine Kraft. Und der Winter kommt erst noch! Wie soll das nur werden?« Damit schlurfte er zur Tür hinaus. In der Küche hörte man seine schwerfälligen Schritte die Treppe hinauf zu seiner Kammer stapfen. Dann kehrte Stille ein, die nur vom gelegentlichen Knistern des Feuers unterbrochen wurde.

»Sie weint so viel«, sagte Lizzie plötzlich leise. »Mitten in der Nacht wacht sie auf und schreit und weint. Und dann redet sie irgendwelches wirres Zeug, dass die Bäume brüllen und auf ihr herumstampfen würden. Ich glaube, sie ist verrückt.« Lizzie schluckte schwer. »Aber dann ist sie wieder ganz normal und so lieb. Wenn ich ihr sage, dass ich mir Sorgen um sie mache, dann drückt sie mich und tröstet mich und sagt mir, wie sehr ich ihr helfe, und ich soll mir keine Gedanken um sie machen, es würde schon besser werden. Aber im Moment habe ich das Gefühl, es wird immer schlimmer.« Eine Träne rollte Lizzys Nase entlang. Sie wischte sie mit ihrer Schürze ab.

Ellie legte einen Arm um sie.

»Ich habe sie früher schon oft in der Küche weinen hören, wenn es gestürmt hat. Manchmal bin ich zu ihr gegangen, aber dann kam immer der Baronet und hat mich weggejagt. Er war so grausam zu ihr.« Die letzten Worte konnte Daniel kaum verstehen, so tränenerstickt war Lizzies Stimme. Er biss die Zähne zusammen und stand auf. Nur zu gut erinnerte er sich an die stürmische Nacht, in der Arabella ihm in die Arme gelaufen war und er sie getröstet hatte.

»Sie ist stärker, als du glaubst«, sagte er rau und wandte sich zum Gehen. Ihm war jetzt sehr nach der einsamen Ruhe seiner Hütte.

Die beiden neuen Mägde, Bess und Molly, zogen die Woche darauf in Brigham Hall ein. Es dauerte etwas, bis sich die Rollen neu verteilt hatten und jede ihren Platz im Gesamtgefüge gefunden hatte, doch bis Weihnachten hatte sich alles eingespielt und jeder war erleichtert, dass die Arbeit nun auf mehr Schultern verteilt war.

Dame Arabella hatte den Priester aus Flamborough gebeten, nach Brigham Hall zu kommen und im Salon eine kleine Weihnachtsansprache zu halten, zu der sie nicht nur die Hausangestellten, sondern auch alle Pächter mit ihren Familien eingeladen hatte. Eigentlich hatte es ein Gottesdienst werden sollen, aber der Priester hatte sich geweigert, weil der Salon kein geheiligter Ort war.

Im Anschluss wollte Dame Arabella noch einiges bekannt geben. Daniel war gespannt, wie die Reaktionen auf die Absichten seiner Herrin ausfallen würden. Sie hatte ihm vorher alles dargelegt und seine Meinung hören wollen. Das Ausmaß ihrer Pläne und der Gedanken, die sie sich um die Menschen auf dem Anwesen machte, hatte ihn tief beeindruckt und er hatte sie sehr ermutigt. Die Tatsache, dass ihr Vater im Vergleich zu Riley so erfolgreich gewesen war, ließ seine Zweifel an ihrem Vorhaben schwinden. Ob die Pächter die Angebote allerdings annehmen würden, konnte er nicht abschätzen.

Nur etwa die Hälfte der Pächterfamilien folgten der Einladung, allen voran die Millers. Man konnte ihnen anmerken, dass sie es mehr aus Neugierde taten denn aus frommer Überzeugung. Die Kirchenverdrossenheit der Bevölkerung hatte sich sogar in die ländlichen Regionen ausgebreitet. Dame Arabella ließ sich nicht beirren und begrüßte jeden Einzelnen mit äußerster Freundlichkeit.

Es waren so viele Menschen, dass die meisten stehen mussten und die Kinder nur schwer dazu zu bewegen waren, still zu sein. Dementsprechend fasste der Priester sich kurz, auch wenn er über die Möglichkeit, die Weihnachtsbotschaft Menschen weiterzusagen, die er sonst nicht in seiner Kirche sah, überaus glücklich zu sein schien.

Nachdem er geendet hatte, erhob sich Dame Arabella und richtete ebenfalls das Wort an die Versammlung. »Meine lieben Mitmenschen hier auf dem Brigham-Anwesen, es freut mich sehr, dass ihr hier seid. Gemeinsam wollen wir daran arbeiten, dass das Land, auf dem wir alle leben dürfen, uns nicht nur ernährt, sondern gut gepflegt wird. Es ist uns von Gott anvertraut, nicht um es auszubeuten, sondern um es zu bewahren und Gottes Segen davon zu nehmen. So hat mein Vater es gehalten und so will auch ich es halten. Es ist mir außerdem wichtig, dass ihr alle wisst, wie sehr ich euren Einsatz wertschätze, wenn ihr das Land bestellt. Wir arbeiten alle gemeinsam daran, dass es uns hier gut geht.«

Ein leises Murmeln zog durch den Raum, das teils zustimmend, teils zweifelnd klang.

Dame Arabella fuhr unbeirrt fort. »Bevor mein Vater starb, hatte er beschlossen, auf dem Anwesen eine Schule zu gründen. Er wollte gern, dass eure Kinder – und auch ihr selbst, wenn ihr dies wünscht – lesen, schreiben und rechnen lernen, damit sie bessere Chancen im Leben haben. Dies ist auch mein Wunsch. Deswegen biete ich jedem, der daran Interesse hat, an, mittwochvormittags hierherzukommen, um am Unterricht teilzunehmen.

Egal ob Kind oder Erwachsener, Junge oder Mädchen, Mann oder Frau, alle sind willkommen. Ich werde euch unterrichten.«

Diesmal ging ein Raunen durch die Reihen.

»Ich weiß, ihr habt alle viel Arbeit – das habe ich auch. Aber einen halben Tag in der Woche können wir alle aufbringen, wenn wir das wollen. Und eine weitere Änderung will ich vornehmen: Am Sonntag wird nicht gearbeitet. Natürlich werden die Tiere versorgt, so wie es nötig ist, aber sonst sollt ihr keine der üblichen Arbeiten verrichten. Es ist der Tag des Herrn, an dem ihr ruhen und sein Wort studieren sollt. Es ist mein Wunsch, die Kapelle wiederaufzubauen, sodass wir sonntags auch wieder Gottesdienste feiern können. Bis dahin wird es aber noch dauern. Wer keine Bibel hat, dem will ich gern eine schenken, denn niemand von euch soll ohne das Wort Gottes sein. Und jetzt dürft ihr euch im Nebenraum etwas zu essen und zu trinken holen und ein wenig miteinander feiern. Gott segne uns alle.«

Applaus brach aus und die Pächter sahen sich gegenseitig überrascht an. So etwas hatte es noch nie gegeben, seit sie auf dem Anwesen lebten.

Ellie hatte schon Tage zuvor in der Küche gewirbelt, um genügend Brote, Gebäck und Leckereien für viele hungrige Mäuler vorzubereiten. Außerdem hatte sie einen leckeren Punsch gebraut, der von Bissi unermüdlich aus einem großen Kessel geschöpft und an alle verteilt wurde.

Die Gespräche untereinander erreichten bald eine gewaltige Lautstärke, aber niemand wagte es, mit der Herrin des Hauses zu sprechen. Sie stand neben dem Kamin im Salon und beobachtete mit einem etwas wehmütigen Lächeln die Menge.

Daniel hätte sich gern zu ihr gesellt, hatte aber keine Gelegenheit dazu, denn er wurde mit Fragen bombardiert über das, was die Baronetess da verkündet hatte. Immer wieder versuchte er, die Menschen dazu zu bewegen, direkt mit ihr zu sprechen, aber es war sinnlos.

Er war nur froh, dass sie vorher so eingehend über alles gesprochen hatten, so konnte er alle Fragen beantworten und die

Leute ermutigen, vom Angebot des Schulunterrichts Gebrauch zu machen. Immer wieder erklärte er, wie sehr er sich als Kind über solch eine Möglichkeit gefreut hätte und wie wichtig Bildung war.

Mit Einbruch der Dunkelheit kehrten die Pächter fröhlich zu ihren Höfen zurück, jedoch nicht ohne sich mit einem Knicks oder einer Verbeugung von der Herrin des Hauses verabschiedet zu haben. Das erleichterte Daniel ungemein und Dame Arabella nutzte die Gelegenheit, jedem noch ein freundliches Wort mit auf den Weg zu geben. Sie wusste wohl, dass sie hier die einmalige Chance hatte, den Grundstein für das zukünftige Verhältnis zu den Pächtern zu legen, und wollte, dass sie mit einem positiven Eindruck nach Hause zurückkehrten. Nachdem der Letzte gegangen und die Ordnung im Salon wiederhergestellt war, sank sie auf einen Stuhl vor dem Kamin und seufzte tief.

Daniel rückte noch den Tisch wieder an seinen Platz und stellte sich dann neben sie. »Sind Sie zufrieden, Madam?«, fragte er neugierig. Noch nie hatte er mitbekommen, dass sich ein Herr so viele Gedanken um seine Angestellten machte.

»Ich weiß nicht«, sagte sie und ließ entmutigt die Schultern hängen. »Was haben sie gesagt? Wie haben sie reagiert?« Sie sah Daniel fragend an.

»Sie waren überrascht, aber auch misstrauisch. Miller war begeistert und sagte, er würde seine Kinder in jedem Fall zur Schule schicken. Vielleicht kann er andere mitziehen. Aber die meisten ...« Er verstummte.

»Die meisten denken, man braucht einen Mann als Lehrer. Nun, den haben wir gerade nicht.« Sie stand energisch auf und schnaubte entrüstet.

»Der freie Sonntag ist auf viel Zuspruch gestoßen«, fügte Daniel schnell hinzu.

»Natürlich ist er das. Aber eine Bibel wollte keiner haben, oder?« Ihre grünen Augen blitzten ihn an.

»Geben Sie ihnen Zeit«, sagte er beschwichtigend. »Veränderungen brauchen immer Zeit. Riley war ein harter Herr, der sehr viel gefordert hat. Da reicht es nicht, einmal zu sagen, jetzt ist alles anders. Niemand weiß, wie Ihr Vater dieses Anwesen geführt hat. Niemand weiß, wie es ist, gemeinsam für eine Sache zu arbeiten. Selbst ich weiß es nicht, ich habe nur eine Ahnung davon und hoffe, dass es funktioniert. Vorstellen kann ich es mir nicht.« Seine ehrlichen Worte ließen ihren Zorn verrauchen.

»Wirklich nicht?«, fragte sie kleinlaut.

Daniel schüttelte den Kopf.

»Aber du willst mich trotzdem unterstützen? Warum?«

»Ich habe die Bücher Ihres Vaters gesehen. Daraus kann man ablesen, was für ein großzügiger Mann er war. Das hat dem Anwesen nie geschadet, im Gegenteil. Riley war trotz aller Fortschritte nie so erfolgreich. Seine Führung war effizient, aber es fehlte die Menschlichkeit. Jetzt herrscht hier eine ganz andere Stimmung. Und dann ist da noch Chauncey. Er hat Ihren Vater erlebt. Und was er mir bisher erzählt hat, klingt wie das Paradies auf Erden. Ich will alles dafür tun, damit das Realität wird.«

Sie lächelte und legte ihm eine Hand auf den Arm. »Danke, Daniel. Was würde ich nur ohne dich tun?«

Er schluckte und trat einen Schritt zurück. Sie machte immer wieder solche Bemerkungen, die ihn völlig aus dem Konzept brachten. Was sollte er darauf antworten? In ihrer Stimme lag so eine Vertraulichkeit, die in ihm eine völlig irrige Hoffnung entzündete. Auf Gemeinsamkeit, die zumindest in seinem Herzen weit über ihr Arbeitsverhältnis hinausging. Jedes Mal fühlte er sich hilflos und überfordert, wenn das geschah. Ihm fiel nichts anderes ein, als mit einer leichten Verbeugung zu gehen.

Brigham Hall, den 10. Januar 1712

Liebste Mutter,

der grundlegende Wandel, der mit Dame Arabellas Rückkehr einhergeht, wird immer deutlicher. Je mehr sie mit den Menschen auf dem Anwesen in Kontakt kommt, desto klarer wird ihre Linie. Gleichzeitig werden ihre depressiven Stimmungen seltener, obwohl das Wetter alles andere als freundlich ist. Seit Tagen regnet es nun schon und Mensch wie Tier stapfen draußen nur noch durch Schlamm. Dazu weht ein eisiger Wind, der alles noch widerlicher macht.

Trotz allem kommt mittwochs eine ganze Reihe von Pächtern zum Schulunterricht, und zwar nicht nur die Kinder, sondern auch einige Frauen. Auch Dob hat gebeten, dabei sein zu dürfen. Dame Arabella hat zusätzlich begonnen, ihm Sprechunterricht zu geben, um seine Aussprache zu verbessern. Er lernt mit Feuereifer. Überhaupt ist er bei allem mit großer Freude dabei, arbeitet hart, aber immer mit einem Lachen im Gesicht. Er ist wirklich eine große Bereicherung, da er ausgesprochen geschickt ist.

Die Frauen der Pächter haben inzwischen auch Zutrauen zu ihrer neuen Herrin gefasst, seit sie gehört haben, wie sie sich für Mrs Weldon eingesetzt hat. Die Frau hat einen Pachtvertrag auf ihren Namen erhalten, sodass sie abgesichert ist. Selbst wenn ihr Mann zurückkehren sollte, muss sie ihn nicht aufnehmen oder mit ihm fortgehen.

Mit der Kerr-Familie gab es noch einmal richtig Ärger, bevor sie das Anwesen verlassen haben. Wir mussten ihnen einen Wagen geben, da ihrer ja kaputt war, sonst wären wir sie gar nicht losgeworden. Sämtliche Männer samt Mr Ainsworth und dem Wachtmeister rückten an, um den Auszug zu begleiten. Sie durften zwei Schweine und einige Hühner mitnehmen, aber der Hund, die restlichen Hühner und alle Schafe wurden zu Mrs Weldon gebracht. Sie freute sich sehr, während der Hund sich in seiner Begeisterung, endlich wieder bei seiner Familie zu sein, fast umbrachte.

Natürlich hatten die Kerrs nichts gepackt, aber das übernahmen wir dann für sie, während sie stumm mit verschränkten Armen danebenstanden. Als alles auf dem Wagen war, ritten Dob und Chauncey vorneweg und Mr Ainsworth mit dem Wachtmeister hinterher. Sie haben sie bis Flamborough begleitet und der Wachtmeister hat ihnen noch einmal eingebläut, sich ja vom Anwesen fernzuhalten. Eigentlich hätten sie für ihre Diebstähle bestraft werden müssen, aber Mr Ainsworth hielt es für klüger, das nicht zu verfolgen. Schotten hätten ein langes Gedächtnis, meinte er, und wären bekannt dafür, endlose Fehden zu führen. Da hat er natürlich recht.

Was ihm noch Sorge bereitet, ist der Wunsch der Baronetess, die Kapelle wiederaufzubauen. Er behauptet, es sei zu kostspielig. Als ich einwarf, dass viele der Steine, die dort unten noch von den alten Mauern liegen, vermutlich wiederverwendet werden könnten, sah er mich wütend an. Auf dem Weg nach draußen raunte er mir zu, ich solle ihre fixe Idee nicht noch unterstützen, sie hätte schon genug Probleme. Vermutlich wollte er eigentlich auf den weitverbreiteten Unglauben hinaus und die Tatsache, dass heutzutage viele Leute die Kirche mit größtem Argwohn betrachten. Nun, mit dieser Ansicht ist er bei mir an der falschen Adresse.

Die Baronetess und ich sind gemeinsam die Bücher durchgegangen und haben überlegt, wie wir den Wiederaufbau finanzieren könnten. Dabei wurde uns zum ersten Mal bewusst, dass Gelder fehlen. In den Truhen in Rileys Zimmer befand sich zwar eine ganze Menge an Bargeld, aber längst nicht alles, was laut der Bücher vorhanden sein müsste. Dame Arabella war ganz außer sich und begann dann systematisch das Zimmer zu durchsuchen. Mir trug sie auf, mir das Arbeitszimmer vorzunehmen. Die Suche blieb ergebnislos.

Nun stehen wir vor einem großen Rätsel. Wo hat Riley das Geld versteckt?

Die ganze Dienerschaft ist plötzlich in eine fieberhafte Schatzsuche verfallen und stellt das gesamte Haus auf den Kopf. Auch in den Ställen wird jeder Winkel abgesucht, der Boden nach Hohlräumen abgeklopft und jeder lose Ziegel geprüft. Ich werde es Dich wissen lassen, wenn wir etwas finden. Sollte das nicht der Fall sein, wird es wohl erst einmal nichts mit der Kapelle.

Vielleicht tut Gott ja ein Wunder?

In Liebe,
Daniel

22. Verehrer

»Gu ma, wa i funnen haa!« Dobs laute Stimme tönte durch die Eingangshalle bis ins Arbeitszimmer, wo Daniel mit Dame Arabella über den Büchern brütete.

Sie hatten das Geld gezählt, das in Rileys altem Zimmer gelagert war, und versuchten auszurechnen, wie viel des Vermögens fehlte. Es war schwierig, denn er hatte sehr geschickt immer nur kleinste Summen abgezweigt, die manchmal wie ein Rechenfehler wirkten. An anderen Stellen konnte man die Zahlen nicht genau lesen, weil sie korrigiert worden waren oder etwas Tinte daraufgekleckst war. Es wurmte Daniel, als ihm bewusst wurde, dass Riley das sogar in seinem Beisein getan haben musste und er es nicht bemerkt hatte.

Beide ließen nur zu gern die leidigen Rechnungen liegen, um zu sehen, was Dob gefunden hatte.

Er stand in der Eingangshalle auf der zweiten Stufe der Treppe nach oben und hielt stolz ein Gemälde hoch. Vor ihm hatte sich schon eine kleine Traube von Bediensteten gebildet, die das Portrait staunend betrachteten. Als sie Dame Arabella bemerkten, traten sie respektvoll beiseite. Dob schielte über den oberen Rand des Rahmens und grinste dann fröhlich, als er die Baronetess erblickte.

»Da bi du!«, rief er.

Dame Arabella kam langsam näher. »Nein, Dob«, sagte sie leise, »das bin ich nicht. Das ist meine Mutter.« Vorsichtig strich sie mit den Fingerspitzen über das Bild, auf dem eine dicke Staubschicht lag. Dann sah sie zu Dob hoch und musste unwillkürlich lachen. Seine Haare waren voller Spinnweben und dicke Dreckschlieren zierten seine Wangen.

»Versucht mal, es mit einem weichen Tuch zu reinigen. Es hing immer im Salon über dem Kamin ... Dort, wo jetzt die Jagdszene ist.« Sie hielt inne. Ihr schien etwas eingefallen zu sein. »Sind dort noch mehr Bilder, Dob?«, fragte sie.

Er nickte. »Billa un Kisse.«

»Kissen?« Dame Arabella sah ihn verwirrt an.

Er legte den Kopf schief und setzte das Bild ab. Daniel kam dazu und nahm es ihm ab.

»I hole!«, rief Dob und rannte behände die Treppe hinauf.

Während die anderen ihm neugierig folgten, betrachtete Daniel voller Faszination das Gemälde. Die Frau auf dem Bild sah wirklich fast genauso aus wie die Baronetess, die gleichen rötlichen Locken, die Sommersprossen, die grünen Augen. Ihr Blick war jedoch viel weicher und ihre Gestalt deutlich üppiger.

Er trug das Gemälde in den Salon und folgte dann den anderen nach oben. Das Stimmengewirr führte ihn bald zum Leinenlager, von dem aus man über eine Leiter in den Dachspitz gelangen konnte. Dort oben hörte man Dob rumoren, bis er mit einem neuen Fund an der Luke erschien und ihn freudestrahlend an die ausgestreckten Arme der unten Stehenden übergab. Es war ein weiteres Gemälde von einem streng blickenden Mann mit dunklen Haaren, der auf einem Stuhl saß und ein ebenso streng blickendes kleines Mädchen auf dem Schoß hielt.

»Papa«, flüsterte Dame Arabella mit einem leisen Keuchen. »Bringt es nach unten, bitte. Vorsichtig!« Daniel nahm es und trug es die Treppe hinunter in den Salon, wo er es neben das andere Bild stellte. Er musste schmunzeln. Ja, Arabella sah ihrer Mutter unglaublich ähnlich, aber der entschlossene Blick und die Willenskraft, die aus ihren Augen sprach, kamen eindeutig ganz nach dem Vater. Die Wirkung der vielleicht sechsjährigen Arabella auf Daniel war der, die sie heute auf ihn ausübte, sehr ähnlich: Er wollte sie in die Arme schließen und auf seinen Schoß ziehen. Sie an sich drücken und seine Finger in ihren Locken vergraben. Das Gefühl ihrer zierlichen Gestalt in seinen Armen, wie er es in dieser einen Gewitternacht kennengelernt hatte, drängte sich mit Macht in seine Gedanken.

Immer wieder musste er mit aller Gewalt diesen Impuls niederkämpfen. Und immer wieder kam sie ihm so nahe, dass es ihm schier unmöglich schien, ihr zu widerstehen. Er wusste nicht, ob sie das in ahnungslosem Vertrauen tat oder mit verführerischer Absicht. Wie oft schon war er wortlos aus ihrer Gegenwart geflohen, weil er sich nicht mehr anders zu helfen wusste? Sie hatte noch nie etwas dazu gesagt, aber er hatte immer das Gefühl, dass es wie eine unausgesprochene Frage zwischen ihnen stand.

Er seufzte und schüttelte den Kopf. Nein, es konnte niemals sein. Sie gehörte dem Landadel an und er der Unterschicht. So freimütig und unkonventionell ihr Denken in vielerlei Hinsicht war, diese Grenze war unüberschreitbar.

Auf der Treppe kamen ihm Ellie, Molly und Lizzie aufgeregt schnatternd entgegen.

»Keine Kissen, eine Kiste!«, rief Ellie ihm zu.

»Der Schmuck ihrer Mutter war darin«, ergänzte Lizzie mit strahlenden Augen. »Sie ist in ihr Zimmer gegangen, um alles in Ruhe anzusehen. Sie kommt später wieder herunter.«

»Da war auch ein wunderschönes Hochzeitskleid, aber ganz von Mäusen zerfressen. So ein Jammer«, sagte Molly. »Madam wünscht, dass wir die Bilder im Salon aufhängen, wenn wir sie gereinigt haben.«

»Dabei kann Dob helfen. Etwas anderes hat er da oben nicht gefunden?«

»Nur alte Möbel und Gerümpel. Kein Gold«, seufzte Ellie und zuckte mit den Schultern.

ଓ

»Der Wiederaufbau der Kapelle wird warten müssen, Madam«, sagte Daniel einige Tage später.

Sie konnten es drehen und wenden, wie sie wollten, das vorhandene Geld wurde für den laufenden Betrieb benötigt. Außerplanmäßige Investitionen waren nicht drin.

»Wenn ich nur wüsste, wo er es versteckt hat«, presste Dame Arabella zwischen zusammengebissenen Zähnen hervor. »Was kann er damit vorgehabt haben?« Sie war so wütend, dass er förmlich eine dunkle Wolke über ihrem Kopf schweben sehen konnte.

Es klopfte.

»Ja?«, rief sie.

Die Tür des Arbeitszimmers ging auf und Lizzie trat ein. »Madam, ein Gentleman wünscht Sie zu sprechen, ein Mr Winslow. Er wartet im Salon.«

»Hat er gesagt, was er will?«

»Nein, Madam.«

Die Baronetess seufzte tief. »Gut, ich komme. Daniel, würdest du mich bitte begleiten?«

Daniel folgte ihr in den Salon, den sie mit forschen Schritten betrat.

»Guten Tag, Mr Winslow. Was kann ich für Sie tun?«, begrüßte sie den Besucher, der sich als leicht untersetzter Mann Mitte dreißig entpuppte. Mit seiner schwarzen Perücke, dem kunstvoll bestickten, grünen Seidenjackett und dem stark gerüschten Hemd sah er aus wie ein Paradiesvogel im Vergleich zu Dame Arabella in ihrem eher schlichten sandfarbenen Kleid. Der Anblick ihres ungebleichten Gesichts mit den vielen Sommersprossen schien ihn für einen Moment aus der Bahn zu werfen, doch er fing sich schnell wieder und setzte ein strahlendes Lächeln auf. »Meine liebe Dame Arabella«, sagte er und verbeugte sich, während er einen Handkuss andeutete.

Daniel hielt sich im Hintergrund. Er fühlte sich vollkommen deplatziert, wusste aber, dass seine Herrin nicht mit diesem Mann allein sein wollte. Seine aufgesetzte Art machte Daniel misstrauisch und er konnte ihren Wunsch durchaus verstehen.

»Es ist mir eine große Ehre und – wenn ich so frei sein darf, das hinzuzufügen – auch ein großes Vergnügen, Ihre Bekanntschaft zu machen«, fuhr Mr Winslow fort.

Dame Arabella bot ihm mit einer Handbewegung einen Stuhl

an und nahm dann selbst Platz. Er setzte sich und sah fragend zu Daniel, der noch etwas unschlüssig im Raum stand. Nie im Leben würde er sich in Anwesenheit seiner Herrin setzen.

»Darf ich Ihnen meinen Verwalter, Mr Huntington, vorstellen?«, sagte sie.

Mr Winslow warf Daniel einen skeptischen Blick zu, nickte dann aber einmal kurz.

Daniel stellte sich leicht breitbeinig seitlich hinter Dame Arabellas Stuhl, verschränkte die Hände hinter dem Rücken und sah den Besucher unverwandt an. Es bereitete ihm keine geringe Genugtuung zu sehen, dass Mr Winslow dieses Verhalten überhaupt nicht zu passen schien.

»Madam, es ist doch sicherlich nicht notwendig, dass Ihr, ähm ...«, er zögerte unsicher, »... Ihr Verwalter bei diesem Gespräch anwesend ist.«

»Doch, ist es«, erwiderte Dame Arabella knapp. »Also, Mr Winslow, wie kann ich Ihnen weiterhelfen?« In ihrem Tonfall schwelte noch die Wut über die Veruntreuung seitens Riley, was Mr Winslow allerdings auf sich beziehen musste.

»Nun, also, es ist so ...« Er stockte schon wieder.

»Mr Winslow, ich bin eine sehr beschäftigte Frau«, sagte Dame Arabella ungeduldig. »Sie werden den weiten Weg hier nach Brigham Hall doch nicht nur zum Vergnügen gemacht haben. Was wollen Sie?«

»Das ist wirklich ein wunderschönes Anwesen, was Sie hier haben«, unternahm Mr Winslow einen weiteren Anlauf. Er stand auf und trat ans Fenster. Davor war eine schmale Terrasse angelegt, die vom Salon aus betreten werden konnte und von einer niedrigen Steinmauer eingefasst war. »Einen formellen Garten konnte ich aber bisher nicht entdecken. Sonst hätte ich Sie gern eingeladen, etwas mit mir spazieren zu gehen.« Er warf noch einen schiefen Blick auf Daniel.

Dame Arabella atmete einmal tief durch. »Das haben Sie ganz richtig erkannt, Mr Winslow. Sie befinden sich auf dem Anwesen eines angesehenen Pferdezüchters. Wir gehen selten spazieren.

Wir reiten lieber. Abgesehen davon ist das Wetter wohl kaum geeignet, weder für das eine, noch für das andere.«

Der schnippische Ton dieser Antwort hätte ihm eigentlich klar machen müssen, dass seine Taktik kläglich versagte. Dennoch versuchte er es stoisch weiter. »Nun, Madam, es wäre doch schön, wenn wir uns etwas kennenlernen könnten. Ich bin mir sicher, dass es für eine zarte Frau wie Sie eine unsägliche Last ist, allein so ein Anwesen zu führen und ...«

Daniel richtete sich etwas mehr auf und verschränkte die Arme vor der Brust.

Im gleichen Moment platzte Dame Arabella der Kragen. Sie sprang auf. »Mr Winslow, ich bin weit weniger zart, als es vielleicht den Anschein hat, und ich bin durchaus zufrieden damit, nein, sogar stolz darauf, dieses Anwesen zu führen. Ich habe keinerlei Ahnung, wer Sie sind, woher Sie kommen oder wer Ihnen die Idee in den Kopf gepflanzt hat, ich wäre empfänglich für Ihre seltsamen Annäherungsversuche.« Ihre Augen funkelten wütend, während sie sich vor ihm aufbaute.

Trotz seiner Überlegenheit an Körpergröße wirkte er seltsam verloren. Mit einer solchen Reaktion hatte er offensichtlich nicht gerechnet. »Sie haben also kein Interesse daran, mit mir ...«

»Nein!«, fuhr sie energisch dazwischen. »Und jetzt verlassen Sie auf der Stelle mein Haus!«

Daniel hatte eigentlich erwartet, dass der Mann den Schwanz einkneifen und zügig den Rückzug antreten würde. Erstaunlicherweise tat er das nicht.

»Aber, aber, Madam, das ist doch kein Grund sich so aufzuregen. Ich bitte Sie, nehmen Sie wieder Platz und trinken Sie etwas Tee. So viel Aufregung ist gar nicht gut für eine Dame.« Er nahm sanft ihren Ellenbogen und versuchte, sie zu ihrem Stuhl zurückzuführen. Mit einem Ruck entzog sie ihm ihren Arm und warf Daniel einen sowohl Hilfe suchenden als auch abgrundtief empörten Blick zu.

»Mr Winslow, die Dame des Hauses hat Sie gebeten zu gehen«, sagte Daniel deutlich ruhiger, als er sich fühlte. Er holte tief Luft und spannte sämtliche Muskeln im Oberkörper an, so wie er es tat, wenn er ein aufmüpfiges junges Pferd beeindrucken wollte. Er war zwar nur wenig größer als Mr Winslow, aber sicherlich deutlich kräftiger als der ältere Mann, der nicht so aussah, als hätte er in seinem Leben jemals arbeiten müssen.

Mr Winslow nahm die subtile Drohgebärde mit einem ungläubigen Zucken zur Kenntnis.

Daniel hob langsam die Hand und zeigte auf die Tür. Als der Mann sich noch immer nicht bewegte, ging er einen Schritt auf ihn zu. Mr Winslow sah sich noch einmal hektisch um, dann ergriff er die Flucht. In der Eingangshalle hörten sie ihn nach seinem Lakaien rufen und kurz darauf verriet ihnen das Trommeln der Pferdehufe, dass der ungebetene Gast verschwunden war.

Dame Arabella stieß einen langen Seufzer aus. »Danke, Daniel«, sagte sie leise und ließ sich auf den Stuhl fallen. »Weißt du jetzt, warum ich dich dabeihaben wollte?«

Er blieb stehen, wo er war, und nickte.

»Was bilden diese Kerle sich nur ein? Die wissen nichts über mich! Sie kommen einfach hier hereingeschneit und glauben, wenn sie mir etwas Honig ums Maul schmieren, können sie mein Erbe in die Finger bekommen. Und wenn das nicht klappt, kann man das kleine Weibsbild ja ein bisschen einschüchtern, dann spurt die schon!« Vor lauter Aufregung war sie wieder aufgesprungen. »Vor einigen Wochen war schon mal so einer da. Und weißt du, wie viele Briefe mit Heiratsanträgen ich seit Weihnachten bekommen habe? Von wildfremden Männern?«

Daniel schüttelte überrascht den Kopf. Diese Unterhaltung behagte ihm gar nicht.

»Drei! Drei Briefe von Fremden, die mich heiraten wollen, ohne mich je gesehen zu haben. Die wollen nicht mich, Daniel. Die wollen Brigham Hall.« Verbittert verschränkte sie die Arme und stellte sich genau dort ans Fenster, wo Mr Winslow zuvor gestanden hatte. »Nur über meine Leiche«, setzte sie leise hinzu.

Daniel stand stumm da. Was sollte er auch sagen? Natürlich konnte er das Verhalten von Mr Winslow nicht gutheißen und im

Stillen schmunzelte er über das unbändige Temperament seiner Herrin. Schmunzelte, ja, aber voller Respekt. Sie war eine Kämpferin und ausgesprochen intelligent. Und sie hatte das Herz am rechten Fleck und nicht nur sich selbst im Blick, wie viele andere Herrschaften ihres Standes. Wer zu Brigham Hall gehörte, dem sollte es gut gehen, Mann oder Frau, Kind oder Vieh.

»Denkst du auch, ich sollte heiraten, Daniel? Hältst du mich auch für zu zart, um das Anwesen zu führen?«, fragte sie mitten in seine Gedanken hinein.

Daniel räusperte sich. »Nun, ich sehe nichts Falsches daran zu heiraten«, sagte er und merkte, wie ihm die Hitze in die Wangen stieg. »Doch sicherlich nicht aus den Gründen, die diese Gentlemen im Blick zu haben scheinen.«

Sie stieß ein kurzes, bitteres Lachen aus und kam langsam auf ihn zu. »Ich werde mich mit Mr Ainsworth unterhalten. Er soll mir einen Ehevertrag aufsetzen, der mir alle meine Rechte sichert. Und wenn wieder so ein Opportunist daherkommt, werde ich ihm sagen, er kann mich gern heiraten, aber ich bleibe trotzdem die Herrin auf Brigham Hall.« Sie lachte wieder, diesmal herzlich amüsiert. »Damit werde ich sie wahrscheinlich effektiver los als mit einer Flinte.«

Daniel musste ebenfalls lachen, als er sich Mr Winslows Gesicht vorstellte, wenn sie ihm einen solchen Vertrag unter die Nase halten würde.

Dame Arabella blieb zwei Schritte von Daniel entfernt stehen und sah ihm in die Augen, während noch immer ein leicht amüsiertes Lächeln um ihre Lippen spielte. »Es gibt nur einen Mann, den ich heiraten würde«, sagte sie kaum hörbar, aber ihr Blick sprach Bände.

Daniel schluckte. Er wagte kaum zu atmen. Sie konnte doch unmöglich ihn meinen! Unwillkürlich trat er einen Schritt zurück, machte sich steif und studierte intensiv seine Schuhspitzen.

»Daniel?«, fragte sie sacht.

Sein Blick streifte ihren für eine Sekunde, bevor er sich wieder auf den Teppich heftete. »Madam«, murmelte er verlegen.

Sie kam noch einen Schritt näher. »Ich erinnere mich genau daran, wie es war, auf deinem Schoß zu sitzen und mir die Augen auszuweinen, während du mich gehalten hast«, flüsterte sie.

Seine Augen weiteten sich bei der Erinnerung und jetzt sah er sie an, unfähig, irgendwo anders hinzuschauen. Was hatte er denn gedacht? Dass sie in dieser Nacht so verängstigt gewesen war, dass sie sich an nichts erinnerte? Die Erkenntnis, dass sie anscheinend ebenso häufig an diesen innigen Moment dachte wie er, traf ihn wie ein Blitzschlag. Aber es kam noch mehr: »Wo ist dieser Mann, Daniel? Wo ist dieser Mann, der mich in dieser fürchterlichen Gewitternacht getröstet hat? Wo ist der Mann, der mir Äpfel und Brotreste für mein Pferd zugesteckt hat – gegen den Willen seines Herrn? Wo ist dieser Mann – der Einzige, den mein Schicksal interessiert hat? Deine offenherzige Freundlichkeit war Balsam für meine gequälte Seele! Warum bist du jetzt so distanziert? So förmlich?«

Fast hätte sie es geschafft. Ihre flehenden Worte krochen ihm unter die Haut und brachten seinen Puls zum Rasen. Nur einen Schritt und er könnte sie in seine Arme schließen. Doch was würde das bringen? So überwältigend schön diese Vorstellung auch für ihn war, es konnte, es durfte nicht sein! Sie war doch endlich nach Jahren der Schmach wieder dort, wo sie hingehörte. Sollte er jetzt der Grund sein, dass sie erneut verunglimpft wurde? Hier ging es nicht um ihn und seine Gefühle, vielleicht noch nicht einmal um ihre. Es ging um viel mehr. Natürlich fühlte sie sich aufgrund seiner Freundlichkeiten zu ihm hingezogen, aber das konnte doch nicht mehr sein als eine Schwärmerei. Er durfte sie auf keinen Fall dazu ermutigen, also riss er sich zusammen und starrte wieder geradeaus. »Sie sind jetzt die Herrin von Brigham Hall. Ein solches Verhalten wäre vollkommen unpassend«, antwortete er rau.

Sie fuhr zusammen, als hätte er sie geschlagen, und trat unwillkürlich einen Schritt zurück. »Ist das das Einzige, was zwischen uns steht?«, fragte sie tonlos.

Er holte tief Luft und sah ihr noch einmal kurz in die Augen.

»Es ist alles, was zwischen uns steht«, sagte er grob und wandte sich ab, den Kopf zu einer leichten Verbeugung geneigt. Mit schnellen Schritten durchmaß er den Raum. Es hatte etwas Endgültiges, als die Tür hinter ihm ins Schloss fiel.

Brigham Hall, den 18. Januar 1712

Meine liebste Mutter,

Deine beruhigende Hand könnte ich jetzt auf meinem Kopf gebrauchen. Wie gern ich immer neben Deinem Stuhl saß, wenn Du gestrickt oder gehäkelt hast, denn ab und zu kam Deine Hand zu mir herab und strich mir über das Haar. Das war mein Friede. Wenn das geschah, wusste ich, alles ist gut. Zu lange schon vermisse ich Deine Berührung.

Wie gut, dass wir wenigstens die Briefe haben und uns so nahe sein können, wenn auch nur in Gedanken.

Ja, sicherlich errätst Du schon, dass etwas Ungewöhnliches geschehen ist, das mich aufwühlt und verwirrt. Ich kann es Dir nicht schreiben, Mutter. Als fürchtete ich, einen bösen, unwiderstehlichen Zauber freizusetzen, wage ich es nicht, die Worte auf Papier zu bannen.

Ich bete, dass der Heilige Geist unseres Herrn mich standhaft macht und mir die Kraft verleiht, untadelig zu bleiben. Mehr denn je versenke ich mich ins Studium von Gottes Wort, was mir im Moment jedoch nur schwachen Trost zu geben vermag. Die täglichen Herausforderungen sind gewaltig und ich halte mich an dem Gedanken fest, dass ich ohne das Wort schon längst untergegangen wäre. Doch so bleibe ich treu, mit Müh und Not, aber ich bleibe treu.

Voller Sehnsucht,
Dein Dich liebender Sohn
Daniel

23. Ausritt

Daniel staunte. Die fahlen Strahlen der späten Morgensonne fielen schräg durch die Fenster der Reithalle. Feiner Staub, der von den Pferdehufen aufgewirbelt wurde, tanzte im Licht und verlieh dem, was er sah, etwas Märchenhaftes. Chauncey hatte darum gebeten, Thunderboy reiten zu dürfen. Dass der Hengst bereits achtzehn Jahre alt war, hatte Daniel irgendwie verdrängt. Chauncey hatte ihn darauf aufmerksam gemacht, dass er noch von Sir Nathaniel ausgebildet worden war, der ein großer Verfechter der klassischen Reitkunst gewesen war. Der Bau der Reithalle auf Brigham Hall war dem Umstand geschuldet, dass der Baronet in jungen Jahren eine Europareise unternommen hatte, die ihn bis in das vom Türkenkrieg zerstörte Wien gebracht hatte. Er hatte die berühmte Spanische Hofreitschule besucht, deren Stallungen und Reithalle im Krieg schwer beschädigt worden waren. Trotzdem hatte ihn der Gedanke einer Reithalle zur Ausbildung von Pferd und Reiter so beeindruckt, dass er diesen bei seiner Rückkehr auf das elterliche Anwesen unbedingt in die Tat umsetzen musste. Er hatte zeit seines Lebens mit einem Rittmeister aus Wien Briefkontakt gehalten und viel Energie in die Ausbildung des Hengstes gesteckt, der zwar mit den Lipizzanern der Hofreitschule nicht vergleichbar war, aber dennoch einiges Talent für die Hohe Schule mitbrachte.

Noch nie hatte Daniel etwas Derartiges gesehen. Chauncey brachte den Hengst dazu, auf der Stelle zu traben, in allen Gangarten seitwärtszutreten, im Galopp Pirouetten zu drehen und sogar auf Kommando zu steigen. Es wirkte wie ein anmutiger Tanz und je länger Daniel zusah, desto stärker blühte in ihm der Wunsch auf, das auch zu können.

Als Chauncey schließlich die Zügel lang ließ, damit der Hengst sich strecken konnte, war Daniel fast enttäuscht.

Chauncey klopfte den kräftigen Hals des Tieres und lächelte zu Daniel hinüber. »Er ist etwas steif, aber verlernt hat er nichts«, sagte er zufrieden.

»Kannst du mir das beibringen?«, fragte Daniel und kam sich vor wie ein kleiner Junge.

Der ältere Mann lachte. »Das muss ich sogar. Es kann doch nicht sein, dass der Stallknecht auf Brigham Hall besser reiten kann als der Stallmeister!«

Daniel wischte die Bemerkung mit einer Handbewegung weg. Solche Dinge waren ihm glücklicherweise nicht so wichtig. Er hatte Chauncey schätzen gelernt in der Zeit, die er jetzt schon da war. Ein ruhiger, gewissenhafter Mann mit viel Pferdeverstand und deutlich mehr Erfahrung an der Seite von Ole Pete, als Daniel zuteilgeworden war. Viele Jahre hatte er unter dem alten Stallmeister gedient.

»Die Baronetess möchte das gute Wetter für einen Ausritt nutzen. Möchtest du sie begleiten?«, fragte Daniel. Er hoffte auf Chaunceys Zustimmung, damit er nicht wieder mit ihr allein sein musste.

»Nein, ich will noch mit Mr Ainsworths Wallach arbeiten. Er macht sich wirklich gut. Wir können ihn bald übergeben.«

Daniel nickte und eilte in den Stall zurück. Innerlich wappnete er sich gegen Dame Arabellas verheerende Wirkung auf sein Gefühlsleben. Vielleicht hatte sie ihn nicht verhext, wie Fanny und auch Riley behauptet hatten, aber auch ganz ohne Flüche und Zauber war es ihr gelungen, sein Herz zu stehlen. Auf dem Weg kam ihm Ruth entgegen, die den Wallach am Zügel führte, um mit Chauncey die Pferde zu tauschen. Daniel registrierte aus dem Augenwinkel ein freudiges Lächeln, das er so noch nie auf ihrem entstellten Gesicht gesehen hatte.

Willie hatte ihm sein Pferd schon gesattelt und auch Dame Arabella war bereits fertig. Sie führten die Pferde in den Hof, zogen die Sattelgurte fest und saßen auf.

»Ein ruhiger Ritt heute, Madam?«, fragte Daniel. Ihm war gerade nicht nach einer wilden Jagd zumute.

»Warum? Tut Ihnen was weh?«, erwiderte sie keck und lachte. Kein Wort hatte sie über das Gespräch im Salon verloren, aber seither siezte sie ihn. Trotz ihrer frechen Worte lag eine gewisse Traurigkeit in ihrem Blick.

Daniel fasste schnell die Zügel kürzer, da er erwartete, dass sie ihm direkt wieder davongaloppieren würde. Diesmal tat sie es jedoch nicht, sondern hielt ihre quirlige Stute im Schritt.

»Ich denke, wir sollten ihnen erst etwas Zeit geben, warm zu werden«, erklärte sie und Daniel entspannte sich wieder.

Die kalte Winterluft ließ ihren Atem in kleinen Nebelschwaden an ihnen vorbeiziehen und der Reif auf den Wiesen glitzerte wie unzählige Diamanten in der Sonne. Es war wunderschön.

Eine Weile ritten sie schweigend und folgten dem Weg hinunter ins Tal, der sie zur Kapelle führte. Als sie dort ankamen, hielten sie einen Moment an und betrachteten die traurige Ruine. Das Gebäude war aus Natursteinen gebaut gewesen, nicht sehr groß, aber anmutig mit hohen, schlanken Fenstern, die natürlich im Feuer zerstört worden waren. Für den Dachstuhl würde man kräftige, nicht zu junge Bäume fällen müssen. Auch wenn der Wiederaufbau noch warten musste, schadete es nicht, vorbereitet zu sein. Daniel machte sich im Kopf eine Notiz, dass er Harry bitten sollte, schon mal nach geeigneten Bäumen Ausschau zu halten. Vielleicht sollten sie auf dem Rückweg durch den Wald reiten, dann konnte er auch schon mal danach sehen.

Dame Arabella seufzte tief und ritt wieder weiter. Schon nach kurzer Zeit sagte sie: »So, jetzt müssen wir aber schneller reiten, mir wird kalt.« Ohne auf eine Antwort von Daniel zu warten, trabte sie an und fegte schon bald im gestreckten Galopp den Weg entlang.

Sie waren etwa eine halbe Stunde unterwegs, als plötzlich das Wetter umschlug. Nebel zog auf, und wo zuvor die schwache Januarsonne für ein wenig Wärme gesorgt hatte, wurde es schlagartig unangenehm kalt. Dame Arabella stimmte Daniels Vorschlag zurückzureiten sofort zu. Sie wollte einfach umdrehen und den gleichen Weg nehmen, den sie gekommen waren, aber Daniel hatte noch immer den Gedanken mit den Bäumen im Hinterkopf und schlug den Waldpfad zu ihrer Rechten ein. Hier mussten sie langsam reiten, denn der Weg war durch Baumwurzeln und Steine recht uneben. Zusätzlich ragten jede Menge Äste über den Weg, unter denen sie sich ducken mussten.

»Ich hoffe, Sie sind mit diesem Weg hier gut vertraut, Mr Huntington«, bemerkte die Baronetess mit einem skeptischen Blick auf den immer dichter werdenden Nebel.

»Keine Sorge, Madam, ich reite hier regelmäßig lang. Da lernen die Pferde, auf ihre Füße zu achten.« Dame Arabella antwortete nicht. Als Daniel über die Schulter blickte, sah er, dass sie sehr angespannt wirkte und die Bäume fast ängstlich beäugte. Die Ohren ihrer Stute spielten unaufhörlich, als würde auch sie sich nicht wohl in ihrer Haut fühlen.

»Ist alles in Ordnung, Madam?«, fragte Daniel.

»Jaja«, erwiderte sie leise, aber sehr überzeugend klang es nicht.

Daniel lehnte sich leicht nach vorn, denn der Weg kletterte nun über einen kleinen felsigen Grat. Dahinter lief er durch eine weitere Senke, bevor er die gleiche Ebene wie Brigham Hall erreichte. Mehrere große Findlinge lagen zwischen den Bäumen, was für manche Pferde eine Herausforderung war und ein weiterer Grund für Daniel, hier entlangzureiten.

Als sie beide den Grat überwunden hatten, hörte Daniel plötzlich ein seltsames Geräusch hinter sich. Es klang fast wie ein Wimmern. Er hielt an und drehte sich gerade noch rechtzeitig um, um zu sehen, wie Dame Arabella kreidebleich vom Pferd rutschte. Sie schien zu schwanken und hielt sich einen Moment an der Stute fest, bevor sie sich mit hektischen Blicken umsah und dann zu Boden sank. Die Stute hatte sie einfach mit baumelnden Zügeln stehen lassen.

»Madam?«, fragte Daniel unsicher und stieg ebenfalls ab. Seine Herrin kroch auf allen vieren über den Waldboden, als würde sie etwas suchen. Er nahm vorsichtshalber die Stute an den Zügel, die es sich ausnahmsweise gefallen ließ, ohne zu beißen. »Madam, was tun Sie da?«

Dame Arabella antwortete nicht.

Daniel kam näher, aber Dame Arabella fuhr sofort herum.

»Nicht die Pferde hierher!«, rief sie mit panisch aufgerissenen Augen.

Daniel konnte förmlich spüren, wie ihr Herz raste, obwohl er einige Meter von ihr entfernt stand.

Ein Schluchzen drang aus ihrer Kehle. Mit schmutzigen Händen und zutiefst verstörter Miene blieb sie einfach sitzen.

Daniel ließ die Pferde los und war in wenigen Schritten bei ihr. »Madam«, flüsterte er und legte die Arme um sie. Vorsichtig zog er sie wieder auf die Füße.

Sie krallte sich an ihm fest und verbarg ihr Gesicht in seiner Jacke, während weitere Schluchzer sie erzittern ließen. Nur ein Wort drang immer wieder zwischen ihren Lippen hervor: »Riley.«

Daniel hob seine weinende Herrin wieder auf ihr Pferd und ritt mit ihr so zügig wie möglich nach Hause. Es war nicht mehr weit. Sobald sie die Senke durchquert hatten, schimmerte Brigham Hall schon durch die Bäume.

Daniels Gedanken rasten. Er hatte absolut nichts gesehen, was er irgendwie mit ihrem Peiniger hätte in Verbindung bringen können, und schüttelte unwillkürlich den Kopf. Aber warum sonst sollte sie so seltsam reagieren? Irgendetwas musste dort sein.

Er hielt mit ihr vor dem Haupteingang an und half ihr abzusteigen. Sie weinte noch immer und ließ sich einfach vom Pferd fallen, sodass er sie gerade noch auffangen konnte. Kurz entschlossen trug er sie zur Tür und trat mehrmals kräftig dagegen.

Lizzie öffnete und stieß sofort einen Schreckensschrei aus. »Ist ihr was passiert?«, fragte sie und schlug die Hände vor den Mund.

»Nein, sie ist nicht verletzt«, versuchte Daniel sie zu beruhigen. »Wir sind an irgendeinem Ort vorbeigekommen, der schlimme Erinnerungen ausgelöst hat. Glaube ich«, fuhr er fort. »Am besten trage ich sie in ihr Zimmer, oder?«

Lizzie nickte und rannte vor ihm her die Treppe hinauf, um die Tür zu öffnen.

Einen Moment stand Daniel ratlos mitten in dem großen, fast runden Raum. Die Fenster vor ihm boten einen beeindruckenden Ausblick über das Tal mit den Weiden und der Kapelle im Hintergrund, die jetzt im Nebel jedoch nicht zu erkennen war.

»Am besten aufs Bett«, sagte Lizzie und führte ihn nach links zu einer Nische, in die das Bett hineingebaut war.

Dame Arabella weinte noch immer leise vor sich hin und ließ sich scheinbar willenlos auf die Matratze legen. Sie griff nach einem Kissen, umklammerte es und rollte sich dann zusammen.

Sofort setzte sich Lizzie neben sie aufs Bett und begann, ihre Wange zu streicheln.

»Madam«, flüsterte sie, »was ist denn nur los? Bitte, Madam ...«

Daniel schnürte es die Kehle zu. Er konnte hier nichts mehr tun. Plötzlich fielen ihm die Pferde wieder ein, die er unten im Hof einfach hatte stehen lassen. Er machte auf dem Absatz kehrt und floh aus dem Raum.

Als er unten ankam, waren Chauncey und Ruth bereits zur Stelle. Erstaunlicherweise konnte Ruth die Schimmelstute problemlos führen.

»Was ist passiert?«, fragte Chauncey. »Sie ist doch nicht gestürzt, oder?«

»Nein.« Daniel biss die Zähne zusammen. Er machte sich schreckliche Sorgen um seine Herrin. Nie hätte er erwartet, dass sie von einer Sekunde auf die andere so zusammenbrechen würde. Sie war doch am Anfang ihres Ritts ganz normal gewesen, fast übermütig sogar. Hätte er doch auf sie gehört und wäre über die Wiesen zurückgeritten und nicht durch den düsteren Wald. Lizzies Beschreibungen ihrer Albträume fielen ihm plötzlich wieder ein, da war es doch um Bäume gegangen, nicht wahr? Er knurrte unwirsch.

»Was ist?«, fragte Chauncey.

»Ach, ich ärgere mich nur über mich selbst. Ich hätte nicht mit ihr dort langreiten sollen, als der Nebel aufkam. Das war eine dumme Idee.«

»Daniel, woher solltest du das denn wissen?«, versuchte Chauncey ihn aufzumuntern, aber es half nichts. Daniel fühlte sich schuldig.

Brigham Hall, den 29. Januar 1712

Liebste Mutter,

es ist eine Tragödie. Dame Arabella hat einen Rückfall erlitten, nachdem wir bei einem Ausritt im Wald vom Nebel überrascht wurden. Sie spricht nicht mehr, kommt nicht mehr aus ihrem Zimmer und starrt nur noch vor sich hin. Lizzie, ihre Zofe, ist völlig verzweifelt. Immer wieder bittet sie mich, mit der Baronetess zu sprechen, aber was soll ich denn tun? Sie reagiert auf nichts.

Ach Mutter, es zerreißt mir immer wieder aufs Neue das Herz, wenn ich sie so sehe. Was hat sie nur alles durchmachen müssen? Was geht in ihr vor? Wie können wir sie wieder erreichen? Sie scheint so weit weg, als hätte sie diese Welt verlassen.

Mutter, bitte bete für sie! Wer außer Gott kann ihr denn helfen, mit ihren Erfahrungen zu leben?

Wenn ich doch nur wüsste, was ich für sie tun kann …

Dein verzweifelter Sohn
Daniel

24. RÜCKFALL

»Ich hab's gefunden!«, brüllte Chauncey noch im Flur.

Die Küchentür flog auf. Alle ließen die Löffel sinken und sahen ihn verständnislos an.

»Das Gold! Ich habe das Gold gefunden!«

Jetzt geriet Bewegung in die Dienerschaft. Sie sprangen auf und redeten durcheinander, bis Daniel laut »RUHE!« rief. »Wo?«, fragte er dann in das atemlose Schweigen hinein.

»In der Kapelle.«

Die Gesichter der anderen wurden schlagartig wachsam – die Ruine war immer noch kein sonderlich beliebtes Thema.

»Was tust du denn sonntags in der Kapelle?«, wollte Ellie wissen.

Chauncey zögerte einen Moment. »Ich sortiere die Steine«, gab er dann zu und winkte Daniel. »Komm mit! Es sind zwei schwere Kisten, wir brauchen einen Wagen.«

Daniel hörte im Hinauslaufen gerade noch, wie Ellie verwirrt fragte: »Er sortiert die Steine? Wozu das denn?«

Im Nu hatten die beiden Männer angespannt und rumpelten, so schnell es ging, den schlammigen Weg entlang. Die letzten Tage hatte es zwar nicht mehr so stark geregnet, aber der Boden war noch nicht einmal annähernd abgetrocknet.

»Du suchst die Steine aus dem Geröll, die für einen Wiederaufbau noch zu gebrauchen sind?«, fragte Daniel.

Chauncey nickte. »Es lässt mir keine Ruhe. Seit die Baronetess in diesem Zustand ist, gehe ich jeden Sonntag hinunter und räume so viel auf, wie ich schaffe. Heute bin ich mal etwas weiter hineingegangen. Ich meinte, mich zu erinnern, dass unter der Kapelle eine Gruft war. Tatsächlich habe ich den Zugang gefunden.«

»Und da unten hat er das Gold versteckt?«

»Ja.« Chauncey schwieg, wie eigentlich immer, wenn sich das Thema in Richtung Riley bewegte.

»Wie bist du eigentlich früher mit ihm ausgekommen?«, bohrte Daniel.

Chauncey presste die Kiefer aufeinander. Daniel dachte schon, er würde nicht antworten, aber er tat es doch. »Ich habe ihm nie getraut. Wie oft habe ich den Baronet gewarnt, dass Riley ihn hintergeht. Aber ich hatte keine Beweise, außer der Art, wie er Sir Nathaniel ansah, wenn der es nicht merkte. Der Hass in seinem Blick. Die Verachtung. Ich fragte mich immer, warum er ihn so sehr hasste, wo er ihm doch nicht nur das Leben gerettet hatte, sondern ihm auch noch Möglichkeiten eröffnete, die er sonst niemals erreicht hätte. Eines Tages ließ er mal in einem Nebensatz eine Bemerkung fallen, die mir die Augen öffnete. Wir hatten gerade einen jungen Hengst kastriert und er klopfte ihm auf den Hals und sagte: ›Jetzt bist du auch ein Nichts.‹ Ich wusste sofort, was er meinte. Und wie abgrundtief sein Selbsthass war. Wer sich selbst als ein Nichts betrachtet, kann den Mann, der ihm zu dieser Existenz verholfen hat, nicht lieben.« Chauncey schwieg eine Weile. »Ich war der Erste, der gehen musste. Riley wusste, dass ich ihm kein Wort glaubte. Er warf mich raus, noch bevor die Suche nach Arabella abgeblasen wurde. Ich war noch öfter da, heimlich. Habe nach ihr gesucht. Aber ich habe sie nicht gefunden. Irgendwann habe ich aufgegeben.«

Sie hatten die Kapelle erreicht und kletterten vom Wagen.

»Brauchen wir keine Lampe?«, fragte Daniel.

»Steht noch eine unten«, erwiderte Chauncey und führte Daniel über die Berge von Schutt in den hinteren Bereich der Kapelle, wo der Großteil der Wände noch intakt war. Hier führte eine enge Treppe in die Tiefe. Tatsächlich brannte die Lampe noch und Chauncey warf mit einem dramatischen Schwung den Deckel der ersten Kiste auf. Sie war randvoll mit Münzen aller Art, Gold, Silber und Kupfer.

»Unglaublich«, murmelte Daniel ehrfürchtig. »Schaffen wir die zu zweit?«

Chauncey lachte. »Jetzt wird sich zeigen, ob du ein starker Kerl bist oder nicht.«

»Wir hätten Dob mitnehmen sollen«, stöhnte Daniel auf der Hälfte der Treppe. Sie konnten nicht nebeneinandergehen, dafür war die Treppe zu eng. Das Ungleichgewicht lastete schwer auf Daniels Rücken, während er gebückt vorneweg ging.

»Lass uns oben an der Treppe Pause machen«, brummte Chauncey, dem es offensichtlich auch nicht viel besser erging.

Mit einem metallischen Klirren setzten sie die Truhe auf der obersten Stufe ab und verschnauften erst einmal.

»Hast du Seile im Wagen?«, fragte Daniel. »Dann könnten wir die an den Griffen festmachen, sie uns über die Schultern legen und so das Gewicht besser verteilen.«

»Gute Idee«, meinte Chauncey und verschwand, um kurz darauf mit den Seilen zurückzukehren.

Auf diese Weise schafften sie es deutlich besser, beide Truhen mit der kostbaren Last nacheinander über den Schuttberg zu schleppen und auf den Wagen zu laden.

»Ich hole noch die Lampe, dann können wir los. Hoffentlich bleiben wir nicht im Schlamm stecken.«

Zweimal mussten sie unterwegs absteigen und dem Pferd helfen, den Karren aus einer Kuhle zu ziehen. Als sie endlich völlig abgekämpft in den Hof rollten, kamen ihnen schon alle neugierig entgegen.

»Ihr habt aber lange gebraucht«, sagte Willie und wollte schon vorwitzig auf die Ladefläche des Wagens klettern. Dob pflückte ihn wieder herunter.

»Harry, Dob, würdet ihr eine Truhe ins Arbeitszimmer bringen?«

»Dürfen wir mal reingucken?«, fragte Tom und streckte schon die Finger nach dem Deckel aus. Auch Bissi reckte neugierig den Hals.

»Nein!«, fuhr Daniel die Jungen an. »Lasst die Finger davon!« Dann hielt er Dob am Arm fest, der seine Bitte nicht mitbekommen hatte. Mit Handzeichen bedeutete er ihm, was er tun sollte.

Zu viert trugen sie die Truhen ins Haus und stellten sie neben die bereits vorhandenen Bargeldvorräte.

Daniel wurde ganz übel, als er den Schatz zu seinen Füßen betrachtete. Ungehalten trieb er alle aus dem Arbeitszimmer hinaus und schloss die Tür hinter sich ab. Grundsätzlich vertraute er jedem, der gegenwärtig auf dem Anwesen arbeitete, aber die Worte »Führe mich nicht in Versuchung« erschienen ihm in diesem Moment wie ein noch größerer Schatz als der hinter der Tür.

Alle versammelten sich erst einmal wieder in der Küche und Daniel und Chauncey bekamen Bier und Brot zur Stärkung.

»Hast du Dame Arabella Bescheid gesagt?«, fragte Daniel Lizzie.

»Ja, ich habe es ihr erzählt. Aber sie hat nichts gesagt«, antwortete die Zofe traurig.

»Was machen wir jetzt damit?«, wollte Molly wissen.

»Wir werden morgen Mr Ainsworth informieren und dann werde ich das wohl alles zählen müssen«, sagte Daniel und klang nicht gerade begeistert dabei.

Hoffentlich hatte Mr Ainsworth kurzfristig Zeit für eine Unterredung. Ihm fehlte die Unterstützung der Baronetess. Als es ihr noch gut gegangen war, hatte sie mehr und mehr die Zügel in die Hand genommen und Daniel war mehr als froh darüber gewesen. Es war für ihn viel leichter, Entscheidungen zu treffen, wenn jemand anderes die Richtung vorgab. Wenn er es sich recht überlegte, hatten sie hervorragend zusammengearbeitet und es hatte ihm überhaupt nichts ausgemacht, dass sie das Sagen hatte. Nur seine Gefühlslage war eine Katastrophe gewesen, besonders nach dem Besuch von Mr Winslow. Wenigstens das hatte sich wieder entspannt, seit er nicht mehr ständig in ihrer Nähe war. Andererseits vermisste er sie jetzt maßlos, wagte es jedoch nicht, sie in ihrem Erkerzimmer aufzusuchen. Das schickte sich nicht.

»Daniel?«

Er schreckte hoch.

»Bist du noch bei uns?«, fragte Ellie amüsiert.

Daniel sah sie betreten an. »Tut mir leid, ich war in Gedanken.«

»Das habe ich gemerkt«, lachte sie und legte ihm eine Hand auf die Schulter. »Geh und ruh dich aus, Daniel Huntington. Du hast genug getan für heute.«

Er lächelte sie dankbar an und zog sich dann in seine Hütte zurück. Er legte sich auf sein Bett und streckte noch die Hand nach seiner Bibel aus. Aber zum Lesen kam er nicht mehr. Er war vorher eingeschlafen.

Mr Ainsworth erschien schon am nächsten Tag gegen Mittag, nachdem Daniel morgens Willie mit einer Nachricht losgeschickt hatte. Es war eine Art Test für den Jungen in vielerlei Hinsicht: zum ersten Mal allein mit dem Pferd unterwegs, erst den richtigen Weg nach Flamborough und dann das Haus des Anwalts finden, die Nachricht nicht verlieren und auch auf dem Heimweg nicht selbst verloren gehen. Er kam nicht viel früher wieder an als Mr Ainsworth, aber er hatte die Herausforderung bestanden und holte sich überall mit stolz geschwellter Brust Lob für seine Leistung ab, bis Chauncey ihn unter Daniels amüsiertem Blick am Ohr aus dem Kräutergarten zog, wo er gerade Ellie und Harry von seinem Ritt erzählte, und ihn wieder an die Arbeit schickte.

Daniel empfing den Anwalt mit großer Erleichterung und führte ihn ins Arbeitszimmer.

Mr Ainsworth verschlug es die Sprache, als er die beiden Truhen sah. Er griff in eine hinein, hob eine Handvoll Münzen heraus und ließ sie mit einem melodischen Klimpern wieder in die Truhe rieseln. »Unfassbar«, murmelte er.

»Was denken Sie, wie viel es ist?«, fragte Daniel, aber der Anwalt schüttelte nur den Kopf.

»Das ist schwer zu sagen. Ich müsste es zählen …« Er verstummte wieder.

»Würden Sie das tun?« Daniel warf ihm einen hoffnungsvollen Blick zu.

»Man könnte es auch sortieren und wiegen. Aber das dauert

vermutlich genauso lange wie das Zählen. Es ist ja alles kreuz und quer durcheinander.« Nachdenklich betrachtete er die Münzen, bis sein Kopf plötzlich hochschnellte und er Daniel ansah. »Haben Sie mich was gefragt?«

»Ich habe wirklich keine Zeit, das zu zählen, und ich wüsste auch gar nicht, wie ich das schaffen soll. Könnten Sie das übernehmen?«

»Das kann ich tun, ja. Wie geht es Dame Arabella? Irgendeine Veränderung? Weiß sie von dem Fund?«

»Lizzie hat es ihr gesagt, aber sie hat nicht reagiert. Seit Wochen sitzt sie nur da. Wir müssen zurzeit all ihre Termine absagen und hoffen, dass sich nicht bald herumspricht, aus welchem Grund. Lady Dursley hat sich beispielsweise schon mehrfach nach ihr erkundigt.«

Betretenes Schweigen breitete sich aus.

»Nun«, sagte Mr Ainsworth schließlich entschlossen, »wie dem auch sei, wir haben zu tun. Wenn Sie mir Papier und Tinte sowie einige Körbe zur Verfügung stellen, werde ich mich an die Arbeit machen.«

»Selbstverständlich, Sir. Ich selbst muss jetzt weg. Die Pächter treffen sich bei Mr Miller, um die Nutzung der Felder abzusprechen.« Daniel legte Papier und Feder auf dem Schreibtisch zurecht und stellte das Tintenfässchen dazu. »Ich sage Ellie Bescheid wegen der Körbe.« Er nickte dem Anwalt zu und ging zur Tür. »Ach ja, eins noch. Sie können Ihren Wallach mitnehmen, wenn Sie möchten. Er ist jetzt so weit. Wenn Sie eine Zählpause brauchen, können Sie zu Chauncey in den Stall gehen. Er wird Ihnen gern alles zeigen.«

»Danke, Mr Huntington. Das freut mich zu hören.«

Daniel wickelte sich den langen Schal um den Hals, den seine Mutter ihm gestrickt hatte. Der Wind war beißend kalt und der Boden knüppelhart gefroren, obwohl es schon Mitte Februar war.

Die Pächter hatten sich nur mühsam zu dem Treffen überreden lassen. Jeder war es gewohnt, alles zu seiner Zeit und nach seinem Gutdünken zu machen. Riley hatte sich ihrer Meinung nach viel zu viel in ihre Belange eingemischt und nun schien es so, als wolle Daniel das auch tun. Er verfolgte jedoch ganz andere Ziele. Daniel wollte, dass die Bauern auf dem Brigham-Anwesen sich als eine Gruppe, eine Einheit verstanden, wo man sich gegenseitig aushalf. Sie sollten ihre Erfahrungen austauschen und voneinander profitieren. Ob es ihm auch nur ansatzweise gelingen würde, diese Gedanken in die Köpfe zu pflanzen, würde sich jetzt zeigen müssen.

Er war sehr dankbar, als er Millers Kate erreichte und in die warme Stube treten konnte. Es war eng in der Hütte, denn vier der Pächter waren schon da, darunter auch Mrs Weldon, die natürlich ihre Kinder dabeihatte. Harper hatte seinen Sohn George mitgebracht.

Mr Miller begrüßte Daniel mit Handschlag und reichte ihm erst einmal einen Becher Tee, den er dankbar annahm.

»Wissen Sie, ob noch jemand kommen wollte?«, fragte er, nachdem er allen einmal zugenickt hatte.

»Mehr sind wir nicht, Sir«, sagte Miller. »Die anderen Höfe stehen ja zurzeit leer.«

»Nicht, dass die Hütte vom Schotten noch zu irgendwas zu gebrauchen wäre«, meldete sich jemand anders zu Wort und alle brummten ihre Zustimmung.

Daniel dachte kurz nach, dann nickte er. »Sie haben recht. Das hatte ich ganz vergessen.« Am liebsten wäre er wieder hinausgerannt. Wie konnte er denn *vergessen*, dass er drei Pächtern gekündigt hatte?

»Stimmt es, dass die Herrin krank ist?«, fragte Mrs Weldon.

Daniel fuhr sich mit der Hand durchs Gesicht und nickte dann. »Ja, sie ist – sie ist krank.« Wie sollte er das nur wieder erklären? Er wollte nicht, dass die Pächter dachten, ihre Herrin wäre verrückt.

»Sie machen sich große Sorgen um sie, das sehe ich Ihnen an«, bemerkte Mrs Weldon leise. »Was können wir denn jetzt tun?«

»Beten«, seufzte Daniel spontan und schloss kurz die Augen.

Er hatte das Gefühl, dass Mrs Weldon mit ihrer Beobachtung sowohl eine Erklärung als auch eine Entschuldigung für sein Versagen gegeben hatte. Als er die Augen wieder öffnete, sah er entschlossen in die Runde. »Das und dafür Sorge tragen, dass das Anwesen nicht verkommt. Eine Haltung, wie Kerr sie an den Tag gelegt hat, ist eine Schande für Brigham Hall. Wir alle können hier sehr gut leben, wenn wir zusammenarbeiten und uns gegenseitig unterstützen. Sie alle wissen am besten über die Parzellen Bescheid, die Sie bearbeiten. Zusätzlich stehen Ihnen jetzt noch Parzellen von den brachliegenden Höfen zur Verfügung, die genutzt werden können. Vielleicht haben Sie Felder, die sich schlecht beackern lassen und besser als Heuwiesen oder Viehweiden geeignet wären. Vielleicht haben Sie woanders reiche Böden, die ungenutzt sind. Ich möchte, dass wir uns hier jetzt alle gemeinsam anschauen, was wir haben und wie wir es in Zukunft am besten nutzen können.«

Zustimmendes Nicken begegnete diesen Worten. Dann steckten sie die Köpfe zusammen und schmiedeten Pläne.

Als Daniel abends nach Hause ritt, hatte er das Gefühl, einerseits völlig ausgelaugt zu sein und andererseits eine Menge erreicht zu haben. Es hatte viele hitzige Diskussionen gegeben und zunächst hatte fast jeder versucht, für sich selbst den größten Vorteil herauszuschlagen. Daniel wusste nicht, wie er es geschafft hatte, aber nachdem er beharrlich immer und immer wieder die gleichen Dinge wiederholt hatte, waren die verhärteten Fronten aufgeweicht und die Pächter hatten nach und nach erkannt, wie viel sie gewinnen konnten, wenn sie ihren Nachbarn halfen.

Daniels größter Feind in der Diskussion war Riley gewesen. Während er so schnell nach Hause trabte, wie der gefrorene Boden es zuließ, versuchte er zu zählen, wie oft er an diesem Nachmittag die Worte »Aber der Baronet hat« gehört hatte. Riley hatte einen Keil zwischen die Menschen getrieben. Er hatte Misstrauen und Angst geschürt. Er hatte die Pächter massiv unter Druck gesetzt und ihnen ständig mit Rauswurf gedroht. Als Daniel den

Pächtern erklärt hatte, dass er möglichst langfristig mit ihnen zusammenarbeiten wollte, waren sowohl Mrs Weldon als auch Mrs Miller in Tränen der Erleichterung ausgebrochen. Dankbarkeit war doch eine deutlich bessere Motivation als Angst, dachte Daniel bei sich.

Es war schon lange dunkel, als er auf Brigham Hall ankam. Mit vor Kälte starren Fingern sattelte er sein Pferd ab und versorgte es mit Futter. Dabei fiel ihm auf, dass Mr Ainsworth seinen Wallach noch nicht mitgenommen hatte.

Erschöpft schleppte er sich in die Küche. Niemand war dort, aber er lächelte gerührt, als er im Vorratsschrank einen abgedeckten Teller vorfand. Ellie hatte wie immer für ihn gesorgt. Er setzte sich an den Tisch und aß langsam. Eine seltsame Schwermütigkeit lastete auf ihm. Eigentlich konnte er doch stolz sein auf das, was er an diesem Nachmittag erreicht hatte. Nur war er sich nicht sicher, ob wirklich er es erreicht hatte. Manches, was er gesagt hatte, war ihm fremd und seltsam erschienen, als würde jemand anderes seinen Mund zum Sprechen benutzen. Ob das göttliche Führung gewesen war? Er wusste es nicht. Im Moment hatte er das Gefühl, überhaupt nichts mehr zu wissen. Was tat er hier? Er war doch nur ein einfacher Stallknecht. Wenn er sich Chauncey ansah, dann war er noch nicht einmal Stallmeister. Der hatte doch viel mehr Ahnung als Daniel jemals haben würde. »Ein romantischer Spinner, das bist du«, hatte sein Vater ihm mehr als einmal gesagt. Daniel hatte als Kind davon geträumt, einmal ein großes Anwesen zu besitzen und viele Diener zu haben. Er hatte sich ins Hühnergehege gestellt und gespielt, die Hühner seien seine Diener und er der gütige Herr, der ihnen zu essen gab. Ohrfeigen hatte es gehagelt, weil er in seinem Eifer viel zu viel Futter verstreut hatte. Wie alt war er da gewesen? Vier? Fünf? Er schüttelte über sich selbst den Kopf und stand auf, räumte seinen Teller weg und ging hinüber zum Arbeitszimmer. Die Tür war verschlossen. Wahrscheinlich hatte Mr Ainsworth den Schlüssel mitgenommen, weil er noch nicht mit dem Zählen fertig und Daniel so spät nach Hause gekommen war.

Lizzie kam mit einem Tablett die Treppe herunter. Als sie Daniel sah, blieb sie stehen. Sie wirkte sehr blass und müde.

»Wie geht es dir?«, fragte Daniel.

»Sie ist ...«, Lizzie stockte, als ihr bewusst wurde, dass Daniel nicht nach Dame Arabella gefragt hatte. »Oh, es, es geht schon«, sagte sie unsicher. Dann seufzte sie tief. »Es tut so weh, sie so zu sehen. Das ist noch schlimmer als damals, wo sie nur die stumme Magd war. Da hat sie zwar nicht geredet und war in ständiger Angst vor dem Baronet, aber sie war wenigstens lebendig. Jetzt kommt sie mir vor wie eine Puppe. Ich vermisse ihr Lachen und ihre forsche Art.« Eine Träne rollte ihr über die Wange, die sie umständlich an der Schulter abwischte, ohne dass etwas vom Tablett fiel. »Ich bring das mal weg«, fügte sie leise hinzu.

Daniel ging schnell vor, um ihr die Küchentür aufzuhalten. Lizzie lächelte ihn dankbar an.

Eigentlich hätte er jetzt in seine Hütte gehen sollen, aber zu seinem eigenen Erstaunen stellte er fest, dass seine Füße ihn die Treppe hinauf und den langen Flur entlang zu Dame Arabellas Zimmer trugen. Er klopfte an die Tür und trat ein, obwohl er keine Antwort bekam. Bis auf das Feuer im Kamin war es dunkel im Zimmer. Die junge Frau saß in ihrem Sessel, den Blick starr in die Flammen gerichtet. Sie war in eine dicke Decke gehüllt und ihr Haar lag in einem einfach geflochtenen Zopf auf ihrem Rücken. Daniel schloss leise die Tür hinter sich und trat langsam näher. Sie rührte sich nicht. Eine Weile stand er nur da und beobachtete, wie das Licht auf ihrem Gesicht tanzte. Sie wirkte so traurig, dass er sich fühlte, als würde er an einem bodenlosen Abgrund stehen, in den er unaufhaltsam hineingezogen wurde. Plötzlich war die ganze Last zu groß und er sank neben ihr auf die Knie, legte die Hände und die Stirn auf die Lehne ihres Sessels und ließ seinen Tränen freien Lauf.

Zu beweinen gab es genug. Er weinte um ihre verlorene Kindheit, die Qualen, die sie erleiden musste, über das Schweigen, das sie gefangen hielt. Er weinte um seine Mutter, die er nun schon so lange nicht mehr gesehen hatte, um die Pferde, für die er kaum noch Zeit hatte, und über die Verantwortung, die ihn schier zu erdrücken schien. Er weinte sogar um Riley, dessen Herz den Weg des Hasses statt den der Dankbarkeit gegangen war.

Daniel wusste nicht, wie lange er geweint hatte, aber irgendwann war sein Tränenstrom versiegt und ein zerbrechlicher Friede zog in sein Herz ein. Erst als er sich aufrichtete, wurde ihm bewusst, dass ihre Hand auf seinem Kopf lag. Mit einer langsamen Bewegung legte sie sie wieder in ihren Schoß. Sonst rührte sie sich nicht, sah ihn auch nicht an. Aber ihre Wangen waren ebenso feucht von Tränen wie seine.

Brigham Hall, den 18. Februar 1712

Liebe Mutter,

es gibt eine leichte Verbesserung in Dame Arabellas Zustand. Sie isst wieder selbständig und lässt sich auch wieder ankleiden. Hin und wieder nimmt sie Blickkontakt mit den Menschen im Raum auf, aber sprechen tut sie noch immer nicht. Lizzie ist trotzdem glücklich. Da es jetzt endlich etwas wärmer geworden ist, nimmt sie die Herrin mit auf kleine Spaziergänge zu den Pferden in der Hoffnung, damit ihre Lebensgeister zu wecken.

Mr Ainsworth hat drei Tage gebraucht, um das ganze Geld in den Truhen zu zählen, das Riley veruntreut hatte. Über dreitausend Pfund sind es, ein wahrlich stattliches Vermögen. Was er wohl damit vorhatte? Ich weiß es nicht.

Mit diesem Guthaben im Rücken haben Chauncey und ich nun beschlossen, den Wiederaufbau der Kapelle voranzutreiben. Mr Ainsworth ist strikt dagegen, kann uns aber keine vernünftigen Argumente liefern, außer dass es teuer ist. Ich vermute, dass sein eigener Unglaube einiges mit seiner Überzeugung zu tun hat. Aber Dame Arabella war vollkommen eindeutig in ihrem Vorhaben und in Anbetracht ihrer Familiengeschichte sehe ich keinen Grund, ihrem Wunsch nicht zu entsprechen. Wir haben jetzt zwei Männer angeheuert, die die Ruine vom Schutt befreien sollen. Sie arbeiten hart und kommen gut voran.

Inzwischen hat Mr Ainsworth auch sein neues Pferd in Besitz genommen und ist überaus zufrieden.

Wenn jetzt noch die Baronetess wieder zu ihrem wahren Ich zurückfinden würde, wäre fast alles perfekt.

Ich danke Dir für Deine treuen Gebete und verbleibe

mit herzlichen Grüßen,
Dein Daniel

25. GEBEINE

Daniel kam von einem weiteren Treffen mit Miller und Harper zurück. Schon von Weitem sah er Molly am Gartentor stehen und Ausschau halten – vermutlich nach ihm. Er hielt sein Pferd neben ihr an.

»Gut, dass Sie da sind, Sir«, sagte sie.

Er zuckte leicht zusammen. Obwohl alle anderen Bediensteten ihn duzten, blieb Molly beharrlich beim Sie und Sir, als wäre er der Herr im Haus.

»Was gibt es denn, Molly?«, fragte er.

»Die beiden Bauarbeiter warten in der Küche, Sir. Sie wollen Sie sprechen. Warum, wollten sie nicht sagen.«

Das klang nicht gut.

»Sag ihnen, ich komme sofort.« Er lenkte das Pferd durch das Stalltor, saß ab und übergab die Zügel an Tom, der gerade den Hof fegte. Mit eiligen Schritten ging er in die Küche.

Die Bauarbeiter sprangen sofort vom Tisch auf, als er eintrat.

»Guten Tag, die Herren. Gibt es ein Problem?«, fragte Daniel.

Bissi und Molly hielten mit unverhohlener Neugier in ihrer Arbeit inne.

»Nun, Sir, vielleicht können wir das unter vier Augen besprechen?«, schlug der eine Arbeiter vorsichtig vor.

»Sechs Augen«, korrigierte Daniel im Stillen. »Folgen Sie mir.« Er ging voraus und führte die beiden Männer ins Arbeitszimmer.

Auf Mr Ainsworths Vorschlag hin hatten sie das ganze Geld in den Keller gebracht und dort in einem eigens dafür vorgesehenen, versteckten Schacht gelagert, der sich mit einem Gitter verschließen ließ. Vor dem Schacht stand ein Schrank. Daniel war sich nicht sicher, ob irgendjemand außer Mr Ainsworth von diesem Versteck wusste. Vielleicht noch nicht einmal Dame Arabella. Daniel war jedenfalls sehr erleichtert, das Geld nicht mehr im Arbeitszimmer zu haben.

Er schloss die Tür hinter den Männern und ging an den Schreibtisch. Dann sah er die beiden fragend an.

»Wir haben Knochen gefunden, Sir«, sagte der eine und schüttelte sich kurz. »Es ist, also … es sieht aus wie ein menschliches Skelett. Oder Teile davon. Ziemlich verkohlt und ...« Er verstummte. Der andere Bauarbeiter sagte nichts.

Daniel brauchte einen Moment, um zu begreifen, was der Mann ihm da erzählte. Knochen in der Kapelle. Das konnten nur die sterblichen Überreste des früheren Baronets sein, Dame Arabellas Vater. Hatte man ihn nicht beerdigt? Auf dem Friedhof neben der Kapelle stand ein großes Mausoleum für die Baronets. Er war selbstverständlich davon ausgegangen, dass man die Leiche geborgen und dort bestattet hatte.

»Was sollen wir jetzt machen?«, fragte der erste Arbeiter, verunsichert von Daniels Schweigen.

»Tut mir leid, ich … das ist irritierend. Wie weit sind Sie bisher gekommen?«

»Wir haben die brauchbaren Steine alle an der Mauer aufgeschichtet, wie von Ihnen angeordnet, Sir. Den Schutt haben wir weitestgehend in die Senke gekippt, die Sie uns gezeigt haben. Es ist aber noch einiges da.«

»Gut. Machen Sie den restlichen Tag frei und kommen Sie übermorgen wieder. Ich werde mich darum kümmern, dass die Gebeine ordentlich bestattet werden.«

Die beiden Männer sahen Daniel mit großen Augen an. »Wissen Sie denn, wer das ist?«

»Ja«, erwiderte Daniel leise, »ich denke schon. Es ist der Vater der Baronetess, der bei dem Feuer in der Kapelle ums Leben gekommen ist. Ich wüsste nicht, wer es sonst sein sollte. Damals war ich noch nicht hier und ich dachte, er wäre schon bestattet worden. Aber keine Sorge, das werden wir jetzt nachholen.« Er konnte den Männern ansehen, dass sie an rachsüchtige Geister und andere Spukgeschichten dachten, und erwähnte lieber nicht, dass der Baronet ermordet worden war. Sonst würden sie garantiert nicht wiederkommen.

Chauncey wurde leichenblass, als Daniel ihn beiseitenahm und ihm von dem Fund der Arbeiter erzählte.

»Er hat uns erzählt, er hätte die Ruine kurz nach dem Brand durchsucht und nur einige wenige Knochenreste und eine Schädelplatte gefunden. Alles andere wäre verbrannt gewesen.«

Daniel musste ihn nicht fragen, wer mit »er« gemeint war.

»Ich habe selbst gesehen, wie er zwischen den Steinen herumgekrochen ist und sich die Finger verbrannt hat, weil einige Stellen noch heiß waren. Gott, was für ein Heuchler.«

»Wir müssen es der Baronetess sagen«, flüsterte Daniel

»Bist du wahnsinnig? Sie hat sich doch immer noch nicht wieder ganz erholt! Da willst du ihr so einen Schock verpassen?«

»Vielleicht bringt es sie wieder zurück«, stammelte Daniel kläglich. Er glaubte selbst nicht wirklich daran.

»Ja, oder es stößt sie unwiederbringlich über die Klippe und sie wird vollends irre. Was für Knochen haben wir da nur begraben?« Chauncey fing vor Erregung an, im Kreis zu laufen.

»Was, wenn Riley ihr alles erzählt hat? Sie hat mir gesagt, dass er sie jeden Tag mit Worten gequält hat.«

»Dieser Hund!«, rief Chauncey und schlug mit der Faust gegen den nächsten Balken. Dann lehnte er seinen Kopf dagegen und schloss die Augen.

»Was auch immer er getan oder gesagt hat, wir müssen die Gebeine ehren und ordentlich bestatten. Haben wir eine vernünftige Kiste, in die wir sie betten können? Einen Sarg werden wir wohl nicht brauchen«, versuchte Daniel die Gedanken des Stallknechts in praktischere Bahnen zu lenken.

Auf dem Weg zur Kapelle fragte sich Daniel, ob sie den Angestellten von diesem Fund erzählen sollten oder lieber nicht. Keiner hatte den alten Baronet gekannt und die Schauergeschichten rund um die Kapelle hatten gerade erst wieder neuen

Aufschwung erfahren, seit der Wiederaufbau beschlossen worden war.

»Wir sollten niemandem etwas davon sagen. Die Arbeiter haben ja zum Glück den Mund gehalten«, meinte Daniel.

Chauncey sah ihn skeptisch an. »Das wird nicht lange ein Geheimnis bleiben. Außerdem werden sie wissen wollen, warum wir beide schon wieder mit einem Karren hier runterfahren. Nein, ich denke wir sollten die Karten lieber offen auf den Tisch legen. Der Baronet war ein guter Mann. Sein Andenken sollte geehrt werden.«

Dem konnte Daniel nicht widersprechen.

Als sie ihr Ziel erreichten, staunte er nicht schlecht darüber, was die beiden Männer bereits geschafft hatten. Der größte Teil der Kapelle war wieder begehbar. Nur im vorderen Bereich, dort, wo der Altar gewesen sein musste, lag noch ein größerer Schutthaufen. Zwei Schaufeln und eine Spitzhacke lagen darauf. Daniel suchte den Boden am Rande des Haufens ab und fand schließlich, wie von den Arbeitern beschrieben, einen Schädel sowie einige kleinere verstreute Knochen. Vielleicht von einer Hand. So wie die Werkzeuge dort lagen, hatten die Arbeiter alles vor Schreck fallen lassen und waren davongerannt, als die den Schädel entdeckt hatten.

»Hier«, sagte Daniel leise und brachte Chauncey damit an seine Seite.

Er fiel neben Daniel auf die Knie und streckte die Hand nach dem Schädel aus, brachte es dann aber doch nicht über sich, ihn zu berühren. Tränen schwammen in seinen Augen. »Ich hole die Kiste«, sagte er mit erstickter Stimme.

Daniel konnte ihm seine Bestürzung nicht verübeln. Auch ihm schnürte es die Kehle zu, nicht weil er ein besonderes Verhältnis zu diesem Toten gehabt hätte, sondern weil ihn der Gedanke, zu sterben und jahrelang unter solchen Trümmern zu liegen, irgendwie erschreckte.

Vorsichtig begann er mit den Händen den Schutt hinter dem Schädel wegzuräumen. Schnell merkte er, dass es zu mühsam war, also nahm er doch die Schaufel und trug behutsam Schicht für Schicht ab. Auf keinen Fall wollte er mit der Schaufel mitten zwischen die Knochen fahren.

»Da!«, sagte Chauncey plötzlich neben ihm.

Tatsächlich, ein ganzes Stück von dem Schädel entfernt entdeckten sie eine Rippe, die aus dem Staub ragte.

Daniel hatte den Schädel und die anderen Knochen schon ehrfürchtig in die Kiste gelegt. Jeden weiteren Knochen, den sie fanden, legten sie dazu. Eine ganze Reihe waren verkohlt oder gebrochen, aber viel weniger, als Daniel erwartet hätte.

»Was ist das?«, fragte er plötzlich, während er im Staub herumtastete. Dann zog er einen Dolch zwischen dem Schutt hervor.

Chauncey hatte sich während der ganzen Zeit, die sie gearbeitet hatten, wacker gehalten, aber jetzt brach er zusammen. »Damit hat er ihn getötet!«, rief er und stieß dann einen so lauten Wutschrei aus, dass es bis in den Wald hinüberhallen musste. Er griff nach dem Dolch und rieb ihn an seiner Jacke ab. »Der gehörte dem Baronet. Riley hat ihn mit seinem eigenen Dolch ermordet.« Fassungslos schüttelte Chauncey den Kopf, immer wieder.

Daniel legte ihm die Hand auf die Schulter und nahm ihm den Dolch aus den Händen. »Komm. Ich glaube, wir sind hier fertig. Wir stellen die Kiste ins Mausoleum und dann sage ich Dame Arabella, was geschehen ist. Und bringe ihr den hier.« Er hielt den Dolch kurz hoch und steckte ihn dann ein, bevor er Chauncey auf die Füße half.

Daniel wusch sich und zog sich frische Sachen an, bevor er zu Dame Arabella ging. Er hatte das Gefühl, dass überall Staub, Asche und Tod an ihm klebten, und wollte so nicht vor seine Herrin treten. Es war schon spät, aber Lizzie versicherte ihm, dass die Baronetess noch vor dem Feuer saß. Den Dolch hatte er sorgfältig gereinigt und poliert. Es war ein edles Messer mit einem Griff aus Hirschhorn.

»Madam?«, sagte er leise, als er in ihr Zimmer trat.

Sie saß mit dem Rücken zur Tür und drehte leicht den Kopf, aber nicht so weit, dass sie ihn sehen konnte. Er kam in den Raum und stellte sich vor sie. Zum ersten Mal seit vielen Wochen trafen sich ihre Blicke. Für einen Augenblick verspürte er ein Erkennen und ein Sehnen, das ihm beinahe den Atem raubte. Doch dann zog sie sich wieder unnahbar in sich zurück und wandte den Blick von ihm ab. Er stieß langsam die Luft aus. Dann zog er das Messer hervor und hielt ihr den Griff hin.

»Erkennen Sie das?«, fragte er sacht und versuchte sich auf alle erdenklichen Reaktionen vorzubereiten.

Ihr Blick wanderte zu seiner Hand und verharrte dort. Mehr geschah nicht.

Er schluckte ein paarmal, bevor er sich in der Lage sah, weiterzusprechen. »Vielleicht hat Lizzie Ihnen erzählt, dass wir mit den Arbeiten an der Kapelle begonnen haben«, begann er. »Die Arbeiter haben unter den Trümmern etwas gefunden.« Er stockte. Es war wirklich schwer. Tat er das Richtige? Chauncey war nach wie vor nicht überzeugt.

Noch immer sah sie auf das Messer, reglos, schweigend.

»Wir … wir haben das hier gefunden. Chauncey sagte, es gehörte Ihrem Vater. Den haben wir …« – »Gott, steh mir bei«, dachte Daniel flehentlich. »Wir haben Ihren Vater gefunden, Madam. Seine Gebeine. Wir haben sie in das Mausoleum auf dem Friedhof gebracht. Wenn Sie wünschen, Madam, werde ich den Priester kommen lassen, um seine Ruhestatt zu segnen.«

Daniel wusste nicht, was er erwartet hatte. Aber dass sie selbst angesichts dieser Nachricht keinerlei Reaktion zeigte, damit hatte er nicht gerechnet. Er ließ die Hand mit dem Messer sinken.

Ihr Blick wanderte wieder zum Feuer.

Betreten legte Daniel das Messer auf den Tisch und verließ das Zimmer.

Brigham Hall, den 26. Februar 1712

Liebe Mutter,

herzlichen Dank für Deine aufmunternden Worte. Zu gut kennst Du mich und liest zwischen den Zeilen. Immer wieder sage ich mir, dass Gott mich nicht ohne Grund an diesen Platz gestellt hat, und doch verzagt mein Herz immer wieder aufs Neue.

Vielleicht hast Du auch damit recht, dass ich nicht froh werden kann, solange meine Herrin sich in diesem Zustand befindet. Leider hat sich daran nichts geändert.

Eine Zeit lang haben alle im Haus schlecht geschlafen und die Jungen wurden von Albträumen geplagt. Harrys Gruselgeschichten, die er aus gegebenem Anlass mit noch größerer Begeisterung als sonst zum Besten gegeben hat, haben sicherlich das Ihre dazugetan. Trotz des schaurigen Hintergrunds hatten alle gehofft, dass die Entdeckung der Gebeine ihres Vaters etwas in Dame Arabella bewirken würde, sie vielleicht aus ihrer Lethargie reißen würde, aber nein. Obwohl wir mit ihr und allen Angestellten auf dem Friedhof eine Feierstunde zu Ehren des früheren Baronets abhielten, zeigte sie keinerlei Gefühlsregung.

Ich muss gestehen, es hat mich den Glauben daran verlieren lassen, dass sie aus ihrem Dämmerzustand befreit werden kann. Was für ein grausames Schicksal!

Mr Ainsworth hat mir beim letzten Treffen schwere Vorwürfe gemacht, dass ich die Baronetess mit meiner Haltung dazu gebracht hätte, sich völlig zu übernehmen. Ich hätte sie schonen müssen und sie nicht in die Vorgänge auf dem Anwesen einbeziehen dürfen. Als ob das eine Option gewesen wäre!

Nein, sie war mit der Führung von Brigham Hall nicht überfordert, sondern wuchs immer mehr in ihre Rolle hinein. Die Unterstützung, die sie brauchte, war praktischer Natur, aber die Ideen und Entscheidungen waren ihre eigenen. Ich hatte die ganze Zeit den Eindruck, dass es ihr viel leichter fiel als mir, Entscheidungen zu treffen.

Jedenfalls will er sich nun erst einmal zurückziehen, da er seine Aufgabe als erledigt ansieht. Ich muss sagen, dass mich seine Worte sehr enttäuscht haben und ich mich von ihm im Stich gelassen fühle. Gott sei Dank halten auf dem Anwesen alle zusammen und tun ihr Bestes, um alles am Laufen zu halten. Eine wirklich starke Gemeinschaft, die ich so noch nirgends erlebt habe und für die ich mehr als dankbar bin.

Herzlichst,
Dein Daniel

26. Vergebung

In dieser Nacht lag Daniel wach. Es war Neumond, der Tag war relativ mild gewesen und er fühlte sich voller Energie. Er hatte noch bis spät über dem Brief an seine Mutter gesessen, aber selbst danach war ihm noch nicht nach Schlafen zumute gewesen. Nun war er im Bett und starrte in die Dunkelheit, während seine Gedanken von einem Thema zum anderen sprangen.

Als er endlich kurz davor war einzuschlafen, polterte es plötzlich an seiner Tür.

»Daniel!« Es war Chauncey.

Daniel sprang aus dem Bett und riss die Tür auf. Das Licht der Fackel in Chaunceys Hand blendete ihn, sodass er erst einmal die Augen zusammenkniff.

»Sie ist weg!«, rief der Stallknecht aufgeregt. »Zieh dich an, wir müssen sie suchen!«

»Wer ist weg?«, fragte Daniel verwirrt. War eine der Stuten ausgebüxt?

»Die Baronetess! Lizzie und Ellie haben schon das ganze Haus auf den Kopf gestellt, aber da ist sie nicht. Harry und Dob sind im Wald, ich habe im Stall alles abgesucht und gehe jetzt runter zu den Weiden. Vielleicht ist sie zu ihrer Stute gegangen.«

Ein Schreck durchfuhr Daniel. Wenn sie wieder einen ihrer Albträume gehabt hatte und kopflos davongerannt war, konnte sie sonstwo sein. Die Sorge schnürte ihm die Kehle zu. Er wollte sie nicht verlieren! Er zwang sich, ruhig nachzudenken. Eine Ahnung überkam ihn und wuchs schnell zu einer beinahe sicheren Gewissheit an. »Ich gehe zur Kapelle«, sagte er heiser und griff schon nach seiner Hose. Hastig zog er sie an und schlüpfte dann in seine Stiefel. Die Nacht war kalt trotz des warmen Tages, also warf er sich noch Mantel und Schal um.

»Hab mir schon gedacht, dass du da runtergehen willst. Hier ist die Sturmlaterne. Wenn du sie findest, gib Leuchtzeichen, dann komme ich mit Pferden runter. Viel Glück.«

Vor dem Haus rannten beide Männer in die gleiche Richtung los, doch schon kurz darauf trennten sich ihre Wege.

Daniel lief langsam den Weg ins Tal entlang, während er systematisch die Wiesen rechts und links absuchte. Außer einem Fuchs konnte er nichts entdecken. Sein Herz pochte ihm in den Ohren und auf halber Strecke musste er langsamer gehen, weil er Seitenstechen bekam. Keuchend ging er weiter und warf immer mal wieder einen Blick über die Schulter, um zu sehen, ob Chauncey ihm Lichtzeichen gab. Wie gut, dass das Gelände so offen war.

Die Nacht war stockfinster. Der Himmel war von einer dichten Wolkendecke verhangen, sodass nicht ein einziger Stern zu sehen war. Vor sich sah Daniel die zerbröckelten Mauern der Kapelle aufragen, unheimlich im tanzenden Licht der Laterne. Bilder des verkohlten Schädels in den Trümmern schossen ihm durch den Kopf.

»Natürlich, was auch sonst«, knurrte er vor sich hin.

Aus dem Wald drang der Ruf eines Käuzchens und ließ ihn fast aus der Haut fahren. Zitternd hob er die Lampe und leuchtete in den Friedhof. Nichts war zu sehen außer den skurrilen Schatten der Grabsteine und Kreuze im schwachen Lichtschein. Mit hämmerndem Herzen blieb Daniel stehen und lauschte. Er konnte sich weder aufraffen, zwischen die dunklen Mauern der Kapelle zu treten, noch das quietschende Tor des Friedhofs zu öffnen – als könnte er damit die Ruhe der Toten stören. Vielleicht sollte er rufen? Kein Laut kam aus seiner Kehle.

»Du elender Angsthase«, schalt er sich selbst in Gedanken, was aber nicht im Mindesten half. Er zuckte zusammen und fuhr herum. War da ein Geräusch? Mit einem schrillen Piepsen flatterte irgendetwas an ihm vorbei. Er riss die Laterne hoch, konnte aber nichts mehr erkennen. Vermutlich eine Fledermaus. Wenn er sich nicht bald in den Griff bekam, würde er sich noch vor

Angst in die Hose machen. Daniel biss die Zähne zusammen und spähte noch mal den Hügel hinauf. Keine Lichtzeichen zu sehen.

Er drehte sich wieder um, trat an das Tor des Friedhofs heran und leuchtete mit der Laterne direkt auf das Mausoleum. Ein Wimmern drang an seine Ohren, noch bevor er die Gestalt auf dem Boden wirklich bemerkt hatte.

»Madam?«, krächzte er und stieß das Tor auf, das wirklich markerschütternd quietschte. Dennoch hastete er hindurch. In wenigen Schritten hatte er die Gestalt erreicht und spürte eine Welle der Erleichterung durch seinen ganzen Körper spülen. Sie war es. »Madam«, wiederholte er und hockte sich neben sie.

Sie kniete am Boden vor den Stufen des Mausoleums, die Haare offen, die Wangen tränenüberströmt, während ihre Finger sich in den Boden gruben und büschelweise Gras ausrissen.

Vorsichtig legte er eine Hand auf ihre Schulter. Sie trug nur ihr Unterkleid und einen dicken Mantel darüber. Ihre Füße waren nackt.

Eine ganz neue Angst beschlich ihn. Hatte sie jetzt völlig den Verstand verloren?

»Arabella«, flüsterte er voller Sorge.

Sie weinte jetzt immer lauter und wiegte sich vor und zurück, ohne auf ihn zu reagieren.

Daniel wusste nicht, was er tun sollte. Das Einzige, was ihm einfiel, war beten.

»Vater unser im Himmel, geheiligt werde dein Name. Dein Reich komme, dein Wille geschehe, wie im Himmel, so auf Erden ...«, murmelte er zuerst fast tonlos, dann etwas lauter. Er spürte, wie die vertrauten Worte ihm Kraft gaben. »... Unser tägliches Brot gib uns heute und vergib uns unsere Schuld, wie auch wir vergeben unseren Schuldigern ...«

Das Weinen der jungen Frau wurde leiser. Sie schien plötzlich wie gebannt seiner Stimme zu lauschen.

»Und führe uns nicht in Versuchung, sondern erlöse uns von dem Bösen. Denn Dein ist das Reich und die Kraft und die Herrlichkeit in Ewigkeit. Amen.« Er hielt kurz inne. Sie hatte aufgehört, Gras auszurupfen. In Ermangelung irgendeiner zündenden Idee fing er wieder von vorn an. »Vater unser im Himmel …«

Sie hörte ihm zu. Im Schein der Laterne konnte er sehen, wie ihr Weinkrampf sich löste und ihr Gesicht sich entspannte. Auch das Wiegen hörte auf, bis sie ganz ruhig, fast andächtig, neben ihm saß. Dann begannen ihre Lippen sich zu bewegen. Daniel fing wieder von vorn mit dem Gebet an und beobachtete gebannt, wie sie jedes Wort tonlos mitzusprechen schien, einmal, noch einmal. Er schloss die Augen und flehte Gott von ganzem Herzen an, seine Herrin zu retten, sie aus dem Gefängnis zu befreien, in dem sich ihr Geist befand.

Als er das Gebet das nächste Mal wiederholte, wurden ihm zum ersten Mal die Worte bewusst, die er da sprach. »Unser tägliches Brot gib uns heute und vergib uns unsere Schuld, wie auch wir vergeben unseren Schuldigern.« Er stockte.

Auch sie stockte und sah ihn plötzlich mit vollkommen klarem Blick an. »Nein«, hauchte sie.

Daniel wiederholte den Satz, aber sie ließ ihn wieder nicht weitersprechen.

»Nein!« Diesmal war ihre Antwort fast ein Brüllen, voller Schmerz und Wut. Sie richtete sich auf, ballte die Fäuste und hämmerte sie mit Wucht auf den Boden.

»Sie müssen ihm vergeben«, sagte Daniel und hielt ihrem wütenden Blick stand.

»Nein!«, schrie sie ihn an. »Er hat meinen Vater ermordet!« Sie rappelte sich hoch und auch Daniel sprang auf die Füße. Mit einem Wutschrei begann sie, mit ihren Fäusten nun gegen seine Brust zu trommeln. »Er hat ihn ermordet! Vor meinen Augen hat er ihm die Kehle durchgeschnitten, dieser Hurensohn!«

Daniel fing ihre Hände ab und hielt sie fest. »Trotzdem«, beharrte er.

»Nein!«, schrie sie wieder und kämpfte mit aller Kraft gegen ihn an.

Plötzlich überrollte ihn eine Welle der Wut, die ihn wie eine fremde Macht einfach mitriss. »Sie müssen!«, fuhr er sie an. »Sie müssen ihm vergeben!«

»Niemals!«, zischte sie und schüttelte den Kopf, dass die Haare wie wild um sie flogen. »Er wollte mich verhungern lassen, aber ich bin nicht verhungert! Er wollte mich zu Tode schuften lassen, aber ich habe immer weitergearbeitet! Er konnte mich nicht umbringen, er war zu sehr an mich gebunden. Er wollte mich beherrschen, aber zum Schluss habe ich *ihn* beherrscht! Keinen Schritt konnte er tun, ohne Angst haben zu müssen, dass ich ihm entwische! Er hat mich gequält, er hat uns beide gequält, jahrelang! Das soll ich ihm vergeben? Nein!« Sie versuchte, ihre Arme aus Daniels Händen zu winden, aber er hielt sie fest.

»Sie müssen es ihm vergeben!«, wiederholte er und hätte sie am liebsten geschüttelt. »Wenn Sie es nicht tun, wird er Sie immer quälen, sogar aus dem Grab heraus! Sie werden niemals frei sein.«

»Nein!«, brüllte sie wieder und wollte sich losreißen.

Daniel ließ nicht locker. »Vergeben Sie ihm!«

»Nein!«, rief sie wieder, aber diesmal klang es weniger zornig als verzweifelt.

»Vergib uns unsere Schuld, wie auch wir vergeben unseren Schuldigern. Sagen Sie es!«

Plötzlich sackte sie zusammen, fiel auf die Knie und fing wieder an zu weinen. Dann drang ein so abgrundtief qualvolles Heulen aus ihrer Kehle, dass Daniel sie erschrocken losließ und rückwärtsstolperte. Sie krümmte sich zusammen und schrie, bis das letzte Quäntchen Atem aus ihren Lungen gepresst war. Sie blieb mit dem Kopf auf den Knien liegen und holte bebend Luft.

Irgendetwas bewegte Daniel dazu, wieder auf sie zuzugehen und sich neben sie zu knien.

»Vergib uns unsere Schuld, wie auch wir vergeben unseren Schuldigern«, flüsterte er beharrlich ein ums andere Mal, inständig hoffend, dass sie wirklich in der Lage sein würde zu vergeben. Es war der einzige Weg, frei zu werden von dem unvorstellbaren Leid, das ihr widerfahren war.

Dann hörte er ihre atemlose Stimme die Worte mitsprechen. Die ganze Anspannung wich auf einmal aus ihrem Körper und sie fiel gegen ihn. Im gleichen Moment verrauchte auch die Wut, die von ihm Besitz ergriffen hatte. Behutsam zog er Arabella in seine Arme und hielt sie fest.

Ein seltsames Bild erschien vor seinem inneren Auge: wie sie am Ufer eines Sees standen und zusahen, wie ein riesiges, dunkles Schiff von ihnen weggetrieben wurde. Sie hatte das Tau des Schiffes festgehalten, doch jetzt schwamm es auf den Wellen davon und verschwand in der diesigen Ferne.

Ein letztes Schluchzen drang aus ihrer Kehle, doch dann versiegten die Tränen und sie wurde ganz still.

»Und führe uns nicht in Versuchung, sondern erlöse uns von dem Bösen. Denn dein ist das Reich und die Kraft und die Herrlichkeit in Ewigkeit. Amen«, beendete Daniel flüsternd das Gebet.

Wie lange sie dort still auf dem Friedhof gesessen hatten, konnte Daniel nicht sagen. Er wusste nur, dass etwas Fundamentales geschehen war – und dass ihm die Beine einschliefen. Mit der jungen Frau im Arm rappelte er sich hoch und schaffte es auch noch irgendwie, die Laterne in die Finger zu bekommen. Dame Arabella rührte sich nicht, aber ihre Reglosigkeit fühlte sich anders an als zuvor. Er stampfte ein paarmal mit den Füßen auf, um wieder Gefühl in die Beine zu bekommen. Hinter dem Friedhofstor ging es schon besser und er machte sich mit langen Schritten auf den Weg zurück nach Brigham Hall.

Auf halber Strecke kam ihm Chauncey auf Thunderboy mit einem Handpferd entgegen. Als er sah, welche Last Daniel trug, stieß er einen Freudenschrei aus und sprang auf den Boden. »Warum hast du mir kein Zeichen gegeben?«, rief er erleichtert.

»Da habe ich nicht mehr dran gedacht«, murmelte Daniel betreten.

»Wo hast du sie gefunden?«

»Auf dem Friedhof«, antwortete Daniel leise.

Chauncey pfiff einmal durch die Zähne. »Und du hast sie den ganzen Weg getragen? Komm, ich nehm sie dir ab«, sagte er und streckte die Arme aus.

Daniel wollte sie ihm übergeben, doch dann spürte er, wie sich ihre Finger in seinen Mantel krallten. Ein stilles Lächeln huschte über sein Gesicht.

»Moment«, sagte er zu Chauncey. »Madam, ich kann Sie nicht den ganzen Weg zurücktragen. Wenn Sie mir gestatten, gebe ich Sie kurz in die Obhut von Chauncey, steige auf und nehme Sie dann vor mich in den Sattel. Wäre das akzeptabel?«

Der Griff an seinem Mantel löste sich wieder.

Chauncey sah ihn fragend an. Daniel nickte nur und reichte die Baronetess an ihn weiter. Dann nahm er Thunderboy am Zügel, schwang sich in den Sattel und zog Dame Arabella wieder in seine Arme. Chauncey hob nur eine Augenbraue, sagte aber nichts. Er nahm die Laterne mit zu sich aufs Pferd und gemeinsam ritten sie nach Brigham Hall zurück.

Das Haus war hell erleuchtet und glich einem Taubenschlag. Alle waren wach und hatten ihre Herrin gesucht. Jetzt, wo sie gefunden war, brach ein überschwänglicher Jubel aus. Daniel war sich nicht sicher, wie Dame Arabella reagieren würde, aber sie wehrte sich nicht dagegen, von Dob in Empfang genommen zu werden, der sie auf die nackten Füße stellte. Sofort wurde sie von den Frauen umringt, allen voran Lizzie. Sie nahm ihre Herrin fürsorglich in die Arme und brachte sie ins Haus, um sich um sie zu kümmern. Daniel blieb im Sattel, während die Glückwünsche zu seiner erfolgreichen Suche über ihn hinwegschwappten wie eine warme Welle. Er lächelte und nickte, aber seine Gedanken waren ganz woanders. Schließlich wendete er den Hengst und ritt in den Stall, wo Chauncey sein Pferd schon abgesattelt hatte.

»Soll ich das machen?«, fragte er Daniel, doch der lehnte ab. Er brauchte einen Moment für sich, bevor er sich dem Ansturm der Fragen stellen konnte. Während er die gewohnten Handgriffe ausführte, versuchte sein Geist zu verarbeiten, was da vorhin alles passiert war. Es erschien ihm auf einmal so unwirklich wie ein Traum.

Wo war diese Wut hergekommen, die er verspürt hatte? Woher hatte er gewusst, dass sie Riley vergeben musste, um frei zu sein? Dieser Gedanke war ihm gleichzeitig vollkommen fremd und erschreckend logisch erschienen.

Hatte sie aus freien Stücken vergeben? Oder hatte er sie gezwungen? Alles verschwamm in seinem Kopf. Er setzte sich auf eine Kiste und legte die Stirn in seine Hände. Eine ganze Weile saß er so da, bis er das Gefühl hatte, das Geschehene einigermaßen fassen zu können. Er seufzte tief und stand dann mit einem unwirschen Brummen auf. Die anderen warteten in der Küche auf seinen Bericht.

Brigham Hall, den 27. Februar 1712, vor Sonnenaufgang

Lieber Gott,

so sehr ich meine Mutter liebe, es gibt Dinge, die ich selbst ihr nicht schreiben kann. Doch schreiben muss ich, sonst verliere ich noch den Verstand. Irgendwo muss ich meine Gefühle äußern können, um nicht an ihnen zu ersticken. All eure Sorgen werft auf mich, hast du gesagt, und das will ich tun.

Die ganze Zeit wollte ich es nicht wahrhaben. Die ganze Zeit habe ich es weit von mir geschoben und auch jetzt sehe ich noch keine Chance auf Erfüllung, aber leugnen kann ich es nicht mehr: Ich liebe sie.

Nichts wünsche ich mir mehr, als sie mein zu nennen und jeden Tag diese Vertrautheit erleben zu dürfen, die ich mit ihr auf dem Pferderücken hatte.

Ach Herr, ich sehne mich voller Zärtlichkeit nach ihr und sehe trotzdem mit Bangen unserer nächsten Begegnung entgegen. Es darf doch nicht sein! Es kann nicht sein.

Was soll ich nur tun?

Bitte Herr, nimm mir diese Gefühle weg, dass ich ihr wieder normal begegnen kann. Ständig bin ich auf der Flucht, hin zu ihr, um meinem Sehnen zu entfliehen; weg von ihr, um der Versuchung zu widerstehen. Zerrissen bin ich wie eine Fahne im Sturm, die von den tosenden Winden mal hierhin, mal dorthin gepeitscht wird. Lange halte ich das nicht mehr aus.

Was ist dein Wille? Warum hast du mich hierhergestellt? Ist meine Aufgabe erfüllt mit der letzten Nacht? War das mein Auftrag an ihr, sie auf den Weg der Vergebung zu bringen?

Vielleicht sollte ich gehen, aber der Gedanke ist so befremdlich, als wollte ich mir ein Bein abhacken.

Gott, steh mir bei!

Dein Diener
Daniel

27. LEBEN

Daniel hatte verschlafen. Zum ersten Mal hatte er so gründlich verschlafen, dass er beim Erwachen zunächst gar nicht wusste, was los war. Stück für Stück fielen ihm die Ereignisse der vergangenen Nacht wieder ein. Er kroch aus dem Bett, schürte das Feuer und betrachtete nachdenklich den Brief, den er noch vor dem Einschlafen verfasst hatte. Seine Finger strichen über die Worte, dann nahm er den Bogen Papier und riss ihn der Länge nach durch, erst ein Mal, dann noch einmal. Er warf jeden Fetzen einzeln ins Feuer und sah zu, wie er braun wurde, in Flammen aufging und schließlich zu feiner Asche zerfiel. Danach wusch er sich, zog sich an und ging hinüber zum Haus, um zu sehen, warum ihn niemand geweckt hatte.

Tatsächlich war er einer der Ersten, die auf den Beinen waren. Ellie war zwar schon in der Küche, aber sie bewegte sich noch sehr langsam und gähnte immer wieder. Kurz hinter Daniel kam Chauncey mit tiefen Rändern unter den Augen herein. Als er Daniel und Ellie sah, fing er an zu lachen. »Ihr beiden seht genauso aus, wie ich mich fühle. Ich glaube, heute ist mit keinem von uns viel los!«

Ellie schüttelte nur den Kopf und stellte eine Kanne frischen Tee auf den Tisch.

»Hat sie gesprochen?«, fragte Daniel, nachdem sie eine Weile schweigend beisammengesessen hatten.

»Nicht dass ich wüsste«, erwiderte Ellie. »Aber es war ja auch alles eine Aufregung. Warten wir's ab.«

»Ich bin so froh, dass du sie gefunden hast«, fügte Chauncey hinzu.

In diesem Moment ging die Tür auf und eine strahlende Lizzie kam in die Küche. Drei Paar Augen blickten sie erwartungsvoll an.

»Sie ist wach und sie redet wieder!«, rief sie und klatschte vor Freude in die Hände. »Gut, dass du da bist, Daniel. Sie möchte dich sehen. Ellie, hast du schon etwas zu essen fertig? Madam hat großen Hunger, hat sie gesagt.«

Ellie sprang auf. »Oh, noch nicht! Aber gleich. Wir waren noch ...«

Lizzie hob die Hände. »Nur keine Eile. Sie hat gesagt, sie hat vollstes Verständnis, wenn heute alle etwas später auf sind nach der schlaflosen Nacht.«

Trotz dieser Nachricht war Ellie nicht zu bremsen. In Windeseile hatte sie Eier aufgeschlagen, Speck in die Pfanne geworfen und einige Scheiben Brot zum Rösten aufgelegt.

Daniel saß noch wie gelähmt am Tisch. Am liebsten hätte er nach irgendeiner Ausrede gesucht, warum er nicht zu seiner Herrin gehen konnte, aber das war albern.

Lizzie sah ihn auffordernd an. »Geh nur nach oben! Sie wird sich freuen, dich zu sehen.«

Daniel nahm zwei Stufen auf einmal und hastete den Flur entlang, nur um kurz vor ihrer Tür langsamer zu werden und schließlich unentschlossen stehen zu bleiben. Er atmete mehrmals tief durch, während er den Kopf über sich selbst schüttelte. Wie zerrissen er sich fühlte! Er klopfte.

»Herein!«

Daniel richtete sich auf, streckte die Brust raus und trat ein.

Dame Arabella stand am Fenster. Sie trug ein dunkelgrünes Kleid, die Haare waren ordentlich hochgesteckt und um ihre Schultern lag ein blassgelbes Tuch. Ihre ganze Haltung war völlig anders, als Daniel es von den letzten Wochen und Monaten gewohnt war. Stolz, energisch und mit einem verschmitzten Lächeln wandte sie sich ihm zu. »Daniel«, sagte sie leise, »hast du überhaupt geschlafen? Du siehst schrecklich müde aus.« Sie kam zu ihm.

Er biss die Zähne zusammen und zuckte vage mit den Schultern. Gleichzeitig betete er, dass sie ihm nicht wieder die Hand auf den Arm legen würde, wie sie es schon öfter getan hatte, wenn sie allein waren. Er warf einen kurzen Blick über die Schulter. Wo blieb nur Lizzie mit dem Frühstück? Als er die Baronetess wieder ansah, hatte sie ihm den Rücken zugekehrt und sich wieder ans Fenster gestellt. Eine Weile blickte sie schweigend nach draußen. Daniel blieb vorsichtshalber, wo er war.

»Ich möchte Ihnen danken, Mr Huntington«, sagte sie schließlich deutlich förmlicher als zuvor.

Daniel stieß unwillkürlich einen erleichterten Seufzer aus.

»Was Sie gestern Nacht für mich getan haben, ist für mich von unschätzbarem Wert. Eigentlich hatte ich nicht erwartet, heute noch am Leben zu sein.«

Daniel war bei diesen Worten zusammengezuckt. »Was?«, fragte er schockiert.

Sie drehte sich wieder zu ihm um, kam aber diesmal nicht näher. Ein trauriges Lächeln spielte um ihre Lippen. »Ich hatte keinen Ausweg mehr gesehen, wie ich mit all dem weiterleben sollte. Mir erschien alles dunkel und trostlos.«

»Und das ist jetzt anders?«, fragte er nervös. Mit Schrecken fiel ihm der Dolch ihres Vaters ein, den er ihr damals auf das Tischchen gelegt hatte. Wenn er seine Herrin nicht gefunden hätte … hätte er sie für immer verloren. Die Erkenntnis ließ ihn erzittern.

»Ja, das ist jetzt anders. Ich bin mir nicht sicher, ob es der leichteste Ausweg war, Riley zu vergeben, aber es war sicherlich der gesündeste.« Mit langsamen Schritten bewegte sie sich wieder in die Mitte des Raumes. »Ich hatte gehofft ...«

Ein Klappern verriet Lizzies Ankunft mit dem Frühstück. »Möchten Sie am Fenster essen, Madam?«, fragte sie.

»Am Feuer bitte, Lizzie.« Sie warf Daniel einen langen Blick zu, machte aber keine Anstalten, ihren begonnenen Satz zu beenden. »Nochmals vielen Dank, Mr Huntington. Machen Sie heute nur das Nötigste und ruhen Sie sich aus«, sagte sie und entließ ihn mit einem Kopfnicken.

Er verbeugte sich leicht und ging zurück in die Küche.

Gedankenverloren stocherte er in seinem eigenen Frühstück

herum. Hatte sie den Dolch bei sich gehabt? Hätte sie sich wirklich das Leben genommen? Wenn er zu spät gekommen wäre … Daniel brachte keinen Bissen herunter.

Das erste Fohlen des Jahres erblickte am 10. März das Licht der Welt und erregte großes Aufsehen auf dem Anwesen, denn es war schneeweiß. Tatsächlich bemerkten Daniel und Chauncey die Geburt erst später am Tag, denn in der Nacht hatte es einen kräftigen Schneefall gegeben. Erst als der Schnee gegen Mittag weggetaut war, wunderten sich alle über den weißen Fleck, der auf der Weide herumwanderte.

Daniel stellte in den folgenden Tagen mit einer Mischung aus Erleichterung und Irritation fest, dass Dame Arabella die Führung des Anwesens weitestgehend allein in die Hand nahm und ihn nur noch selten konsultierte. Nur bei Absprachen mit den Pächtern und wenn unangekündigter Besuch kam, bat sie ihn um seine Anwesenheit. Letzteres häufte sich zusehends, sodass Daniel sich schon fragte, ob jemand mit Trommeln und Fanfaren durchs Land zog, um von Dame Arabellas unerhört ledigem Status zu berichten. Sie wies jeden, egal welchen Standes, höflich aber bestimmt zurück. An manchen Tagen ließ sie die Besucher sogar fortschicken, ohne mit ihnen gesprochen zu haben.

Daniels Anwesenheit bei diesen Besuchen war mehr als notwendig. Fast kam er sich vor wie der persönliche Leibwächter der Baronetess, denn manch einer der Herren glaubte tatsächlich, durch Drohgebärden und Zudringlichkeit zu bekommen, was ihm so unwiderstehlich leicht greifbar erschien.

Es erschreckte ihn. Zum einen erschreckte ihn, wie wenig die Besucher seine Anwesenheit zur Kenntnis nahmen, da er als angestellter Verwalter in ihren Augen offensichtlich gar nichts zu melden hatte. Zum anderen erschreckte ihn die Grundhaltung der meisten; sie betrachteten Dame Arabella nicht als Herrin auf Brigham Hall, sondern als Teil der Einrichtung, die man sich beliebig unter den Nagel reißen konnte. Mehr als einmal warf Daniel die Antragsteller im wahrsten Sinne des Wortes vor die Tür, wobei er regelmäßig Unterstützung von Dob erhielt, der es vorzüglich verstand, gefährlich auszusehen. So sehr ihn die ganze Situation ärgerte, bestärkte sie ihn doch in seiner Sicht, dass er seiner Liebe nicht nachgeben konnte. Die Kluft zwischen ihm und den Herren gehobenen Standes erschien ihm tiefer denn je. Vor Eifersucht schützte ihn das allerdings nicht. Die Bewerber waren ihm ein Dorn im Auge und gelegentlich verspürte er große Lust, sie gar nicht erst hereinzulassen, sondern ihnen schon vor der Tür eine Abreibung zu verpassen. Empfindungen, die er noch nie zuvor gehabt hatte.

Dame Arabella sprach mit Daniel nicht darüber, was sich bei diesen Besuchen ereignete. Überhaupt wirkte sie seit ihrer Genesung zwar wieder sehr lebendig und entschlossen, andererseits aber auch melancholisch und Daniel gegenüber so reserviert wie nie zuvor. Eigentlich hätte er darüber glücklich sein müssen, aber er war es nicht. Stattdessen fragte er sich ständig, was diesen Sinneswandel verursacht hatte und ob er irgendetwas falsch gemacht hatte. Obendrein klang ihm bei jedem neuen Besucher immer wieder der eine Satz im Ohr, den sie nach dem ersten Bittstellerbesuch zu ihm gesagt hatte: »Es gibt nur einen Mann, den ich heiraten würde.«

Während sein Herz felsenfest davon überzeugt war, dass sie ihn gemeint hatte, verurteilte sein Verstand ihn dafür, ein hoffnungsloser Träumer zu sein.

Dennoch war auch sein Verstand irritiert, als Dame Arabella eines Tages zu Harry in die Kutsche stieg und wegfuhr, ohne ihm zu sagen, wohin. Von Lizzie erfuhr er, dass sie nach Bridlington wollte, was ihn noch unruhiger machte. Es war eine weite Strecke. Was wollte sie dort? Gab es am Ende doch einen Verehrer, der ihr zusagte? Lizzie konnte es ihm nicht sagen und auch sonst wusste niemand Bescheid.

Als sie spät abends zurückkehrte, hielt Daniel es nicht mehr aus. Er klopfte an die Tür des Arbeitszimmers und trat ein.

Der Raum war hell und warm und Dame Arabella saß am Schreibtisch, einige Papiere vor sich ausgebreitet.

Sie sah auf, als er hereinkam. »Ah, Mr Huntington. Was kann ich für Sie tun?«, fragte sie mit einem seltsam wissenden Lächeln.

»Ich wollte fragen, ob alles in Ordnung ist, Madam«, erwiderte Daniel vorsichtig.

Sie lachte. »Sie meinen, Sie wollten wissen, wo ich war und was ich dort getrieben habe«, stellte sie ohne Umschweife fest.

Daniel biss sich auf die Lippe.

»Mir war nicht bewusst, dass ich Ihnen Rede und Antwort stehen muss, Mr Huntington. Aber falls es Sie beruhigt, ich war in Bridlington auf der Suche nach einem neuen Anwalt.«

Diese Aussage überraschte Daniel. »Gibt es ein Problem mit Mr Ainsworth?«, fragte er.

Sie lehnte sich in ihrem Stuhl zurück und betrachtete ihn nachdenklich. »Verstehen Sie mich nicht falsch, ich schätze Mr Ainsworth sehr als Mensch und Freund meines Vaters. Allerdings ist er ein alter Mann und in manchen seiner Ansichten sehr – sagen wir, eingerostet. Er hat es zu meines Vaters Zeiten schon nicht gutgeheißen, dass ich das Anwesen übernehmen sollte, und ist mit meiner Position als alleinige Herrin von Brigham Hall auch jetzt nicht uneingeschränkt einverstanden. Ich habe die Befürchtung, dass die Welle von heiratswütigen Gentlemen auf sein Konto geht. Er hat wiederholt auf mich eingeredet und versucht, mich davon zu überzeugen, dass eine schnelle Heirat das Beste für mich wäre. Das macht eine fruchtbare Zusammenarbeit ausgesprochen schwierig.«

Daniel nickte langsam. »Waren Sie erfolgreich bei Ihrer Suche?«

Dame Arabellas Gesicht hellte sich auf. »Das war ich in der Tat. Mr Pinkney war äußerst zuvorkommend und hat sich meines Anliegens mit einem überraschenden Enthusiasmus angenommen. Ich bin sehr gespannt auf das Ergebnis, das er mir nächste Woche präsentieren will.« Sie sah Daniel mit hochgezogener Augenbraue an.

Er wagte nicht zu fragen, was ihr Anliegen war.

»Ich habe noch eine Frage, Mr Huntington«, fuhr sie daraufhin fort. »Wo ist eigentlich das Geld hingekommen? Lizzie sagte mir, Sie hätten zwei Kisten voll Gold gefunden, die Riley veruntreut hat.«

Daniel räusperte sich. »Genau genommen hat Chauncey sie gefunden, Madam. Sie sind im Keller. Kennen Sie das Versteck dort?«

»Ein Versteck im Keller? Nein, davon weiß ich nichts.«

Daniel griff in sein Hemd und zog einen schweren Schlüssel hervor, den er an einem Lederband um den Hals trug. Er nahm ihn ab, trat an den Schreibtisch heran und legte Dame Arabella den Schlüssel in die Hand. »Es war mir zu unsicher, den Schlüssel einfach irgendwo hinzulegen«, erklärte er. »Soll ich Ihnen das Versteck zeigen? Mr Ainsworth wusste davon und es erschien mir der beste Platz für so einen Schatz.«

Ihre Finger schlossen sich um das von seinem Körper aufgewärmte Metall. Einen Moment lang schien sie irritiert und schluckte mehrmals. »Nein, ich … nein. Ich möchte nicht in den Keller«, sagte sie dann fast tonlos.

»Im Weinkeller steht ein großer Schrank, dahinter liegt ein mit einem Gitter verschlossener Schacht. Darin lagern die Truhen. Mr Ainsworth hat alles gezählt und den Betrag im aktuellen Buch eingetragen«, erläuterte Daniel leise. Ob Riley sie in einem Kellergewölbe gefangen gehalten hatte? Das würde ihr Unbehagen erklären. Er fragte nicht nach.

»Danke«, flüsterte sie. »Wenn sonst nichts mehr ist, würde ich unser Gespräch gern beenden«, fügte sie mit etwas mehr Nachdruck in der Stimme hinzu.

»Sehr wohl, Madam.« Daniel nickte ihr zu und überließ sie ihrer Arbeit.

Brigham Hall, den 20. März 1712

Liebe Mutter,

seit Dame Arabella nach dem dramatischen Zwischenfall auf dem Friedhof wieder ins Leben zurückgekehrt ist – eine bessere Beschreibung will mir nicht einfallen –, legt sie ein erstaunliches Maß an Willenskraft und Eigenständigkeit an den Tag, viel mehr noch als zuvor. Sie scheint meine Hilfestellung nur noch in Einzelfragen zu benötigen und ich komme wieder dazu, meine eigentliche Aufgabe zu erfüllen.

Chaunceys Reitunterricht ist eine tägliche Freude und er hat mir versichert, dass ich exzellente Fortschritte mache. Ich kann kaum beschreiben, was für ein Gefühl es ist, mit einem Pferd so zu verschmelzen, dass meine Gedanken seine Beine steuern. Fast wie ein Zentaur fühle ich mich, wenn bei den Lektionen mit Thunderboy alles klappt, was im Moment leider noch recht selten ist. Aber ich komme immer mehr dahin, ihn nicht zu stören, wie Chauncey immer sagt, sondern ihn zu der Erhabenheit zu führen, die er von Natur aus besitzt und die wir nur abrufen. Natürlich reiten wir auch noch aus, aber auch dabei merke ich, wie eng unsere Verbindung geworden ist durch das Training in der Halle.

Dame Arabella bittet mich nur noch selten um Begleitung bei ihren Ausritten. Meistens nimmt sie einen der Burschen mit, die das als Belohnung für gute Dienste verstehen und sich umso mehr anstrengen. Dagegen habe ich natürlich nichts einzuwenden.

Aufseiten der Zucht haben wir leider dieses Jahr eine Stute mit ihrem Fohlen verloren. Was genau geschehen ist, wissen wir nicht. Möglicherweise hat sie sich zu dicht am Zaun gewälzt, ist mit den Beinen hängen geblieben und konnte sich nicht mehr befreien. Als wir sie fanden, war sie schon so geschwächt, dass sie nicht mehr auf die Beine kam. Ein tragischer Verlust. Wir hoffen, dass uns weitere Unfälle erspart bleiben und alle anderen Stuten ihre Fohlen ohne Komplikationen zur Welt bringen.

Der positive Nebeneffekt der vielen Besucher auf Brigham ist, dass wir fast alle unsere Jungpferde verkauft haben, sogar die Einjährigen. Mir scheint, als würde in weitem Umkreis ein akuter Pferdemangel herrschen. Einer der Gentlemen sagte mir, der harte Winter im vorletzten Jahr hätte vielen Pferden arg zugesetzt, sodass sie, wenn sie überlebt hatten, den letzten Winter nicht mehr überstanden hätten.

Durch unsere großzügige Heuwirtschaft hat uns dieses Problem kaum getroffen, außer dass wir weniger Einnahmen hatten, weil wir mehr Heu selbst verbraucht haben. Ich bin sehr gespannt, wie die Ernte dieses Jahr ausfallen wird.

So, nun muss ich mir Zeit für Chauncey nehmen. Er hat mich um ein Gespräch gebeten. Bin gespannt, was er möchte.

Mit herzlichsten Grüßen,
Dein Daniel

28. SELBSTLOSIGKEIT

Kaum hatte Daniel die letzten Worte geschrieben, klopfte es auch schon an der Tür seiner Hütte.

»Herein«, rief er, während er die Tinte trocknete und den Brief im Anschluss sorgfältig versiegelte.

Chauncey stampfte ein paarmal mit den Füßen auf und trat dann ein, seine Kappe in der Hand.

»Komm, setz dich«, lud Daniel ihn ein und wies mit der Hand auf den freien Stuhl. Dann räumte er seine Schreibutensilien ins Regal und gesellte sich zu ihm. »Was hast du auf dem Herzen?«

»Nun, also, es ist so«, fing Chauncey ungewohnt zögerlich an. Er räusperte sich und drehte verlegen seine Kappe in den Händen.

Daniel merkte schon an diesem seltsamen Gebaren, dass es nicht um Pferde gehen konnte. »Ja?«, fragte er ermutigend.

»Ja, hm, also, das wird dich jetzt vielleicht wundern. Also eigentlich bin ich mir ziemlich sicher, dass es dich sehr wundern wird, aber ...« Er verstummte.

Daniel holte tief Luft und versuchte, sich in Geduld zu üben. »Ja?«, wiederholte er gedehnt.

Chauncey sah ihn an und musste dann über sich selbst lachen. »Ich benehme mich wie ein Schuljunge«, stellte er amüsiert fest.

»Das kann ich jetzt nicht wirklich abstreiten«, meinte Daniel gutmütig.

»Also, es ist so«, setzte Chauncey erneut an, »ich habe Ruth wirklich lieb gewonnen, trotz ...« Er stockte. »Sie ist so ein nettes, freundliches Mädchen und – ach, es tut mir so leid, dass sie aufgrund ihres Unfalls nun keine Chance auf eine Familie haben soll«, fuhr er dann fort.

Daniels Augenbrauen schossen hoch. Mit so einer Aussage

hatte er nun wirklich nicht gerechnet. Vor allem – was hatte das mit ihm zu tun?

»Weißt du, Daniel, als ich noch frisch hier auf dem Anwesen war, also das erste Mal, da war ich verheiratet. Ich hatte eine liebe Frau und wir erwarteten unser erstes Kind, aber genau wie Lady Brigham kurz darauf starb sie bei der Geburt. Auch das Baby hat nicht überlebt. Das hat mich schwer getroffen. Seither bin ich allein. Lange Zeit habe ich mir eingeredet, dass ich keine Frau brauche, um glücklich zu sein. Aber seit ich Ruth kenne, muss ich gestehen, dass diese Ansicht sehr ins Wanken geraten ist. Ich weiß, sie ist viel jünger als ich, aber sie scheint mich sehr zu mögen und – nun, wie ich schon sagte, mag ich sie auch. Ich würde sie gern heiraten.« Er sah Daniel erwartungsvoll an.

»Das sind doch wundervolle Neuigkeiten«, sagte Daniel mit einem Lächeln. »Ich weiß nur nicht genau, warum du mir das erzählst. Ich habe doch darüber nicht zu entscheiden, ob du sie heiraten kannst oder nicht.«

Chauncey blickte etwas betreten drein. »Nein, das nicht. Aber … Nun ja, wie soll ich sagen? Ich kann ja schlecht mit ihr in der kleinen Kammer über dem Stall leben. Für einen Kerl allein ist das wunderbar, aber vielleicht segnet der Herr uns ja mit Kindern und …« Sein Blick schweifte durch die Hütte.

Mit einem Schlag wurde Daniel klar, was genau Chaunceys Anliegen war. »Du möchtest mich fragen, ob ich euch die Hütte überlasse?« Er musste kurz die Zähne zusammenbeißen, denn der Gedanke gab ihm einen Stich ins Herz. Diese Hütte war sein Rückzugsort. Hier fühlte er sich fast so zu Hause, wie er es früher bei seiner Mutter getan hatte.

Chauncey schien sichtlich erleichtert, dass Daniel ihm die Frage aus dem Mund genommen hatte. »Ich weiß, die Hütte steht dir zu und ich würde sie nie von dir einfordern, dazu habe ich kein Recht. Es ist nur die Bitte an einen Freund.«

Daniel nickte. »Ja, ich verstehe schon, Chauncey. Lass mich eine Nacht darüber schlafen, ja?«

»Ist gut.« Chauncey stand auf und straffte die Schultern. »Dann werde ich jetzt bei Dame Arabella vorsprechen. Und wenn sie keine Einwände hat, dann gehe ich zu den Eltern. Wünsch mir Glück.«

Daniel erhob sich ebenfalls und schüttelte ihm die Hand. »Von Herzen gern, mein Freund«, sagte er.

Chauncey setzte seine Kappe wieder auf und machte sich auf den Weg zurück zum Haupthaus.

Chaunceys Anfrage beschäftigte Daniel in mehr als einer Hinsicht. Während er mit Hammer, Nägeln und bunten Bändern bewaffnet die Zäune abging, kreisten seine Gedanken um das Gespräch. Um lose Latten wieder festzunageln oder morsche Pfosten mit einem Band zu markieren, brauchte er keine große Konzentration, sodass er ungehindert grübeln konnte. Chaunceys Ansicht, dass man Frauen nicht unbedingt brauchte, um sein Glück zu finden, hatte Daniel auch lange geteilt, bis ihm eine gewisse stumme Magd untergekommen war. Natürlich hatte er wie jeder Bursche beim Anblick eines hübschen Mädchens gewisse Gelüste verspürt, aber es war ihm relativ leichtgefallen, diese zu unterdrücken. Aber Dame Arabella verursachte ganz andere Gefühle, die weit darüber hinausgingen. Mit einem unwilligen Schnauben zerrte er seine Gedanken von diesem gefährlichen Thema weg und lenkte sie stattdessen auf Ruth. Wie hatte ihm entgehen können, was sich zwischen den beiden angebahnt hatte? In der letzten Zeit war er wirklich nicht besonders aufmerksam gewesen. Was er jedoch verwunderlich fand, da hatte Chauncey recht, war die Tatsache, dass er bereit war, sich auf Ruth einzulassen, auch wenn sie wirklich ein sehr nettes Mädchen war. Daniel konnte sich beim besten Willen nicht vorstellen, ein so entstelltes Gesicht zu küssen. Aber wenn Chauncey damit kein Problem hatte, war es ja gut.

Konnte er den beiden seine Hütte überlassen? Vielleicht stimmte Dame Arabella zu, dass eine weitere gebaut wurde, in der die beiden leben konnten. Platz genug gab es doch. Andererseits war er in der Kammer über dem Stall auch zufrieden gewesen und würde es sicherlich wieder sein. Warum also am irdischen Komfort festhalten, wenn er doch seinem Freund und Kollegen einen großen Gefallen tun konnte? Er spürte, wie sein Herz sich gegen diesen Gedanken sperrte.

»Ach Herr, die Prüfungen, die du mir auferlegst«, murmelte er vor sich hin und trieb mit festen Schlägen einen Nagel in das Holz. »Mein Herz soll sich nicht an irdische Güter hängen, sondern treu dem Herrn dienen«, sage er mit fester Stimme zu dem Zaunpfahl. Dann schüttelte er den Kopf über sich selbst. Auch wenn er es durchaus ernst meinte, fühlte er sich gerade keinen Deut erwachsener als damals, als er die Hühner befehligt hatte. Ein weiterer Gedanke schoss ihm durch den Kopf, einer, den er schon öfter gehabt hatte, seit Chauncey gekommen war. Es war wohl an der Zeit, seinem Stolz den Kampf anzusagen.

Einige Tage später klopfte Daniel an die Tür des Salons. Lizzie öffnete ihm und verkündete der Baronetess dann seine Anwesenheit.

»Du gibst einen hervorragenden Butler ab«, spöttelte er im Vorbeigehen und zwinkerte Lizzie zu in der Hoffnung, dass sie seinen Spaß verstand. Offensichtlich tat sie es, denn sie zwinkerte zurück, auch wenn sie dabei wieder rot anlief.

Dame Arabella saß bei einer Tasse Tee am Fenster und betrachtete die trübe Welt draußen. Das schien sie gern zu tun. »Ich hoffe, es wird bald freundlicher«, sagte sie leise. »Schließlich haben wir eine Hochzeit zu feiern.« Mit einem melancholischen Lächeln wandte sie sich Daniel zu. »Was ist der Grund Ihres Besuches, Mr Huntington?«

Auch wenn ihr Blick freundlich war, spürte er doch eine gewisse Schwermut, die auf ihr lastete. »Geht es Ihnen gut, Madam?«, fragte er leicht besorgt. Er würde es nicht ertragen, sie noch einmal in ihrem Schweigen versinken zu sehen.

»Den Umständen entsprechend ja, danke.« Sie sah ihn abwartend an.

»Chauncey hat mit Ihnen über seine Heiratspläne gesprochen«, stellte Daniel fest.

»Ja, das hat er. Ruths Familie ist außer sich vor Freude, ganz zu schweigen von Ruth selbst. Aber das haben Sie ja sicherlich schon bemerkt.«

Daniel musste schmunzeln. Seit Chauncey Ruth den Antrag gemacht hatte, schwebte sie förmlich durch den Stall, sang ununterbrochen vor sich hin und vergaß sogar gelegentlich, sich vor fremden Besuchern zu verstecken. Er hatte noch nie einen so durch und durch glücklichen Menschen gesehen.

Es machte ihm das, was er jetzt tun wollte, deutlich leichter.

»Er hat eine Bitte an mich gerichtet, der ich gern entsprechen würde, wenn Sie nichts einzuwenden haben, Madam«, fuhr Daniel fort.

»Eine Bitte?«

»Ja. Er hat mich gebeten, ihm die Stallmeisterhütte zu überlassen.«

Sie wirkte erstaunt. »Das wollen Sie tun?«, fragte sie und warf ihm einen prüfenden Blick zu.

»Ja, Madam. Tatsächlich will ich noch mehr tun. Ich möchte Sie bitten, ihn zum Stallmeister zu ernennen.«

Jetzt stand sie auf. »Mr Huntington! Warum sollte ich das tun? Ich bin mit Ihnen als Stallmeister überaus zufrieden.«

»Danke, Madam, das ...« Er schluckte. Es fiel ihm doch deutlich schwerer, als er erwartet hatte. Aber sein Entschluss stand fest. »... das ist sehr freundlich von Ihnen. Trotzdem glaube ich, dass Chauncey diese Stellung viel besser ausfüllen kann als ich. Sein Wissen über die Pferde, die Zucht, das ganze Drumherum ist um so vieles umfassender als meins. Er hat jahrelang mit Ole Pete gearbeitet, Seite an Seite. Wäre Riley nicht gewesen, wäre er jetzt Stallmeister, nicht ich.«

Ihre Augen weiteten sich, während ihre Hand unsicher an ihren Hals wanderte. »Sie werden uns doch nicht verlassen, Mr

Huntington?« Es war nicht viel mehr als ein Flüstern. Ein Beben lief durch ihren Körper und sie wurde sehr blass. Sie setzte sich wieder.

Für den Moment warf ihre Reaktion ihn völlig aus der Bahn. Da lag etwas in ihrem Blick, eine Angst, die ihm seltsam vertraut vorkam. Er musste unwillkürlich an den Abschied von seiner Mutter denken, als er neun Jahre alt gewesen war. Da hatte er die gleiche Angst gehabt. Angst davor, ohne sie leben zu müssen.

»Nein, Madam«, erwiderte er rau. »Das habe ich nicht vor.«

Sie stieß einen erleichterten Seufzer aus. Eine Weile sagte sie nichts. Als sie es wieder tat, klang ihre Stimme gewohnt sicher. »Sie wollen also Ihre Position als Stallmeister aufgeben und damit auch Ihren Anspruch auf die Hütte, weil Sie glauben, dass Chauncey mehr Recht darauf hat als Sie.«

»Nein, mit Recht hat das nichts zu tun. Es ist nur – ich halte ihn für geeigneter, was die Arbeit angeht, und praktisch gesehen brauche ich die Hütte nicht wirklich, auch wenn ich sehr gern dort wohne. Mir reicht die Kammer über dem Stall. Als Paar brauchen die beiden doch ein Zuhause.«

»Ihre Selbstlosigkeit kennt keine Grenzen, oder?«, sagte Dame Arabella mehr zu sich selbst als zu ihm. Sie überlegte einen Moment, dann fuhr sie fort: »Ich stimme Ihrem Anliegen zu, Mr Huntington. Sie haben in der Zwischenzeit so viele zusätzliche Aufgaben übernommen, dass Ihre Arbeit im Stall gelitten hat. Wir werden uns morgen nach dem Frühstück mit Chauncey zusammensetzen und besprechen, welche Aufgaben Sie im Stall zukünftig übernehmen werden. Machen Sie sich schon mal Gedanken, wie viel Zeit Sie für die Zusammenarbeit mit den Pächtern benötigen sowie für die Betreuung der Besucher. Sie haben eindeutig ein Händchen für den Pferdeverkauf, das muss ich schon sagen. Es amüsiert mich immer wieder, wie Sie die Männer einerseits vor die Tür setzen, sie aber andererseits nicht gehen lassen, ohne ihnen ein Pferd verkauft zu haben. Wie machen Sie das nur?«

Daniel sah sie vollkommen ratlos an. »Das weiß ich, ehrlich gesagt, nicht, Madam«, gab er zu.

Sie lachte und diesmal erreichte das Lachen auch ihre Augen. Ja, die goldenen Flecken darin funkelten eindeutig, wenn sie so lachte. Es wirkte so anziehend, dass er schon einen Schritt in ihre Richtung machen wollte. Im letzten Moment wurde es ihm bewusst und er riss sich von ihrem Anblick los. »Ich werde Chauncey über das Treffen morgen informieren«, sagte er heiser und verließ mit schnellen Schritten den Raum.

»Und wieder flieht er«, hörte er sie leise hinter sich sagen.

Er stockte kurz an der Tür, drehte sich aber nicht um. Er hatte erledigt, was er hatte tun wollen.

Brigham Hall, den 12. April 1712

Liebste Mutter,

obwohl es schon tiefe Nacht ist, höre ich noch Musik und Stimmen, die von der Terrasse des Salons herüberhallen. Gesang und Tanz und fröhliches Feiern, denn heute haben sich Chauncey und Ruth das Jawort gegeben. Der Priester war da und alle Bewohner des Brigham-Anwesens waren eingeladen, an der Zeremonie und den Feierlichkeiten teilzunehmen. Dame Arabella hat großzügig für alles gesorgt und Ellie hat sich mit den Mägden mächtig ins Zeug gelegt, um ein wahres Festessen zu zaubern. Eine solche Feier hat es hier noch nicht gegeben, solange ich da bin. Selbst die Weihnachtsfeier hat nicht an das hier herangereicht.

Anfangs war ich fröhlich dabei, habe mich auch zur allgemeinen Belustigung im Tanz versucht, aber nach einer Weile wurde mir der Trubel zu viel und ich wollte mich zurückziehen. In der Eingangshalle wurde ich jedoch von Dame Arabella aufgehalten. Sie bat mich, ihr zu folgen, und führte mich in der oberen Etage in einen Raum, in dem ich noch nie zuvor gewesen bin. Er liegt gleich hinter der Treppe auf der Westseite des Hauses und bietet einen schönen Blick auf die Kapelle und den Wald. Hatte ich erwähnt, dass der Wiederaufbau der Kapelle jetzt begonnen wurde? Seit einigen Wochen sind Bauarbeiter am Werk, die Wände wieder aufzurichten, und auch die Baumstämme für das Dachgebälk liegen schon bereit. Je nach Wetterlage wird weitergearbeitet. Aber eigentlich wollte ich etwas anderes erzählen.

Dame Arabella führte mich also in diesen Raum, der wohl seit Jahren nicht benutzt wurde, ebenso wie seinerzeit ihr Erkerzimmer. Sie hatte nur eine Kerze dabei, aber der Mond schien durch die Fenster und ich konnte alles im Raum erkennen. Er ist nicht sehr groß und nur mit Kamin, Sesseln und einem Schreibtisch ausgestattet. An den Wänden gibt es jedoch einige Regale mit Büchern, die ihren eigentümlichen, angenehmen Geruch verströmen.

Ich sah mich eine Weile um und Dame Arabella gewährte mir diese Zeit.

»Mir ist durchaus bewusst, was für ein Opfer Sie für Chauncey und Ruth gebracht haben, Mr Huntington«, sagte sie dann leise. »Die Hütte war für Sie mehr als nur ein Raum zum Schlafen.« Sie ließ das erst einmal zwischen uns stehen und ich wusste nicht, was ich darauf sagen sollte. Es stimmte. Aber woher sie das wusste, war mir ein Rätsel.

»Mein Vater hatte diesen Raum als seinen Rückzugsort gewählt. Hier durfte ich ihn nicht stören, auch wenn er sonst immer für mich da war. Hierher kam er nach schwierigen Gesprächen oder wenn er über etwas nachdenken musste. Oder wenn er einfach etwas Ruhe brauchte.« Sie machte wieder eine Pause und ich spürte regelrecht, wie meine Anspannung nach dem Trubel der Hochzeit von mir wich. Der Raum hatte tatsächlich eine sehr beruhigende Atmosphäre.

Jetzt zog sie einen Schlüssel aus der Tasche und überreichte ihn mir. »Ich möchte Ihnen diesen Raum zur Verfügung stellen, Mr Huntington. Ich werde ihn nicht benutzen, es ist für mich zu schmerzhaft. Aber Ihnen, denke ich, wird er guttun. Sie haben hier so viel Verantwortung übernommen, haben so viel in Brigham Hall investiert, ohne zu wissen, was die Zukunft bringen würde. Immer und immer wieder haben Sie mir wertvolle Dienste geleistet und jetzt auch noch Ihr Heim geopfert zugunsten anderer. Ich schätze Ihre Bescheidenheit sehr, aber ich habe auch ein wenig Sorge, dass Sie unter die Räder geraten, wenn niemand auf Sie achtet.« Sie hatte ihr Gesicht von mir weggedreht, sodass ich ihre Mimik nicht erkennen konnte, aber aus ihrer Stimme sprach so viel Wärme und Fürsorglichkeit, dass es mir die Sprache verschlug. »Werden Sie es annehmen?«, fragte sie schließlich wieder zu mir gewandt. Ich konnte nur nicken. Sie drehte sich daraufhin schweigend um und ging.

Ich blieb noch eine Weile mitten im Zimmer stehen und lauschte auf die Klänge von unten, die den Frieden im Raum aber nicht zu berühren schienen. Es war ein ganz eigentümliches Gefühl von Annahme und Wertschätzung, das mich regelrecht durchflutete.

Leider war die Tinte, die ich im Schreibtisch fand, nicht mehr zu gebrauchen, sonst hätte ich diesen Brief gleich dort geschrieben. Morgen werde ich mir den Raum bei Tageslicht ansehen und ihn nach meinen Wünschen einrichten. Auf jeden Fall wandert mein Sessel gleich morgen dort hinein, denn in der Kammer ist es so eng, dass ich kaum zu meinem Bett komme.

Ja, so nimmt ein fröhlicher Tag ein friedliches Ende. Ob Du mich eines Tages einmal hier besuchen kannst? Das wäre schön.

In Liebe,
Dein Sohn Daniel

29. Vertrag

Wenn Daniel geglaubt hatte, dass sein Rücktritt von der Position als Stallmeister ihn eine Stufe unter Chauncey stellte, hatte er sich getäuscht. Chauncey war Daniel schon immer mit Respekt begegnet, aber jetzt lag etwas Ehrfürchtiges in seinem Blick, wenn sie miteinander zu tun hatten. Er vermied es mit allen Mitteln, sich Daniel gegenüber wie ein Vorgesetzter zu benehmen, und fragte ihn eher nach seiner Meinung, als ihm Anweisungen zu erteilen. Sie konnten weiterhin hervorragend zusammenarbeiten und durch die Aufgabenverteilung, die sie besprochen hatten, fühlte Daniel sich deutlich erleichtert. Er musste nicht mehr ständig mit einem schlechten Gewissen leben, weil er seiner Arbeit nicht gerecht wurde.

Das Zimmer des früheren Baronets wurde schnell zu seiner zweiten Heimat und er war Dame Arabella mehr als dankbar für ihre Fürsorglichkeit.

An einem verregneten Nachmittag saß er dort am Kamin und arbeitete an einer Aufstellung der Kosten für den Kapellenbau, als es an der Tür klopfte.

»Herein«, rief er, ohne den Blick von den Zahlen zu nehmen. Berechnungen fielen ihm noch immer nicht leicht und er musste sich sehr konzentrieren, um keine Fehler zu machen. Wer auch immer der Besucher war, er wartete geduldig, bis Daniel fertig war und aufschaute. Zu seiner Überraschung sah er sich einem kleinen, fremden Mann gegenüber, der mit der ordentlichen Perücke und vornehmen Kleidung äußerst adrett wirkte. Daniel erhob sich und hielt ihm mit fragender Miene seine Hand hin.

»Mein Name ist Pinkney, Anwalt, zu ihren Diensten, Mr Huntington«, stellte der Mann sich höflich vor und schüttelte Daniel die Hand.

Das minderte Daniels Überraschung nicht gerade. »Was kann ich für Sie tun, Mr Pinkney?«, fragte er leicht irritiert. Auch wenn Dame Arabella ihn über den neuen Anwalt in Kenntnis gesetzt hatte, war ihm nicht klar, was der mit ihm zu tun haben sollte.

Ein sowohl begeistertes wie auch unsicheres Strahlen huschte über Mr Pinkneys Gesicht. »Ich komme im Auftrag von Dame Arabella«, erklärte er und drehte dabei nervös einen etwas dickeren Stapel gefalteter Papiere in seinen Händen. »Dies ist sicherlich das erste Mal, dass ein Anwalt mit solch einer kuriosen Aufgabe betraut wurde, und ich bin nicht wenig stolz darauf, hier im Sinne der Juristerei gewissermaßen Pionierarbeit zu leisten.«

Daniel legte verständnislos den Kopf schief. Er hatte wirklich überhaupt keine Idee, was der Mann von ihm wollen könnte.

Mr Pinkney räusperte sich, als er Daniels Verwirrung bemerkte. »Wie dem auch sei, Dame Arabella bat mich, Ihnen diesen Brief mit den dazugehörigen Papieren zu überreichen und Ihre Antwort abzuwarten.«

Daniel zog die Stirn kraus. Ein Brief von seiner Herrin? Überbracht von einem Anwalt? Warum sprach sie nicht mit ihm?

»Dame Arabella hat vermutet, dass Sie sich fragen würden, warum Sie Ihnen einen Brief schreibt«, beantwortete der Anwalt seine unausgesprochene Frage. »Sie bat mich, Ihnen zu sagen, dass es leider nicht möglich sei, mit Ihnen über ...«, er stockte auf der Suche nach einem passenden Wort, »… nun, über dieses Thema zu sprechen, weil Sie ...«, wieder stockte er und ein zweideutiges Lächeln spielte um seinen Mund, »… weil Sie grundsätzlich die Flucht ergreifen. Ihre Worte, nicht meine«, fügte er vorsichtshalber hinzu.

Jetzt war Daniel vollends perplex, während sich gleichzeitig ganz tief in seinem Inneren eine Ahnung breitmachte.

Mr Pinkney hielt ihm die Papiere entgegen. »Lesen Sie sich alles in Ruhe durch. Ich werde im Salon warten, und wenn irgendetwas unklar ist, stehe ich Ihnen selbstverständlich zur Verfügung.« Er verbeugte sich leicht und verließ den Raum, nachdem Daniel die Papiere entgegengenommen hatte.

Daniel stand einen Augenblick ratlos da, dann setzte er sich langsam in seinen Sessel und faltete die Bögen auseinander. Das erste Blatt war mit Dame Arabellas schmaler Handschrift bedeckt, während die darauffolgenden Seiten in einer sehr schwungvollen, breiten Schrift geschrieben waren, die wohl Mr Pinkney zuzuordnen war.

›Mein lieber Daniel‹ las er und zuckte ebenso zusammen, wie er es tat, wenn sie ihre Hand auf seinen Arm legte. In der Geste lag – genau wie in dieser Anrede – eine Vertrautheit, die er nicht akzeptieren konnte. Seine Augen weiteten sich voll ungläubigem Schock, während er die Seite überflog, ohne auch nur eine Zeile des Inhalts an sich heranzulassen. Hastig blätterte er die restlichen Seiten durch. Immer wieder schüttelte er den Kopf, während sich ihm die Kehle zuschnürte. Sein Puls schnellte in die Höhe. Das konnte sie nicht tun. Das konnte sie nicht ernst meinen! Mit zitternden Händen ließ er die Blätter sinken und starrte eine lange Zeit reglos in die Flammen des Kaminfeuers. In seinem Kopf schienen die Gedanken wie von einer Wand abzuprallen. Nur ein einziges Wort drang hindurch: unmöglich.

Er schoss aus seinem Sessel hoch und ging mit festen Schritten zur Tür. Kurz darauf platzte er, ohne zu klopfen, in den Salon. Er war viel zu aufgebracht.

Mr Pinkney stand augenblicklich von seinem Stuhl auf und blickte Daniel gespannt entgegen. »Das hat nicht so lange gedauert, wie ich erwartet hatte. Haben Sie alles sorgfältig gelesen?«, fragte er.

»Nein«, erwiderte Daniel. »Das ist nicht nötig. Diese Idee ist vollkommen haarsträubend und ich weiß nicht, wie Sie sich auf so etwas einlassen konnten.«

»Nun, es war eine juristische Herausforderung, der ich nicht widerstehen ...«

»Die Antwort ist Nein. Es ist unmöglich.« Daniel warf die Papiere vor Mr Pinkney auf den Tisch.

»Mr Huntington«, setzte der Anwalt in beschwichtigendem Ton an, »es ist der ausdrückliche Wunsch Ihrer Herrin, dass Sie diese Papiere in Ihrem Besitz behalten.« Daniel wollte widersprechen, aber Mr Pinkney hob die Hand. »Dass Sie sie in Ihrem Besitz behalten und darüber nachdenken. Juristisch gesehen ist es nicht unmöglich, was auch immer Sie dabei empfinden mögen. Ich werde Dame Arabella Ihre vorläufige Antwort mitteilen. Ich darf Ihnen ausrichten, dass sie mit dieser Reaktion Ihrerseits gerechnet hat. Dennoch wollte sie es nicht unversucht lassen. Im Vertrauen – an Ihrer Stelle würde ich diese einmalige Chance nicht so schnell von der Hand weisen.«

»Das ist meine Entscheidung«, knurrte Daniel und schnappte die Unterlagen wieder von der Tischplatte. Dann verließ er mit einem knappen »Guten Tag« den Salon.

Mit ruckartigen Bewegungen warf Daniel dem Hengst den Sattel auf den Rücken und zog den Gurt viel schneller an, als er das normalerweise tat. Thunderboy schlug unwillig mit dem Kopf. Daniel bemerkte es kaum, so sehr war er in seinen eigenen Gedanken gefangen. Normalerweise ritt er den Hengst nicht während der Decksaison, aber im Moment war ihm alles egal. Er musste weg hier, raus aus Stall und Haus, weg von der plötzlich klaustrophobisch wirkenden Enge von Brigham Hall.

Der Hengst schien seine Not zu spüren, denn kaum hatte Daniel sich in den Sattel geschwungen, donnerten die beiden schon im vollen Galopp den Weg hinunter. Sie schossen an den Weiden vorbei und brachten jede Menge Unruhe in die Herden. Auch das war Daniel egal. Je schneller sie an den Stuten vorbeikamen, desto besser. Mit lauten »Ha!«-Rufen trieb er den Hengst an, der sich durchaus animieren ließ, noch schneller zu werden. Zu spät bemerkte Daniel die Leute, die in einer Gruppe auf der Wegkreuzung standen und einen Plausch hielten.

»Aus dem Weg!«, brüllte er aus vollem Hals.

Gerade noch rechtzeitig sprangen sie auseinander, um nicht von den rasenden Hufen überrannt zu werden. Daniel hörte einige Rufe hinter sich herhallen, machte aber keine Anstalten anzuhalten und sich zu entschuldigen. Nicht jetzt. Sollten sie doch denken, dass ihm der Hengst durchgegangen war.

Ein Fasan flog plötzlich aus dem Gebüsch links von ihnen hoch und Thunderboy machte einen Satz nach rechts, der Daniel fast aus dem Sattel gehoben hätte. Für einige Galoppsprünge hing er seitlich am Pferd, schaffte es aber, sich wieder hinaufzuziehen. Jetzt steuerten sie mit hohem Tempo auf eine Steinmauer zu. Weder Daniel noch Thunderboy verschwendeten auch nur einen Gedanken daran, langsamer zu werden. Mit einem weiteren »Ha!« von Daniel setzte der Hengst zu einem gewaltigen Sprung an und nahm die Mauer mit Leichtigkeit. Ein triumphierender Schrei löste sich aus Daniels Hals, der von weiterem schlachtrufähnlichem Gebrüll gefolgt wurde. Seine ganzen aufgestauten Emotionen brüllte er hinaus in die Weite der Felder, bis der Weg sie in die sanftgrünen Schatten eines Waldes eintauchen ließ. Endlich wurden sie langsamer, denn der Weg war nur noch ein Pfad, der sich im Zickzack um die Bäume schlängelte. Daniel hatte keine Lust, sich die Knie anzuschlagen. Außerdem pumpte Thunderboy inzwischen schon recht kräftig und Daniel wurde sich allmählich wieder seiner Verantwortung bewusst. Er parierte zum Schritt durch und ließ den Hengst am langen Zügel verschnaufen. Seine Blicke schweiften umher, er hätte aber nicht sagen können, wo genau er war. Er hatte während des wilden Galopps auf nichts geachtet außer auf das Chaos, das in seinem Inneren tobte. Vage erinnerte er sich an mehrere Richtungswechsel, nicht wie bei seinem ähnlichen Verzweiflungsritt nach Petes Tod, wo er nur geradeaus geritten war, bis er die Küste erreicht hatte.

Mit einem tiefen Seufzer klopfte er dem Hengst den schweißnassen Hals. »Ich hoffe, du findest wieder nach Hause«, murmelte er und schloss die Augen. Er öffnete sie erst wieder, als ihm ein Ast ins Gesicht schlug.

Sein innerer Tumult hatte sich etwas gelegt. Jetzt drängte sich ihm allerdings die Frage auf, wie es weitergehen sollte. Nach seiner Ablehnung von Dame Arabellas Angebot konnte er auf keinen Fall auf Brigham Hall bleiben. Aber bis zum nächsten Michaelistag war es noch fast ein halbes Jahr. So lange würde er kaum eine neue Anstellung finden. Seine Gedanken wanderten zu dem Säckchen Münzen, das seinen letzten Jahreslohn enthielt. Das war mehr als genug, um sich sechs Monate lang über Wasser zu halten. Vielleicht sollte er einfach durchs Land reisen, sich verschiedene Orte ansehen und endlich wieder nach Hause zurückkehren und seine Mutter besuchen. Der Gedanke gab ihm einen großen Teil seines inneren Friedens zurück. Es war ein Plan. Kein sehr weitreichender Plan, aber ein Plan. Gott würde schon einen Platz für ihn finden.

Es war der große Findling, der ihm plötzlich bewusst machte, dass er wieder in der Nähe von Brigham Hall war. Hier war die Stelle, an der Dame Arabella ihren Rückfall erlitten hatte!

Spontan sprang er aus dem Sattel und band Thunderboy an einem Baum an. Dann nahm er sich einen Stock und stocherte damit an der Stelle im Erdboden, an der Dame Arabella seinerzeit herumgekrochen war. Schon nach kurzer Zeit traf sein Ast auf etwas Hartes. Mit kräftigen Schwüngen fegte Daniel altes Laub beiseite und legte ein dickes Holzbrett frei. Es war nur wenige Schritte von einer mächtigen Buche entfernt und wies einen schweren Eisenring auf. Daniel packte den Ring und zog. Es stellte sich heraus, dass es eine Falltür war. Darunter kam ein gemauerter Abgang zum Vorschein, an dem eine Leiter lehnte. Daniel kniete sich auf den Boden und spähte ins Dunkle. Er konnte einen kurzen Gang erkennen, aber um mehr zu sehen, würde er hinabsteigen müssen. Ein eiskalter Schauer lief ihm über den Rücken, als ihm bewusst wurde, dass der Gang genau unter den Baum führte. Eine dunkle Ahnung überkam ihn. Einen Moment rang er mit sich, dann stieg er die Leiter hinunter. Sie ächzte unter seinem Gewicht, doch die Sprossen hielten. Unten angekommen musste er sich ducken, um in den Gang gehen zu können. Die Mauern endeten schon nach zwei Schritten. Dahinter befand sich nur noch ein grob mit Balken gestütztes Erdloch, dessen Dach das mächtige Wurzelwerk der Buche bildete. Einige kräftige Wurzelstränge zogen sich durch die Wand der Höhle bis tief in den Untergrund.

Daniel wartete einen Augenblick, bis seine Augen sich an die Dunkelheit gewöhnt hatten. Rechts an der Wand erkannte er eine Art Lager aus Blättern, Stroh und einigen Decken, die hoffnungslos verschimmelt waren. Ein Stuhl und ein Tisch standen an der hinteren Wand, darauf lagen eine Schüssel und ein Holzlöffel. Der Tisch war schief, da seine Beine auf einer Seite ein gutes Stück in den Boden gesunken waren. Ein Eimer lag daneben, und als Daniel ihn mit dem Fuß anstieß, drang ihm ein schwacher Fäkaliengeruch in die Nase.

Plötzlich hielt er es nicht mehr aus. Er drehte sich hastig um und kletterte die Leiter wieder hinauf.

Der Wald wirkte unfassbar freundlich im Vergleich zu der beklemmenden Enge in dem Erdloch. Keuchend und blass ließ Daniel die Falltür wieder zukrachen und setzte sich darauf. Seine Vorahnung war gerade Gewissheit geworden und der Gedanke war so grässlich, dass er ihn kaum denken konnte. Hier also war das Gefängnis seiner Herrin gewesen, der Ort, an dem Riley sie vier lange Jahre versteckt hatte. Ihr Kampf um Vergebung am Grab ihres Vaters bekam plötzlich ein ganz neues Gewicht.

Eine Träne rollte Daniels Nase entlang und hing einen Moment kitzelnd an seiner Nasenspitze, bevor er sie mit einer hastigen Bewegung wegwischte. Er brauchte zwei Versuche, um aufzustehen, so sehr hatte ihn seine Entdeckung schockiert. Mit zitternden Fingern löste er die Zügel vom Baum und kletterte wenig elegant auf den Rücken des Hengstes. Den ganzen restlichen Weg ließ er seine Hand auf dem warmen Hals des Pferdes liegen. Innerlich fühlte er sich wie zu Eis erstarrt.

Zurück im Hof rutschte Daniel körperlich und emotional erschöpft vom Rücken des Pferdes.

Während er den Hengst versorgte, tauchte Chauncey neben der Box auf. »Ist alles in Ordnung?«, fragte er vorsichtig.

Daniel überlegte kurz, ob er eine ausweichende Antwort geben sollte, aber das war nicht fair. Chauncey war sein Freund und

Freunde hatte er nicht viele. »Würde ich so einen Ritt machen, wenn alles in Ordnung wäre?«, fragte er mit einem bitteren Lächeln.

Chauncey schüttelte nur den Kopf.

»Es hat gutgetan«, sagte Daniel zögernd, »aber ich habe etwas Furchtbares entdeckt.«

»Was denn?«, fragte Chauncey.

»Ihr Gefängnis.« Daniel konnte es kaum aussprechen. »Die Stelle, wo sie damals zusammengebrochen ist. Da ist ein Loch im Boden, eine Höhle unter einem Baum. Da hat er sie versteckt.« Seine Stimme brach.

»Zeig es mir. Ich will es sehen!«, rief Chauncey. In seinen Augen funkelte eine alte Wut. Daniel schüttelte den Kopf.

»Glaub mir, mein Freund, das willst du nicht sehen.« Er lehnte sich an das Pferd und brauchte einen Moment, um sich wieder zu fangen. Dann sah er Chauncey zutiefst geknickt an. »Ich glaube nicht, dass ich nach dem, was heute vorgefallen ist, noch lange hierbleiben werde.«

Chauncey schluckte hörbar. »Was ist denn noch passiert?«, wollte er wissen. Er schien zu merken, dass Daniel am Ende seiner Kräfte war.

»Leider kann ich dir das nicht sagen«, erwiderte Daniel traurig.

Zum Essen ging er an diesem Abend nicht.

Brigham Hall, den 28. April 1712

Liebste Mutter,

vielleicht sehen wir uns schon bald wieder, denn die Dinge haben eine unerwartete Wendung genommen, die es mir unmöglich macht, weiter hierzubleiben, so sehr mir auch das Herz bei dem Gedanken blutet, dieses wunderschöne Anwesen zu verlassen.

Dame Arabella hat einen Schritt gewagt, mit dem ich niemals gerechnet hätte. Es ist für mich vollkommen undenkbar, dieses Angebot anzunehmen, das sie mir unterbreitet hat. Bevor ich lange erkläre, schreibe ich Dir einfach ihren Brief an mich ab, dann kannst Du Dir auf direktem Wege eine Meinung bilden. Sicherlich wirst Du mir zustimmen, dass ein solcher Schritt absolut unangemessen und inakzeptabel ist.

Trotzdem will ich Deine Antwort abwarten, ehe ich Nägel mit Köpfen mache.

Daniel

Brief von Dame Arabella Alexandra Brigham an Daniel Huntington

Mein lieber Daniel,

im Vertrauen auf das, was schon lange unausgesprochen zwischen uns steht und uns auf eigentümliche Weise miteinander verbindet, will ich nichts unversucht lassen, die Mauer zu durchbrechen, die Du um Dich errichtet hast.

Leider ist es mir nicht möglich, mit Dir über meine Gefühle zu sprechen, denn wenn ich das versuche, verschließt Du Dich wie eine Auster und verlässt meist fluchtartig meine Gegenwart. Deswegen schreibe ich Dir jetzt in der Hoffnung, dass Du wenigstens liest, was Du anscheinend nicht hören willst.

Ich bin einsam, Daniel. Ja, die Bediensteten sind wider Erwarten freundlich zu mir und Lizzie kümmert sich liebevoll um mich. Trotzdem trennt uns eine Kluft. Es schmerzt mich, das zu sagen, aber ich bin jetzt tatsächlich einsamer, als ich es je in Rileys Gefangenschaft war. Unser Verhältnis war schrecklich, aber es erforderte eine gewisse Nähe. Jetzt bin ich frei, aber ich habe niemanden mehr, der mir wirklich nahesteht.

Du warst der Erste in all den Jahren, der es wagte, sich wirklich gegen Riley zu stellen, um mir ein wenig Herzenswärme zu geben. Alles von Dir habe ich aufgesogen wie ausgedörrter Boden den Regen aufsaugt, jedes Lächeln, jeden freundlichen Blick, jedes liebe Wort. Bevor Du kamst, war ich so verzweifelt, dass ich Riley das Messer in die Hand geben wollte, um auch mich zu töten, so wie er meinen Vater vor meinen Augen getötet hatte.

Doch Deine Anwesenheit hat meine Lebensgeister wieder geweckt. Mehr noch, Du hast mir gezeigt, dass ich Riley unter Druck setzen konnte. Um mich zu unterdrücken, musste er mich kontrollieren. Aber mit Deiner Hilfe entkam ich immer öfter seiner Kontrolle. Es machte ihn wahnsinnig. Er fluchte und tobte, aber er konnte es nicht verhindern. Dazu hätte er mich wieder einsperren müssen, aber wie sollte er das erklären? Zum ersten Mal hatte ich Hoffnung, mein Schicksal wenden zu können. Diese Hoffnung hast Du in mir entfacht und letztendlich hast Du sie auch erfüllt. Allein hätte ich es nie geschafft.

Du bist mein Held, mein Retter. Wie oft hast Du mich schon gerettet? Im Gewitter, als ich besinnungslos vor Angst durch den Regen rannte. Vor Russell, vor Riley und zuletzt sogar vor mir selbst.

Daniel, Du bist derjenige, in dessen Armen ich etwas gefunden habe, das ich schon völlig vergessen hatte: Geborgenheit. Wann auch immer Du mich in Deine Arme geschlossen hast, fühlte ich mich absolut sicher und beschützt, als könnte nichts auf dieser Welt mir etwas anhaben.

Ist es ein kindischer Wunsch, dass ich dieses Gefühl immer haben möchte? Ist es verwerflich, das Recht haben zu wollen, mich jederzeit an Dich lehnen zu können?

Du hast mehr als einmal bewiesen, dass Du alle Fähigkeiten mitbringst, die man braucht, um ein Anwesen gut führen zu können. Die Menschen auf Brigham Hall haben Dich längst als Herrn anerkannt, nur Du lehnst es vehement ab. Aber hast Du Dir jemals überlegt, was wir gemeinsam hier erreichen könnten?

Das ist der Grund, warum ich Mr Pinkney beauftragt habe, einen Ehevertrag aufzusetzen. Ich will meine Rechte als Baronetess nicht abtreten, bloß weil ich heirate. Ich will Dir nicht die gesamte Bürde der Verantwortung auferlegen. Gleichzeitig will ich sie aber auch nicht mehr allein tragen. Ich möchte sie mit Dir teilen.

Falls Du jetzt wieder denkst, dass Du ja nur ein armer Tischlersohn bist, lass mich eines klarstellen: Ein Baronet wird man nicht aufgrund einer besonderen Herkunft. Die Baronetswürde ist stärker als alle anderen Stände an den Besitz geknüpft. Wenn Du reich genug bist, kannst Du solch einen Titel vom König verliehen bekommen, egal woher Du stammst. So hat mein Großvater, der erste Baronet Brigham, den Titel erhalten. Warum solltest nicht Du, der schon so viel für dieses Anwesen und für mich persönlich getan hat, auch diesen Titel erhalten, durch Heirat? Wenn eine Baronetess zu einer armseligen Magd werden kann, dann kann auch ein Stallbursche Baronet werden.

Ich habe Dir bereits gesagt, dass es nur einen Mann gibt, den ich heiraten will, und das bist Du, Daniel. Bitte denk darüber nach. Bitte nimm mein Angebot an. Das, wovon Du glaubst, dass es zwischen uns steht, existiert nicht.

Arabella

30. Unfall

In den nächsten Tagen ging Daniel allen aus dem Weg, besonders Dame Arabella. Er verkroch sich in seiner Kammer, wann immer es seine Arbeit erlaubte, um in der Bibel zu lesen. Meist saß er jedoch da und starrte auf die Seiten, ohne irgendetwas wahrzunehmen.

So war es auch, als Chauncey ihn aufsuchte.

»Der Vorarbeiter möchte etwas wegen des Baus wissen. Er wartet im Hof.«

Daniel seufzte. »Kann er nicht die Baronetess fragen? Sie ist für den Bau verantwortlich.«

»Er hat nach dir gefragt«, erwiderte Chauncey mit einem Schulterzucken.

Daniel kannte das ja schon. Die Frauen der Pächter wandten sich inzwischen gern an ihre Herrin, aber die Männer? Mit einem unwilligen Knurren folgte er Chauncey die Treppe hinunter und ging dann mit schnellen Schritten in den Hof, wo der Vorarbeiter entspannt am Anbindebalken lehnte und die wärmenden Sonnenstrahlen genoss. Der kräftige, kühle Wind ließ noch keine richtigen Frühlingsgefühle aufkommen, obwohl es schon Anfang Mai war.

»Gibt es ein Problem?«, fragte Daniel unumwunden.

Der Mann zog sich die Mütze vom Kopf und deutete eine Verbeugung an. »Sir Daniel«, fing er an, aber Daniel unterbrach ihn sofort. »Ich bin hier nur ein einfacher Angestellter, kein Lord. Reden Sie mich mit Mr Huntington an.«

Der Mann zuckte leicht zusammen. Er starrte Daniel einen Moment lang mit offenem Mund an, bevor er sagte: »Natürlich, Sir.«

Daniel hätte ihn am liebsten gepackt und geschüttelt, aber er zwang sich zur Geduld. »Was gibt es denn?«, fragte er noch einmal.

»Nun, Sir, der eine Stamm, der als Dachbalken vorgesehen war, hat einen Riss. Wir können ihn so nicht verwenden und brauchen Ersatz.«

»Hm, das ist ärgerlich. Wie ist das passiert? Vorgestern waren die Balken doch alle in Ordnung, ich hatte sie mir noch einmal angesehen.«

Der Mann senkte den Blick und studierte angestrengt seine Stiefelspitzen. »Tja, also, es war ein Unfall. Wir hatten ihn wohl nicht richtig festgezurrt, als wir ihn hochgezogen haben. Er ist aus den Seilen gerutscht.«

»Wurde jemand verletzt?«, fragte Daniel erschrocken.

»Nein, Sir, also, nicht ernstlich. Ein Mann hat eine Wunde an der Hand, weil ihm das Seil durch die Finger gerutscht ist. Aber sonst ist nichts passiert.«

»Nun gut, es ist nicht zu ändern. Ich werde mit Harry sprechen und sehen, wo wir einen neuen Balken herbekommen. Ist denn sonst alles gesichert auf der Baustelle? Oder besteht weitere Einsturzgefahr, wenn jetzt ein Balken fehlt?«

»Sie können gern mit runterkommen und es sich ansehen, Sir. Der Längsbalken liegt ja schon, da kann also nichts passieren.«

Daniel entschied spontan, es sich tatsächlich anzusehen. Die Bauarbeiten faszinierten ihn, besonders der Aufbau des Dachgebälks. Überall standen Gerüste und Leitern und eine lange Rampe war an der Außenmauer errichtet worden, um Material nach oben zu schaffen. Auch Seilzüge wurden verwendet. Wenn er sich vorstellte, dass in den großen Städten viel gewaltigere Kirchen errichtet wurden als ihre kleine Kapelle, wurde ihm schon bei dem Gedanken an die Höhen, in denen die Bauarbeiter unterwegs waren, schwindelig.

Als sie bei der Kapelle ankamen, hörte Daniel jemanden lautstark schimpfen. Der Vorarbeiter und er bogen um die Ecke und sahen neben der Rampe die Gruppe der Bauarbeiter mit betretenen Mienen stehen. Vor ihnen ging der Baumeister auf und ab und hielt ihnen eine energische Standpauke. Aus dem Augenwinkel musste er Daniel gesehen haben, denn er stockte plötzlich und machte dann eine wegwerfende Handbewegung. »Zurück an die Arbeit«, knurrte er wütend und kam dann auf Daniel zu. »Da wollte ich gerade sehen, wie die Arbeiten vorangehen und finde das hier!« Empört warf er die Hände in die Luft und wies dann auf den kräftigen Stamm, der von einem tiefen Längsriss durchzogen war.

»Dabei ist es so schwer, vernünftige Stämme für solche Zwecke zu bekommen! Das wirft uns jetzt wieder um Tage zurück. Wirklich sehr ärgerlich und ich entschuldige mich für diese Verzögerung.« Er verbeugte sich vor Daniel.

»Ja, es ist ärgerlich, aber Gott sei Dank ist ja niemandem etwas passiert. Ich werde ...«

»Nein, Sir, auf keinen Fall! Ich werde dafür Sorge tragen, dass umgehend Ersatz gefunden wird. Sie müssen sich um nichts kümmern. Ich habe zum Glück erst letzte Woche mit einem Mann gesprochen, der hervorragende Stämme gelagert hatte. Ich hoffe, er hat sie noch nicht alle verkauft. Ich reite sofort hin. Würden Sie die Baronetess informieren?«

Daniel schluckte. »Wie sieht es mit den Kosten aus?«, beeilte er sich zu fragen, um sich erst einmal nicht weiter mit seiner Herrin und dem Gedanken, ihr wieder gegenüberzutreten, befassen zu müssen.

Der Enthusiasmus des Baumeisters wurde durch diese Frage deutlich gebremst. »Nun, Dame Arabella sagte mir mehr oder weniger, Geld würde keine Rolle spielen ...«

Daniel sah ihm fest in die Augen. »Sie will es aber sicherlich auch nicht mit beiden Händen zum Fenster hinauswerfen«, bemerkte er trocken. »Ihre Arbeiter haben diese zusätzlichen Kosten verursacht. Wenn Sie einen neuen Balken kaufen wollen, übernehmen Sie zumindest die Transportkosten. Ziehen Sie es den Arbeitern vom Lohn ab, das wird sie lehren, das nächste Mal sorgfältiger zu sein.«

»Wir können nun mal keinen frisch geschlagenen Stamm verwenden, der wird uns das ganze Dachgebälk verziehen, Sir. Aber Sie haben natürlich recht, dass … äh, ja. Ich werde die Schuldfrage bei der Rechnungsstellung berücksichtigen.«

»Und das Geld an anderer Stelle wieder draufschlagen«, dachte Daniel bei sich, sagte aber nichts. Es war ja nicht sein Geld, auch wenn ihn die Verschwendung ärgerte. Auf jeden Fall würde er die Rechnung sehr sorgfältig prüfen, das wusste er jetzt schon. Wenn er dann noch da war.

»Machen Sie sich auf den Weg«, sagte Daniel.

Der Baumeister machte auf dem Absatz kehrt und eilte zu seinem Pferd, das er am Eingang zum Friedhof angebunden hatte. Kurz darauf hörte Daniel ihn davongaloppieren. Er verweilte noch auf der Baustelle, bis die Arbeiter Feierabend machten. Dann blieb ihm nichts anderes übrig, als nach Brigham Hall zurückzugehen, wo er Dame Arabella über die jüngsten Vorkommnisse würde informieren müssen. Wohl war ihm dabei nicht.

Als Daniel das Eckzimmer betrat, in dem Dame Arabella gerade ihr Abendessen einnahm, wollte Lizzie sofort hinauseilen.

»Bleib ruhig hier«, murmelte Daniel ihr zu und hoffte inständig, dass sie auf ihn hören würde.

Sie warf einen unsicheren Blick zu ihrer Herrin. Da diese aber nichts Gegenteiliges äußerte, stellte sie sich neben den Kamin und wartete.

Dame Arabella sah Daniel lange an, bevor sie sprach. »Mr Huntington«, sagte sie leise. In ihrer Stimme schwang so viel Traurigkeit mit, dass es ihm ins Herz schnitt. »Was führt Sie zu mir?« Kein Hoffnungsschimmer funkelte in ihren Augen. Sie hatte seine Antwort als unumstößlich akzeptiert.

Daniel musste mehrmals schlucken, bevor er sein Anliegen vorbringen konnte. »Der Baumeister ist gerade auf dem Weg, um einen neuen Dachbalken zu besorgen. Leider gab es einen Unfall und einer der Balken wurde beschädigt. Er sagte, der Bau werde sich dadurch um einige Tage verzögern. Ich ...« Er räusperte sich, weil seine Stimme sich plötzlich in ein Krächzen verwandelte. »Ich habe ihm gesagt, dass er zumindest die Transportkosten übernehmen soll. Ich hoffe, das war in Ihrem Sinne.«

»Ja, das war es. Danke ...« Sie zögerte. »... Mr Huntington«, vollendete sie den Satz kaum hörbar. Daniel verbeugte sich, drehte sich um und schoss förmlich aus dem Raum. Er wusste genau, warum sie gezögert hatte. Sie hätte lieber »Daniel« gesagt.

Aus Gewohnheit nahm er den Weg durch die Küche, wo er Ellie über den Weg lief.

»Daniel!«, rief sie. »Wohin so eilig! Komm her, mein Junge, du hast ja den ganzen Tag noch nichts gegessen.«

Fast erschrocken sah er sie an, als wäre sie eine Fee, die plötzlich aus dem Nichts erschienen war.

»Nein, danke«, erwiderte er rau und setzte seine Flucht fort.

Zurück in seiner Kammer knallte er die Tür zu und stellte sich mit dem Rücken dagegen, die Knie zitternd, während sein Puls raste. So ging es nicht weiter. Er konnte mit dieser Frau noch nicht einmal mehr in einem Raum sein und ein paar zivilisierte Worte wechseln. Er musste gehen. Ihm blieb keine Wahl mehr.

Skipwith, den 4. Mai 1712

Mein lieber Sohn,

das ist wirklich eine äußerst ungewöhnliche Nachricht, die Du mir in Deinem letzten Brief übermittelt hast. Doch entgegen Deinen Erwartungen kann ich Dir nicht zustimmen. Im Gegenteil.

Mein lieber Daniel, so klug und umsichtig Du normalerweise bist, so sehr benimmst Du Dich gerade wie der letzte Dorftrottel. Was ist nur in Dich gefahren?

Schon in den ersten Briefen, in denen es um die stumme Magd ging, habe ich gespürt, wie sehr Dein Herz diesem Mädchen zugetan ist. Ich habe mit Dir gehofft, gefiebert, gebangt, mir den Kopf zerbrochen und war mehr als überrascht und erfreut, als sich herausstellte, dass sie die wahre Baronetess ist.

Wie unendlich stolz war ich auf Dich, meinen Sohn, der sie aus ihrem schlimmen Schicksal befreit hat, der Verantwortung weit über das Maß hinaus übernommen hat, was man hätte erwarten können, und der ihr jede Unterstützung hat zukommen lassen, die sie sich nur hätte wünschen können.

Was ich allerdings die ganze Zeit nicht verstanden habe, ist Deine seltsam anmutende Überzeugung, sie sei für Dich unerreichbar. Mehrfach habe ich versucht, Dir das auszureden, aber meine Bemühungen waren wohl zu zaghaft. Also schreibe ich es jetzt in aller Deutlichkeit: Daniel, die Liebe findet immer einen Weg und ich sehe keinen Grund, warum Du diese wunderbare Frau nicht heiraten solltest. Ihr Brief hat mich zutiefst berührt, denn sie scheint Dich wirklich gut zu kennen und Dich mit all Deinen Stärken und Schwächen anzunehmen. Fast glaube ich, dass Du sie mehr brauchst als sie Dich, um Dir zu zeigen, was alles in Dir steckt.

Bedenke, wie Gott Mose berufen hat. Ein Schafhirte, ein geflohener Mörder, doch Gott wollte ihn gebrauchen. Oder David! Ein kleiner Junge, der einen Riesen besiegt und von Gott zum König seines Volkes gemacht wird.

Daniel, ich glaube ganz fest daran, dass Gott Dich beruft, ihm auf diesem Anwesen zu dienen. Denn nicht der ist Herr, der über andere bestimmt, sondern der sich um die kümmert, die ihm anvertraut sind. Und das, mein Sohn, war schon immer in Dir angelegt. Egal ob Mensch oder Tier, wer unter Deiner Obhut lebt, hat es gut.

Fliehe nicht aus falscher Bescheidenheit vor Deinem Schicksal, Daniel! Sei mutig und stark und fürchte Dich nicht, denn der Herr ist mit Dir in allem, was Du tust. Muss ich Dich wirklich an Deinen Taufvers erinnern?

Du bist in der Zeit, die Du auf Brigham Hall verbracht hast, so sehr gereift und über Dich selbst hinausgewachsen. Ich weiß, Dein Vater hat nie große Stücke auf Dich gehalten, aber ich wusste schon immer, dass in Dir viel mehr steckt, als irgendeiner – du selbst eingeschlossen – ahnt. Aber selbst ich bin überrascht von dem, was Du im letzten Jahr alles erreicht hast. Und ich weiß genau, das ist noch nicht das Ende. Du kannst noch mehr, viel mehr bewirken!

Und jetzt geh und bitte Dame Arabella Alexandra Brigham, Deine Frau zu werden. Einen Ring habe ich Dir beigelegt, damit Du keine Ausreden mehr findest, warum Du sie nicht fragen kannst. Es ist mein Hochzeitsgeschenk an Dich, mein geliebter Sohn.

Ich bin so unendlich stolz auf Dich.

In Liebe,
Deine Mutter
Mary Anne Huntington

31. ERWACHEN

Daniel ließ den Brief sinken und starrte wie vom Donner gerührt auf den Ring. Es war ein einfaches Goldband mit einem winzigen eingefassten Stein und ihm stiegen die Tränen in die Augen, als ihm bewusst wurde, dass seine Mutter ihm ihr einziges Erbstück geschickt hatte, den Ring ihrer Großmutter.

Hatte seine Mutter ihn tatsächlich einen Dorftrottel genannt? Er überflog noch einmal die ersten Zeilen. Ja, das hatte sie. Er presste die Lippen aufeinander und kam sich vor wie ein kleiner dummer Junge. Sein Herz schlug schneller. Während sein Verstand noch mit den Informationen kämpfte, die er gerade erhalten hatte, ergriff die Hoffnung bereits von ihm Besitz.

Seine Mutter fand es nicht vollkommen abwegig, dass er eine Baronetess heiratete? Im Gegenteil, sie drängte ihn sogar dazu? Ein erstauntes Lachen entwischte ihm. Er war so felsenfest davon überzeugt gewesen, dass es nicht richtig war! Und jetzt wusste er plötzlich nicht mehr, warum er das je geglaubt hatte, warum ihm diese weltlichen Grenzen und gesellschaftlichen Hürden so unüberwindbar erschienen waren.

Er betrachtete die Geschehnisse der vergangenen Monate aus einem ganz neuen Blickwinkel. Was hatte Dame Arabella geschrieben? Die Menschen auf Brigham Hall hatten ihn längst als ihren Herrn akzeptiert … Sein Ärger darüber, dass man ihn mit »Sir« anredete, kam ihm auf einmal lächerlich vor. Und dann traf ihn die ganze Tragweite dessen, was Dame Arabella ihm in ihrem Brief offenbart hatte. Er musste seine Gefühle für sie nicht mehr unterdrücken. Er musste vor ihren Berührungen nicht mehr zurückschrecken. Sie würden dieses Anwesen gemeinsam führen. Er durfte sie in seine Arme schließen … Eine mächtige Welle der Freude und Sehnsucht überrollte ihn plötzlich. Er sprang auf und riss die Tür auf, nur um sie sofort wieder zu schließen und sich auf sein Bett zu setzen.

Wie denn? Er konnte doch jetzt nicht einfach auf sie losstürmen und ihr erklären, dass er seine Meinung geändert hatte.

Hufgeklapper drang an sein Ohr. Schnell schaute er aus dem Fenster und sah, wie Dame Arabella ihre Stute zum Anbindebalken führte. Sie trug ihren Reitrock. Das war alles, was er wissen musste.

Er steckte den Ring in die Tasche und eilte in den Stall. Eins der Reitpferde wurde gerade von Tom gesattelt.

Als der Junge Daniel sah, grinste er fröhlich. »Die Herrin hat mich gebeten, mit ihr reiten zu gehen.«

Daniel überlegte nicht lange. Es tat ihm zwar leid, den Jungen enttäuschen zu müssen, aber darauf konnte er gerade keine Rücksicht nehmen. »Leider wird das nicht gehen«, sagte er bestimmt. »Ich habe etwas mit der Baronetess zu besprechen. Ich werde mit ihr reiten.«

Tom ließ die Schultern hängen. »Das ist nicht fair. Sie hat mich gefragt!«, schmollte er.

»Keine Widerworte«, ermahnte Daniel ihn knapp und legte dem Pferd das Zaumzeug an.

»Also, ich bin so weit«, rief Dame Arabella aus dem Innenhof.

Daniel führte das Pferd aus dem Stall. Die Schimmelstute der Baronetess tänzelte bereits mit ihrer Reiterin im Sattel in Richtung Tor. Daniel beeilte sich, den Sattelgurt anzuziehen und sich auf das Pferd zu schwingen. Als er oben saß, traf ihn der verblüffte Blick seiner Herrin.

»Sie begleiten mich, Mr Huntington?«

»Ja, Madam«, antwortete er und konnte selbst kaum glauben, was er vorhatte. In dem Moment, als er sie im Hof gesehen hatte, hatte er gewusst, wo und wie er sie fragen würde. »Sind Sie von hier aus schon mal schnurgeradeaus geritten?«

»Nicht dass ich wüsste«, erwiderte sie mit einem seltsam fragenden Blick.

Er schmunzelte. »Dann folgen Sie mir«, sagte er und trabte los.

Daniel erinnerte sich nicht mehr an die Einzelheiten seines Ritts mit Thunderboy nach Ole Petes Tod. Er wusste nur, dass es immer geradeaus gegangen war und er irgendwann die Ruine am Meer erreicht hatte. Da die Baronetess einem flotten Ritt nie abgeneigt war, galoppierte er vorneweg, ohne sich Sorgen darum zu machen, ob sie hinterherkam. Hin und wieder warf er einen Blick über die Schulter und jedes Mal sah er das eifrige Gesicht der kleinen Stute, die offensichtlich nichts lieber getan hätte, als ihn zu überholen. Doch Dame Arabella hielt sie zurück, ganz gegen ihre Gewohnheit. Normalerweise sah er ihre schmale Gestalt in dem dunkelblauen Reitkostüm nur von hinten und konnte in Ruhe beobachten, wie der Wind immer mehr Strähnen aus ihrem sorgfältig hochgesteckten Haar zerrte, bis die eigensinnigen Locken sie wie ein lebendiges Wesen umströmten. Wenn er jetzt nach hinten blickte, sah er ihre geröteten Wangen und den immer gleichen fragenden Ausdruck in ihren Augen.

Als Daniel spürte, wie sein Pferd müde wurde, ließ er es in Schritt fallen. Dame Arabella schloss zu ihm auf, um neben ihm zu reiten, sagte aber nichts. Obwohl er es vermied, sie anzusehen, spürte er weiterhin ihre neugierigen Blicke. Er wollte sich nicht schon verraten, bevor sie an der Ruine angekommen waren.

Nachdem sie eine Weile schweigend geritten waren, sagte sie leise: »Etwas ist anders.«

Es war nur eine Feststellung, also musste er nichts darauf antworten und tat es auch nicht.

»Ich nehme an, Sie verfolgen einen bestimmten Zweck?«, fragte sie dann.

Daniel sah kurz zu ihr hinüber und nickte. Je länger sie unterwegs waren, desto nervöser wurde er. Was, wenn er die Ruine nicht wiederfand? Was, wenn ihn jeglicher Mut verlassen und er es doch nicht wagen würde, sie zu fragen? Gerade, als die Zweifel ihn zu überrollen drohten, erreichten sie die Kuppe eines Hügels und sahen vor sich die Mauern der Ruine liegen. Dame Arabella schnappte hörbar nach Luft.

»Waren Sie schon einmal dort?«, fragte Daniel.

»Nein. Mein Vater hat es mir immer strikt verboten. Er hat gesagt, es sei ein böser Ort.«

»Ein böser Ort? Warum denn das?«

»Es haben sich wohl schon einige Menschen dort von den Klippen in den Tod gestürzt«, erwiderte sie mit einem leichten Schaudern.

»Nun, mir hat dieser Ort sehr viel Trost gespendet. Für mich ist hier nichts Böses.« Ihre Blicke trafen sich. Er konnte sehen, wie sie mit sich kämpfte. »Haben Sie Angst vor Höhen?«, fragte Daniel vorsichtshalber.

Sie lachte. »Nein, Höhen machen mir nichts aus. Es sind die engen, dunklen Räume, die mir Probleme bereiten.«

Daniel nickte kurz. Er verstand nur zu gut, warum. »Dann müssen Sie dort keine Angst haben«, sagte er nur.

Sie kamen jetzt in die Nähe der eingestürzten Mauern.

Daniel hielt an und saß ab. »Hier liegen viele lose Steine herum. Wir sollten die Pferde lieber hier an dem Baum anbinden und zu Fuß weitergehen.«

Sie folgte kommentarlos seinem Beispiel und band ihre Stute an. Dann stiegen sie vorsichtig durch Gras und Unkraut über die Mauerreste die Treppen hinauf bis auf die höchste noch stehende Wand. Eine frische Meeresbrise blies ihnen ins Gesicht und die Sonne funkelte auf den Wellen. Wie beim ersten Mal war der Anblick überraschend und grandios zugleich. Dame Arabella legte beide Hände auf die Brüstung vor sich und stellte sich auf die Zehenspitzen, um über die breiten Steine in die Tiefe schauen zu können. Unten krachte die Brandung mit kräftigem Tosen gegen die Klippen. Möwen kreisten mit lautem Gekreische über dem Strand.

Daniel spürte, wie diese raue Wildheit von ihm Besitz ergriff und ihm seine letzte Verzagtheit nahm. »Sei mutig und stark und fürchte dich nicht, denn der Herr ist mit dir bei allem, was du tust.« Er nahm diese Worte in diesem Moment zum ersten Mal wirklich für sein Leben an.

Mit hämmerndem Herzen wandte er sich der zierlichen Frau

neben sich zu. »Bella«, sagte er so leise, dass es über den Wind und die Wellen kaum zu hören war. Eigentlich hatte er ihren vollen Namen sagen wollen, aber es kamen nur diese beiden Silben heraus.

Ihr Blick riss sich ruckartig von der Aussicht los und fixierte sein Gesicht. Er nahm sich die Zeit, jeden einzelnen goldenen Fleck in dem leuchtenden Grün zu studieren. Seine Gefühle nahmen so viel Raum in seinem Kopf ein, dass er sich überhaupt nicht sicher war, was er als Nächstes sagen würde.

»Hast du deine Meinung geändert?«, fragte sie, bevor ihm etwas einfiel. Ihre Stimme klang fast kindlich vor ungläubiger Hoffnung.

Er lachte kurz auf und nahm dann ihre Hände in seine. »Ja«, sagte er schlicht.

Ein Lächeln explodierte förmlich auf ihrem Gesicht, während gleichzeitig Tränen in ihren Augen schimmerten.

»Es tut mir leid, dass ich so ein … Trottel war. Ich dachte ...«

Sie legte ihm einen Finger auf die Lippen und schüttelte leicht den Kopf.

Mit einem Schmunzeln nahm er ihre Hand wieder in seine. »Arabella Alexandra Brigham«, sagte er bestimmt und holte noch einmal tief Luft. »Möchtest du meine Frau werden?« Im letzten Moment fiel ihm ein, dass er ja noch etwas vergessen hatte. Hastig steckte er die Hand in die Tasche und zog den Ring hervor. Er kam nicht mehr dazu, ihn ihr hinzuhalten. Sie hatte schon mit einem geschluchzten »Ja« die Arme um ihn geschlungen.

Er legte eine Hand in ihre zerzausten Locken und die andere auf ihren Rücken und hielt sie einfach nur fest, während sie vor Erleichterung weinte. Ein Beben fuhr durch seinen Körper und er hatte plötzlich den Eindruck, dass sich etwas in seinem gesamten Weltbild fundamental verschoben hatte. Da war etwas geradegerückt worden. Er fühlte sich vollständig, wo zuvor immer etwas gefehlt hatte. Und er war so glücklich wie noch nie.

Sacht schob er seine Hand unter ihr Haar im Nacken und streichelte die zarte Haut. Bei der Berührung schaute sie auf und hob eine Hand an seine Wange. Sie musste ihm nicht sagen, wie sehr sie ihn liebte. Er konnte es in ihren Augen lesen.

EPILOG

Die Bäume brüllten ihr grausames Kampfgeschrei. Sie wüteten mit tosenden Ästen gegen den Sturm an, während sich ihre Wurzeln ächzend in die Erde krallten. Tropfen und Erdklumpen rieselten auf sie herab und sie suchte Zuflucht unter der Decke. In der Dunkelheit glaubte sie zu spüren, wie die Bäume neue Wurzeln bildeten, um besseren Halt zu bekommen. Wie sich unsichtbare Tentakel abwärtswanden, auf sie trafen, sich um sie schlangen und drohten, sie zu zerquetschen. Irgendwo ertönte ein lautes Krachen und sie schreckte hoch. Ein Schrei stieg in ihr auf, namenlose Angst, die einen Ausweg suchte.

»Bella?« Die warme Stimme neben ihr zerbrach den Bann der Finsternis. »Es war nur ein Traum, Bella, nur ein Traum. Hab keine Angst.«

Kräftige Arme umschlossen sie. Der Schrei in ihrer Kehle erstarb.

»Komm her, Liebes.« Er zog sie an sich, sodass ihr Kopf auf seiner Brust lag. Das ruhige, gleichmäßige Klopfen seines Herzens verbannte das Brüllen der Bäume aus ihrem Kopf. Ein paar Tränen tropften aus ihren Augen, aber die waren schnell wieder versiegt. Sie war sicher. Geborgen.

ENDE

Ein weiterer Roman von Annette Spratte

Die Kannenbäckerin
ISBN 978-3-96362-190-1
399 Seiten, Paperback
auch als E-Book erhältlich

Im Westerwald während des 30-jährigen Krieges:
Die 13-jährige Johanna hat ihre gesamte Familie an die Pest verloren. Geblieben ist ihr nur ein unbekannter Onkel, der als Töpfer im Kannenbäckerland arbeitet. Damit sie in den Wirren des Krieges den weiten Weg überlebt, verkleidet ihre wohlmeinende Nachbarin sie als Jungen. Die neuen Freiheiten, die sie unterwegs genießt, erscheinen Johanna verlockend, genau wie die Aussicht auf eine Lehre im Töpferhandwerk. So verschweigt sie ihrem Onkel die Wahrheit und beweist in der Werkstatt bald nicht nur ein außergewöhnliches Talent, sondern auch eine einzigartige Leidenschaft. Doch kann sie ihre Täuschung in einer von Männern beherrschten Welt aufrechterhalten?

Ein weiterer historischer Roman von FRANCKE

Birthe zur Nieden
Alma Mater
ISBN 978-3-96362-157-4
555 Seiten, Paperback
auch als E-Book erhältlich

Marburg in den Wirren des Dreißigjährigen Krieges:
Georg Kammann hätte sich nie träumen lassen, dass ausgerechnet er einmal Theologie studieren würde. Doch ein Überfall auf sein Heimatdorf, ein erhörtes Gebet und die Großzügigkeit seiner adeligen Patentante führen ihn in die Universitätsstadt Marburg. Hier eröffnen sich dem einfachen Lehrerssohn ungeahnte Möglichkeiten. Doch dann wird Marburg immer mehr zum Spielball der Mächtigen. Der Streit zwischen den Hessen-Kasselischen und den Hessen-Darmstädtischen entflammt neu und wird schonungslos auf dem Rücken der einfachen Bevölkerung ausgetragen. Während die Kanonen donnern, muss Georg plötzlich selbst kämpfen: um seine Zukunft, seine Berufung, seinen Glauben und um das Mädchen, das er liebt.